बीतते हुए

(कहानी-संग्रह)

बीतते हुए

मधु काँकरिया

राजकमल प्रकाशन

ISBN : 978-81-267-0844-4

मूल्य : ₹495

पहला संस्करण : 2004
दूसरा संस्करण : 2017

प्रकाशक : राजकमल प्रकाशन प्रा. लि.
1-बी, नेताजी सुभाष मार्ग, दरियागंज
नई दिल्ली-110 002

शाखाएँ : अशोक राजपथ, साइंस कॉलेज के सामने, पटना-800 006
पहली मंजिल, दरबारी बिल्डिंग, महात्मा गांधी मार्ग, इलाहाबाद-211 001
36 ए, शेक्सपियर सरणी, कोलकाता-700 017

वेबसाइट : www.rajkamalprakashan.com
ई-मेल : info@rajkamalprakashan.com

मुद्रक : बी.के. ऑफसेट
नवीन शाहदरा, दिल्ली-110 032

BEETATE HUYE
Short Stories by Madhu Kankaria

जय के लिए

अनुक्रम

नामर्द

जेब में यदि भरपूर मुद्रा तत्त्व हो तो फिर जीवन में नारी तत्त्व की कमी नहीं रहती। कहीं भी, कैसे भी और किसी के लिए भी हासिल किया जा सकता है उसे।

यह विश्वास कथा-वाचक का नहीं, सोनू के पिता का है। जिन्दगी कैसे जी जाए ? कैसे निपटा जाए उससे ? जैसे सवालों पर मगजमारी करने की अपनी जिन्दगी में कभी जरूरत नहीं पड़ी उन्हें, इसलिए अपने युवा एवं विकलांग पुत्र सोनू के लिए भी एक स्नेहमय एवं समर्पित पिता की भूमिका में उन्होंने वही सोचा जो उनके फार्मूला सोच में फिट बैठा कि जिन्दगी का पासपोर्ट है पत्नी और जिन्दगी में यदि पत्नी नहीं तो जिन्दगी जिन्दगी नहीं।

ढलती उम्र के पिता का यह आत्मदर्शन चढ़ती उम्र के विकलांग पुत्र के लिए कितना जानलेवा साबित हुआ और कब वह अपनी शान्त और खुशहाल जिन्दगी की धीमी पगडंडियों को छोड़ पिता के भटकैया सपनों के राजमार्ग पर उड़ने लगा, उसे भान तक न हुआ।

कहानी राजस्थान की। इतिहास से छिटके, किन्तु लोकगीत एवं लोकमानस में बसे पृथ्वीराज चौहान की ऐतिहासिक नगरी अजमेर की।

किस्सा-कोताह उन दिनों का जब वहाँ टमटम-ताँगे चलते थे। गुजरनियाँ भर-भर हाथ हाथी दाँत के सुहाग का चूड़ा पहने और बदन पर ढ़ाई-तीन भरी सोना लादे सिर पर दूध की चरी (गगरी) ढोती थी। वहाँ की प्रसिद्ध मस्जिद दरग़ाह शरीफ़ पर अपनी मुराद के पूरी हो जाने पर हिन्दू-मुस्लिम सभी चादर चढ़ाया करते थे। बिलौनेवाले घरों से लोग छाछ माँग लिया करते थे। शाम को 'बुढ़िया के बाल, मुँह में डाल', 'बर्फ का गोला, लाल पीला' की आवाज पर घरों से बच्चे और किशोर गलियों में दौड़ आते थे। शाम का आकाश पतंगों से भर जाता था।

और इसी के साथ सुबह के समय एक कतार में मेहतर-मेहतरानी सिर पर मैला ढोते नजर आते थे (तब फ्लश सिस्टम नहीं था)।

कहते हैं कि मेहतरों के मैला ढोने की यह खबर जब संसदीय प्रणाली द्वारा तब के तत्कालीन प्रधानमन्त्री श्रीमती इन्दिरा गांधी तक पहुँचाई गई कि देश की स्वाधीनता के बाइस वर्षों बाद भी भंगी सिर पर मैला ढोते हैं तो मैडम के मुँह का जायका बिगड़ गया था। वे मर्माहत हो गई थीं। दुख से विकल-विह्वल हो वे बोली थीं 'यह कितनी

लज्जा की बात है कि इस स्वाधीन देश में उनसे यह कुकर्म करवाया जाता है,' तो मैडम की इसी बात पर किसी सिरफिरे और मसखरे पत्रकार फलाँ सिंह ने लिख मारा था—"जब कोई विकल्प ही नहीं रह गया हो जीविका का, मेहतरों के पास तो मेहतर मैला को अपने सिर पर नहीं तो क्या हेलीकाप्टर पर ढोएँगे।"

कहते हैं कि मेहतरों की इसी दुर्दशा से खीझकर डॉ. राममनोहर लोहिया ने ग्वालियर की पूर्व महारानी के मुकाबले चुनाव में एक मेहतरानी को प्रत्याशी बनाकर खड़ा किया था।

तो शहर की सांस्कृतिक और सामाजिक तासीर का जायजा लेने के बाद की दीगर बात यह है कि सोनू विकलांग कैसे हुआ ?

सोनू के जन्म के एक दशक बाद जन्मी सोनाली के लिए यह खासा रिसर्च का विषय उस समय बन गया जब उसने देखा कि वह रात जब जीवन की सबसे उदास कविता लिखी गई थी, उसके संस्करण भी परिवार के अलग-अलग सदस्यों के मुँह से अलग-अलग निकले थे।

तो सबसे पहले तुम, गंगाबाई !

उस रात की कहानी गंगाबाई यानी सोनू की माँ की जुबानी—"तब औरतों की आँखों में जलती लकड़ी का धुआँ ही धुआँ था। तब न कुकिंग गैस, न मिक्सी न वाशिंग मशीन। सोलह साल की मैं और ग्यारह आदमियों का खाना तो भोर से जो शुरू होती काम की घानी तो रात ग्यारह बजे तक बैल की तरह पिली रहती मैं उसमें। तब पति से भी कोई सहायता नहीं मिलती थी क्योंकि उस सामूहिक पारिवारिक व्यवस्था में पत्नी या अपने पुत्र के प्रति प्रेम प्रदर्शन करना अधोगामी प्रेम समझा जाता था और संयुक्त परिवार में परिवार के प्रत्येक सदस्य से यह अपेक्षा की जाती थी कि उसके प्रेम की धारा उर्ध्वगामी प्रेम की दिशा में बहे, यानी प्रेम की धारा माँ से बहकर दादा-दादी और उनसे बहकर साधु-सन्तों तक बहे। मेरी सास सगर्व बताती थी कि उसने अपने पति का चेहरा दिन के उजाले में तीन बच्चे के बाद देखा था और बच्चे तो खासे किशोर होने पर ही जान पाए कि उनका बाप कौन है। उन्हीं दिनों जन्मा सोनू तो मैं भई उसको दूध पिलानेवाली गैया और मेरी सास भई हँसाने-खिलानेवाली मैया। मैं घिरी रहती तेल-चीनी-घी के डिब्बों से और सोनू घिरा रहता दादा-दादी, बुआ-काकाओं से। कभी इस हाथ तो कभी उस हाथ। एक दिन शाम से ही वह कुनमुनाता रहा तो रात को सास ने उसे मेरे पास भेज दिया-कि शायद दूध पिलाने से ठीक हो जाए। हाथों से हल्की थपकी देते-देते ही मैं लोथ की तरह गड्डमड्ड। दिनभर की खटनी और निष्क्रिय मन, सो एकदम बेसुध और पगला देनेवाली नींद। चेतना पूरी तरह सुप्त कि—आधी रात को पति ने बुरी तरह झकझोर डाला। आवाज दूसरे लोक से आती सी लगी।

करवट बदल मैं फिर बेसुध। उन्होंने मुँह पर पानी फेंका तो लगा जैसे भूचाल आ गया हो, लेकिन तो भी मुझे मंजूर न था कि निद्रा सुख से स्वयं को वंचित रखूँ। आखिर दो कड़े थप्पड़ उन्होंने रसीदे गालों पर तो नींद टूटी। देखा, सोनू आँखें ऊपर उलट

रहा है। एक भयंकर चीख निकली मुँह से और मैं उसे गोद में लेकर भागी सास के पास। घबराहट में बिना ओढ़नी डाले, सिर्फ घाघरा ब्लाउज में ही भाग आई थी। सास ने मुझे इस हाल में देखा तो आग का गोला बन गई। बिना मेरी बात सुने ही मुझे धिक्कारते, हाथों से इतनी जोर से परे धकेला कि अँधेरे में भीत से मेरा सिर टकरा गया। 'अपने कमरे में चाहे नंगी नाच पर बाहर कायदे से आ'। भागकर ओढ़नी डाल जब तक लौटी तो बुखार सोनू के सिर तक चढ़ गया। तब घर में न टेलीफोन, न सड़क पर तेज चलनेवाले वाहन। ताँगे में जब तक सरकारी अस्पताल पहुँचे, सोनू के बाएँ पैर और हाथ में लकवा मार गया था। उस अकेली रात ने सोलह वर्ष की अबोध छोकरी को साठ वर्ष की थकी पकी लाचार दुखिया बना डाला था। बड़ी भयानक थी वह रात, जिन्दगी पर से विश्वास उठ जाने की रात..." और निःशब्द हिचकियों में तब्दील हो गई थी गंगाबाई की आवाज।

चीजों को उनके विरोधी रंगों में पहचानने की गरज से सोनाली जब अपनी दादी के पास पहुँची तो वे किसी घिसे हुए टेप रिकार्डर की तरह एकदम से चालू हो गई थी–"न यह करमजली उस रात घोड़े बेच सोती न सोनू को लकवा मारता।"

बहरहाल, जब तक आबाद रही सास बहू की जोड़ी, आरोपण-प्रत्यारोपण होते रहे। पर जिस प्रकार सत्ता के नाम पर वामपंथी और दक्षिणपंथी भी एक हो जाते हैं, दूध और छाछ भी मिल जाते हैं, उसी प्रकार सभी आरोपण-प्रत्यारोपण एवं सभी विवेचन विश्लेषण का अन्तिम बिन्दु वही मध्यवर्गीय भाग्यवाद पर आम सहमति के साथ शेष होता–"कपाल ही खराब था।"

और यह 'कपाल ही खराब है' की भाषा परिवार के प्रत्येक सदस्य के मुखड़े पर उन दिनों दीवार पर लगे पोस्टर की तरह चस्पाँ रही।

यह बात गौर करने की थी कि सोनू जब तक उस भाषा को पढ़ने में नाकाम रहा, उसकी जिन्दगी कामयाब रही। परिवार की लाईफ लाईन से उसकी लाइफ लाईन तब अलग थी। यही कारण था कि शुरुआती नौ-दस वर्षों की उम्र तक विकलांगता ने उसके मन पर धावा नहीं बोला था। बाल सुलभ चंचलता, उमंग एवं उल्लास से लबालब सोनू के एक हाथ और एक पाँव में भी गजब की फूर्ति थी। अपने दाएँ हाथ से ही वह सारे कार्य कर लेता। कमजोर बाएँ पाँव को हल्के से घिसटता, दाएँ पाँव के बल पर वह बाजार तक कर आता। सिर्फ जब-जब वह पूरी बाँह की कमीज पहनता तब अपने दाएँ हाथ के कफ के बटन लगाने के लिए उसे अपनी माँ का सहारा लेना पड़ता। या कभी जब कन्धे से अँगुल भर नीचे और पंजे तक दाएँ हाथ में खुजली चलती या कोई मच्छर ही काट लेता तब उसे माँ के पास जाना पड़ता।

टप्पे खाती गेंद जैसी उसकी अटपटी चाल और फूर्ति को देखकर जहाँ माँ और दादी का हिया फटने लगाता, आस-पास के उसके सभी छौना-मौना दोस्त ठहाका मारकर हँस पड़ते और उनकी हँसी में अपनी हँसी का योगदान देता। वह स्वयं भी खिलखिला कर हँस पड़ता।

लेकिन रफ्ता-रफ्ता उसकी पोर-पोर में विकलांगता के वाइरस घुलने लगे।

शाम होते ही जहाँ यार-दोस्त मस्त हो जाते वह अस्त हो जाता। जिन्दगी का जाम छलकाते दोस्त जब पतंग उड़ाते तो वह मन मसोसते नील गगन में उड़ती उनकी मुक्त पतंग को देखता रहता। संगी-साथी कबड्डी खेलते, फुटबॉल खेलते, क्रिकेट खेलते तो वह एक कोने में खड़ा गरम मोम की तरह टप-टप टपकते अपने आँसू के साथ अपने भीतर ही रोता रहता। पिता ने उसे एक हाथ से खेले जानेवाले कई खिलौने शतरंज, कैरम, लूडो वगैरह लाकर भी दिए, पर उसने ताका तक नहीं उनकी तरफ।

बारह वर्षीय सोनू न अपनी स्थिति को स्वीकार कर पाता और न ही कोई उसे समझा पाता कि सिर्फ उसके लिए ही नहीं वरन् सभी के लिए जीवन का प्रथम दर्शन सदैव ही पीड़ा का दर्शन होता है।

अपनी विकलांगता के साथ ही बड़ा होता गया वह और साथ ही बड़ी होती गई दोस्तों की टोली और छोटी होती गई उसकी संवेदनाएँ, वह किसी एक या दो दोस्तों को अपना खासमखास बनाना चाहता, उनमें घुल-मिल जाना चाहता, अपने जीवन के अँधेरों को बाँटना चाहता, पर वे रीझे रमे और डूबे रहते अपनी खेल की दुनिया में। बढ़ते समय के साथ ही दोस्तों एवं इंसानों के लिए एक जबरदस्त भूख बढ़ती गई उसके कलेजे में।

इसी गम में कई बार स्कूल में वह अपना टिफिन भी नहीं करता, घर आकर भी मुँह ढाँपे पड़ा रहता, पर भूख की पीड़ा भी उसे उतना विचलित नहीं कर पाती जितना खेलने की ख्वाहिश का पूरा न हो पाना, यार दोस्तों के गले में हाथ न डाल पाना। उनसे जी की बात नहीं कर पाना।

कई बार दोस्त की चाह में, दोस्तों को अपनी ओर आकर्षित करने की गरज से भीतर से कुलबुलाती हीन भावना के आवेग में वह उन्हीं की खिल्ली उड़ाने लगता और अपने व्यक्तित्व का सुन्दरतम चित्र प्रस्तुत करने के लिए अपने और परिवार की समृद्धि की काल्पनिक डींगे हाँकने लगता। एक मर्तबा उसकी इसी आदत से खीझकर मुँहजोर दोस्तों ने उसके दिमाग को 'ठिकाने' लगाने के उद्देश्य से उसे लँगड़ा-लँगड़ा कहकर पुकारना शुरू कर दिया।

उस दिन पहली बार मन की कोरी शिला पर अपने अन्दर कई-कई एटम बमों की शक्ति लिए, खूनी अक्षरों की तरह खुद गया था वह शब्द 'लँगड़ा'।

हाँ, मैं लँगड़ा हूँ। एक हाथ से लूला भी—अपने सोलह वर्षीय जीवन का, जीवन की क्रूरता एवं टुच्चेपन के समक्ष यह उसका प्रथम आत्मसमर्पण था। आत्म स्वीकार भी। किसी प्रकार किसी गन्दे नाले के प्रवाह-सा रोते झींकते बीता जीवन—कॉलेज जीवन

उसके बाद वह फिर अकेला—अपनी विकलांगता के साथ। जीवन के खुले मैदान में।

पिता सरकारी नौकरी में। माँ घर के कामकाज में और वह पलंग पर करवट

बदलता अपने सिर पर घर्र-घर्र घूमते सीलिंग पंखे को घूरता रहता था—अपने कमरे की खिड़की से दिखते आसमान को ताकता रहता...गोया दोस्त नहीं मिले तो उस आसमानवाले से ही कनेक्शन जोड़ रहा हो। बिना जीविका के जीवन उसे डसने लगता। करने को कुछ था नहीं इस कारण फुर्सत के लम्हे उसे फाड़ खाने लगते।

कई बार उस पर भविष्यहीनता का दौरा-सा पड़ने लगता तो वह घर की चीजों को ही तोड़ने-फोड़ने लगता। ऐसे में ढेरों लाड़ लड़ाती गंगाबाई उसे कलेजे से चिपका लेती, पिता सिर पर हाथ फेरने लगते और वह फिर सुस्थिर और स्वस्थ हो जीवन से पंगा लेने की सोचने लगता।

उन्हीं दिनों एक करिश्मा यह हुआ कि भारत सरकार ने उस वर्ष को विकलांग वर्ष घोषित कर दिया और जिसके परिणामस्वरूप सोनू को वहीं के सरकारी बैंक में क्लर्क की नौकरी मिल गई।

नौकरी का मिलना उसके जीवन की वह घटना थी, जिसने उसके लिए जीवन का अर्थ, सन्दर्भ सभी कुछ बदल दिया था और इसी कारण जो होंठ पूरे बचपन में भी नहीं गुनगुनाए थे, पूरा कैशोर्य जिसने दुख, पीड़ा और वेदना के गीत गाए, उन होंठों से पहली बार तराना फूटा—"हम होंगे कामयाब एक दिन।"

नौकरी ने उसे मालामाल कर दिया था, एक आन्तरिक खुशी से जो जब-तब भरपूर जाम-सी छलक उठती थी। आँखों की मीठी चितवन में, मन की तरंग में और मस्ती भरी चाल में। नौकरी ने उसे एक आत्मविश्वास दिया था, जो बोल उठता था उसके जूतों की ठक-ठक में।

जिस दिन पहली पगार धरी सोनू ने पिता के हाथों, माँगनेवाले हाथों को अर्जित करनेवाले हाथों में तब्दील होते देख एवं सोनू के आँखों में दिप-दिप करती पुरुषार्थ की कौंध देख पिता रामचन्द्र गद्‌गदायमान हो आह्लाद की भाव-समाधि में चले गए थे—जीओ मेरे वत्स, आई लव यू। मुँह से बोल नहीं पाए थे वे, लेकिन अंग-अंग यही कह रहा था।

यद्यपि ऑफिस में कुछ तत्त्व ऐसे भी थे जो गाहे-बगाहे उसे यह अहसास कराना नहीं भूलते थे कि देखो हम यहाँ हैं अपनी योग्यता से और तुम, तुम हो यहाँ विकलांग कोटा में। तरस खाकर ही दी गई है तुम्हें यह चाकरी।

पर इतना शॉक एब्जार्व करना अब तक सीख लिया था उसने।

जीवन का अपना एक अलग दर्शन ही गढ़ लिया था उसने—विपरीत झटकों को सोखते जाना और अनुकूल को भरपूर वसूलते जाना।

चित्त थमा तो सोनू के व्यक्तित्व में भी कई आयाम आ जुड़े। ज्ञान के भी कई क्षितिज खुले। अपने बैंक की लाइब्रेरी से जब तब निकालकर वह ढेर सारी पुस्तकें पढ़ने लगता...और उन्हीं दिनों वह यह जानकर खुशी से झूम उठा था कि इस संसार को खूबसूरती की दिशा में कदम-दर-कदम आगे बढ़ाने में विकलांगों की भी सानुपातिक योगदान सर्वांगों से कमतर नहीं।

अपनी डायरी में पूरी दृढ़ता से लिखा उसने एक वाक्य--जीवन मजाक की चीज नहीं और न ही समर्पण की चीज है।

कुछ दिनों बाद उसने परम श्रद्धा से एक नाम लिखा--हेलन किलर। हेलन किलर जो गूँगी, बहरी और अन्धी तीनों एक साथ थी और फिर भी उसने जीवन की लड़ाई लड़ी और गूंगों-बहरों के लिए कई किताबें लिखीं। वह सिर्फ हाथों के स्पर्श से ध्वनियों को पहचानती थी और तब तक अपना अभ्यास/अध्ययन जारी रखती जब तक उनकी उँगलियाँ लहू-लुहान नहीं हो जाती।

लार्ड बायरन और सर वार्टर स्कॉट दोनों लँगड़े थे। सूरदास, मिल्टन और होमर अन्धे थे। अलेक्जेंडर पोप ने अपने पिता से सिवाय उनकी विकलांगता के कुछ भी विरासत में नहीं पाया था। लुईस ब्रेल के अन्धेपन ने ही उससे अन्धों की लिपि ब्रेल का ईजाद करवाया था। विद्युत की दुनिया का जादू चार्ल्स स्टेनमेरि भयंकर रूप से विकृत शरीरवाला था। अपना लगभग सम्पूर्ण शोधकार्य उसने स्टूल के सहारे आधा खड़े रहते पूरा किया था।

अभी कुछ ही दिनों पूर्व पढ़ा था उसने कि बहुत बड़ी सॉफ्टवेयर कम्पनी के एक कंसलटेन्ट का पूरा शरीर लकवाग्रस्त था, सिर्फ दाएँ हाथ की दो अँगुलियों को छोड़कर। अपनी उन्हीं दो अँगुलियों की पूँजी के बल पर वह लोगों को कम्प्यूटर पर दिन भर निर्देश देता था।

क्या वह भी विकलांगों की दुनिया में अपनी तरफ से एक ईंट जोड़ पाएगा ?

क्यों नहीं ?

और उन दिनों जब वह मानवता के उच्चतम धरातल पर खड़ा अपनी जिन्दगी से सन्तुष्ट औरों की जिन्दगियों को कुछ और खूबसूरत बनाने की सोचने लगा था कि एक घटना ने उसकी जिन्दगी के साज को जर्रा-जर्रा बिखरा दिया था। हुआ यह था कि सोनू में आए इस गुणात्मक परिवर्तन को उसके पिता काफी गौर से लक्ष्य करते जा रहे थे और पितृ-मोह के जाने किन अविवेकी क्षणों में उन्होंने सोचा कि जब एक अदनी-सी नौकरी ने सोनू के जीवन में इतने गुलमोहर खिला दिए तो एक जीती-जागती छोकरी पता नहीं क्या करिश्मा कर दिखाए। उसकी एकान्त और रंग विहीन जिन्दगी में। आखिर वे तो सदैव रहेंगे नहीं उसका साथ निभाने को।

उन्हीं दिनों सुदूर शैशव में पढ़ी कामायनी का एक सर्ग बिल्ली के-से दबे-दबे पाँवों में से जाने कहाँ स्मृति की झाड़ियों से निकलकर उनके मस्तिष्क को हॉन्ट करने लगा--'तुच्छ नहीं है अपना सुख भी, श्रद्धेय वह भी कुछ है। इस दो पल के जीवन का तो वही चरम सब कुछ है।' बस रामचन्द्र जुट गए पुत्र के लिए जीवन के उसी चरम 'सब कुछ' की प्राप्ति के लिए, जैसे कोई निर्वाणाकांक्षी बैठता है किसी बोधि-वृक्ष के तले। किसी जीवन सत्य की प्राप्ति के लिए।

किसी ने दबी जुबान से सुझाया--

"विकलांग के लिए विकलांग" तो भृकुटि तन गई रामचन्द्र की। आवाज में भरपूर

निर्णयात्मक और दृढ़ता भरकर खारिज कर दिया इस सुझाव को—इस देश में गरीब बेटियाँ इफरात से मिलती हैं। ढूँढ़ना नहीं पड़ता उन्हें, माँ-बाप खुद ही ढूँढ़ते चले आते हैं उन्हें। बस धैर्य रखना होता है और यूँ भी जमाना अब 'लव एट फर्स्ट साइट' का न रहकर 'लव एट पर्स साइट' रह गया है। और अपनी मुहावरेदार भाषा पर मुग्ध हो मन ही मन मुस्कराते रहे थे। जाने कब तक।

बहरहाल...उम्मीद पर दुनिया कायम !

और शीघ्र ही रामचन्द्र का आशावाद रंग भी लाया। शादी का जुगाड़ भी भिड़ गया। अलवर गाँव की हीं कोई बीस वर्षीया। पिता प्राइमरी स्कूल के अवकाश प्राप्त अध्यापक। घर में छह कन्याएँ। माँ मृत। रूप—सैकेंड क्लास। तस्वीरों की अदला-बदली।

सगाई।

शादी पूर्व के सोने से वे दिन ! चाँदनी झलकाती रातें !

कल्पनाएँ और मधुर कल्पनाएँ !

होंठों से फूटते तरानों का पिछला सफर था—हम होंगे कामयाब। इस बार का स्वप्न था—बाँहों में चँदा-सा बदन होगा...ओ मन थोड़ी धीर धरो। और धीर धरे मन ने यौवन की अकुलाहट और प्यार की मिठास के साथ इन्तजार किया। बीच के अन्तराल का।

जीवन कितना मदिरा कितना मधुर—सिर्फ एक व्यक्ति भर के आ जाने से...शायद इसे ही कहते हैं व्यक्तित्व का पूरी तरह प्रेममय हो जाना...हृदय का पूजाघर बन जाना—उसने लिखा था अपनी डायरी में।

साँस रोक प्रतीक्षा में बीते वे कुछ महीने कि देखते-देखते आ गई मधु चन्द्रिका की चिर-प्रतीक्षित मिलन यामिनी।

समस्त कार्यों को निर्विघ्न सम्पन्न कराकर एक जोरदार अँगड़ाई ली रामचन्द्र ने। उस रात अपनी मूँछों पर ताव देते यूँ घुसे अपने शयनकक्ष में, गोया सारी मलाई हाथ आ गई हो। गंगाबाई के चेहरे पर भी बेला गुलाब खिल रहे थे। कुछ और गहराती रात में रामचन्द्र ने गुदगुदाया पत्नी को, "देख लो कैसी बहू जुगाड़ की मैंने तुम्हारे लाडले के लिए। जो भी कहो शादी बिना जिन्दगी बर्बादी है।" कुछ दिनों पूर्व ही उन्होंने जाना था कि हिलटर ने भी अपनी आत्महत्या के कुछ घंटों पूर्व ही अपनी प्रेमिका से शादी रचाई थी। आज अपनी शादी के इतने वर्षों बाद रामचन्द्र ने अपनी ठेठ घरेलू पत्नी को भी इसकी जानकारी से अवगत कराना चाहा। आखिर पत्नी का भी बौद्धिक स्तर कुछ तो ऊपर उठे। "जानती हो हिटलर ने आत्महत्या के पाँच घंटे पूर्व अपनी शादी रचाई थी...शादी का नशा होता ही ऐसा है।"

"हिटलर ? हिटलर कौन ?"

"जर्मनी का राजा..."

"जर्मनी...जर्मनी क्या ?"

अबकी झुँझला पड़े वे। कुछ नहीं सो जाओ, तुम्हारे भेजे की नहीं ये ऊँची बातें...

रात...हल्की बारिश और वर्षो बाद—रामचन्द्र और गंगाबाई ने ली एक शाँत मीठी

गहरी नींद।

सुबह !

जब रामचन्द्र और गंगाबाई ने पुत्र-वधू को पाँव पड़ाई की रस्म के लिए तैयार होने को कहा तो सोनू और पुत्र-वधू दीपा के पपड़ाए होंठ, सूखे चेहरे और सपनों के मटियामेट होने की गवाही देते सुहागरात के कमरे (दुलहन को भेंट स्वरूप दिया जाने वाला मंगल-सूत्र, ड्रेसिंग टेबल पर ज्यों का त्यों धरा था) को देखा तो करंट मार गया उन्हें।

सोनू से पूछा तो वह टाल गया।

गोल-मटोल भाषा में पुत्र-दधू से पूछा तो उसने तबीयत नरम होने का बहाना बनाया।

कई-कई बार इस उस बहाने दोनों के मनों को टोहने की कोशिश की दोनों ने...पर सब व्यर्थ।

आठ दिन तक रही दुलहन, पर किसी के साथ भी संवाद का खाता तक नहीं खुला उसका।

दुल्हनियाँ के घूँघट उठाने की हसरत लिए पहली ही रात जब करीब जाने की चेष्टा की सोनू ने तो अपनी गोल-गोल गुलट्टी आँखों से इस तल्खी, हिकारत एवं वितृष्णा से देखा! उसने उसकी ओर कि मन के सारे कोमल पत्ते झड़ गए सोनू के और दूर बचपन में स्कूल के क्रूर साथियों द्वारा समवेत स्वर में लँगड़ा-लँगड़ा चिल्लाए जाने की क्रूर स्मृति पूरी भयावहता के साथ डराने लगी चेतना को।

उन आठ दिनों में बर्लिन की दीवार की तरह सोनू के अन्तर्जगत के एक-एक कोमल तन्तु को तोड़-तोड़ उसने उसे महज एक मलवे में ही बदल डाला था। जब-जब उसके करीब जाने की चेष्टा की गंगाबाई ने मुँह घुमा लिया दीपा ने। एक सुरक्षा सीमा रेखा खींच ली उसने अपने चहुँओर जैसे कि दुलहन नहीं कोई नो-एन्ट्री का बोर्ड हो।

दरअसल एक अपाहिज की पत्नी के कोटे में जितनी चाहत, तमन्ना, उमंग एवं हसरत होनी चाहिए थी उससे कहीं ज्यादा एवं विशाल कामनाओं और महत्त्वाकांक्षाओं का सागर हिलोरें ले रहा था, दुलहन के अन्तस में। इस कारण अन्य दरिद्र कन्याओं की तरह उसके विवाह का समीकरण रामचन्द्र के अनुसार बन नहीं पाया था।

बहरहाल दुलहन लौट गई थी...और बहुत शीघ्र ही उसने अपनी सकुशल पहुँच का सद्भावना पैगाम जनश्रुति की लहरों द्वारा अजमेर पहुँचवा दिया था कि सोनू नामर्द है। इस प्रकार के विकलांगों के लिए एक सहज विश्वसनीय दलील।

'नामर्द' शब्द एक ज्वालामुखी की तरह घर में फूटा था, जिसने रामचन्द्र, गंगाबाई और सोनू के दिमाग के परखच्चे उड़ा दिए थे। और जो रामचन्द्र तूफान, दुर्भिक्ष और रेल दुर्घटनाओं में अपने कई आत्मीय एवं परिचितों के मर जाने पर भी नहीं रोए थे वे पुत्र-वधू के इस अन्याय पर हिचकियाँ ले-लेकर सुबके थे।

धुएँ भरी किसी बन्द सुरंग में दम घुटनेवाले वे दिन...जीने की तमन्ना पर ताबड़तोड़ धावा करते, आस्थाओं को मटियामेट करते वे दिन।

उस रात दीवारों से सिर फोड़-फोड़ कलपा था सोनू—'ईश्वर-साँप, बिच्छू, कीड़ा-मकोड़ा कुछ भी बना दे, पर इस मानुष जन्म से मुक्ति दे। काश हिजड़ों की तरह विकलांगों की भी कोई अलग दुनिया होती।'

आत्महत्या का खयाल भी किसी माशूका-सा ही रिझाने लगा था उसे। पर ज्यों ही उस खयाल को व्यवहार की टकसाल में ढालने को आगे बढ़ा वह, यह सोचकर उसके हाथ-पाँव फूल गए थे कि आत्महत्या जैसी यह विलासिता भी सिर्फ स्वस्थ लोगों के लिए। सिर्फ दाएँ हाथ-पैर के अँगूठे के जरिए जो फाँसी का फन्दा बनाया उसने वह इतना ढीला बना कि यह सोच वह डर गया कि फन्दा कहीं अधर में ही धोखा न दे दे। और माना यदि फन्दा ठीक-ठाक बन भी गया तो फाँसी के टेबुल पर खड़े हो जाने के उपरान्त सिर्फ एक पैर के जोर से टेबल नहीं गिर पाई तो...और इस 'तो' के आगे हिम्मत जवाब दे गई उसकी।

बहरहाल...यह बात कि सोनू की दुलहन ने नामर्द सोनू को छोड़ दिया है, आग की तरह पूरे कस्बेनुमा शहर में फैल गई थी और हर टोहती नजर जब सवालिया निगाह और दिलचस्पी के साथ उसे घूरने लगती...तो वह बेकाबू हो देर रात तक आवारा की तरह शहर की गलियों में उद्भ्रान्त-सा भटकता रहता और जो सोनू कभी नौ बजे के बाद घर के बाहर नहीं रहा, वह आधी-आधी रात तक घर लौटता—बदहाल, खंड-खंड, विक्षिप्त, क्षुब्ध, व्यथित एवं परास्त। पूरी रात बत्ती जलती रहती, दरवाजा खुला रहता (कुंडी नहीं लगा पाता वह कमरे की कि कहीं अकेलेपन की अनुभूति और गहरा न जाए) और बिना कपड़े बदले कई बार जूतों सहित ही कटे वृक्ष-सा बिस्तर पर गिर पड़ता वह। तन को इतना थका डालता कि चैतन्य शिथिल पड़ जाए और वह किसी प्रकार नींद को पा ले, पर ऐसा कुछ नहीं होता...देर रात फिर खुलती डायरी और फिर उभरते कुछ खूनी अक्षर।

हे भगवान ! दुःशासन ने भी क्या चीर हरण किया होगा—द्रोपदी का, जैसा कि इस मक्कार ने पायजामा हरण किया उसकी इज्जत का। आरे, उसकी तो विकलांगता ही काफी थी, उससे सम्बन्ध विच्छेद करने के लिए, फिर क्या आवश्यकता पड़ गई थी इस प्रकार मिथ्या आरोपण कर उसे जुतियाने की। भीतरी उठा-पटक एवं तोड़-फोड़ के क्षणों में भी नारी मनोविज्ञान का अध्ययन जारी रहता उसका। पौराणिक कथाओं में पढ़ा था उसने कि राक्षसियाँ रूपवती महिलाओं का रूप धारण कर छलती थीं लोगों को। हिडिम्बा, सूपर्नखा, ताड़का आदि। अब समझ में आया उसे कि वे राक्षसियाँ महज मिथक नहीं थीं। जीवन के यथार्थ से कितना प्रतीकात्मक मेल था उनका।

दुख का प्रथम आवेग थोड़ा थमा तो उसने अपने को दूसरे ढंग से समझाने की चेष्टा की। हृदय की काम-पिपासा, ईश्वर की तलाश, जीने और भोगने की इच्छा पर काबू पाने के लिए उसने अपने लिए कई सूत्र गढ़े और पहले सूत्र के रूप में उसने

भारत और विश्वभर में प्रसिद्ध कुँआरों की एक फेहरिस्त बनाई जिन्होंने नारी सम्पर्क के बिना भी अपने जीवन को पूर्णता तक पहुँचाया...रतन टाटा, आईजक न्यूटन, जेम्स बचाल (अमरीका का अविवाहित राष्ट्रपति), सूरदास, अटल बिहारी वाजपेयी और अभिनेता संजीव कुमार।

दूसरे सूत्र के रूप में उसने एक पंक्ति लिखी ''जिसके पास ईश्वर और पुस्तकें हैं वह कभी अकेला नहीं रह सकता।''

इतना सब कहने का लब्बोलुआव यह है कि अपने आप से लड़ते एवं अपने को बिखरने से बचाने के उपक्रम में जहाँ सोनू की विकलांगता बहुत कुछ काबू में आ गई थी, वहीं यह विकलांगता रामचन्द्र को लगने लगी थी। जैसे कोई संक्रामक रोग। जिसका आविष्कार भी किया सोनाली ने। जिसने अनायास ही यह रहस्योद्घाटन किया कि हर व्यक्ति में अपनी तरह की विकलांगता है। हर राष्ट्र में भी। हुआ यह था कि उन्हीं दिनों सोनाली को कहीं से उड़ती खबर मिली थी कि दक्षिण भारत का कोई यशस्वी डॉक्टर है जो पोलियोग्रस्त हाथों और पैरों को पूर्णतः ठीक करने के लिए ख्याति प्राप्त है। सोनाली ने यही खबर रामचन्द्र को सुनाई और परामर्श भी दिया कि कुछ खर्चे की ही तो बात है। चेष्टा करने में जाता क्या है। कहते हैं कि सोनाली की उस खबर से पूरी तरह उदासीन रामचन्द्र ने पलटकर पूछ मारा था, 'पर इससे कहीं विकलांग कोटे में मिली सोनू की नौकरी तो वापस नहीं ले ली जाएगी...बार-बार दगा देती जिन्दगी का अब इकलौता सहारा सोनू के लिए एक नौकरी ही तो रह गई है।

आप बेशक जानना चाहेंगे कि इस कहानी का उत्तरार्द्ध क्या रहा ? जीवन की गोताखोरी में सोनू को कुछ हासिल हुआ या जीवन पर से ईमान ही उठ गया उसका ?

आपको जानकर आश्चर्य होगा कि जीवन के मध्याह्न में सोनू के जीवन स्वप्न को जगाया उसी के समान एक विकलांग स्त्री ने जिसने पहली बार सोनू को समान धरातल पर खड़े होकर संवाद करने का सुख दिया, गहन तृप्ति दी। खुलकर बोलने का आत्मविश्वास दिया। वह युवती विकलांग इन अर्थों में थी कि उसकी पीठ पर कोई साढ़े पाँच इंच का कूबड़ था। सोनू के साथ उस युवा एवं हँसोड़ कुबड़ी से मुलाकात की कहानी भी बेहद दिलचस्प। दरअसल भीषण निराशा के दिनों में कई बार सोनू ने अपने जीवन के झरने को देश-प्रेम की नदी में डुबोना चाहा और इसी उद्देश्य के चलते वह बीच-बीच में कई जन आन्दोलनों से भी जुड़ता रहा और इन्हीं आन्दोलनों के दौरान उसकी भेंट उस युवा कुबड़ी स्त्री से हुई जो उस तबके के लिए काम कर रही थी जो उससे भी बदतर थे। भारत की बीस लाख वेश्याएँ वोट नहीं डाल पाती यह बात कुबड़ी ने ही सोनू को बताई थी। कानूनन तो कोई बाधा थी नहीं, लेकिन सरकारी अधिकारी चकलाघरों में जाकर मतदाता सूची बनाने की जहमत नहीं उठाना चाहते थे। कुबड़ी वेश्याओं को पहचान-पत्र दिलवाने एवं उनके लिए मतदाता सूची बनवाने में लगी हुई थी। इसी दौरान कई बार मिलना हुआ था सोनू का कुबड़ी से। कुबड़ी की तेजस्विता,

आत्मविश्वास, हँसोड़ स्वभाव एवं कर्मठता देख वह दंग था।

कुबड़ी उसे जीवन की धूप लगती। रेगिस्तान का गुलमोहर लगती। रात की मीठी नींद लगती। अपने जीवन की भविष्य निधि लगती। जब-जब मिलता वह उससे, यूँ देखता उसे मानो अपनी पलकों पर ही बिठा लेगा। कुबड़ी ने भी सोनू की आँखों में छाए समर्पण के भावों को पढ़ने में कोई भूल नहीं की थी और बहुत शीघ्र ही दोनों अन्तरंग हो गए थे।

अब जबकि यह सुनिश्चित-सा हो ही गया था कि दोनों कभी भी परिणय-सूत्र में बँध सकते हैं तभी फिर एक गड़बड़ हो गई। ठेठ यथार्थवादी सोनू के पिता जो एक तरफ हर हाल में अपने पुत्र को सुखी देखना चाहते थे, और दूसरी तरफ जिन्दगी पर से जिनका ईमान उठ गया था। उन्होंने फिर एक सलाह अपने चालीस वर्षीय पुत्र को दे डाली। अपने किसी विश्वसनीय मित्र द्वारा उन्होंने सोनू के मित्र को कहलवाया कि--टू बी ऑन दि सेफ साइड सोनू, शादी के पूर्व अपना मेडिकल परीक्षण करवा ले जिससे प्रथम विवाह की तरह बाद में शर्मिन्दगी न उठानी पड़े। और यदि ऐसी-वैसी कोई बात हो भी जाए तो मेडिकल प्रमाण-पत्र को प्रामाणिकता के तौर पर दिखाया जा सके। पिछले विवाह में जब उसको लेकर झूठ-मूठ ही उड़ा दिया गया था तभी यह बात रामचन्द्र के दिमाग में आई थी कि काश हाथ में ऐसा कुछ होता तो उसे दुल्हनियाँ के बाप के मुँह पर दे मारते कि नामर्द मेरा बेटा नहीं, तेरी बेटी छिनाल है।

कहते हैं कि पिता का यह परामर्श सुनते ही सोनू का दिमागी सन्तुलन और आत्मविश्वास सभी गड़बड़ा गया। कोई आँधी उसके भीतर उसके पोर-पोर में बहती उसके वजूद को झकझोरती एक ही रट बार-बार लगाती रही थी...नामर्द...नामर्द। कई-कई रात वह कमरे में उद्‌भ्रान्त-सा चक्कर काटता रहा। एक अजीब किस्म की नस-तोड़ एवं पागल कर देनेवाली बेचैनी एवं छटपटाहट शर्मिन्दगी की लपट में उसके पोर-पोर में हजार-हजार नागफनी की बेचैनी भरने लगी थी।

कुबड़ी अब उसे अपनी प्रेमिका कम एक विशुद्ध मादा अधिक दिखाई देती। उसे लगता दुनिया में सिर्फ एक ही सच्चाई है...प्यार के सारे सम्बन्ध, सारे विशेषण उसी एक बिन्दु पर टिके हैं...और कहीं सचमुच ही वह खरा नहीं उतर पाया उस मूल बिन्दु पर तो...और इस तो ने उसके अन्तरंग क्षणों को कभी प्रतिशोध के क्षणों में तो कभी अपने दरकते आत्मविश्वास के क्षणों में बदल दिया था। क्या कुबड़ी भी उसकी विकलांगता का यह मतलब निकाल सकती है ? क्या उसके दिमाग में भी यह सब है ? और एक दफा इन्हीं काले डगमगाते एवं दरकते आत्मविश्वास के क्षणों में उसने कुबड़ी के साथ कुछ ऐसी वैसी हरकत कर दी थी जिसे कईयों ने बलात्कार तक का नाम दे डाला था जिससे उस समाज सेविका का मन उससे फिर गया था और उसने सोनू से अपने सारे सम्बन्ध तोड़ लिए थे।

कहते हैं बाद में सोनू फिर कभी उस शहर में दिखाई नहीं पड़ा था।

लेकिन कॉमरेड

मेरे सामने बैठे हैं गोपालीदा, एक बदरूप एवं बिना पीठ की छोटी-सी टेबुल पर। अपने मुचड़े और उठंग पायजामा की जेब से एक पहलवान छाप बीड़ी निकाल उसे सुलगाते हैं, तल्लीनता से पहला सुट्टा लिया, फिर मुखातिब होते है, मेरी तरफ–"जेल जीवन जानने के लिए मरे जा रहे हो ना, लो पढ़ो यह खत, शायद कुछ मिल जाए–कोई नई दृष्टि !"

अपने लगभग अवकाश प्राप्त अवस्था तक पहुँचे हुए मटमैले बुशर्ट की सामने की आयताकार जेब से, अँगुलियों की कोमल-कोमल पकड़ से, बहुत हिफाजत-नजाकत एवं मान-सम्मान के साथ फैला देते है पत्र को, गोया पत्र नहीं किसी इष्ट देवता का धर्मोपदेश या कोई धार्मिक तस्वीर ही हो, पत्र इस प्रकार–

सर्वाधिक प्रिय सति,

तुमसे मीलों दूर रहते हुए भी, दीवारों से पार मैं सुन सकती हूँ, तुम कह रही हो--इस सावन में दो साल हो जाएँगे कॉमरेड मेरी को हमसे जुदा हुए। तुम्हारी दूसरी कैदी साथिनें सिर हिलाते हुए कहेंगी–तुम्हीं ने उसे सिखाया था, कॉमरेड शब्द का सही अर्थ। यद्यपि हमें दूर कर दिया गया है फिर भी यह कॉमरेडशिप ही है जो हम एक-दूसरे के बारे में सोच रहे हैं।

कैसी हो तुम ? क्या तुम्हें अब भी जब तब बुखार चढ़ जाता है, जेल में आए दिन हुई अत्यधिक पिटाई के चलते ? क्या उसके चलते तुम्हारे कान अब भी झनझनाते रहते है ? मैं देख सकती हूँ। कैसे तुम खाने के लिए दिए गए भात में से कॉकरोच के अंडे, कीड़े, कंकड़ और फूस को छाँट-छाँटकर सड़ी गन्धाती दाल और काली कढ़ी के साथ खाने के लिए स्वयं को तैयार कर रही हो। मैं सुन पा रही हूँ तुम मुझे अपनी माँ और बाबा के बारे में बता रही हो, जो अपने अन्त समय में तुम्हें बिना देखे ही इस संसार से चले गए थे। क्या तुम अब भी अपने भविष्य और उस संकट के बारे में सोचती हो जो इन्तजार कर रहा है तुम्हारे जेल से बाहर आने का। भूमिहीन किसानों के बीच काम करते हुए तुमने जाने कितने जमींदारों को अपना दुश्मन जो बना लिया था। क्या पानी की किल्लत के चलते अब भी तुम्हारा कंठ सूखा रहता है और बदन गर्मी से झुलसता हुआ ? या अब बरसात हो गई है ? बरसात में क्या तुम्हारी छत चूना

बंद हो गई है ? या अब भी टपकती चूती छत से तुम्हारा सेल, कम्बल और कपड़े पानी से भींग-भींग कर बदबू मारते हैं ?

तुम्हारे केस का क्या हाल है ? क्या अब भी वे तुमसे सिर्फ कागजी वादे कर रहे हैं ? एक दिन तुम्हें धमकाएँगे-आजीवन कैद और दूसरे दिन तुम्हें आश्वासन देंगे कि उनलोगों को तुम्हें छोड़ना ही होगा। क्या सेल की गन्दगी, मक्खियों, मच्छर और शरीर पर जगह-जगह हुए फोड़ों, फुंसियों और लाल-लाल चकते, धीरे-धीरे तुम्हें पागल नहीं बना रहे है ?

जेल बाबूओं का क्या हाल है ? क्या अब भी वे तुमसे मिर्च पिसवाते रहते है जब तक कि तुम्हारी आँखे फूलकर लाल अंगारा न बन जाए, तुम्हारे शरीर की एक-एक हड्डियाँ चरमराने न लगे ? क्या अब भी उबलती धूप में तुम उनके लिए गोश्त पकाते हुए स्वयं को झुलसाती रहती हो ? वे गोश्त के टुकड़े जो कैदियों के आहार से चुराए गए थे। क्या अब भी तुम्हें बाजार से एक चौथाई दाम में अपने साबुन को बेचने के लिए बाध्य किया जाता है ? वो भी अहसान जताते हुए ?

मुझे पता है, सति आज भी तुम दीवार के उस पार से अपने पिटते हुए कॉमरेड की मारक चित्कार को सुनकर आँसू बहाती रहती होगी और मेरे जाने के बाद जाने कितने और शव उस दरवाजे से गुजरे होंगे। हर आनेवाले दिन के साथ तुम्हारा रक्तचाप खतरनाक ढंग से नीचे गिरता जा रहा होगा और तुममें खून की कमी बढ़ती जा रही होगी। लेकिन मुझे विश्वास है, इन सबके बावजूद तुम्हारे अन्दर आशा जीवित है। क्योंकि तुमने सर्वहारा, गरीब और उनकी यातनाओं में विश्वास किया है। उनके सुख-दुख में एकाकार हुई हो। तुमने मुझे लाखों लोगों की त्रासदी, जिन्दगियों के बारे में एवं अपने बारे में बताया है। तुम्हीं ने मुझे सिखाया है कि क्रूरता और अन्याय को खत्म करने के लिए व्यक्ति को अन्तहीन यातना भुगतनी ही पड़ेगी।

तुम सोच रही होगी कि कुछ होने पर भी सब कुछ समान है। नहीं, सब समान नहीं है। लोग पहले जैसे नहीं रहे हैं। वे उठ रहे हैं। जाग रहे हैं और एक दिन तुम देखोगी कि तुम भुलाई नहीं गई हो। तुम मुक्त कर दी गई हो। तुम मुक्त कर दी जाओगी।

मेरी टाइलर

27 मई, 1972

"मेरी टाइलर ! कौन है यह ? भारतीय तो नहीं लगती !"

"भारतीय होती तो लगती ना ! 1971 की जून-जुलाई में बिहार में जमशेदपुर के पास जो कुछ नक्सलवादी पकड़े गए थे, उन्हीं में से यह भी थी, यह ब्रिटिश युवती !"

ब्रिटिश युवती और नक्सलवादी ! जैसे दूध और छाछ, कालाहांडी और कैलिफोर्नियो—साथ-साथ विस्मय और अविश्वास से खुला का खुला रह जाता है, मेरा मुँह, पर अपनी उत्तेजना पर ठेपी लगाता मैं प्रश्न की दूसरी मिसाइल फेंक देता हूँ उन पर।

"सती ! यह सती कौन है ? कहाँ मिले थे उससे आप ?"

जिस गति और तेजी से प्रश्न छोड़ा जाता है जवाब उतना ही धीमा-धीमा, ठण्डा-ठण्डा जैसे उनके सर्द-ठण्डे पड़े वर्तमान से पीछे मुड़कर, उतरते, अतीत के गलियारे से आ रहा हो, धीरे-धीरे खिसककर।

"साथ ही साथ थे हम—बिहार के हजारीबाग जेल में, दीवार के उस पार वह, इस पार पुरुष वार्ड में मैं, जमादार, वार्डेन और कभी-कभी जेल सन्तरी की कृपा से हम एक दूसरे की खोजबीन ले लेते थे। चिट्ठियाँ भी एक दो ली दी थी।"

बोलना जारी है गोपालीदा का और उस खुले पत्र पर हाथ फेरना भी। कॉमरेडी गरमाहट भीतर उतरती जा रही है। चेहरा आभा युक्त, मुलायम आर्द्रता में लिपटा। पीला पड़ चुका पत्र का पन्ना एवं हर मोड़ कुछ कुछ फटेहाली की ओर अग्रसर, इस बात की गवाही देते कि इसी प्रकार जाने कितनों के समक्ष खोला गया होगा वह पत्र।

कोमल-कोमल हाथों से तहकर रख देते हैं उसे, जैसे कुछ लम्हों के लिए पत्र नहीं किसी निजी दुःख की तह खोली हो। उससे दो-चार हो लिए हो और फिर तहकर रख दिया हो। यथास्थान।

आप बेशक जानना चाहेंगे...कौन हैं ये गोपालीदा !

तो किस्सा कोताह आज से 28 वर्ष पुराना !

कहानी प. बंगाल की। कलकत्ता की। बात उन दिनों कि है जब प. बंगाल के क्षितिज पर एक नई विचारधारा देश के सर्वश्रेष्ठ एवं सम्भावनाशील-युवावर्ग एवं बुद्धिजीवियों के बीच मध्याह्न के सूर्य के समान जगमगा रही थी। 1970-71 के वे गरमागरम लाल दिन। मैं तब शिरिष के फूल-सा कोमल-शान्त एक पढ़ाकू। बारह वर्षीय। पिता असिस्टेन्ट कमिश्नर ऑफ पुलिस (ट्रैफिक) और उसी हैसियत से लाल बाजार की चौथी मंजिल पर स्थित कमिश्नरों के लिए बनाए गए क्वार्टरों में से एक के वाशिंदा।

उन्हीं दिनों एक मर्तबा भोर वेला में, परियों के ख्वाब देखने की उम्र में, तितलियों की ताजगी में सोया था कि नींद उचट गई। हवा में गूँजती कोई चीख कानों से टकरा गई। कोई अपने दरकते प्राणों से कलप रहा था, बिजली की सी तड़प लिए—मारो, मार डालो बा...बा...ऊई माँ। भोर की प्रशान्ति, स्तब्धता एवं सन्नाटे को चीरती बड़ी ही मनहूस लगी थी वह आवाज—चेतना को सुन्न एवं जीवन-आस्था को लकवाग्रस्त करती सी। कौन मार रहा था उसे ? इस कदर दरिन्दगी से ! मिनट-मिनट में, रह-रहकर टकराती वह आवाज। मैं सिहर उठता...जैसे हर आवाज के साथ मेरा कुछ मेरे वजूद से झड़ रहा था। माँ और पिता जी की भी नींद उचट गई थी। थोड़ी असुविधा वे भी महसूस कर रहे थे, पर जिस प्रकार घटना की भयावहता मेरे भीतर उतर रही थी, वैसी दहशत उनमें कहीं से भी नहीं व्यापी थी।

"कुछ नहीं, सो जाओ..." और सामने पड़ी चिकनी सुराही से गटागट पानी पी पिता जी फिर नींद की मनावन-रिझावन में लग गए।

बहुत पहले, करीमपुर गाँव में कुछ दिनों के लिए घूमने गया था। वहाँ मेरे दादा

की अपनी गौशाला थी। एक दिन अलसायी दोपहर की निस्तब्धता में सोया था कि प्राणों को मथ डालनेवाली ऐसी ही एक आवाज सुनी। माँ पास में ही थी, मुंडी हिलाती बोली, 'कुछ नहीं। गाय रो रही है, सो जाओ' पर मैं फिर सो नहीं पाया। बरामदे में झाँककर देखा, दादा गाय के मोटाए शिशु बछड़े को घसीटते हुए किसी कसाई के हाथों बेच रहे थे और खूँटे से बँधी गाय प्राणों की पूरी शक्ति से बिलख रही थी। लाल बाजार में भोर वेला की वह आवाज भी करीमपुर की उस दोपहर जैसी ही थी, बल्कि उससे भी ज्यादा दहशत पैदा करनेवाली, प्राणों को कँपकँपा देनेवाली। भोर की प्रशान्ति में अपशकुन सी, जीवन की सुन्दरता और आस्था को मटियामेट कर देनेवाली वह चीख जो किसी के दरकते एवं चिथड़े हुए कजेले से निकल रही थी।

मुझे फिर उसी प्रकार का आश्वासन दिया गया था, पर इस बार आश्वासन देनेवाले पिता थे—कुछ नहीं सो जाओ। बहरहाल...कुछ दिन और खामोशी के नाम। पिता की सख्त हिदायत थी कि मैं ऊपर, नीचे, दाएँ-बाएँ कहीं भी ताक-झाँक न करूँ। कुछ देखकर भी न देखूँ। सुनकर भी न सुनूँ। घर से सीधा स्कूल और स्कूल से सीधा घर। बीच में विशेषकर डी.सी.डी.डी. (डिप्टी कमिश्नर, डिटेक्टिव डिपार्टमेन्ट) के रूम के सामने से या इन्टेरोगेटिंग रूम, सेन्ट्रल लॉकअप की तरफ से गुजरूँ भी नहीं।

मैं नहीं गुजरा, पिता के प्रति आज्ञा भाव के चलते नहीं, वरन् मृग शावक की तरह अपने ही भीतर दुबक बैठे डर से कि कहीं राह चलते फिर मुठभेड़ नहीं हो जाए उस कलपते आर्तनाद से।

लेकिन फिर ऐसा हुआ। एक सुबह घर की बालकनी में खड़ा ब्रश कर रहा था कि हठात् इन्टेरोगेशन रूम की खिड़की पर नजर पड़ गई। किसी कुँवारी कन्या की लज्जा की तरह हमेशा बंद-बंद रहनेवाली वह खिड़की उस दिन खुली हुई थी। किसी शोध छात्र की सी एकाग्रता एवं जिज्ञासा से मैं अपनी पूरी चेतना को आँखों में समेटकर उसी ओर ताकने लगा था कि फिर एक बार वैसी ही कलपती-बिलबिलाती प्राणों के दरकते अंश से धरती को फाड़कर गूँजती आर्तनाद... ! दो सिपाही दोनों ओर और दोनों के बीच करीब 20-22 वर्षीय एक युवक ! इधर से भरपूर लाठी पड़ती, उधर जा गिरता...उधर से पड़ती, इधर जा गिरता। 'बाँ...बाँ...गों...गों...' की सी हिचकियाँ कुछ देर वातावरण में तैरती-सी और फिर धीरे-धीरे अवरोही मोड़ लेती और अन्त में धीरे-धीरे एकदम शेष होती हुई वे चीखें...वे आर्तनाद (शायद वह बेहोश हो गया था)। वे आवाजें शेष नहीं हुई थीं, मैं शेष हो रहा था। मेरी आँख, नाक, कान...सब जगह वे चीखें, वे आवाजें ही भर गई थीं। खड़ा का खड़ा ही रह गया था मैं—खंडित, विवश, भयभीत और सुन्न !

कौन था वह ? हत्यारा, डाकू, खूनी ? मन के बियाबान में जाने कितने प्रश्न जंगली पेड़ों से उग गए थे। जाने कितनी आड़ी-तिरछी रेखाएँ !

बाहर सब कुछ शान्त...लेकिन मेरे भीतर अब भी पूरे ब्रह्मांड का शोर। पिता से पूछ नहीं पाया था। भयवश। लेकिन अम्मा और पिता की गुफ्तगू एवं खुसर-पुसर का एक जुमला उछलता-कूदता मेरे कानों में पड़ गया था। 'जीना हराम कर रखा है इन

नक्सलवादियों ने !'

करीब छह महीने का अन्तराल...ग्रीष्म की एक सुबह !

बालकनी से नीचे की ओर झाँका तो सभी रेंक के आफिसर्स—ओ.सी. सब इंस्पेक्टर, इंस्पेक्टर, डी.सी.डी.डी. कांस्टेबुल आदि चुस्त कामांडो की तरह मुस्तैद। गदगदायमान सभी। हल्का-सा शोर और ढेर सारा उत्साह वातावरण में तैरता-सा। और तभी एक सिपाही उड़ता-सा हमारे यहाँ—''ध्रुपद मजुमदार के अरेस्ट करा होए छे...'' (ध्रुपद मजुमदार पकड़ा गया है)

''कि ? कोथाय ?'' (क्या ! कहाँ ?)

''एन्टालीर काछे'' (एन्टाली के पास)

चहकते पिता नीचे, पीछे-पीछे मैं। किसी विचित्र कौतुक एवं अजूबे की उम्मीद में खड़ा, कि तभी देखा, पुलिस की गाड़ी से दो सिपाही किसी एकदम कृशकाय, करीब 60-62 वर्ष के, दम्मे से पीड़ित हाँफते हुए व्यक्ति को उठाकर ला रहे हैं। उनमें से एक के हाथों में ऑक्सीजन सिलिंडर था।

कौन था वह ? इतना मरियल, लम्बा कृशकाय एवं नीले पपोटों के बीच दिपदिपाती आँखोंवाला वह वृद्ध जिसके पकड़ लेने पर पुलिसवालों में गजब का उत्साह, जैसे युद्ध जीत लिया हो ! किस अपराध में पकड़ा गया था वह ?

प्रश्न ! प्रश्न ! और प्रश्न !

माँ से पूछता, तो माँ टाल देती। पिता से पूछता तो पिता भड़क उठते। एक बार बहुत पहले किसी गली से गुजर रहा था कि आकस्मात् कानों में रंडी शब्द पड़ गया था। पिता से पूछा था इसका मतलब, तब भी पिता इसी प्रकार भड़क उठे थे।

बहरहाल जीवन आगे चलता गया और मैं अपने बचपन की किशोर होती जिज्ञासाओं पर ठेपी लगाता गया। ऊपर से सब कुछ शान्त ठहरा पर ऊपर-ऊपर स्थिर जल के भीतर ही भीतर जाने कितने झंझावात थे, स्वयं मुझे भी पता तब चला जब गुजरते समय ने मुझे लेक्चरर बनाने के साथ ही साथ हाथों में लेखनी थमा दी। और जब लेखन में मैं गहरे और गहरे धँसता गया तो पाया कि सोते-जागते अतीत के वे शव, वे आर्तनाद, वे चीखें मन के समुन्दर पर तैरती किसी फूली लाश की तरह चीख रही है—'मुझे लिखो ! मुझे लिखो ! लिखना चाहा प्रेम की प्रथम फुहार पर, स्त्री की प्रथम छुअन पर, पर अतीत की जाने कितनी परतों को फोड़कर जो बाहर निकला वह तो लहूलुहान करता कुछ। न नारों का शोर था जो अन्तिम साँस छोड़ते समय दीपक बनर्जी ने लगाए थे—नक्सलबाड़ी लाल सलाम ! जो परिमल सेन ने फायरिंग स्क्वाड के सामने ललकारते हुए कहा था—यू कैन नॉट स्टॉप रेवोल्युशन बाई किलिंग अस (तुम हमें मारकर क्रान्ति को रोक नहीं सकते)।

लौटता हूँ फिर वर्तमान की तरफ।

''क्या है नक्सलवाद ?'' मेरे पूछने पर गोपालीदा ने ही समझाया था—'जमीन उसी की, हल जिसका, जोते जो उसको...' की तर्ज पर 1967 की बसन्त में प. बंगाल के

जलपाईगुड़ी जिले में स्थित छोटे से ग्राम नक्सलबाड़ी से शुरू हुआ एक आंदोलन, जिसमें भूमिहीन किसानों ने भूमि पर जबर्दश्ती कब्जा कर लिया था और जमींदारों के विरुद्ध सशक्त आन्दोलन छेड़ा था...उस आन्दोलन की चिंगारी को मशाल बनाने के लिए कृतसंकल्प पं. बंगाल, बिहार, आसाम, केरल और पंजाब के मध्यवर्गीय परिवार के हजारों हजार किशोर और युवक-युवतियाँ, जिन्होंने अपना सम्भावनापूर्ण कैरियर और खुशहाल जिन्दगी की सुख-सुविधाओं को ताक पर रख गाँवों में भूमिहीन किसान, छोटे किसान, मजदूर किसान, शेयर क्रॉपर्स एवं आदिवासियों के बीच उन्हें संगठित-सजग करने एवं उनके सुख-दुख के साथ एकाकार होने चले गए थे, क्योंकि उनके क्रान्ति नेता ध्रुपद मजूमदार ने उन दिनों उनका आह्वान किया था—ग्राम दिए शहर घेरो। "पर शोषक और शोषितों की इस लड़ाई में सात समुन्दर पार भूतपूर्व मालिकोंवाले देश की उस मिल्की, चाकलेटी लेडी मेरी टाइलर का क्या काम ?"

हँस देते हैं गोपालीदा, मेरे फार्मूले सोच पर—"एक धरती, एक योनि में जन्म लेने के रिश्ते क्या कम गहरे होते हैं पार्टनर ? वैश्वीकरण जैसे भाव का उत्स यही तो रिश्ता है। विचार एवं संवेदना के स्तर पर अनन्त समाजिकता। पर आज के 'होनहारों' ने बाँधकर रख दिया है इस विराट भाव को भी, महज वस्तुओं के आदान-प्रदान से।"

बातों की धारा संवेदना से विचारों की गहराई की ओर जाने लगती है। मैं डूबने-डूबने को होता हूँ कि—तभी पिछवाड़े से कुछ गिरने की आवाज धड़-धड़ धड़ाम ! चौकन्ने हो जाते हैं वे—शायद पिछवाड़े का दरवाजा खुला रह गया है।

जमती बातचीत...बीच में यूँ उठ जाने से कहीं कोई लय-तान टूट न जाए, मैं जरा भी खतरा उठाने के मूड में नहीं होता हूँ—"छोड़िए भी, सड़क पर कुछ गिर-गिरा गया होगा।"

"ना बाबा ना अभी थोड़े दिन हुए। पिछवाड़े से गाय घुस गई थी, खा डाला मेरे बेहद जरूरी कागजात को। लापरवाही नहीं माँगता, एकदम नहीं !" खास बंगाली मूड में बोलते गोपालीदा यह जा वह जा।

वापसी दो पल बाद ही।

"गाय नहीं बेटा था। स्कूल का भारी भरकम बैग गिर गया था उससे।"

बिखरी बातों का सूत्र थामते फिर बतियाने लगते है गोपालीदा। "वह विदेशी महिला आई थी इस देश को देखने, महसूसने जिसके बारे में उसने अपने इतिहास की किताबों में बड़ी ही अजीबोगरीब बातें पढ़ रखी थी। चाय पीनेवालों, भूरे काले एवं गन्दगी पसन्द करनेवालों का, जादू टोने में जीनेवालों का एवं जगह-जगह मंदिरोंवाला एक गरम, अजूबा धार्मिक देश। यही पर ट्रेन में ही उसकी मुलाकात हुई थी अमलेदु चक्रवर्ती से जो उसी साल प. जर्मनी से एम. टेक की भारी भरकम डिग्री हासिल कर भारत लौट रहे थे। दोनों की बेवलेंथ मिल गई थी। तार जुड़ते गए। भारत के लिए अमलेंदु की चिन्ता अपरम्पार पर साथ ही देश में बढ़ती उस नई मार्क्सवादी, लेनिनवादी विचारधारा के प्रति बहुत आश्वस्त एवं उत्साहित भी। बहुत शीघ्र ही अमलेंदु को अपने जीवन की मुक्ति

एवं सार्थकता इस नई विचारधारा के प्रति समर्थन में ही नजर आई। शीघ्र ही वह अपनी डिग्री अपना कैरियर, सब कुछ को भूल बिहार के आदिवासी अंचलों में भूमिहीन किसानों के बीच उन्हें संगठित करने एवं उनके दुख-सुख में एकाकार होने चला गया था।''

उसके इसी क्रान्ति रूप पर रीझी थी वह—मिल्की महिला !

''फिर ?''

''फिर क्या ?...चली गई वह भी अन्दर जैसे हम सभी गए थे।'' दाएँ हाथ को अन्दर जाने की मुद्रा में हिलाते हुए कहने लगते हैं गोपालीदा।

मैं ध्यान से देखने लगता हूँ, गोपालीदा का चेहरा। दोनों घनी भौंहों के बीच भूरा-सा एक चवन्नी के आकार का धब्बा। गोपालीदा क़े पाड़े (मुहल्ले) के देबू काकू ने बताया था कि दोनों भौंहों के बीच का वह निशान भी इन्हीं यातनाओं की सौगात है जो इन्टेरोगेशन के दौरान उन्हें किसी इंस्पेक्टर ने दिया था...जिसके बारे में कहा जाता था कि चुरुट पीते वक्त चंगेज खाँ की आत्मा उसमें घुस जाती थी और अपने चुरुट के आनन्द को कई गुना बढ़ाने के लिए वहाँ जो भी नक्सली उसके सामने होता था उसी के चेहरे को जगह-जगह से दाग देता था।

एक अन्तर्प्रेरणा बलवती हो उठती है और मैं पूछ बैठता हूँ...

''पुलिस-यातना के दौरान क्या आप भी उसी प्रकार चीखते चिल्लाते थे ?'' पूछते ही लगा, जैसे शान्त-सौम्य उनके चेहरे पर किसी ने राख पोत दी हो। अपने को गरियाता हूँ—मुझे इस प्रकार सीधे से ही नहीं पूछना चाहिए था। क्षणों के प्रवाह में, घटनाओं के बहाव में खुद-ब-खुद निकल आता सब कुछ। बहरहाल...पूछे हुए की धार को भोथरा करने के लिए मैं कुछ कुछ उतावली से दूसरा प्रश्न फेंक देता हूँ उन पर।

''आप गिरफ्तार कैसे हुए थे ?''

किंचित हँस देते हैं गोपालीदा।...दो पल मौन...बुशर्ट की पॉकेट के पास कोई कीड़ा रेंग रहा था, उसे झटकारते हुए बताते हैं—''खरिबरिया से आने के बाद...''

''खरिबरिया ? कब गए थे आप खरिबरिया... ?''

आँखे मूँदे वे जैसे टाइम और स्पेस की चोटी पर खड़े होकर अपने को पीछे की ओर धकेल लेते हैं और परम फुरसती निश्चिन्तता में स्टूल से जमीन पर आलथी-पालथी मारकर बतियाने लगते हैं।

''किस्सा उन दिनों का है जब पूरा प. बंगाल विचारों के एक नए क्षितिज की ओर बढ़ रहा था। कृषि मुक्ति, श्रम-मुक्ति, क्रान्ति बन्दूक की नली से आती है। चीन का रास्ता हमारा रास्ता, सत्तर का दशक, मुक्ति का दशक...जैसे गरमा-गरम नारे फ़िजा में थे। चीन तब अपने ही देश की सांस्कृतिक क्रान्ति से गुजर चुका था...उन्हीं दिनों चेयरमैन माओत्से तुंग ने एक नारा दिया था—ईच वन टीच वन—''कॉमरेड माओ से हमें वही ताकत मिलती जो किसी सनातनी को गीता के कृष्ण से। तो उसी से उत्साहित होकर मैं नक्सल भाव से उतर चौबीस परगना के खरिबरिया गाँव में लोगों को संगठित करने चला गया था। वहाँ करीब साल भर सन्थालियों के बीचों बीच उनका होकर रहा

लेकिन विशेष कुछ भी नहीं कर पाया था। धर्म और भाग्य की अफीम की पुड़िया खाए एवं मूर्च्छित पड़े वहाँ के लोगों की सहन शक्ति गजब की। भूख की टीस मिटाने के लिए पानी में नमक डालकर पी लेते लेकिन, विद्रोह, तोड़-फोड़ एवं प्रतिरोध की बातें रास नहीं आती उन्हें। इन क्रान्तिकारी विचारों को उनके धर्म एवं भाग्य से जकड़े मानसिक दुर्ग में पहुँचाना लगभग असम्भव।''

''कलकत्ता लौटा तो यहाँ का परिदृश्य एकदम बदला हुआ...शहर की सभी दीवारें गरम-गरम नारों से रँगी हुई, क्रान्ति जैसे कहीं आप-पास ही थी। हर दूसरा युवा कम्युनिस्ट...नक्सली...''

पाजामा की पॉकेट से रूमाल निकाल चेहरा पोंछते हुए धारा प्रवाह बोलते जा रहे थे गोपालीदा। मैं आश्वस्त हो चला था, बातचीत के प्रवाह में अब वे स्वयं ही उस बिन्दु पर आ खड़े थे, जहाँ मुझे अब और उकसाने या धकेलने की जरूरत नहीं थी। अन्दर की जाने कितनी दबी बातें, दबा ढका इतिहास स्वतः ही सर्र-सर्र बाहर चला आ रहा था।

''तब तक प्रथम पार्टी कांग्रेस की स्थापना एवं दार्जिलिंग कृषि समिति की स्थापना हो चुकी थी और हमारी पार्टी की सदस्य संख्या ताबड़तोड़ बढ़ रही थी। दरअसल प. बंगाल में सत्ता सुख भोगती, पर क्रान्ति और इन्कलाब की माला जपती इन पाजामा कम्युनिस्टों की जमात से सही मायने में क्रान्तिकारी कम्युनिस्टों का तब तक मोह भंग हो चुका था।''

पाजामा-कम्युनिस्ट !

हँसी आ जाती है मुझे उनके शब्द-गठन की सामर्थ्य पर...

पर वे बुरा सा मुँह बना लेते हैं जैसे अभी-अभी ही उन्होंने मोह भंग की पहली कुनैन गुटकी हो। बतकही फिर आगे की ओर....

''शोषित कृषक और श्रमिक मुक्ति की यह नई विचारधारा...प्राणों से लबालब उर्जीस्विन एवं जीवन की सुन्दरता में विश्वास करनेवाली एवं इसी कारण इस व्यवस्था में आमूल परिवर्तन चाहनेवाली नई पौध को किसी प्रेयसी की तरह ही लुभाने लगी थी। समुद्र में जैसे ज्वार आ गया था नक्सलबाड़ी हर कम्युनिस्ट के लिए मक्का-मदीना ही बन गई थी। बिहार, उड़ीसा, पंजाब, आसाम और केरल, सभी जगह की दीवारें रँगी हुई। कॉलेज चाहे इन्जीनियरिंग हो या मेडिकल या जेनरल, पूरा बैच का बैच की नक्सलवादी। कहीं-कहीं स्कूली बच्चे भी। बदली हुई हवा। बदला हुआ सौर मंडल...कि देखते ही देखते परिप्रेक्ष्य बदल गया। सत्ता पुलिस और राजनैतिक भड़ुओं का बर्बर दमन चक्र और देखते-देखते फिजा में बारूद, पुलिस की सीटी और धरो-पकड़ो की दहशत भरी गूँज।''

बीच का इतिहास गोपालीदा फास्ट फारवर्ड कर देते हैं। मैं समझ जाता हूँ...इसलिए 'नो मैन्सलैंड' पर खड़े किसी सिद्ध की तरह कहने लगता हूँ ''गोपालीदा, नक्सलवादी आन्दोलन की टूटती-मेरूदंड के पीछे प्रशासन का बर्बर दमन चक्र था, यह सही है, पर

क्या नहीं लगता कि कुछ आप लोग भी जिस प्रकार इन्डिविजुअल एनहिलेशेन (व्यक्गित हिंसा) पर उतर आएँ थे...आपके ये शॉर्टकट, ये रेडीमेड फार्मूला जनता में जड़ नहीं जमा सके। क्या ऐसा नहीं लगता कि आप लोगों को अपने इतिहास अपनी धर्म और संस्कृति, अपने समाज एवं अपनी वर्तमान समस्याओं के आलोक में अपना माओ, अपना लेनिन एवं अपना चेग्वारा गढ़ना था ?''

मेरी बातों से सहमत होते हुए भी तर्कबाजी रास नहीं आ रही थी गोपालीदा को। दरअसल जो हुआ था और जो उन्होंने स्वयं देखा था, भोगा था उसको उघाड़ने की मनः स्थिति में आ गए थे वे। संपूर्णतः इस कारण झुँझला से पड़े—'इतने सरल ढंग से इस प्रकार नहीं समझा जा सकता, सात साल मैं जेल में यही सोचता रहा था, भूल कहाँ हुई ? पर यह भी सोचने की बात है कि तूफानी वेग से आगे बढ़ता वह विप्लव महज चार सालों में किस प्रकार इतना सिकुड़ सिमट गया...?''

मैं समझ जाता हूँ, इस कारण जबरिया चुप्पी लगा जाता हूँ।

हवा में खिंची किसी अदृश्य लकीर की ओर ताकते हुए कहने लगते हैं वे।

''हाँ तो मैं बता रहा था, मैं गिरफ्तार कैसे हुआ ?''

''5 जनवरी 1971 की एक सामान्य सुबह करीब छह बजे के आस-पास मैं छत पर सोया हुआ। नीचे का दरवाजा खुला हुआ क्योंकि कुछ समय पूर्व ही माँ गंगा स्नान के लिए निकल चुकी थी।''

''नींद में झकझोरते हुए किसी पुलिस अधिकारी ने मुझे उठाया, अधखुली पलकों से वह मुझे किसी पहाड़ी चूहे की शक्लवाला सा ही लगा और अभी मैं बाहरी संसार से तालमेल बैठा ही रहा था कि उसने पूछा, ''आपनी की गोपाली सील ?'' (क्या आप गोपाली सील है ?)

''हाँ''

''आपना के थानाए जेते होवे'' (आपको थाना में चलना होगा)

''केनो ?'' (क्यों)

''तूमि नोक्सल'' (तुम नक्सल हो)

''और साथ ही हथकड़ी। बाद में मुझे पता चला कि उस दिन उस गली के तीन चार मकानों को कँटीले तारों से घेरकर, उनमें विद्युत प्रवाहित कर दी गई थी, यों कि कोई आगे बढ़े तो भी वहीं ढेर हो जाए। सीधी विद्युत समाधि ! बहरहाल...दर्पणा सिनेमाघर के पास ही नीले रंग की जालीदार पुलिस जीप थी जिसमें मुझे धकेल दिया गया था। गिरफ्तार करनेवाला ऑफिसर ड्राइवर के बाएँ तरफ बैठा हुआ था। भीतर कई पुलिस हवलदार थे। मैं भी उन पुलिस हवलदारों की पाँत में ही बैठने को हुआ कि मुझे जबरिया नीचे धकेल दिया गया जिससे मैं उनके चरण पखारता रहूँ और वे अपने बूटों, राइफलों के कुन्दों एवं लाठी से मेरी आवभगत करते रहें।''

बोलते हुए कुछ थके से दिखने लगते हैं गोपालीदा। मेरे भीतर का कथाकार फिर चाक-चौबन्द ! चौकन्ना ! कहीं आनेवाली घटनाओं को भी फास्ट फॉरवर्ड नहीं कर दें

वे जबकि उनकी जेल कहानी का असली अध्याय तो अभी शुरू होना है। शायद उन्हें चाय की तलब महसूस हो रही हो—सोचता हुआ मैं, उनसे मिनट भर का समय ले, पास की ही दूकान से दी कुल्हड़ चाय की ले आता हूँ।

चाय की चुस्कियाँ और कुछ पलों के लिए रुकी बतकही कि तभी आदत से मजबूर अपने शक्की मिजाज का परिचय देते मैं फिर खोंचा लगा देता हूँ उन्हें। इन्टेरोगेशन रूम की घटनाओं को एकदम कतर ब्यौत नहीं करना गोपालीदा...''

हँस पड़ते हैं वे—एक घायल और टप्पा खाती हँसी !

लेकिन कुछ क्षण बाद ही चेहरे के भाव में विद्रूपता के काँटे।

''ऊँची ध्वनिवाला सिर्फ एक एंटी सेप्टिक नाम है...इन्टेरोगेशन रूम, वरना वह तो सीधा सादा जानलेवा यातना घर था जिसका हेड पुलिस सुपरिटेन्डेट की रेंक का कोई ऑफिसर था और उसके साथ दो सब इंस्पेक्टर और दो पुलिस कान्स्टेबल। पुलिस लॉकअप से निकालकर मुझे सीधे उस छोटे-से इन्टेरोगेशन रूम में ले गए थे। नहीं, वहाँ कोई फर्नीचर नहीं था बस लेनिन की एक बड़ी-सी पोर्टेट थी जिसे देखकर मैं उस क्षण बुरी तरह चौंका था। लेकिन तुरन्त की समझ में आ गया था। मेरे अन्दर घुसते ही इन्टेरोगेशन रूम का दरवाजा बंद कर दिया गया था। उस क्षण पहली बार स्वयं को आतंकित महसूसा था। जैसे उस दरवाजे को नहीं वरन मुझे ही बाहरी दुनिया से काटकर मेरी चेतना और मेरे मनुष्य होने को बंद किया जा रहा है। मैं स्वयं को कुछ भी हो जाने के लिए मानसिक रूप से तैयार कर रहा था कि तभी चूहे की शक्लवाले उस इंस्पेक्टर ने अपने काले-काले मसूढ़ों को दिखाते हुए गर्दन से पकड़कर लेनिन की पोर्टेट को दिखाते हुए कहा—और ऊपर फेल थू-थू (उस पर थूको) और मेरे नहीं थूकने पर उस इंस्पेक्टर ने अभद्र घृणा से अपने कीड़े लगे दाँतों को पीसते हुए कहा,

'केनो...ओकि तोमार बाप होए।

'फेल थू थू (क्यों, वह क्या तेरा बाप होता है ? थूको)

''उस समय मेरी बलबलाती-उफनती इच्छा हुई कि उसी इंस्पेक्टर से मुँह पर थूक दूँ। मेरे एक जांबाज कॉमरेड ने किया भी ऐसा था। और उसकी इसी बहादुरी के चलते उसकी छाती पर पुलिसवालों ने अपने भारी बूटों को पटक-पटककर उसे रौंद डाला था। बाद में उसके शव को विरूपित कर मामले को रफा-दफा कर दिया गया था। बहरहाल मेरे नहीं थूकने के साथ ही थप्पड़, गाली और घूँसों से शुरू हुई यातना का तापमान क्रमशः बढ़ता गया और बढ़ती पूछताछ के साथ ही बूट बन्दूक की नुकीली नोक और लाठियों के जानलेवा प्रहार में बदलता चला गया।''

''गढ़े बदन और चूहे की शक्लवाला वह इंस्पेक्टर मेरे बालों पर जोर आजमाता किसी प्रचण्ड राष्ट्र के झण्डे की तरह फड़फड़ाया—

'मजिस्ट्रेट वरुण घोष पर किन किन नक्सलों ने हमला बोला था ? मुझे उसी समय मालूम पड़ा कि मुझे मजिस्ट्रेट वरुण घोष पर हुए कातिलाना हमले के केस में कॉगनिजेबल अपराध, यानी संगीन अपराध जैसे देशद्रोह आदि के तहत पकड़ा गया था।

'तन्मय चक्रवर्ती, परिमल सन्यास कोथाय लुकिय अच्छेन ?

''तीसरी दुनिया के राष्ट्रोंवाली करुणा ओढ़ते हुए मैंने कहा—'मुझे नहीं मालूम।' 'दे बेटा के'...और उसके बाद ही डोरी से मेरे हाथ पैरों को बाँधकर और मेरे घुटनों के नीचे लाठी को स्थित कर उसी के सहारे मुझे उल्टा लटका दिया था। मैं सैन्ट्रल कमिटी का सदस्य था, इस कारण मुझे पुलिस शब्दावली में जिसे थर्ड डिग्री टॉर्चर कहते हैं वही दिया गया था। पुलिस संस्कृति में उन दिनों यातनाओं का एक नया संविधान ही रचा जा रहा था। कुछ प्रमुख यातानाओं के नाम थे चरखी, सिकली, हैदराबादी गोली एवं डंडाबेरी आदि। मुझे जो यातना दी गई थी, उसे पुलिस शब्दावली में डंडाबेरी कहा जाता था, जिसके दौरान कॉमरेड व्योमकेश के सारे दाँत झड़ गए थे. प्रत्येक व्यक्ति को उसकी पार्टी की हैसियत के अनुसार यातना दी जाती, जो जितना बड़ा नेता होता है उसकी यातना उतनी ही स्तरीय।''

''दोनों कांस्टेबल मुझ पर लाठियाँ बरसाते रहे थे और दोनों के बीच कुशल समीकरण बैठाता लोमड़ी-सा वह इंस्पेक्टर अपनी जिरह जारी रखते हुए...वह न मुझसे कुछ स्वीकार करा पाया और न ही कुछ उगलवा पाया क्योंकि मैं नितान्त अनभिज्ञ था। आखिरकार मूर्च्छितप्राय अवस्था में उन दोनों ने उठाकर मुझे लॉकअप में पटक दिया था।''

''पूरी तरह होश में आने पर मुझे ताज्जुब हुआ कि मैं अभी तक जिन्दा था। फर्क सिर्फ इतना आया था कि गैंडे सी मजबूत मेरी कदकाठी महज छह घंटे के भीतर हैंडिल विथ केयर' में. बदल गई थी। मैं अपने अंग प्रत्यंग को हिला-डुलाकर देख रहा था कि वे काम कर रहे है या नहीं ? उस समय मेरे लिए यही सबसे बड़ा आश्वासन था कि मैं शत प्रतिशत साबुत था। सिर्फ मेरे पाँवों में पिंडलियों से ऊपर तक जगह-जगह आलू जितने बड़े गूमड़े निकल आएँ थे और मेरे मुँह, होंठ बुरी तरह सूजे हुए थे। मेरी आँखों के सूजे पपोटों ने मेरी पुतलियों को इस कदर ढाँप लिया था कि मैं पूरी तरह आँखें खोल भी नहीं पा रहा था। पलभर के लिए एक डर मेरे भीतर दुबक गया था-अब शायद मैं कभी चल नहीं सकूँगा-खत्म।''

पाजामा उठाकर दिखाते हैं गोपालीदा।

''देखो आज तक गट्टा बना हुआ है... चाल में लंगड़ापन है।''

ऊपर से स्वयं को पिघलता सा महसूसता मैं पूछ बैठता हूँ—

''पुलिस कस्टडी में कितने दिन रहे थे आप ?

''पन्द्रह दिन और इस दरमियान पाँच बार मुझे इन्टेरोगेशन रूम में ले जाया गया था। हर बार नया ऑफिसर आता, एक दो बार तो कमरा भी बदला हुआ था। सोलहवें दिन मुझे अलीपुर प्रेसीडेंसी जेल को हैंड ओवर कर दिया गया।''

''लेकिन कानूनन तो किसी भी आसामी को 24 घंटे के भीतर मजिस्ट्रेट के सामने हाजिर करना पड़ता है ?''

''कानून ?'' व्यंग्य से होंठों के कोने वक्र हो उठते हैं, आँखें मिच-मिचाने लगती

हैं उनकी। बेबसी एवं अवसाद के मिले-जुले भाव उन पर कुछ उसी प्रकार धावा बोल देते हैं जैसे पिछले दिनों शिव सैनिकों ने फिरोजशाह कोटला ग्राउंड पर धावा बोल दिया था।

''जानते हो, किसी भागते हुए पर गोली चलाना कानून की मजबूरी हो सकती है। पर पकड़े हुए को गोली से उड़ा देना, यातना गृह में यातना दे-देकर स्थायी रूप से विकलांग या दिमागी तौर पर अव्यवस्थित कर देना कहाँ का कानून है ? हजारीबाग जेल में कितने ही अपराधी ऐसे थे जिन पर ढ़ाई तीन साल हो गए थे केस ही नहीं चलाया गया था। कहीं-कहीं तो पाँच साल तक गुजर गए थे। हजारीबाग जेल में मुझे तीन साल तक जेल के भीतर जेल बनाकर कंडेम्ड सेल में 24 घंटा भारी जंजीरों में जकड़ कर रखा गया था।...क्या यह कानून है ? फिर कोर्ट के हस्तक्षेप से ही मेरी डंडाबेरी खुलवाई गई थी। कई वकीलों ने काफी हो-हल्ला मचाया कि इस प्रकार कोर्ट में लाना अदालत की सरासर अवमानना है।''

गोपालीदा बोलते जा रहे थे और सामानान्तर मेरे अवचेतन में दस्तक दे रही थी, कुछ अखबारी पंक्तियाँ जिन्हें मैंने उन्हीं दिनों पढ़ा था ट्रूथ एंड रिकॉनसिलिएशन ने 1986 में एक दस्तावेज जारी किया था जिसमें यह जानकारी दी गई थी कि जेल से छोड़ने के पहले नेलसन मंडेला को दिमागी रूप से कमजोर करने का प्रस्ताव किया गया था, यह सिफारिश भी कि उनकी सेहत इस कदर बिगाड़ दी जाए कि एक नेता के रूप में वे काम ही नहीं कर पाएँ।

मन किया, गोपालीदा को यह बात बताऊँ लेकिन मैं देख रहा था कि माथे पर हाथ रखे, आँखें मूँदे वे जैसे अपने भीतर ही बहे जा रहे थे...शायद अतीत के कबाड़खाने से उस कुछ को पकड़ लेने के लिए जो तमाम जद्दोजहद के बाद उन्हें लग रहा था कि वह कहीं उनके हाथों से छूट न जाए, इसीलिए अचानक दार्शनिक जामा ओढ़ते हुए वे मुझे कहने लगे थे—''जानना चाहते हो उन दिनों हम सभी कॉमरेड किस प्रकार अपना मानसिक सन्तुलन बचा पाए थे ? हम बचा पाए थे क्योंकि हमने शरीर के स्तर से स्वयं को एकदम ऊपर उठा लिया था। एक भाव और चेतना बनकर ही जी रहे थे हम। शरीर के स्तर पर तो हमने स्वयं को बैल ही बना डाला था। दरअसल जो कुत्ती जिन्दगी उस सुअरबाड़ी में जी रहे थे हम, सामूहिक रूप से हगना, क्षमता से पाँच गुना अधिक कैदी होने के कारण एक लम्बी बाँस की पट्टी के दोनों ओर ईंटें लगाकर एक अस्थायी शौचालय बना दिया गया था। उसी के आमने-सामने सिर झुकाए, एक-दूसरे से नजर चुराते हुए हम मूत्र विसर्जित क़रते थे। एक ही थाली—उसी से हगते वक्त धोना और बाद में साफकर उसी में खाना। लेकिन हम टूटे नहीं क्योंकि हमारे टूटते हौसलों और जर्जर हुई काया में यह विचार जीवन भरता कि सारे संसार में सुप्त-शोषित जाग रहे हैं, एशिया उठ रहा है। अफ्रीका अँगड़ाई ले रहा है। लैटिन अमरीका, अर्जेटाइना...वहाँ के काले भीरू आदिवासी, जिन्होंने सदियों तक अपना लहू बहाया लेकिन जिन्हें कभी इंसानी गरिमा नहीं मिली, अब हुंकार भर रहे हैं, मुट्ठियाँ भीच रहे हैं और हम भी उनमें

से एक हैं। सोच और विचारों का आलोड़न हमारे भीतर की बत्ती को गुल होने से बचाए रखता था।" बोलते-बोलते कुछ थके से दिखते हैं गोपालीदा। थोड़ा-थोड़ा किफायती मूड। यद्यपि वह रविवार था। फुरसती निश्चिन्तता का दिन। फिर भी औपचारिकतावश मैं कह बैठता हूँ–"आज के थाक आरो कोनो दिन एशे जाबो (आज रहने दीजिए किसी और दिन आ जाऊँगा)।

"ना...आज के और कोनो काजे मन बोसवे ना" (आज किसी दूसरे काम में मन नहीं लगेगा।)

मुझे अच्छा लगता है, बंगालियों की खाँटी अड्डेबाजी। कॉलेज में हम मजा लिया करते थे उनका–अड्डा ही धर्म अड्डा ही कर्म !

"लेकिन बन्धुजी, अब और बैठ नहीं पाऊँगा...चलो थोड़ी हवाखोरी हो जाए..." और गोपालीदा मेरे साथ ही निकल पड़ते हैं मुहल्ले की सैर पर।

सामने ही पस्त-पस्त-सा बित्ते भर का मकान, उसी की ओर तर्जनी उठाकर बोलते हैं–"यहीं रहता था मिलन घोष, रास्ते से चाय पीते हुए खींचकर ले गई थी पुलिस, आज तक पता नहीं चल पाया उसका, थाना-थाना खोज मारा, कहीं कोई एन्ट्री ही नहीं है। पिता ने इसी गम में दम तोड़ दिया, माँ एक खामोश खोल भर रह गई है। बहुत ठेल ठालकर बुलवाओ तो महज दो शब्द बोलकर चुप हो जाती है (उसका श्राद्ध) और तर्पण...।

जेहन में कौंधता है मेरे, इसी मुहल्ले के वाशिन्दा-बाबुलदा ने बताया था मुझे मिलन घोष के बारे में भी और यह भी कि 1971 की फरवरी में जेल भाग की जो वारदात हुई थी, चश्मदीद गवाह थे उसके गोपालीदा।

मेरे याद दिलाने पर कुछ क्षण देखते रहते हैं मुझे...स्थिर, शायद उन्हें अच्छा लगा कि इस बीच मैं उनके बारे में इतनी जानकारियाँ इकट्ठी करता रहा था।

खुलते थान की तरह परत-दर-परत खुलते जा रहे हैं वे।

"वह 4 फरवरी, 71 की शाम चार बजे का समय था। उस दिन जेल के भीतर सभी दरवाजे खुले हुए, लेकिन बाहर के प्रमुख तीनों दरवाजे बंद, वह समय कैदियों के टहलने का था। इस कारण सभी कैदी अपनी-अपनी बैरक से बाहर थे। जेल के भीतर एक बड़ा सा कमरा था, जाने क्यों, लेकिन उसे सभी सात खाना कहते थे, उसमें डेढ़ सौ नक्सली बंद थे। उसी के पास 17 नम्बर कमरा था उसमें अनन्त सिंह ग्रुप के 22 नक्सली बंद थे..."

"अनन्तसिंह ग्रुप... ?"

"हाँ वे भी क्रान्तिकारी थे। फर्क फकत इतना कि उनके प्रणेता चेग्वारा थे। जिनका विश्वास था क्रान्ति के लिए चाहिए एम.एम.जी. (मनी, माइंड और गन)। तब सभी कैदी खाना मिलकर बनाते थे। हठात् देखता हूँ कि अनन्त सिंह ग्रुप के 13 नक्सली ने किचन में घुसकर भीतर से दरवाजा बंद कर लिया और चिमनी की फाँक से वे ऊपर उठने लगे। उसी समय बाहर से एक बम फेंका गया था। बाहर उनके साथी जीप लेकर

तैनात। जेल दीवार के बाहर एक लैम्प पोस्ट था, पलक मारते ही देखा गया, उस लैम्प पोस्ट से रस्सी का एक सिरा बँधा हुआ और दूसरा सिरा चिमनी से बँधा हुआ और रस्सी के सहारे चलकर छह जन कूद पड़े। जेल दीवार और चिमनी के बीच लगभग आठ फुट की दूरी। तभी दूसरा बम धमाका...दो कैदी और निकले चिमनी से कि एकाएक सीटी और सीटी और पगली घंटी...वे दोनों कैदी रस्सी के टूट जाने से जेल की दीवार के भीतर गिर पड़े। अनुमान है कि तब तक मुख्य दरवाजे का सन्तरी लैम्प पोस्ट तक पहुँच गया था और रस्सी जो चमनी की फाँक और लैम्प पोस्ट को जोड़े हुए थी, को उसने तोड़ दिया था। सिर्फ छह फुट की दूरी, और जीवनधारा ही पलट गई थी। उन तेरह में से सिर्फ छह भाग पाने में कामयाब हुए। जेल की पगली घंटी और सभी सन्तरी वार्डन, जेलर, उप जेलर सात खाने के बाहर एकत्रित। सात नक्सली जो भाग नहीं पाए थे। उनमें एक रसायन शास्त्र के प्रोफेसर असीम चक्रवर्ती थे, और एक बम्बई के आर्ट फिल्मों के निर्देशक थे। उन सातों को आनन-फानन में घसीटते हुए केस-टेबिल पर लाया गया। साथ ही साथ कुछ दूसरे नक्सली नेताओं को भी सेल से घसीटकर वहीं ढ़ेर में ठेल दिया गया। जिससे लगे हाथों उन्हें भी 'सबक' सिखा दिया जाए। और फिर शुरू हुई उनकी मारक पिटाई।''

''आप उस समय कहाँ थे...?''

''हम सभी नक्सलियों को सात खाने के भीतर बंद कर दिया गया था और बाकी सभी को अपनी-अपनी बैरकों और सेल में। सिर्फ वे ही कैदी बाहर थे जिनको जेल प्रशासन को सबक सिखाना था।''

''एक तरफ निहत्थे वे थे और दूसरी तरफ लोहे के छड़ों और लाठियों से लैस सिपाही और मद खाए क्रिमिनल कैदी।''

रुई भरे बोरे की तरह धुनाई किए जाते उन साथियों का चित्कार हमें पागल बना रहा था। हमारी नस-नस फड़फ रही थी। सात खाने जेल के भीतर हम सभी नक्सली अपने उफनते-बलबलाते आक्रोश में मुट्ठियाँ भींचे लगातार नारे लगा रहे थे और जब सभी कैदी लुंज पुंज लोंदे की तरह जमीन पर ढ़ेर हो गए थे तब नाईट शिफ्ट वाले डॉक्टर एवं कम्पाउंडर को बुलाया गया था। डॉक्टर के अन्दर का इंसान जिन्दा बचा था, इस कारण उनके अंग-भंग शरीर को देखकर उसका माथा चकरा गया था, उसने पुरजोर शब्दों में इस बर्बर पिटाई का विरोध किया था। लेकिन बाद में उसे भी धमका दिया गया था।''

''उसी रात जो सात कैदी भाग नहीं पाए थे, उनमें से तीन ने दम तोड़ दिया था। उनके शव इस कदर क्षत-विक्षत हो गए थे कि जेल प्रशासन तक उन्हें पहचान नहीं पाया था। सुबह उनकी पहचान करवाने के लिए उन कैदियों को बुलवाया गया जो चौबीसों घंटे उनके साथ एक ही सेल में रहते थे।''

बोलतें-बोलते उनका स्वर एकदम बेजान होकर हाँफने लगा था। एक समूची धरती जैसे उनके भीतर हिल रही थी।

हम दोनों ही चुप थे। वे इधर, मैं उधर, एक गमगीन उदास सन्नाटा अतीत के गलियारे से आकर धम्म से पसर गया था हमारे बीच। मैं धीरे-धीरे मटमैले होते आकाश की ओर देख रहा था। उधर अपनी भीतरी बावड़ी में गहरे उतर गए थे गोपालीदा, शायद उन युवकों की स्मृतियाँ उन्हें उद्वेलित कर रही थी, जो कितनी थोड़ी मियाद के लिए आएँ थे यहाँ और जो गन्तव्य के पूर्व ही ज्वाला बनकर भस्म हो गए थे। और जिनके नक्शे-कदम पानी में खिंची लकीरों की तरह कहीं नहीं थे।

कुछ बीते पल इस बीच और सरक चुके थे।

मैं इन्तजार कर रहा था कि पूरी तरह निचुड़े हुए गोपालीदा कुछ सामान्य हों तो फिर उनमें हवा भरूँ, कुछ और उगलवाऊँ क्योंकि कुछ अनकहा अभी भी रह ही गया होगा। जिसे उन्होंने अन्त तक पहुँचने की अधीरता में उतावले दर्शक की तरह फास्ट फॉरवार्ड कर दिया होगा। मेरे भीतर का रचनाकार उन फॉस्ट फॉरवर्ड किए प्रसंग को बार-बार रिवाइंड कर उन अज्ञात प्रदेशों के चप्पों-चप्पों से वाकिफ हो जाना चाहता था। अपनी इस टटोलने-टोहने की प्रवृत्ति पर कहीं-कहीं अपराध बोध भी था, विशेषकर गोपालीदा की ऐसी घायल और बेचैन मनःस्थिति के चलते, लेकिन अपने भीतर के घाघ रचनाकार का क्या किया जाए जो इन चरम क्षणों में भी कोई न कोई दर्शन अपने बचाव के लिए गढ़ ही लेता है। यही अन्तर है एक इतिहासकार और साहित्यकार में। इतिहास में उन प्रसंगों को फास्ट फॉरवर्ड कर दिया जाता है जिनसे सत्ता के आततायी और कुरूप चेहरे के उघड़ने की सम्भावना हो, जबकि साहित्यकार बार-बार रिवाइंड करता है उन्हें जिससे परत-दर-परत छिपा सत्य उघड़कर सामने आएँ।

क्योंकि सही इतिहास की रोशनी में ही हम अपने वर्तमान को देख सकते हैं।

उस उदास खामोशी पर आघात करते हुए मैं फिर कुछ कुरेदता हूँ उन्हें—"पाड़े के लोगों से ही सुना था कि पहली बार जेल में आप सब इंस्पेक्टर की नाक के नीचे से चकमा देकर निकल भागने में कामयाब हुए थे...विश्वास नहीं होता..."

उतरती शाम की छाई में इक्के-दुक्के उगते तारों की ओर दृष्टि उठ जाती है उनकी यादों की भीड़-भाड़ में कोमल-कोमल-सा कुछ उग आता है सँवलाए चेहरे पर। और कुछ समय पूर्व का ही अवसाद एवं उदासी का घटाटोप धीरे-धीरे उसी प्रकार साफ हो जाता है जिस प्रकार सब्जी मंडी से पिछले दिनों प्यांज, राशन से किरासिन तेल और शहर से संस्कृति।

दार्शनिक अन्दाज में पहली बार एकदम शान्त-शान्त स्वर में बोलते हैं, "कई बार तमाम दरिन्दगी, पाशविकता एवं अमानुषिकता के मध्य भी करुणा और मानवता के द्वीप मिल जाते हैं। उन दिनों जेल के भीतर से चकमा देकर निकलना और वह भी किसी नक्सलवादी के लिए असम्भव, लेकिन यह असम्भव का सम्भव हुआ सिर्फ एक सब-जेलर की आत्मीयता के चलते, मृत्यु मुख से बचा लिया था उसने।"

"मृत्यु मुख !"

"हाँ लेकिन पहले तुम कौल करो कि तुम किसी भी कीमत पर उस सब-जेलर का

नाम नहीं इस्तेमाल करोगे, वह अभी सेवानिवृत्त नहीं हुआ है।''

''मैं कौल करता हूँ, वैसे आप चाहें तो नाम ही न बताएँ।'' मन्द-मन्द मुस्करा पड़ते हैं वे, अँगुलियों पर दिन और तारीख का हिसाब लगाते बताते हैं, ''चार फरवरी शाम को जेल से भागने की घटना से शुरू की गई पगली घंटी छह फरवरी सुबह तक बजती रही थी। पगली घंटी, मतलब आपातकालीन स्थिति, इस दरमियान कैदियों पर जो भी मार-जुल्म अजमाया जाए, उन पर केस नहीं हो सकता। चार फरवरी की शाम प्रायः सभी बड़े-बड़े नक्सलवादियों को सबक सिखा दिया गया था। कुछेक जो सात खाने में बंद रह गए थे, मैं भी उनमें से एक था। एकाएक छह फरवरी सुबह मुझे कहा गया। 'तुम्हारा रिलीज ऑर्डर आ गया है, मेरा माथा ठनक ही रहा था–पगली घंटी के बीच रिलीज ऑर्डर ! कि तभी सब-जेलर जिसे जाने कैसे मुझसे सहानुभूति हो गई थी, उसने बताया कि जेल के बाहर एंटी नक्सलाइट स्क्वाड का हेड इंस्पेक्टर रमेन नियोगी अपनी लाल बाजार की टीम के साथ मुझे किसी दूसरे मामले में पुनः गिरफ्तार करने के लिए खड़ा है। उप जेलर ने मुझसे अधिक बात नहीं की लेकिन इतना मुझे समझा दिया कि रमेन नियोगी मुझे किसी खतरनाक इरादे से पगली घंटी के बीच गिरफ्तार करने आया है। गोल-मटोल शब्दों में मुझे संकेत दिया गया था कि उसी समय एक बेल ऑर्डर (जमानत पर छूट) भी किसी कैदी के लिए पास हुआ था।''

''मैं भाँप गया वह क्या चाहता था। रमेन नियोगी मुझे पहचानता नहीं था। उस सब जेलर ने जान-बूझकर बेल ऑर्डर को अटकाए रखा और जेल कायदे के अनुसार जेल के छोटे गेट पर खड़ा सन्तरी जैसे ही चिल्लाया ''बेल एक'' मैं स्वाभाविक चाल से बाहर निकल गया। वहाँ से स्टॉपेज पर जाकर जो बस थी मैं उसी में चढ़कर किसी तरह बाद में बस बदलकर खरिबरिया के जंगली इलाके में पहुँच गया था। करीब तीन दिन बाद वहाँ से मैंने अपने कॉमरेड को फोन कर पहली बात जो अपनी माँ के बारे में पूछी वह यही थी कि क्या मेरी माँ अभी जिन्दा है, और दूसरी बात में मैंने अपनी स्थिति स्पष्ट कर दी थी।

हमारी वार्ता अब अवरोही तान लेने लगी थी और मेरे पैर स्वतः ही स्टॉपेज की ओर।

अपनी बात को फिनिशिंग टच देते कहने लगते है गोपालीदा, ''फिर कभी आना बताऊँगा दूसरी बार कैसे गिरफ्तार किया गया और वह भी इसी हरामी (रमेन नियोगी) द्वारा। पूरे छह साल रहा था, बिहार के विभिन्न जेलों में, वहाँ मिली थी सती और टाइलर... ।''

''सती अभी कहाँ है ?'' उस ढलती शाम की मेरी अन्तिम जिज्ञासा। ''वह अभी नौकरी में है। वामपंथी समाचार पत्र, वसुन्धरा में लाइब्रेरियन के पद पर पं. बंगाल के पॉलिटिकल सफरर (राजनीतिक पीड़ित) के कोटे में मिली थी उसे यह नौकरी।''

''पॉलीटिकल सफरर ! लेकिन कॉमरेड, कैसे स्वीकार कर ली उन्होंने यह सरकारी सौगात... ?''

जैसे विषैला पका फोड़ा भीतर ही भीतर टीस मारता है वैसी ही एक अनाम पीड़ा की ऐंठन से चेहरे की नस-नस खिंच गई थी उनकी। मैंने सती को छोटा करना नहीं चाहा था पर जिस उतावले अन्दाज में बात मुख से निकल चुकी थी, उनके जख्म फिर छिल गए थे। थके-बुझे एवं खंड-खंड खंडित राख से वे उसी गली में मुड़ गए थे। जाते-जाते अपने चिर-परिचित अन्दाज में उन्होंने "अबार एसो" (फिर आना) भी नहीं कहा था। शायद वह बिरवा जो रेतीली भूमि और पत्थर की छाती फोड़कर निकला था और जो कदम दर कदम झोंकों और झंझावातों को झेल-झेलकर कभी महावृक्ष बन गया था। उसकी जीवन सन्ध्या में इस प्रकार धराशायी होना स्वीकार नहीं कर पा रहे थे वे मेरे सम्मुख।

बहरहाल मैंने उस अध्याय को वहीं समाप्त समझ लिया था, परन्तु परसों दोपहर मुझे जनहित कूरियर से गोपालीदा का भेजा हुआ एक लिफाफा मिला था जिसमें सिर्फ एक अखबारी कतरन थी जिसमें लिखा था—10 फरवरी 99 को जलपाईगुड़ी से तिस्ता-तोरस एक्सप्रेस से यात्रा कर रहे 70 वर्षीय नक्सलवादी नेता दीपू सन्याल को कुछ डकैतों ने चौदह बार छुरा भोंककर घायल कर दिया था। वे अपनी सहयात्रियों की रक्षा के लिए उन डाकुओं से भिड़ गए थे। प्राथमिक उपचार के बाद राज्य सरकार से उन्हें सरकारी अस्पताल में चिकित्सा करवाने के लिए अनुरोध किया, जिसे उन्होंने ठुकरा दिया था।

मैंने भी पढ़ी थी यह खबर...लेकिन गोपालीदा ने क्यों भेजी मुझे यह कतरन समझ सकता हूँ।

लेडी बॉस

घूमते-घामते उस दिन चौरंगी पर अचानक शान्तनु मिल गया था। महानगर की अकेली उदास शाम हो, बैठे ठाले आप हों, करने को कुछ न हो, मन में व्यर्थता की अनुभूति हो और ऐसे में ग्रीष्म ऋतु में आई अचानक बरसात की तरह कोई पुराना यार-दोस्त भेंटा जाए तो उससे बढ़कर नियामत की कल्पना महानगर का कोई बाशिन्दा कर ही नहीं सकता है, क्योंकि ऐसे में आपके खाते में रात की मीठी नींद के समान कम से कम एक ऐसी शाम जुड़ जाती है जिसके लिए आप कह सकें कि आपने भरपूर जीयी है वह शाम।

अपने दफ्तरी जीवन के जाने कितने यातनापूर्ण क्षण गुजारे थे मैंने उसके साझे में, देखते ही उसे वे क्षण मन के बंद तहखाने में फड़फड़ा उठे थे।

गर्मजोशी से हम मिले और मिलते ही लगा जैसे संसार का सबसे बड़ा सुख यार-मिलन में ही हो। शुरुआती 'कैसे हो...कहाँ हो...' के बाद आखिर उसने पूछ ही डाला वह, जो मुझे देखते ही शायद उसके अन्दर उमड़ने-घुड़ने लगा था क्योंकि यही 'वह' एक सुदीर्घ काल तक हम दोनों की ही मानसिकता और संवेदना का हिस्सा रह चुका था।

'मैडम बॉस कैसी है ? हमारी...'

नहीं चाहते हुए भी एक दुष्ट मुस्कान होंठों पर खेल गई थी...फिर भी आवाज को भरसक संयत कर सहानुभूति का लेप लगाते कहने लगा था मैं।

अब तो एकदम स्पेन्ट फोर्स बन चुकी हैं...बिल्कुल निःशब्द अपने मन के घोंघे में घुसी हुई।

'क्या मतलब...' आँखें सिकोड़कर पूछने लगता है वह।

मतलब यही कि जीन्स पहनकर जब औरत के जिन्स ही तेजी से बदलने लगे तब यही होता है...अन्दर की बत्ती गुल और प्रतिभा, इच्छा शक्ति सब शून्य। कभी सोच सकते थे कि वे ही मैडम—इस कदर कुम्हलाई नाल बन जाएँगी...और कुम्हलाई नाल बोलते ही एकाएक कबीर की आत्मा मुझमें प्रविष्ट हो गई और दार्शनिक अन्दाज में कहने लगा—'काहे रे नलिनी कुम्हालिनी...'

लेकिन मेरे इस कवित्वपूर्ण अन्दाज को बिना कुछ सम्मान दिए, बल्कि कुछ-कुछ झुंझलाते से ही सीधे मेरी आँखों में आँखें डालते हुए यूँ पूछा जैसे उनकी इस हालत

के लिए कहीं से भी मैं जिम्मेदार हूँ।

'क्या करती हैं आज कल वे ?'

'अमाँ यार...अब करना-धरना भी क्या है...जो जितने वेग से भागता है वह उतना ही जल्दी थक भी जाता है। अब उन्हीं को लो...पन्द्रह-सोलह सालों में जो कुछ करना था। कर करा लिया। अब तो जिन्दगी जैसे एक अन्धेरी गुफा...बस दिन भर अपने महलनुमा घर की चौथी मंजिल पर बैठी-बैठी आसमान ताका करती हैं...जैसे 'उससे' सीधा कनेक्शन जोड़ रही हों...कभी-कभार ऑफिस में आती भी हैं तो ऑफिस में ही अपने निजी चैम्बर में ध्यान की मुद्रा में आसीन हो जाती हैं। एक बेचैनी... छटपटाहट...सब कुछ नुच जाने का अहसास उन्हें अंश-अंश दरका रहा है...सोचो, जिस कम्पनी को बेटा मानती थीं, अपना सब कुछ जिस पर झोंक दिया, आज उसे ही बेचने की सोच रहीं हैं... ।'

''यार किस चीज ने मार दिया उन्हें इतना...'' वह कुछ चिन्ता के स्वर में पूछने लगता है।

''मारा-वारा कुछ नहीं यार...दरअसल, सफलता के नशे में जो समझते हैं सब कुछ प्राप्य है...बस हाथ भर बढ़ाने की देर है उनके साथ ऐसा होता ही है। जिन्दगी की कुछ अच्छी चीजें तो जरूर हाथ लग जाती हैं उन्हें, पर गहरी तृप्ति देनेवाली बहुत अच्छी एवं शाश्वत चीजें छूट जाती हैं' । अपनी दार्शनिकता पर मैं स्वयं ही आत्म-मुग्ध हो उठता हूँ।

लेकिन शान्तनु था कि बजाय खुश होने के दुखी हो रहा था। मेरा ख्याल है कि यदि मैं उससे आठ-नौ साल पूर्व मिला होता तो मैडम के परस्त और परास्त होने की खबर सुनकर शायद एक प्रकार के हिंस्र आनन्द से भर उठता वह, लेकिन आज उम्र की पवित्रता ने शायद उसके मन के विराट भाव को जगा दिया था। जिस कारण उसमें से दुर्भावना...द्वेष–सब कुछ बह गया था।

कुछ और जी जुड़ावन बात कर शान्तनु अलग निकल गया था क्योंकि उसकी ट्रेन का समय हो गया था।

एक कसकती पीड़ा लिए जुदा होता हूँ मैं। रास्ते आगे बढ़ते हैं, पर मेरा मन–उमड़-घुमड़कर पीछे की ओर देखने लगता है और जाने कब समय की रेखाएँ पुछ जाती हैं।

आज से करीब पन्द्रह वर्ष पूर्व की वे बातें...वे लम्हें...जब मैंने और शान्तनु ने एक साथ न्यू जेनरेशन ऑफ सॉफ्टवेअर कम्पनी में जूनियर प्रोग्रामर की हैसियत से नौकरी शुरू की थी जिसकी बॉस थी एक लेडी...हम सबकी मैडम।

मैडम बॉस–जिनको हमेशा यह भुगालता रहता कि वे हँसी कि गई, कि चेहरे का कसाव जरा ढीला पड़ा कि कम्पनी का मुनाफा खिसका। चुस्त-दुरुस्त और फटाफट कामयाबी का रास्ता अख्तियार करनेवाली मैडम हँसती तो भी गणना करके। मैडम के स्नायुतन्त्र हमेशा तने रहते क्योंकि वे हमेशा तीन चीजों के बारे में सोचतीं–काम, मुनाफा

और स्टॉफ की ठोका-पीटी।

सुबह आठ बजते न बजते वे ऑफिस में हाजिर। खुले बाजार की खुली अर्थ-व्यवस्था की तरह मैडम के खुले बाल उड़-उड़कर एकदम पास बैठे स्टॉफ के लिए खासी परेशानी का कारण बनते, पर इन सबसे बेखबर वे कम्प्यूटर के सामने निःस्तब्ध बैठी प्रोग्रामिंग करती रहतीं। प्रायः सामने जम्फर में बटन की जगह आलपीन खोंसी रहतीं। खाते-खाते भी निगाहें स्क्रीन पर। शुरू-शुरू में कम्पनी के नए-नए बढ़ते मुनाफे और नए-नए बने प्रतिष्ठित ग्राहकों की सूची देखकर आत्ममुग्धा हो वे घंटों उसी की अनुभूति में लिपटी रहतीं।

मैडम के यहाँ वह मेरी और शान्तनु की नई नौकरी थी। इस कारण नई बीवी की ही तरह एकदम शुरू-शुरू में वह नई नौकरी हम दोनों को ही जबर्दस्त आकर्षक लगी थी। दरअसल जिस समय हमारा इन्टरव्यू लिया जा रहा था उसी समय 'गए काम से' वाले भाव हमारे मुख पर बादल की तरह छा गए थे। क्योंकि अपने आसपास बिखरी भीड़ को देखकर हमें वही अनुभूति हो रही थी जो किसी विदेशी पॉमेरेयिन या अलसेशियन के सामने घूमते देशी कुत्ते की होती है। लेकिन मैडम की पारखी निगाहों ने गँवई चोले के भीतर छिपी हमारी प्रतिभा और क्षमता को पहचान लिया था। इस कारण सारी भीड़ को दरकिनार करते हुए अगले दिन ही हमारे पास नियुक्ति पत्र पहुँचा दिए गए थे।

रात भर मैडम के ही सपने लेते रहे थे हम। 30-32 के आसपास की उम्र। बंगलौर से कम्प्यूटर विज्ञान में एम. टेक करने के बाद अमरीका से मास्टर डिग्री हासिल करनेवाली मैडम। गोरेपन की ओर उन्मुख गेहुँआ रंग। बुद्धि से दिपदिपाती आँखें। मुस्कान ऐसी कि मोनालिसा की मुस्कान भी फीकी लगे। मीठे नाक-नक्श। उस रात हम दोनों ही यही सोच रहे थे कि बस थोड़ा-सा बौद्धिक पैनापन का जो कठोर भाव मैडम के मुख पर बीच-बीच में छा जाता है वही उनके मुख से माइनेस कर दिया जाए तो जिन्दाबाद मैडम ! आई लव यू मैडम !

पर दूसरे दिन होते न होते हमारी वह हीर-रांझावाली मैडम हंटरवाली मैडम में तब्दील हो गई थीं। हुआ यूँ कि मैं दूसरे दिन तीन मिनट अट्ठाइस सेकेंड विलम्ब से पहुँचा था और शान्तनु दो मिनट अठावन सेकेंड लेट था। बड़े अरमानों, पूजा-पाठ एवं मनौतियों के उपरान्त मिली नौकरी के हमारे उछलते-उफनते उन्माद पर झाड़ू उस वक्त लग गई जब मैडम ने पहले हमारे जोश भरे गुड मार्निंग का बिना गर्दन घुमाए ठण्डा-सा जवाब दिया और बाद में मिजाज से हमसे पहली बात यही कही कि हम सदैव समय से कम-से-कम पन्द्रह-बीस मिनट पूर्व ऑफिस पहुँचा करें।

"मैडम रास्ता भयंकर जाम था।' अपने उचित समय बोध को दिखाने के उत्साह में जैसे ही मेरे मुँह से यह निकला, मैडम ने दूसरा गोला दागा—टॉक साफ्ट (धीमे बोलो) यह ऑफिस है।"

और तभी हमने लक्ष्य किया था कि मैडम खुद भी काफी धीमे-धीमे लगभग

फुसफुसाते हुए ही बात कर रही थीं जिससे कि दूसरे स्टॉफ को काम में तनिक भी बाधा न पहुँचे।

बाद में सभी स्टॉफ को मैडम ने अलग-अलग काम सौंपे और सबसे आश्चर्यजनक बात यह थी कि (मैंने अपने जीवन काल में सिर्फ यही ऐसा देखा था) मैडम के यहाँ हर काम लिखित रूप में मिलता था—मैडम के शब्दों में जॉब एसाइनमेन्ट। और जिस तारीख को वह जॉब एसाइनमेन्ट खत्म होता उसी दिन हमें मैडम के पास अपनी प्रोग्रामिंग लिस्ट के साथ हाजिरी देनी पड़ती थी। अपने अनुभव से हमने जान लिया था कि प्रायः जॉब एसाइन्मेंट में जितना काम दिया जाता वह नियत समय में होनेवाले काम से काफी अधिक रहता। यानी हमें नहीं चाहते हुए भी ऑफिस कार्य के लिए नियत समय से काफी अधिक समय देना पड़ता।

उस दिन एक और लक्ष्य किया था मैंने। मैडम का मशीनों के प्रति अधिक प्रेम। ऑफिस के टाइपिस्ट को टाइपिस्ट कहकर बुलातीं वे। पिऊन को पिऊन, लेकिन अपने कम्प्यूटरों को उन्होंने चम्पा, चमेली, रजनीगन्धा जैसे नाम दे रखे थे। पहले ही दिन जब मुझसे कहा गया चम्पा पर बैठ जाओ तो भौचक्क रह गया था मैं। अपने गाँव में जरूर हम गायों को श्यामा, हीरा, मोती एवं कृष्णा आदि नामों से पुकारते थे और कृष्णा पुकारते ही गायों के झुण्ड से कृष्णा दौड़ती हुई आ जाती थी। पर यह गायों के प्रति हमारे उसी प्रेम का द्योतक होता जो किसी पारिवारिक सदस्य के लिए होता। क्या करुणामयी मैडम का मशीनों के प्रति यह प्रेम पशु प्रेम का ही विस्तार है ? मैं दिन भर यही सोचता रहा था उस दिन, लेकिन मेरी गलतफहमी बहुत शीघ्र ही भंग हो गई थी और आनेवाले दिनों में मुझे एक चित्रकार का चित्र अक्सर याद आता जिसमें एक आधुनिका की गोद में कुत्तें का बच्चा था और प्रोएम पर अपना बच्चा।

इस बीच पन्द्रह दिन बीतते न बीतते हमारी शक्लें बदल गई थीं। चेहरे पर जंगली घास की तरह बिखरी दाढ़ी, थकान और तनाव से बोझिल हमारे तन-मन और उन सबके बीच मैडम की कड़कती शब्दावली जिसे हमने च्युइंगम की तरह चुभलाना नहीं, बल्कि कैप्सूल की तरह निगलना सीख लिया था।

बीच-बीच में मैडम ने कई बार हमसे बातें की थीं। मैडम की बातचीत का मुख्य एजेंडा यही रहता कि किस प्रकार हम अपने श्रम और ऊर्जा से सरप्लस (अतिरिक्त) को मैडम की कम्पनी की बढ़ोतरी के लिए झोंक सकते हैं। क्योंकि यदि कम्पनी ऊपर उठेगी तो कम्पनी से लटके-लटके हम भी ऊपर उठेंगे। सच कहूँ तो आइन्स्टीन के सापेक्षवाद सिद्धान्त में उस दिन पहली बार मेरी आस्था जागी थी।

दरअसल जिन्दगी को अंगूर के गुच्छे की तरह तोड़कर उसके रस को आखिरी बूँद तक निचोड़ लेने में विश्वास करनेवाली हमारी मैडम हम सबके फूटते यौवन-ऊर्जा और श्रम की भी आखिरी बूँद तक निचोड़ लेना चाहती थी। इसी कारण पन्द्रह-बीस दिन के भीतर ही सभी नए स्टॉफ के चेहरे छुआरे की तरह सूख गए थे। फिर भी ऑफिस जीवन अभी तक सह्य था, क्योंकि प्रायः हर दो-तीन दिनों के अन्तराल पर मैडम बाहर

निकल जाया करती थीं। कभी अपने ग्राहकों से मिलने तो कभी किसी कम्पनी में अपने सॉफ्टवेअर के प्रदर्शन के लिए।

मैडम बाहर क्या जाती चूहेदानी में फँसे बंद चूहे की-सी अनुभूति से हम बाहर निकलते। अपने-अपने घावों को कुत्ते की तरह चाटते सहलाते।

'न खाने की सुध न जीने का ही ढंग। आखिर किसलिए है मैडम को इतनी हाय-हाय।' अपनी भौंडी चकले-सी हथेली को नचा-नचाकर शान्तनु कहता तो हम सब खुलकर हँस पड़ते।

यू नो, अपनी कम्पनी को ग्लोबल देखना मैडम का सपना है। योगेश शान्तनु की जिज्ञासा को शान्त करने की चेष्टा करता। कम्पनी ग्लोबल बनती जा रही है लेकिन खुद मैडम के जीवन की परिधि सिकुड़ते-सिकुड़ते नफे-नुकसान तक ही रह गई है। साधारण व्यक्ति के जीवन की परिधि में भी कम से कम रात की मीठी नींद...एक बच्चे की मुस्कान, कुछ फूल और कुछ संगीत रहता ही है। मैं आदतन अक्सर किसी दार्शनिक की तरह सोचने लगता।

मैडम का फूल, मुस्कान...रात की मीठी नींद सब कुछ उनकी मुनाफा देनेवाली कम्पनी...बात शान्तनु पूरी कर भी नहीं पाया था कि तभी योगेश ने हमें आँख मारकर चुप हो जाने का इशारा किया। योगेश स्टॉफ में सबसे पुराना था। उसी ने हमें बताया कि हम मैडम के पिऊन के सामने कुछ भी बातचीत न करें, क्योंकि ये पिऊन मैडम के लिए अच्छी-खासी रडार का काम करते हैं। पीछे में कौन क्या कर रहा है, किसने फोन घुमाया, कौन कितनी बार बाथरूम गया, कितनी बार हँसा आदि की सारी सूचना सूक्ष्म से सूक्ष्म ब्यौरे के साथ पिऊन मैडम को सरका देते हैं।

बाप रे...शान्तनु चीख पड़ा था...। पीछे से भी मैडम का रिमोट कन्ट्रोल। शान्तनु में एक खासियत थी वह बात का पूरा विश्लेषण करता था। योगेश की चेतावनी को भी नकारते हुए उसने अपनी बात जारी रखी—दरअसल मैडम के इतने शंकालु और आक्रामक होने के पीछे उनके अन्तस की हीन-भावना एवं असुरक्षा की भावना ही कहीं न कहीं है जो भयानक होकर उभरती है। कहीं न कहीं हर कैरियरिस्ट औरत को यही लगता है कि कहीं कोई उनके औरत होने का अनुचित फायदा न उठा ले। इस कारण वे बेवजह आक्रामक, क्रूर और हिंसक हो जाती है। और तो और इन्दिरा गांधी की सफलता के पीछे भी उनकी एप्रिहेन्सिब (शंकालु) मनःस्थिति का हाथ बताया जाता है जिसके कारण वे हमेशा सशंक एवं चाक चौबन्द रहतीं एवं अपने ही कैबिनेट के मन्त्रियों की खुफियागिरी करवाती रहती थीं।

शान्तनु द्वारा मैडम के दिमाग की मनोवैज्ञानिक चीर-फाड़ में मुझे सचमुच मजा आ रहा था कि तभी मैंने देखा पिऊन जा चुका था। उसके जाते ही योगेश फिर खुलकर मुझसे पूछने लगा—"मेरे को ध्यान से देखकर बताओ कि क्या मैं लगता हूँ पैंतीस वर्षों का...।"

थोड़ा ढीला पड़ता योगेश...आँखों पर खासा मोटा चश्मा। कनपटी पर झाँकते

रुपहले बाल। कभी सुन्दर और युवा रहा होगा, लेकिन इस ऑफिस के जानलेवा तनाव और अपमान ने उसे उम्र से काफी पहले बुजुर्ग बना दिया था। उसे प्रायः दिन के हर पहर ही मैडम से लताड़े जाते हुए देखा करता था मैं।

एक दिन मैंने देखा कि मैडम के जाते ही वह उस कुर्सी को दनादन मुक्के मार रहा था जिस पर मैडम अभी तुरन्त ही विराजी थीं।

'यह क्या कर रहे हो' मेरे पूछने पर जलती निगाहों से ताका था उसने मेरी ओर। चेहरे की एक-एक रेखाएँ नफरत और द्वेष से अटी-पटी।

'उस जोंक के बुत को पीट रहा हूँ...यदि ऐसा नहीं करूँ तो माथे की नस फट जाएगी। न तो यह नौकरी छोड़ पाता हूँ, न ही यहाँ रह पा रहा हूँ। कुछ रुपयों के बदले ड्राकुला की तरह मेरा खून पी रही है यह औरत।'

हम सबसे बदतर हालत थी योगेश की। सुबह नौ से शाम साढ़े छह बजे तक उसे ऑफिस में रहना पड़ता था। लगातार डेटा एन्ट्री उसे बेहद थका और उबा देती। बीच-बीच में जब आँखों की जलन असह्य हो जाती तो वह ठण्डे पानी के छीटों से आँखों को धोता रहता। कई बार वह बुरी तरह घबड़ा जाता। दिन भर कम्प्यूटर की ओर ताकते रहने से हर वर्ष उसकी आँखों का पावर बढ़ता जाता था। वह अभी तक अविवाहित था। कई बार यह आशंका उसे खा डालती कि कहीं अपने बढ़ते आँखों के पॉवर एवं तेजी से सफेद होते बालों के चलते वह कुँवारा ही नहीं रह जाए और बीच-बीच में जब उस पर निराशा का दौरा पड़ता तो वह सबके सामने ही बिखर जाता था...'देखना एक दिन मैं भी अपने भाई की तरह कुँवारा और अन्धा ही मर जाऊँगा। बड़े भाई तो टाइपिस्ट थे फिर भी आँखों पर उतना जोर नहीं पड़ता। मेरा जाने क्या होगा। मशीन का रंगीन स्क्रीन तो मुझे अन्धा बना कर ही छोड़ेगा, बोलते-बोलते उसका गला अवरुद्ध हो जाता।

किसी गन्दे नाले के प्रवाह-सा ऑफिस का जीवन इसी प्रकार चलता रहता कि एक छोटी-सी घटना ने मैडम के अनुशासन और ऑफिस के वर्क कल्चर सभी का समीकरण बिगाड़ दिया था। यूँ घटना एकदम नगण्य थी, लेकिन कभी-कभी छोटी-सी घटना का प्रभाव भी जीवन के पूरे कैनवास पर पड़ जाता है।

हुआ यह था कि एक दिन जैसे ही हम दोनों ने ऑफिस के प्रांगण में प्रवेश किया, देखा—खूब सजी-धजी मैडम साड़ी में लिपटी, भारतीयता से भरपूर पूर्ण सौन्दर्य। अभी तक हमलोगों ने मैडम को जीन्स और जम्फर में ही देखा था इस कारण अनायास ही नजरें उन पर ठिठक गईं और हमारे इस कदर थोड़े तबीयत से देखे जाने पर उन्हें कुछ भ्रम हो गया। और बस उसी क्षण से वे बॉस से एक औरत बन गई और इस वर्ग संघर्ष में सूक्ष्म रूप से सेक्स की लड़ाई भी शामिल हो गई।

बहरहाल उनको सजी-धजी देखकर मैंने सोचा था कि वे बाहर जा रही हैं। लेकिन वे उस दिन कहीं बाहर नहीं जा रही थीं बरन बाहरवाले ही उस दिन अन्दर आ रहे थे। कलकत्ता की किसी प्रतिष्ठित ग्रुप की प्रतिष्ठित पत्रिका की कोई रिपोर्टर मैडम के

इन्टरव्यू के लिए आ रही थी...उसी के लिए यह तैयारी थी।

उस दिन कोई कम्प्यूटर खाली नहीं था। इस कारण मुझे मजबूरन मैडम के चेम्बर में ही बैठकर पेपर वर्क करना पड़ रहा था।

इन्टरव्यू लेनेवाली रिपोर्टर ने मैडम से कई सवाल पूछे थे...लेकिन जिन सवालों ने मेरी चेतना पर सवालिया चिह्न लगाए थे, इतने वर्षों बाद भी वे हू-ब-हू मुझे याद थे।

रिपोर्टर के किसी सवाल पर मैडम संजीदा होकर कह रही थीं...'महिला बॉस को लोग एक्सेप्ट नहीं कर पाते हैं इस कारण स्टॉफ को कंट्रोल करने में अतिरिक्त एनर्जी खपानी पड़ती है।'

'...आपके कोई बच्चे... ?'

'ओह नो ! माई कम्पनी इज माई चाइल्ड। माँ जिस प्रकार अपने बढ़ते बच्चे को देखकर खुश होती है उसी प्रकार अपनी कम्पनी को बढ़ते देखकर मैं...आई फील सो फुल...' मैडम चहक रही थीं।

और उसके तुरन्त बाद प्रशासनिक कुशलता के प्रदर्शन स्वरूप मैडम उस रिपोर्टर को लेकर कम्प्यूटर रूम में आ गई थीं।

और अभी वे अपने भिन्न-भिन्न मॉडल के कम्प्यूटरों एवं अपने द्वारा विकसित किए गए सॉफ्टवेअर के सजीव प्रदर्शन मशीन पर करने जा ही रही थीं कि एकाएक मैडम की आँखों में कुछ गड़ा...मैडम से ठीक साठ डिग्री के कोण पर योगेश बैठा था और उसके कम्प्यूटर की टेबल पर दो-तीन काफी कलात्मक रूप से बनाई हुई कागज की नौकाएँ एवं बैलून रखे हुए थे। पहली बार में तो कुछ समझ में ही नहीं आया मैडम को, दूसरी बार जब ध्यान से उन्हें छूकर देखा तो मैडम की कजरारी आँखें रक्ताभ हो गईं, गुस्से से नथुने फड़कने लगे। अपनी प्रशासनिक क्षमता का साम्राज्य जैसे ढहता नजर आने लगा...'तो इस प्रकार गुलछर्रे उड़ाए जाते हैं...ऑफिस के समय में और पेपर की इस प्रकार बर्बादी की जाती है। मैं सोचती हूँ...सब काम में डूबे रहते हैं...'रिपोर्टर की उपस्थिति में ही मैडम लगभग चीख पड़ी थीं।

उधर नौका के साथ सामने खड़ी मैडम को देखकर योगेश यूँ छटपटाया जैसे साक्षात् बोफोर्स तोप का मुँह उसकी ओर घुमा दिया गया हो। मैडम की खौलती आवाज के जवाब में कुछ बोलना भी चाहा तो मुँह से गों गो की निरर्थक ध्वनि के सिवाय कुछ न निकला।

मैडम को उसकी हालत देखकर थोड़ा सन्तोष हुआ इस कारण नौकाएँ उन्होंने योगेश के मुँह पर नहीं मारी। वरन् हम तो समझ बैठे थे कि योगेश की वही हालत होनेवाली है जो शिवाजी के हाथों अफजल खाँ की हुई थी।

योगेश को प्रायः हर दोपहर ही दस-पन्द्रह मिनट के लिए मैं कभी कागज की नौका तो कभी कागज के बैलून बनाते देखता था। दरअसल हम तीनों में वह कुछ-कुछ कवित्वपूर्ण मिजाज का था, जबकि उसका काम था एकदम सौ फीसदी यान्त्रिक। यन्त्र पर लगातार काम करते-करते जब उसे लगता कि वह भी एकदम ही लक्कड़-धक्कड़

बन जाएगा तो उन त्रासद क्षणों में वह कागज की नौका एवं बैलून बनाकर अपने थके और ऊबे हुए तन-मन को सहलाता एवं अपने अन्दर की सारी सृजनात्मकता एवं सौन्दर्य को उन कागजी खिलौनों पर उंड़ेल देता था।

योगेश की नौका ने मैडम के शंकालु मन और भीतर पैठे हीन भाव का भयानकता के साथ उभार दिया था। कहीं न कहीं पूरा का पूरा स्टॉफ मुझे औरत समझ झाँसा दे रहा है—की मानसिकता के साथ उसने सभी की खैरियत लेनी जरूरी समझी और तभी उन्हें ध्यान आया कि आज शान्तनु ने अभ्रदता के साथ उनकी ओर ताका था और अपना जॉब एसाइन्मेंट भी उन्हें नहीं दिखाया था।

बस किसी शक्तिशाली राष्ट्र के प्रचण्ड झण्डे के समान फड़फड़ाती हुई वे शान्तनु की ओर मुखातिब हुईं तो और भी विचित्र नजारा देखने को मिला। मैडम की चिल्ल-पों से निर्लिप्त निर्विकार शान्तनु आधा ऊँघता, आधा चेतता धीरे-धीरे की-बोर्ड पर अँगुलियाँ चला रहा था। दरअसल पिछली पूरी रात ही सुख से सो नहीं पाया था वह। एक तो भयंकर उमस और ऊपर से मच्छरों के आक्रमण ने रात को कबूतर के दड़बे जैसे बंद घर में उसकी नींद ही उचाट कर रख दी थी। उस पर सुबह तबीयत से नहा भी नहीं पाया था। मक्कार मकान मालिक सुबह नौ बजे के पहले पानी ही नहीं चढ़ाता, इस कारण एक लोटे भर पानी से ही कौआ स्नान कर वह येह जा वह जा।

अधूरी नींद के खुमार में आधा उँघते आधा जागते शान्तनु पर जब नजर पड़ी मैडम की तो मुँह का जायका बिगड़ गया। ऐसी जुगुप्सा से ताका उसकी ओर जैसे वह गली का कोई कुत्ता हो या कोई उच्चक्का लौंडा-लपाड़ा। एक उनके पिताश्री थे कि गुस्सा भी उनका अलंकार था। जब गुस्साते तो स्टॉफ तो स्टॉफ गली के कुत्ते तक भौंकना भूल जाते थे और एक वे हैं।

टूट पड़ने की भाषा में फिर गुर्राईं वे...आँखों में सामना करती बिल्ली की सी बिल्लौरी जलन...'ऑफिस को एकदम गवर्मेन्ट ऑफिस बना रखा है तुम लोगों ने...हर जगह इन-डिसिप्लिन...' बात पूरी भी नहीं हो पाई थी कि उनकी धारदार एवं खौलती आवाज की धार को भोथरी बनाते हुए ठीक उसी समय शान्तनु ने एक जोरदार उबासी ली और जब उसे लगा कि इस उबासी की अवधि में शीघ्र ही कमी आनेवाली नहीं तो किसी प्रकार बीच उबासी में ही फॉ-फू की भाषा में आँखों में उबासी के फलस्वरूप उफन आएँ पानी और कीच को पोंछते हुए कहने लगा...'आप तो सुबह से ही व्यस्त थीं नया जॉब एसाइन्मेंट लेता कैसे ?' और बोलने के साथ ही उसने बची हुई उबासी पूरी की। अँगुलियाँ चटकाई और गर्दन की जकड़न को दूर करने के लिए गर्दन दाएँ-बाएँ घुमाई।

शान्तुन की इस हरकत से नफरत और वितृष्णा का ऐसा दौरा पड़ा मैडम को कि वे क्रोध की भावदशा में चली गई और मुँह से बिना कुछ कहे लेकिन अपनी बॉडी की भाषा, अपनी भृकुटी, आँखें और चाल की भाषा में ही बहुत कुछ सभझाते-धमकाते बुलेट को भी मात करती गति से बाहर निकल गईं।

मैडम के बाहर निकलते ही हम सब सकते में आ गए थे और गहन चिन्ताशील मुद्रा में बैठे सोच रहे थे कि—भूमंडलीकरण के इस दौर में जब भारत की हलचल अमरीका के शेयर बाजार को कँपा देती है तो अब योगेश की नौका एवं शान्तनु की असभ्य उबासी न जाने क्या गुल खिलाए। क्योंकि भूल जाना या बात को उड़ा देना मैडम की संस्कृति में था नहीं, इस कारण दूसरे दिन ही शान्तनु एवं योगेश को सबक सिखाने के अन्तर्गत दोनों के कामों में बीस प्रतिशत वृद्धि कर दी गई थी। मैडम के गुस्से की पहली गाज गिरने के बाद हमने सोच लिया था कि मैडम का प्रतिशोध इसी बिन्दु पर समाप्त हो जाएगा और उड़ते बादलों की तरह आनेवाले दिनों में उबासी वाली घटना मैडम की स्मृति से धुल-पुँछ जाएगी। लेकिन मैडम ने शान्तनु की उबासी और योगेश की नौका को सायस अपनी स्मृति में जीवित रखा था, क्योंकि तीन महीने बाद भी जब वेतन वृद्धि का समय आया तो बाकी सभी स्टॉफ को वेतन वृद्धि दी गई, लेकिन योगेश का वेतन यथावत रखा गया एवं शान्तनु की पदअवनति कर दी गई। इस हरकत से शान्तनु मर्माहत था क्योंकि हम सबमें उसकी आर्थिक स्थिति सबसे अधिक डँवाडोल थी।

उसकी अपमानित अवस्था देख कई बार मेरे मन में शिक्षा को लेकर ही प्रश्नचिह्न लग जाता। लेनिन का कहना था, शिक्षा यानी चेतना और चेतना आगे जाकर मुक्ति का रास्ता खोलती है। पर मैडम की यह उच्च शिक्षा उन्हें कहाँ से मुक्त कर रही थी ? बहरहाल जब शिक्षा और मुक्ति का सम्बन्ध मेरे भेजे में नहीं समाया तो मैंने नीत्से से सान्त्वना पाई कि औरत ईश्वर की दूसरी सबसे बड़ी भूल है।

बाद के दिनों में भी मैडम बीच-बीच में शान्तनु की तरफ ऐसे देखतीं जैसे मध्ययुग में कभी नीग्रो या हब्शी की ओर देखा जाता था। भयंकर त्रासदी के दिन थे शान्तनु के लिए। लेकिन ऐसे दिनों में भी उसने आशा नहीं छोड़ी थी। और सदैव ऊँचे और सम्मानित जीवन के लिए प्रयत्नशील रहता था। और ऐसे ही अन्धेरे दिनों में से एक दिन उसके लिए मुक्ति का सन्देश लेकर आया।

उसको कहीं दूसरी जगह नौकरी मिल गई थी।

जाते वक्त हम सभी ने मैडम से छुपकर ऑफिस के बाहर खूब भावभीनी विदाई दी थी उसे। जिस दिन वह गया...हम सबको ऐसी अनुभूति हो रही थी जैसे हम सब बाढ़ में डूब रहे हों और एक अकेला वही किनारे लग गया हो।

आनेवाले दस-बारह वर्षों में जीवन के सारे अन्तःस्त्रोतों को जिस वेग से मैडम ने एक ही दिशा में दौड़ाया था कि तरक्की का ग्राफ बेधड़क आगे बढ़ता गया था, लेकिन जीवन की दूसरी बेहतरीन चीजें एक-एक करके छूट गई थीं। उन्हीं दिनों मैडम के पति को मास्को में कन्सलटेंसी मिल गई थी जिसका भी जमकर फायदा लिया था मैडम ने। और देखते ही देखते जापान, जर्मनी और मास्को की प्रतिष्ठित कम्पनियों ने अपने सॉफ्टवेयर के लिए मैडम को आर्डर दे दिए थे। उन्हीं दिनों मैडम ने किसी उच्च प्रोग्रामर से पोस्ट ऑफिस के एकाउण्ट सिस्टम को नियन्त्रित करने के लिए अद्‌भुत एवं न्यूनतम

लागत पर एक भौतिक तकनीक विकसित की थी—इंटेलीजेन्ट कार्ड तकनीक। मैडम का विश्वास था कि यह तकनीक उन्हें भारत के कम्प्यूटर के क्षेत्र में एक सार्वजनिक चेहरा बना देगी। जिस दिन मैडम ने तकनीक का प्रदर्शन रिजर्व बैंक के गवर्नर के समक्ष किया, उनके पाँव धरती पर नहीं पड़ रहे थे। मैडम की तकनीक भी स्वीकृत कर ली गई थी, और अब जबकि मैडम की आँखों में अखबारों में छा जाने एवं उस वर्ष की सर्वाधिक प्रतिभाशाली महिला बनने का सपना झिलमिलाने लगा था कि एक जबर्दस्त धक्के ने उनके सपनों के लाक्षागृह को धू-धूकर जला डाला था। एक तो कुछेक ही वाणिज्य एवं उद्योग प्रधान अखबारों जैसे—इकॉनामिक टाइम्स, विजनेस स्टैंडर्ड, फाइनेंशियल एक्सप्रेस में ही 'इन्टेलीजेंट कार्ड' तकनीक की प्रशंसा की गई थी, तस्वीरें भी छपी थीं लेकिन कैमरे का सारा फोकस रिजर्व बैंक के गवर्नर एवं संचार विभाग के मन्त्री ले गए थे...सिर्फ एक तस्वीर में एकदम कोने में किसी धूमिल पड़ी छाया-सी मैडम दिखाई दी थीं और खबरों में भी तकनीक का विवरण ही ज्यादा था। तकनीक विकसित करनेवाले का नाम, सिर्फ एक अखबार को छोड़कर किसी ने नहीं लिखा था। मीडिया के इस रवैए से मैडम काफी विक्षुब्ध थीं। यूँ भी उस तकनीक से आर्थिक दृष्टिकोण से तो विशेष लाभ होनेवाला था नहीं, आकर्षण था तो सिर्फ यशस्वी होने का और जब वह भी हासिल नहीं हुआ तो पहली बार विरक्ति के बीच फूटने लगे थे अपने प्रोफेशन के प्रति। जब मन उदास-उदास और मुर्झाया-सा रहने लगा तो बहुत दिनों बाद पति की याद शिद्दत से आई...और तभी वह जानलेवा खबर मिली कि पति महोदय तब तक अपने आधी उम्र की किसी रशियन महिला से विवाह कर ग्लोबल बन चुके थे। मास्को में बनी अपनी हैसियत का लाभ पति अब भी मैडम को देने को तैयार थे लेकिन खुद भारत आकर मैडम के साथ बसने को तैयार नहीं थे।

पति के बारे में जानकर कई दिनों तक मैडम को भयंकर हिस्टीरिया के दौरे पड़ते रहे थे। तीर्थ यात्रा, साधु संगम, धर्म ग्रन्थों का अध्ययन आदि का सिलसिला भी कुछ दिन चलाया लेकिन प्रखर बौद्धिकता ने धार्मिक संवेदना भी सुखा डाली थी। कभी किसी इंसान के प्यार की ख्वाहिश तो कभी किसी बच्चे की मुस्कान की चाह को लेकर कलेजे में एक हूक उठा करती तो कभी गहरी आत्मीयता एवं अन्तरंग बात करने को दिल तड़पता लेकिन दफ्तरी लोग दफ्तरी बातें कर चलते बनते। जिन्दगी के पैंतालीसवें वर्ष में साँय-साँय करते अकेलेपन के क्षणों से गुजरते हुए रह-रहकर यह प्रश्न चीर देता कि जीवन का जो अंश-प्रतिअंश स्वाहा किया...क्या रही उसकी कुल उपलब्धि ? उपलब्धियाँ किसलिए ? किसी भिखारिन को सड़क पर अपनी गृहस्थी के साथ देखती तो ठिठककर वहीं खड़ी जो जाती...मुझसे ज्यादा तो यह सुखी...। आज वक्त को काट नहीं पा रही है। मैडम इस कारण पहाड़-सा फैला सूखा निरर्थक वक्त उनको काट रहा है।

मैडम के जीवन के उत्तरार्द्ध की कहानी मैं शान्तुन को पूरी तरह बता नहीं पाया क्योंकि उसकी ट्रेन छूट रही थी। यदि पूरी कहानी वह सुनता तो अवश्य ही मुझसे कहता, देखो कितना सही कहा था मैंने—मैडम के बारे में। हाँ, मुझे अच्छी तरह याद

है, जिस दिन वह विदा हुआ था, हमारी कम्पनी से, काफी देर तक हम सड़कों पर घूमते रहे थे। उन्हीं क्षणों में कहा था उसने कि देखना मैडम कभी सुखी नहीं रह पाएँगी यद्यपि उनमें जीवन खूब है लेकिन जीवन की चेतना नहीं है, ये सुखी होना चाहती हैं लेकिन नहीं जानतीं कि सुख क्या है। ये दिन-रात काम में लगी रहती हैं, लेकिन इनके कर्म दूसरों को छूते तक नहीं।

मैं आज के इन तात्विक क्षणों में, जीवन की खोज के क्षणों में शिद्दत से चाह रहा हूँ कि कभी शान्तनु मुझे फिर मिल जाए तो उससे कह सकूँ कि तुम कितने ठीक थे।

रहना नहीं देश बिराना है

उतरती शाम में बॉलकनी से कपड़े उतार रही थी कि देखा वह सामान रखवा रहा था टैक्सी में। नीचेवाली आंटी और सरदार जी अंकल हाथ हिला रहे थे। घर की बूढ़ी महरी भी छोड़ने आई थी बाहर तक। उसकी हथेली पर भी जाते वक्त कुछ नोट धर दिए थे उसने...दस-दस के कुछ नोट दमक रहे थे। ऊपर से अच्छी तरह नहीं देख पा रही थी।

एक बेमतलब-सी, महीन एवं कोमल-सी उदासी छा गई थी मन पर...जो किसी भी थोड़े-बहुत आत्मीय को भी दूर जाते देखकर छा जाती है। या कहिए हर उसके लिए...जिस किसी ने भी आपके निस्संग जीवन में कुछ क्षण हँसते-बोलते गुजारे हों, दुख-सुख की बतकही की हो आपके साथ।

फिर वह...वह—दीप ज्योति तो कलकत्ते से ही नहीं, इस देश की सरहद से भी बाहर जा रहा था...शायद—एक लम्बे अरसे के लिए।

अधिक नहीं, साल-सवा साल का ही परिचय रहा होगा उससे, लेकिन फिर भी लगता रहा मेरा एक अंश ही जा रहा हो, जैसे उसके साथ।

कुछ था उसमें जो धीभे-धीमे-सा खींचता था उसकी ओर...हर बार। खामोश-खामोश एवं उदास-उदास-सा वह दीप ज्योति। जब पहली बार भेंटाया था मुझसे तो किसी भी कोण से नहीं लगा था—डॉक्टर जाति का।

"दीदी, आज मेरा दिल्ली से फोन आ सकता है, प्लीज बुला लीजिएगा। मेरी मम्मी का होगा। हर तीन-चार दिन में एक बार या तो मैं करता हूँ या वे कर लेती हैं। जब तक आवाज नहीं सुन लेतीं, चैन ही नहीं पड़ता उनको।"

मेरी आँखों में उठते प्रश्नचिह्न को भाँपकर फिर खुलकर कहने लगा था, "दिल्ली से आया था...डॉक्टरी की पढ़ाई के लिए...यूँ तो पिछले तीन सालों से हॉस्टल में ही रह रहा था...साल भर से आंटी का पता लग गया। जी, बरेली में पास-पास ही मकान थे पापा के और आंटी के, तो बीच-बीच में छुट्टियों में नीचे भी रहने आ जाता हूँ। मम्मी अकेली रहती है दिल्ली में, घबड़ा जाती हैं।"

और शाम को ही फोन था उनका। एकदम ठिठकी, ठहरी, कँपकपाती-सी आवाज..."जरा नीचे से बुला दीजिए...दीप को...दो मिनट बाद फिर मिलाती हूँ..."

लाईन कट...

बुलाने की जरूरत ही नहीं पड़ी थी।

देखा वह खुद ही ऊपर चला आ रहा था।

''हाँ जी मम्मी, सत् श्री अकाल...सब ठीक चल रिहा है। तूसी बोहत चिन्ता करते हो। हॉस्टल बिच खाना चंगा मिल जान्दा है। फल भी ले लेन्दा। हाँ। लो, गल कर लो'' रूमाल से माथे का पसीना पोंछता हुआ वह बोल कम रहा था पुचकार ज्यादा रहा था। और अन्त में फोन उसने मेरी ओर बढ़ा दिया था। ''मम्मी बात करेगी आपसे।''

''बहन जी, जरा चेहरा गौर से देखकर बताइए, देखने में कैसा लग रहा है, दुबला तो नहीं दिख रहा है...फल खाने के लिए टोकते रहिएगा।'' काँपती हुई आवाज धीरे-धीरे उठ रही थी, जिसके पीछे जाने कैसा इतिहास होगा...आदत के मुताबिक मैं फिर सोचने लगी थी। हजारों मील दूर बैठी एक माँ का कलपता चित्र आँखों में आकार-सा लेने लगा था।

और उसके बाद प्रायः ही हर सप्ताह उसका फोन आ ही जाता और तभी उससे चलताऊ बातचीत भी हो जाती।

''मम्मी बहुत चिन्ता करती है।''

''चिन्ता नहीं...एक प्रकार का डर बैठ गया है मम्मी के दिमाग में कि कहीं मुझे कुछ हो न जाए...। दरअसल जबसे पापा गुजरे हैं, जिन्दगी के रंग और अर्थ ही बदल गए मम्मी के लिए। जाने कितना डर और असुरक्षा जमा हो गया है मम्मी के भीतर और ऊपर से चौबीस घंटों का अकेलापन। पिछली बार गया था तो कुत्ता दे आया था मम्मी को कि कुछ तो चहल-पहल रहेगी लेकिन मम्मी ने उसको भी किसी को दे दिया...अब यही डर कि कहीं मेरे एकाएक आ जाने पर अजनबी समझ मुझे ही न काट ले कुत्ता।''

और आँखों में उभर आई भरी-भरी सी बदली को जबरन सोखने की चेष्टा करने लगा था वह।

उस दुःखद प्रसंग को वहीं विराम चिह्न देकर मैंने बातों का रुख फिर पलटा....।

''कितने भाई-बहन हो....''

''जी, एकदम अकेला हूँ।''

''मेरे लायक कोई काम हो तो बता देना...''

और सहानुभति का ताप पाकर उसके भीतर जमा कुछ-कुछ पिघलने-सा लगा था। चेहरा मोम-सा हो गया था। ''जी...जरूर...पर आंटी मेरा बहुत ख्याल रखती हैं, प्रायः कहती हैं बोरिया-बिस्तर लेकर यहीं आ जाओ...''

''हॉस्टल में कोई तकलीफ नहीं होती ?''

''तकलीफ...'' लगा जैसे होठों की कोर में विद्रूप-सा कुछ उभरा था उसके। कुछ देर पूर्व के नरम-नरम भावों पर पोंछा लगा दिया हो जैसे किसी ने। विकृत सा मुँह बनाते हुए कहने लगा, ''जी कलकत्ता का मेडिकल हॉस्टल किसी गैर कलकतिया और राजनीति

से बचकर चलनेवालों के लिए जिन्दगी का एक जबर्दस्त पाठ है। आप किसी से मतलब नहीं रखें, सिर्फ पढ़ाई से वास्ता रखो तो भी जीने नहीं देते लोग।''

''क्या नहीं देखा यहाँ। हॉस्टल के किचन में भात के भगोने में मुँह मारते कुत्ते को देखा। दाल में कॉकरोच के बच्चे देखे। इन सबको भूला नहीं कि एस.एफ.आई. और छात्र परिषद वाले पीछे पड़ गए। दोनों ही धमकाते कि यूनियन के इलेक्शन में उन्हें ही वोट दूँ। मैं भी शुरू में झमेले से बचने के लिए दोनों को ही कहता रहा ''दूँगा''। फिर ऐसा हुआ कि चुनाव में एस.एफ.आई. एक वोट से हार गई। घेर लिया चेंगड़ों ने मुझे...मारा-पीटा, जलील किया...धमकी दी कि हॉस्टल छुड़वा देंगे। एक बार तो मैंने भी सोच लिया था कि नहीं बनना है डॉक्टर-वाक्टर...ऐसे कमीनों के बीच रहकर। आठ किलो वजन घट गया था...चिन्ता के मारे। पर तभी किसी दोस्त ने हिम्मत बँधाई कि हॉस्टल छुड़वाना इनके बाप के भी वश का नहीं...यूँ ही धमकाते हैं, गैर कलकतिया पाकर...तब कहीं थोड़ा चैन मिला। बोलते-बोलते उदासी एवं आक्रोश की गाढ़ी परत चेहरे पर उभरने लगी थी उसके। ''उन दिनों लगता था जैसे सिर झुकाए एक बैल भर रह गया हूँ...लगता था जिसको पीटो...मारो और जोतो। मेरे रूममेट ने शराब के नशे में सिगरेट पीते हुए मेरा आधा गद्दा जला दिया...आधी रात को नींद खुली तो बुरी तरह घबड़ा गया...लेकिन कर कुछ नहीं सका।''

''अब कैसी हालत है...'' कुछ बोलने की गरज से मैं बोलने लगती हूँ। मेरी तरफ से एकदम चुप्पी उसे हतोत्साहित कर सकती थी।

अब तो बेहतर हूँ। दरअसल साल भर के भीतर ही मैं पक गया था जब फिर इलेक्शन का समय आया तो साफ कह दिया मैंने कि—जब तक मेरा कमरा नहीं बदल जाता मैं उन्हें वोट नहीं दूँगा।

''बदल गया... ?''

''हाँ, अब तो अच्छा कमरा मिल गया है। दोस्त भी कई...।'' बात पूरी कर भी नहीं पाया था कि नीचे से ''खाना ठण्डा हो रहा है...''आंटी की आवाज गूँजने लगी—ड्राइंगरूम में। बात को वही टाँगकर चला गया था वह।

बीच में कई दिनों तक फोन नहीं आया था उसका। पता चला वह दिल्ली चला गया है, माँ से मिलने।

कुछ दिनों बाद फिर वैसी ही ठहरी-ठहरी-सी मरी हुई आवाज—''जरा बुला दीजिए...कैसा लगता है.. कपड़े ढीले तो नहीं पड़ गए है उसके...''

आवाज जैसे साक्षात् पीड़ा।

लाईन कट।

बाल्कनी से ही एकबार टेर लगाई कि भागता दौड़ता वह ऊपर।

''फोन है न !'' खुद ही समझ गया था।

और तभी लाईन भी आ गई थीं।

''जी...सतश्रीअकाल मम्मी...नहीं तूषी बिलकुल घबड़ाना नहीं...मैंनू पापा दे दिन दा

पता है.. तूषी हिम्मत रखो...वाहे गुरु सब ठीक करेगा...'' और बोलते बोलते फिर आवाज भर्रा गई थी उसकी।

तो सिर्फ माँ ही नहीं, इधर बेटा भी कलप-कलप उठता है, माँ के लिए। बहुत अच्छा लग रहा था मुझे। आज कल के लड़कों के जैसा नहीं है दीप ज्योति कि प्रगति का ग्राफ ज्यूँ-ज्यूँ आगे बढ़ता जाए...माँ दिल के पिछवाड़े में त्यूँ-त्यूँ नीचे सरकती जाए।

''अकेली रहती माँ घबड़ा जाती होगी'' मैं उसके दुख को बाँटने के चेष्टा करने लगती हूँ।

''बस क्या बताऊँ दीदी...अकेलापन तो मम्मी ने जान-बूझकर ओढ़ रखा है। आसपास इतने पड़ोसी हैं पर किसी के यहाँ जाती आती ही नहीं अब कोई कितना आएँ। बस दिन भर सबद (सिक्खों का धर्म ग्रन्थ) सुनती रहती है या फिर घंटों गुरु ग्रन्थ साहिब को लेकर बैठी रहती है।

सामने तला हुआ चिवड़ा और चना-बादाम रखा हुआ था। चना-बादाम के एक-दो दाने टूँगते हुए फिर कहने लगा, ''दरअसल मम्मी डैडी के मर्डर के बाद ऐसी हो गई है। पहले ऐसी नहीं थी। खूब घुलती-मिलती थी लोगों से...।''

''क्या...मर्डर...?'' मुझे पता था सिर्फ इतना ही कि 84 के हिन्दू-सिक्खों के दंगों में दीप ज्योति के पिता मारे जा चुके थे, नीचे आंटी के मुँह से ही सुना था मैंने, फिर भी जाने क्यों उस महाक्षण में मैंने ऐसे ही दिखाया जैसे यह हृदय विदारक घटना मैं पहली बार सुन रही हूँ...कि कहीं...यह बता देने से कि मुझे पता है, उसके दुःख की पवित्रता...गहनता कम न हो जाए।

''जी दीदी—मैं तब सिर्फ आठ साल का था...धुँधली-सी याद है। पापा तब अक्सर इंग्लैंड वापस जाने की सोचते थे...''

सामने रखे पानी के गिलास को खाली करते हुए वह कुछ पल खामोश सा रहा...शायद सोच रहा होगा कि अतीत के बिखरे-रिसते सूत्रों को किधर से पकड़ा जाय...और मैं उन पलों को गौर से देखने लगी उसके चेहरे को...शायद उस पीड़ा के चिह्नों को ढूँढने के लिए जिसे आज से चौदह वर्ष पूर्व झेला था उसने और जिसके अवशेष आज भी अंकित थे वहाँ।

कत्थई रंग के सोफे के कवर पर उँगलियों से लकीरे खींचता कहने लगा था वह। शुरू में बहुत ही धीमे-धीमे से शब्द टपक रहे थे, गर्म-गर्म मोम से, ''मेरे पापा बहुत ही टैलेण्टेड थे। यहाँ से एम.बी.बी.एस. करते ही सीधे इंग्लैण्ड चले गए थे...जी पोस्ट ग्रेजुएट भी उन्होंने वहीं से किया था। वहाँ पर काफी ऊँची पोस्ट थी पापा की...सब कुछ था...फिर भी बीच-बीच में अनमने हो जाते थे। दादाजी से भी पापा ने वादा किया था कि स्वदेश लौटकर जरूर जाएँगे...सो पिचहत्तर में वापस बरेली आ गए थे। दादा जी की तबीयत खराब सुनकर। साल भर के भीतर ही दादाजी गुजर गए थे। जी, पैतृक सम्पत्ति के झगड़े में कुछ मुकदमेबाजी भी गले पड़ गई थी, लेकिन तो भी विचलित नहीं हुए थे ...दिल और हौसला दोनों ही बड़ा था पापा जी का। लेकिन असली दुख तब

हुआ पापा जी को जब यहाँ पर उनकी पोस्ट ग्रेजुएशन की डिग्री को मान्यता नहीं मिल पाई थी। इससे टूटने लगे थे वे क्योंकि कोई बड़ा ओहदा मिल नहीं पाया और बरेली जैसे छोटे शहर में प्रैक्टिस मन लायक जमी नहीं। एक रुके हुए आदमी की-सी जिन्दगी हो गई थी पापा की। अब यह तो भाग्य की बात...कि पापा के गुजरने के बाद जब एटी सिक्स में रानी विक्टोरिया यहाँ आई तो दोनों देशों की मेडिकल कौन्सिल ने मिलकर एग्रीमेन्ट कर लिया और पोस्ट ग्रेजुएशन की डिग्री को मान्यता मिल गई—पापा रहते तो बड़े खुश होते...।'' बोलते-बोलते वह फिर भर गया था। भरे-भरे बादलों सा। किचन में गैस पर कुकर चढ़ा कर आई थी मैं, जिसकी सीटी मुझे बुला रही थी। उसको भी कुछ पल व्यवस्थित होने का समय देते हुए मैं किचन की तरफ मुड़ी कि देखा—पीछे-पीछे वह भी आ रहा था। शायद उसे भी किसी धैर्यशील श्रोता की जरूरत थी। वह भी शायद हल्का हो जाना चाहता था।

मम्मी बताती है कि उन दिनों बहुत ही तंग हाल में थे हम लोग। पापा को अपनी जापानी टोयोटा भी बेच देनी पड़ी थी...और भी कई कीमती सामान बेच डाले—छोटे-मोटे एसेस्ट को बेच बाचकर दिल्ली आए...दिल्ली में पुरी तरह जम भी न पाए कि यह हादसा हो गया।

फिर कुछ पल मौन...।

''शर्बत बना कर लाती हूँ...'' उसे सहेजने का मौका देने के बहाने मैं कुछ देर के लिए वहाँ से खिसक जाना चाहती थी...जानती थी आगे क्या आनेवाला है। पर उसने मेरा हाथ पकड़ लिया था—''नहीं आप बैठो...'' शायद वह नहीं चाहता था कि भावनाओं और संवेदनाओं का जो झीना सा पर्दा बन गया है हमारे बीच...उसमें मेरे उठ जाने से किसी भी प्रकार का व्यवधान पड़े।

''उस हादसेवाले दिन की धुँधली-सी याद है। बस इतनी कि स्कूल का बस ड्राइवर कोई लम्बतड़ंग राजपूत था। सारे रास्ते मुझे अपनी सीट के नीचे छुपाकर लाया था—लेकिन जैसे ही घर पहुँचा—कुहराम मचा हुआ था। मम्मी बताती हैं कि पापाजी भी सीधे घर चले आते तो उन्हें कुछ नहीं होता लेकिन वे निकल गए ट्रांस जमुना की ओर, आस-पास के दुकानदारों ने देखा था, एक ने अपनी शॉल भी दी थी जिससे पापाजी अपनी पगड़ी छिपा लें। कहते हैं, उसी शॉल में लपेट कर ले गए थे पापाजी को दंगाई। बाद में वे नहीं, बस उनके समाचार आए...'' और बोलते-बोलते वह एकदम खामोश हो गया था जैसे सितार का तार टूट गया हो। आसुँओं से तर-बतर चेहरा...और निःशब्द क्रन्दन करता वह। बाइस वर्षीय युवक। उस क्षण की महाचेतना से पराभूत मैं कुछ भी सान्त्वना नहीं दे पाई थी उसे...।

सोफे के एक ओर वह था...असाधारण रूप से शान्त या अशान्त और दूसरी ओर मैं। कुछ दिन पूर्व की पढ़ी एक फ्रांसीसी पुस्तक का एक पृष्ठ मेरे अन्दर फड़फड़ाने लगा था, ''बुरे अनुभवों को रेत पर लिख दें और अच्छे दयापूर्ण अनुभवों को संगमरमर पर खोद लें...'' मन किया उसे कहूँ लेकिन फिर हिम्मत नहीं जुटा पाई। जिस दुख ने

उसकी आत्मा में सुराख कर दिया था क्या इतना ही आसान है उसे भुलाना।

नीचे आंटी आवाज पर आवाज दिए जा रही थी खाना लग गया है...और उस दिन पहली बार देखा बिना नमस्कार किए ही चला गया था वह—खामोश-खामोश-सा। रिसती पीड़ा लिए।

इस बीच ढेर सारे दिन निकल गए। कभी बाल्कनी में कपड़े सुखाते कभी बाजार के लिए निकलते मिल जाती आंटी तो दीप ज्योति की खबर भी मिल जाती। ''दिल्ली चला गया है, हॉस्टल में जमकर पढ़ाई कर रहा है...एग्जाम चल रहे हैं।'' टुकड़े-टुकड़े खबरों से जो भी वृत बनता वह यही कि उसने अपने आपको पूरी तरह आनेवाले एग्जाम के लिए झोंक दिया है।

और एक दिन करीब साल भर बाद सब्जी लाने के लिए बाहर निकल रही थी, दरवाजा खोला ही था कि देखा वह खड़ा है.. मन्द-मन्द मुस्कुराता शर्माता सा।

''नमस्ते दीदी...''

''आज इतने दिनों बाद...कैसे हुए एग्जाम ?''

''अब तो रिजल्ट भी निकल गया है। अपने कॉलेज में रैंकर रहा हूँ...गोल्ड मैडल भी मिला है...और सबसे बड़ी खबर कि अगले सप्ताह कैलिफोर्निया जा रहा हूँ। वहाँ की मेडिकल काउन्सिल से बात पक्की हो गई है। परसों दिल्ली के लिए निकल जाऊँगा...'' कुछ-कुछ गर्वित सा बोल रहा था वह।

''कैलिफोर्निया ? कितने सालों के लिए... ?''

''क्या बताऊँ आंटी—वैसे लौटकर भी शायद ही आना हो...''

और बोलते-बोलते वह फिर भावुक सा हो गया था।

''लेकिन पीछे तुम्हारी मम्मी, वे रह जाएँगी एकदम अकेली ?'' लगा जैसे मैंने उसकी कमजोर रग पर अँगुली धर दी हो। ममता में पके तरल-तरल एव भावदार शब्द टपकने लगे थे उसके होठों से-

''पाँच साल तक तो यह दुःख झेलना ही पड़ेगा मम्मी को...जब तक कि मुझे ग्रीन कार्ड नहीं मिल जाता—फिर तो बुला लूँगा।''

एक बात मेरे अन्दर उमड़-घुमड़ रही थी...पूछूँ नहीं पूछूँ का अन्तर्द्वन्द्व चलता रहा जाने कितनी देर। हिम्मत की आखिरकार। पूछ ही डाला, बहुत ही पुचकारते शब्दों में...

''एक बात बताओ, दीप ज्योति...क्या तुम्हें नहीं लगता कि जिन्दगी की जानी हुई और सुरक्षित रोशनी में जीने का जो सुकून और मजा है वह अनजान देश की सड़कों पर कहाँ है...कि खनकते सिक्कों के शोर में क्या अपनी माटी की गन्ध और पुकार अनसुनी हो सकती है ?''

लगा, मेरी बात ने एक बार जड़ से हिला दिया था उसे। बहुत कडुआ निवाला निगलने के से पीड़ा के भाव छा गए थे मुँह पर। ठुड्डी पर हाथ धरे विचारमग्न मुद्रा में बैठा रहा—बहुत देर जैसे मेरी बात का अर्थ धीमे-धीमे भीतर उतार रहा हो...बोलने

की चेष्टा में आँखें सिकुड़-सी गई थी उसकी। दूर देखता हुआ कहने लगा..."जानती हैं दीदी, औरों की नहीं जानता जिन्हें विदेश की भूख के आगे यहाँ का अच्छा कुछ दिखता ही नहीं...पर मुझे तो हर पल यही लगता है कि खुद को देश निकाला दे रहा हूँ। माँ यहाँ, मैं वहाँ, पता नहीं कैसे जी पाऊँगा। पर नहीं जाऊँ तो भी मुझे चैन नहीं पड़ेगा...पापा का हाल सुन चुका हूँ सबसे...। शुरू शुरू में यहाँ आए थे पापा तो मन्त्र मुग्ध से रहते थे...कि यहाँ कि माटी में अकेलापन जैसी भयावहता पनप ही नहीं सकती। यहाँ तो आदमी अपने आप फैलता जाता है मन्दिर, गुरुद्वारा गंगा स्नान...तीर्थ सब कुछ से सहज ही जुड़ता जाता है। यहाँ बुढ़ापा ओल्ड हाउस की मनहूस छाया में नहीं वरन् बाबा दादा जैसे गरिमामय शब्दों की गूँज में कटता है। यहाँ की संस्कृति ही सबको जोड़कर चलती है। न सही कोई जान पहचान, जै राम जी की...या सत श्री अकाल बोल दीजिए...लीजिए आप जुड़ गए। जिस दिन पापा—बरेली में उतरे कि अनजान पड़ोसी के यहाँ से ही प्रसाद लेकर कोई आ गया था। अभिभूत हो गए थे, पापा, बरसों लग जाते हैं इग्लैण्ड में और ऐसी आत्मीयता नहीं बन पाती और वह भी विल्कुल सहज एवं स्वाभाविक ढंग से। गद्‌गद् रहते थे पापा, यहाँ की जीवन शैली और संस्कृति से। लेकिन जब बाद में दिल्ली में जम नहीं पाए तो उखड़ गए थे पापा, विशेषकर जब अपने से भी कम प्रतिभावालों को तिकड़मबाजी से धन और सत्ता दोनों को हथियाते देखते। मम्मी बताती है कि उन दिनों पापा के एक यहूदी मित्र थे जिनके पत्र पापा के लिए बहुत बड़े सम्बल थे। उन्होंने एक बार लिखा था, "अपने देश की व्यवस्था और भ्रष्टाचार को देख कुढ़ने से कुछ हासिल नहीं होनेवाला। करो यह कि अपने बच्चों को बेस्ट तालीम दो...जिससे वे जहाँ भी जाएँ उसी देश की इकॉनामी को रूल करें...यहूदियों को देखो आज अमरीका की चालीस प्रतिशत इकॉनामी को वे ही रूल कर रहे हैं।"

और अपनी बात की प्रतिक्रिया में वह मेरी ओर ताकने लगा था...टुकुर टुकुर।

"तो खूब पढ़-लिखकर रूल तो तुम इस देश की इकॉनामी को भी कर सकते हो।"

बात मैं खत्म भी नहीं कर पाई थी कि वह टप्प से कूद पड़ा था...बीच में ही अधैर्य दिखाता और संक्षिप्त सी किन्तु कुछ भद्दी हँसी हँसता जो कि उसके स्वभाव के विपरीत था।

"यह तो देश ही विचित्र है दीदी ! बाकी देशों के फार्मूले यहाँ काम नहीं करते। यहाँ पर तो प्रतिभा के साथ-साथ गॉड फादर चाहिए या शार्टकट के हथकंडे और तिकड़मबाजी। खालिस प्रतिभा और मेहनत यहाँ टके सेर बिकती है।"

महज बाइस वर्ष की उम्र और देश के प्रति इतनी कटुता...ऐसी विरक्ति। शायद उसकी इस मोहभंगता के पीछे उसका खुद का अनुभव उतना नहीं था जितना उसके पिता का इतिहास...ऐसा ही मैं सोच रही थी कि बात को एकदम नए कोण से ही उठा दिया उसने।

"जानती हो दीदी...मैं कलकत्ता क्यों आया था...शायद यहाँ जम सकूँ।

क्योंकि दिल्ली ने मुझसे मेरा पापा छीन लिया था। लेकिन बंगाल की भूमि ने भी

मोह ही भंग किया मेरा...हॉस्टल में जो भोगा उसके बाद यहाँ से भी दिल उखड़ गया है।"

यह तो आप कलकतिया होते तो भी हो सकता था, विशेषकर इन वर्षों में जिस प्रकार छात्र स्तर पर ही राजनैतिक गुटबन्दी होने लगी है। मैं उसके दंश को हल्का करने की चेष्टा करती हूँ कि वह और भी भड़क उठता है। जाने कितने ज्वालामुखी दुबके बैठे थे उसके कलेजे में कि लफ्फाजी की हल्की सी छेड़-छाड़ हुई नहीं कि पलटकर वार करने को उतारू...मरने मारने को तैयार।

"क्या-क्या गिनाऊँ...1947 के दंगे में चाचा का कत्ल किया जाना...चाची का विक्षिप्त हो जाना...मौसा जी के बेटे का बिनापराध टाडा में गिरफ्तार कर लिया जाना। उसे सैकेंड डिग्री तक का टार्चर दिया जाना। जानती हैं पहली बार कानपुर में माचिस फिल्म दिखाई जा रही थी तो पूरा हॉल सिसक पड़ा था—अधिकांश सिक्ख थे...सबके घाव हरे हो गए थे...क्या नहीं सहा इस कौम ने...अब यह देश अपना सा नहीं लगता। बोलते-बोलते खाली कटोरे-सा उसका चेहरा फिर उदास, रक्तरंजित और चुप-चुप-सा हो गया था। मैं जानती थी कि मैं उसे किसी भी प्रकार सान्त्वना नहीं दे पाऊँगी—क्योंकि 20-22 वर्ष की उम्र में ही उसने वह सब कुछ देख लिया था जिसने एक पूरे देश को ही उसके लिए नकारात्मक उपस्थिति बना दिया था।

पेन्ट की जेब से सफेद रूमाल निकालकर चश्मे को पोंछते हुए वह मुझसे जाने की आज्ञा माँग रहा था। दोनों हाथ जुड़े हुए। मैं उसे बहुत देर तक रोकना चाह रही थी क्योंकि मुझे पता था कि उसे शान्ति वहाँ भी नहीं मिलेगी क्योंकि देश जितना उसके बाहर था, उससे कहीं ज्यादा फैलाव लिए उसके भीतर पसरा पड़ा था। हिन्दू-सिक्खों के चौरासी के दंगे की बात करते हुए या हॉस्टल में हुए अपने प्रति दुर्व्यवहार को याद करते हुए या टाडा में गिरफ्तार अपने मौसेरे भाई की बात करते हुए मैंने गौर से देखा था उसकी आँखों में—वहाँ जो जलवे थे वे यही कह रहे थे, चीख-चीखकर कि उसे शान्ति यहीं मिल सकती थी क्योंकि किसी भी रूप में सही वह यहीं से, इसी मिट्टी से शिद्दत से चिपका हुआ था।

"तो चलूँ !...चिट्ठी लिखूँगा-आपको...आप भी कभी-कभी मम्मी से बात कर लिया करना..." वह मुझसे जाने की आज्ञा माँग रहा था।

मेरी आर्द्र और तरल हुई आँखों को देख उसके भीतर भी शायद कुछ उमड़ने घुमड़ने लगा था। नेह से देखता मुझे सान्त्वना देता सा कहने लगा, "जानता हूँ दीदी, इस प्रकार अपने देश से प्रतिभा को खाली होते देख सभी को दुख होता है।" लेकिन मैं देश की प्रतिभा के बाहर जाने से इतना दुखी नहीं हूँ, जितना कि एक कलपती माँ के इकलौते बेटे के दूर चले जाने से..."—मैं अपनी बात स्पष्ट करती हूँ।

हिल गया था वह।

वार शायद उसकी जड़ों पर था।

जमीन की ओर देखते हुए धीमें-धीमे शब्दों में कहने लगा, "मैं मौज-मस्ती के लिए

नहीं जा रहा। मैं-मैं तो...मोहभंग होने के कारण दुखी और विरक्त होकर निकल रहा हूँ यहाँ से। मेरी इच्छा रिसर्च में स्वयं को मैक्सीमाइज करने की है पर यहाँ रिसर्च लायक सुविधा मिलने की नहीं मुझे। यहाँ तो सालों निकल जाते हैं, पी.एच-डी. तक नहीं मिलती। यहाँ रह जाऊँगा तो मैं भी पापा की तरह एक रुका हुआ आदमी भर रह जाऊँगा। जानती है, मेरे एक दोस्त के मौसेरे भाई ने मुझसे कहा था...यहाँ अंग्रेजों से लेकर आज तक सियासत की सारी ऊर्जा, कार्यपद्धति, चेष्टा एक फार्मूला से निकलती है और वह है 'क्रिएट दि माइनोटिटी, मेक इट मिलिटेंट, डिवाइड दि कंट्री एवं रूल द वर्ल्ड। उनकी बात सुनकर जो कुछ धुँध की शक्ल में था। अब विश्वास में बदल रहा है। इस कारण रहा-सहा भी उठ गया है यहाँ से। यूँ मम्मी के लिए भी कम दुखी नहीं हूँ...उन पर तो गाज ही गिर पड़ेगी...। अभी तो फिर भी इन्तजार है उनके जीवन में...लेकिन बाद में...''और सहसा वह सिसक पड़ा था।

देश की युवा-शक्ति का क्रीम, गोल्ड मैडेलिस्ट, रैंकर...मेरे सामने था...देश को नकारता हुआ। मायूस और सिसकता हुआ...। क्या कहती मैं उससे कि तुम जाओ...। खूब आगे वहाँ सुखी और चैन से रहो...। लेकिन मैं यह भी कैसे कहती उसे, क्योंकि मैं जानती थी—शान्ति और सुकून उसे वहाँ भी नहीं मिलेगी।...उसकी आत्मा वहाँ भी कलपेगी। सरहद पार से गए किसी भी प्रवासी की तरह वह भी पूछेगा...किसी अमरूद के पेड़ के बारे में...किसी पुराने यार के बारे में...पकवान बनाते किसी हाथ के बारे में..किसी की मुस्कान के बारे में। एक प्रवासी ने मुझे बताया था कि विदेश जाने पर उसे प्राय हर रात गाँव का अपना कुआँ स्वप्न में दिखाई देता था और प्रत्येक सुबह उसकी आँखें जब तब दिल्ली का तापमान जानने को उत्सुक रहतीं। दीप ज्योति भी इसी प्रकार छटपटाएगा। उसकी आत्मा में गहराई तक ठुकी मातृत्व की कील...यहाँ की सुखद-दुःखद स्मृतियों के दंश...इन सबसे वह इसी प्रकार जुड़ा है जिस प्रकार समुद्र से खारापानी और इन सबसे ऊपर उठना भी—उसके लिए नामुमकिन था...क्योंकि उसका अहसास...उसकी महसूस करने की शक्ति...उसकी सम्वेदनशीलता सभी कुछ अभी जिन्दा थी।

लोड-शेडिंग

मध्य कलकत्ता के सबसे भीड़ भरे इलाके बड़ा बाजार की एक बहुमंजिली इमारत का वह एक आधुनिक ऑफिस था। जिसके तीन मालिकों में से एक मालिक वह था, वह यानी छोटा बाबू। जो हर वक्त आवेग और उतावली में रहता। भड़-भड़ करता वह आता— आँधी-तूफान-सा।

धकियाता-कुहनियाता-फड़फड़ाता-सा वह चलता। चेहरे पर आक्रोश का वितान जमाने भर के लिए। हिकारत की हल्की-सी चादर हर उसके लिए, जो उसकी जिन्दगी में आया। बोलता तो डंक मारता। दरवाजा खोलता तो भड़-भड़ाक। बन्द किया तो सट-सट सटाक। उसके आते ही पंखे जोर-जोर से घूमने लगते। प्रिन्टर दहाड़ने लगते। कम्प्यूटर दमदमाने लगते। गरज यह कि सारा स्टॉफ सहमा-सा एक ओर—और अपने अहं में ऐंठा वह एक ओर। शोर ही शोर उसके चारों ओर। सवा पाँच फुटिया-एक कड़ियल लड़कीनुमा लड़का। अठाईस साल का योगेश।

वह एक शेयर ब्रोकर फर्म। जहाँ औसतन करोड़ों रुपयों के शेयर रोज खरीदे और बेचे जाते। इस कारण ऑफिस अच्छा खासा भटियार खाना। हर वक्त छोटे-मोटे दलालों का आना-जाना। ग्राहकों की लेवाली बिकवाली। चेकों का आदान-प्रदान। चिल्ल-पों।

और जब तक शेयर बाजार चलता रहता, लोग जैसे एक उत्तेजना में बहते रहते। आदमी से ज्यादा व्यस्त फोन। चार-चार टेलीफोन लाईन। मिनट-मिनट टन्-टन् टिरिन-टिरिन लिया पाँच सौ टिस्को—बेचा दो हजार मोटर—हजार टेल्को पोता—दो हजार रिलायन्स मत्था।

बोलते-बोलते गला बैठ जाता उसका। नसें खिंचने लगतीं।

और जैसे स्टॉक एक्सचेंज की हॉट लाईन आती—सबकी चेतना-सिमटकर कानों में। चढ़ गया—बढ़ गया—आग लगी है बाजार में—भाव छू रहे हैं आसामान को—कर लो पोता। पोता करनेवाले यानी खरीदनेवालों की पौ बारह। न हींग लगा न फिटकरी, न हाथ हिलाया न पाँव और लीजिए बैठे ठाले हो गई हजारों की कमाई। एक से एक फटकेबाज। हरामखोरी की लत। खेलते लाखों में—लाख के नीचे बात ही नहीं। हर तेजी पर फुदक-फुदक पड़ते मेढ़कनुमा फटकेबाज। सटोरिए ! !

यह रोज का दृश्य। जो जितना बड़ा फटका लगाता—जीतता—वह उतना बड़ा सूरमा। हीरो, सबकी आँखों का केन्द्र। और ऐसा ही एक महाबली वह योगेश—सबकी

आँखों का नूर। जबर्दस्त फटकेबाज।

आज से करीब पाँच वर्ष पूर्व उसके पिता ने एक किताब दी थी उसे, साउथ कोरिया के उद्योगपति किम वी चूंग की जीवनी, जिसने सिर्फ पच्चीस वर्ष की उम्र में ही बिलियन सम्पत्ति अर्जित कर ली थी। किताब देते हुए पिता ने कहा था, 'तुम्हें भी शेयर मार्केट का किम वी चूंग बनना है।' पैतृत्व की चासनी में पगे जाने जैसे शब्द निकले थे पिता के मुँह से कि कॉलेज से निकले उस ताजे-टटके युवा मन में इबारत की तरह खुद गए थे वे शब्द। और तब से उसने स्वयं को सम्पूर्णतः उस अनुभव सिद्ध एवं ठस्स कमाऊ पिता के हवाले कर दिया था। पिता उसके भविष्य के मानचित्र में रंग भरते जाते और वह उन्हें आत्मसात करता, अपने यौवन की सारी पुलक, सारी मिठास, सारी शक्ति और उत्साह को अपनी फर्म की बढ़ोत्तरी के लिए होम करता जाता और उसी का यह परिणाम था कि आज वह भीतर से शून्य, किन्तु उसकी फर्म महानगर की गिनी-चुनी शेयर ब्रोकर फर्म थी।

उस पर इस बार की अप्रत्याशित तेजी। आस-पास सब कुछ कितना तेजी से उठता हुआ। नीचे चायवाला--पानवाला सबकी पौ बारह...सब एक का डेढ़ वसूलने में मशगूल। अब एक का डेढ़ तो उन्हीं से वसूला जा सकता है जो बिना हाथ-पैर हिलाए कमाएँ। मेहनत-की कमाई यूँ सर्र-सर्र पॉकेट से नहीं सरकती।

योगेश के अधीनस्थ सब-ब्रोकर्स के दिमाग अलग आसमान पर।

फटका तो फटका, डिलिवरी के शेयरों का भी सौदा पाँच सौ से कम नहीं। जब चाँदी यूँ ही बरस रही हो, सूरमाओं के चलते तो छुटपुट, टूटपूँजे ग्राहकों की चिन्ता कौन करे ?

फिजाँ में खुशहाली ही खुशहाली चहुँ ओर। झमाझम बरसाता पैसा—और उसकी मौज में ऐंठते अकड़ते चलते दलाल-फटकेबाज, ग्राहक, जिन्हें लगता परमात्मा की सर्वश्रेष्ठ कृतियाँ वे ही हैं। बाकी सब निकृष्ट-बकवास !

और ऐसों का सिरमौर योगेश ! पर तेजी जहाँ कइयों को रिझाती, बहुतों को रुलाती, भी थी। सबसे ज्यादा माटी पलीद होती, श्रम और बुद्धि से रोजी-रोटी कमानेवालों की। इस लपक-झपक में उन्हें हाथ तो कुछ लगता नहीं, उल्टा दूसरों को इस प्रकार बैठे ठाले ढेर सारा कमाता देख उनका मनोबल और टूट जाता। कई बार निराशा का दौरा तक पड़ जाता। असमय बुढ़ाया शरीर और हताश तन टूट-टूट जाता। अपनी शिक्षा और अथक श्रम पर अर्जित की गई गिनी-चुनी कमाई उन्हें मुँह चिढ़ाती-सी लगती, जवानी और अक्ल पर लानत भेजती-सी। कुढ़ते-कुढ़ते सिकुड़ जाते वे।

योगेश के ही हमउम्र के तीन-चार स्टॉफ...जिन्हें बुरी तरह तोड़ देता तेजी का माहौल। इन दिनों जब-जब वे इकट्ठे होते। अक्सर एक-दूसरे को सान्त्वना देते हुए मन की भड़ास निकाल करते।

'टेल्को का फुल फार्म पूछो तो धोती खिसक जाए गधों की। चबर-चबर पान चबाते, सू-सों कर चाय सुड़कते, दाँत कुरेदते, तोंदों पर हाथ घुमाते कैसी घिन फैलाते

हैं, लेकिन रौब ऐसे गाँठते हैं जैसे बुद्धि नामक सारा तत्त्व बस इन्हीं के पास है... ब्लडी...बास्टर्ड...गधे,' खार खाया शुभाशीष आयातित लाईटर-सा भभक पड़ता। चेहरे के भाव विकृत हो जाते। आँखों में ईर्ष्या और हिकारत के मिले-जुले भाव। आज सुबह कान्ट्रैक्ट नोट नहीं दे पाने के कारण एक ग्राहक ने हाथ नचा-नचाकर, आँखें काढ़-काढ़कर भरे ऑफिस में सबके सामने लताड़ दिया था उसे। उसी की आँच में सुलग रहा था वह, अभी तक।

"मन की चाहे कितनी भड़ास निकाल लो बच्चू, लेकिन बड़ी ताकत है इन लक्ष्मी वाहनों में। एक बार पैसा आ जाए तो पैसा से पैसा बनाने में कितनी देर लगती है। शेयर मार्केट में बुद्धि नहीं, घाटा सह सकने की कूबत चाहिए। मिनटों में लाखों कमाने और लाखों गँवाने का जिगर खून-पसीना बहानेवालों का नहीं हो सकता," यह शैवाल था, जो इस बाजार के तिलिस्म से ऊपर उठ चुका था। करीब दो वर्ष पूर्व जब अपने गाँव से नया-नया ही आया था तब लोगों को इस प्रकार फटाफट कमाते देख अपना लोभ संवरण नहीं कर पाने के चलते छोटी-सी पूँजी को फटके में स्वाहा कर लुटा-पिटा फिर अपनी श्रम की दुनिया में वापस आ गया था।

'दुर मोशाय सब समय शेयर-शेयर...जानिस आजके माजरा हाटे एकटा दस वर्षीय छैले अदभुत काज करोछे...' यह राजीव था। जो जबर्दस्त भाग्यवादी था...इसी कारण परम सन्तोषी और सभी प्रकार की हाय-हाय से दूर, हर पल जीने का मजा लेनेवाला राजीव के पास अद्भुत कथाओं और घटनाओं का अक्षय कोश हमेशा तैयार रहता जिसे चटकारे ले-लेकर वह प्रायः अपनी मित्र मंडली के बीच सुनाया करता और कुछ पलों के लिए ही सही, उसके आते ही वातावरण की एकरसता, उबासी और उदासी छंट जाती...और मधुर हास्य लहरी से सब सराबोर। आज माजराहाट में एक दस वर्षीय लड़के ने अपनी सूझ-बूझ के बल पर एक रेल दुर्घटना बचा दी थी। स्कूल जाते वक्त उसने देखा कि रेलवे लाईन की फिश प्लेट उखाड़ ली गई है। उसने पहले हाथ हिला-हिलाकर ट्रेन को रोकने की चेष्टा की और जब उसमें सफल नहीं हो पाया तो अपनी पतलून, जो लाल रंग की ही थी, उसे ही उतारकर जोर-जोर से फहराने लगा। ट्रेन रुक गई...इसी घटना को राजीव उत्साहपूर्वक सुना रहा था। और इस प्रकार बतियाते-गपियाते ही टिफिन का समय शेष हो गया था। दूर से ही योगेश और उसके पिता आते दिखे। राजीव ने शैवाल को इशारा किया। शैवाल ने शैलेन्द्र को कुहनियाया और शैलेन्द्र ने शुभाशीष को आँख मारी और आनन-फानन में ही सभी अपने-अपने कर्म की दुनिया में वापस। यथास्थान।

कुछ दिनों तक ऑफिस का जीवन इसी प्रकार चलता रहा। शेयर मार्केट की तेजी के साथ ताल में ताल मिलाता तेज-तेज। चकाचक। और मार्केट की इस तेजी ने सबसे अधिक चौंधाया था योगेश को, जो अपनी जिन्दगी की इतनी ताबड़तोड़ तेजी पहली बार देख रहा था। यूँ डेढ़-दो वर्ष पूर्व भी उसने अच्छी तेजी देखी थी। उन दिनों भी तेजी का नशा सम्पूर्णता से छाया था उसके मस्तिष्क पर। यहाँ तक कि स्टॉक एक्सचेंज का

मार्केट बंद हो जाता तो भी उसके भीतर का मार्केट चलता रहता। कौन-कौन शेयर आनेवाले दिनों में बढ़ेंगे, किसका फटका किया जाए...किसको उल्टा बेचा जाए, किसको बदले पर लिया ज़ाए...सब कुछ उसके अन्दर बहता रहता। कई बार तो खाते-खाते फोन बज बजा जाता तो अधूरा खाना छोड़ उठ जाता। कई बार आधी रात को नींद उचट जाती तो अधजगा-अधलेटा ही बढ़ते मूल्य और मुनाफे का ग्राफ बनाने लगता। और ऐसे माहौल में बॉलकनी में बाट जोहती खड़ी पत्नी की प्रतीक्षातुर बेचैन निगाहें कब पथरा जाती, कब तीज-त्योहार पर किया पत्नी का उबटन भरा शृंगार और हाथों की चटक मेंहदी अनदेखी, अप्रशंसित रह जाती। कब घंटों की मेहनत और चाव से बनाया पकवान अधखाया और सराहे बिना ही रह जाता, कब संग-संग सिनेमा देखने की पत्नी की मासूम इच्छा दम तोड़ने लगती, कब बेटे की मुस्कान, लहराते हाथ अनुत्तरित ही रह जाते, उसे भान तक न होता।

और इस बार की तेजी तो आँधी की तरह एकदम उड़ा ही देनेवाली थी। पिछली तेजी का जमकर फायदा नहीं ले पाया था वह, इस कारण इस तेजी में जमकर खरीदारी की थी उसने और अब जब कि छोटा-मोटा किम वू चूंग बनने का उसका सपना साकार होने जा ही रहा था कि पासा उलटा पड़ गया था। जितनी जोर की हँसी आनेवाली थी, उतने ही जोर का तमाचा पड़ गया था। हुआ यह था कि अमरीका ने एकाएक इराक पर धावा बोल दिया था। और दूसरे ही दिन शेयर मार्केट धड़ाम से जमीन पर।

पोतेवालों (खरीदनेवालों) के होश फाख्ता। बाजार जो लुढ़का तो लुढ़कता ही गया। एक ही दिन में सेनसेक्स अढ़ाई सौ प्वाइन्ट नीचे। बम्बईवालों ने जमकर बिकवाली की। अजय समझे जानेवाले शेयर भी धराशायी। दम साधे भाव सुनते रहे लोग। जैसे भाव नहीं, शोक गीत सुन रहे हों। जहाँ पल-पल आवाजाही, चहल-पहल, वहीं एक मृत सन्नाटा प्रेत की तरह डोलता रहा—परिन्दा तक पास नहीं फटका। बेचो-बेचो का स्वर चारों ओर लेकिन जब खरीददार ही नहीं तो शेयर बिके भी कैसे—लिहाजा मार्केट और डाउन। कल के सूरमा आज के शून्य। जो बेच-बेचकर निकल गए थे वे बाढ़ में बच निकलने जैसा महसूस कर रहे थे और खुश थे। लेकिन जिनका सौदा खड़ा था। उनका ब्लडप्रेशर बेकाबू।

ऐसे में योगेश, जिसकी संरचना ही गरम तत्वों से हुई थी और जो रोजमर्रा के जीवन को भी युद्ध की तरह लेता था, एकदम गरम इस्त्री बन गया था। जिसे देखता जलाने को तत्पर। अपनी जिन्दगी में पहली बार उसने इतना लम्बा घाटा देखा था। इस कारण दिमागी परखच्चे ही उड़ गए थे। "साला सब खत्म..." वाली मानसिकता दिन-रात।

लेकिन इसके एकदम विपरीत थे योगेश के पिता। यह जितना पस्त-पस्त...वे उतने ही मस्त-मस्त। एकदम पका-पकाया घड़ा। घाट-घाट का पानी पीए हुए। काफी कुछ बेनामी सम्पत्ति भी थी टेंट में। इस कारण इतने घाटे में भी दिमाग फ्रिज में रखे दही की मानिन्द ठंडा-शान्त। कुछ उल्टा-सीधा हो भी जाए तो भी हाथ खड़ा करने की कूबत।

योगेश को इसी बीच कई बार समझा भी चुके थे। गौतम बुद्ध की मानिन्द शान्त

मुद्रा और थिर आवाज, "बिजनेस का पहला गुर है कि भीतर की असलियत बाहर नहीं आ पाए...एक बार मालूम पड़ जावे कि दम निकल गया है...तो धक्का देनेवालों की कमी नहीं रहती और थारा तो मुण्डा भी बता देवेगा कि मैदान में जूत खाके निकले हो...।"

पिता का प्रवचन भी हौसला अफजाई नहीं कर पाया था योगेश का। दरअसल पिता द्वारा सफलता के जिस बने-बनाए ढाँचे में ढाल दिया गया था कि उससे आज तक समरस नहीं हो पाया था वह। इस कारण आक्रोश ही आक्रोश हरेक के लिए। हर वक्त उसे लगता जैसे उसके भीतर का आकाश धू-धू कर जल रहा है और उस दमघोटू धुँए को बाहर निकालने के लिए कोई गवाक्ष भी नजर नहीं आता था उसे। खुद को कोई समझ थी नहीं, कोई और समझा सके ऐसा सहृदय मित्र, नारी, साहित्य या कविता थी नहीं जिन्दगी में। जिन्दगी में था तो सिर्फ तेजी-मंदी का खेल। तेजी में खनकते सिक्कों की ठनकती आवाज गूँजा करती वजूद में तो मंदी में नस तोड़ हताशा और दिवालिया हो जाने की दहशत। ऐसे में पत्नी...बच्चे...मित्र...साहित्य...संगीत कहाँ समाता। इस कारण एक अजीब किस्म की घुटन-असुरक्षा एवं अतृप्ति फड़फड़ाया करती...रह-रह कर।

अभी तुरन्त ही बाहर से आया था वह। उखड़ा-उखड़ा मिजाज। झल्लाया-सा थका-थका चेहरा...वीरान। आते ही बिना हाथ धोए ही टिफिन खोलकर चभर-चभर भकोसना शुरू किया और भकोसते-भकोसते ही खयाल आया कि किसी ग्राहक का चेक आज तक नहीं आया है तो सारा गुस्सा उँगुली में धरे निवाले पर निकालकर उन्हीं जूठे हाथों से ही फोन मिलाया और फोन पर ही झाग उगलने लगा..."यह स्टॉक एक्सचेंज किसी के बाप का नहीं...यहाँ बाप भी मरा पड़ा हो तो भी पहले चेक भिजवाना पड़ता है...मुझे कल बैक आवर्स में चेक मिल जाना चाहिए..." और खाना बीच में ही अधूरा छोड़कर दनदनाता वह यह जा, वह जा। और योगेश बाहर क्या गया, पिंजरे में बंद, पक्षी की ही तरह शुभाशीष लपककर राजीव के पास। इन दिनों शुभाशीष एक अलग ही किस्म की आग में जल रहा था। उतनी ही तीव्र, आकण्ठ लेकिन कितनी भिन्न थी वह आग...जिसमें, योगेश जल रहा था।

पिछले पाँच वर्षों से वह इसी फर्म में कम्प्यूटर ऑपरेटर था। बिहार के राँची शहर में पला-बढ़ा। लेकिन नौकरी लगी कलकत्ते में। साल भर पूर्व ही शादी हुई थी उसकी। पत्नी राँची में उसके पिता के यहाँ। बढ़ती मँहगाई और घटती आमदनी ने मजबूर कर दिया था। पत्नी एक छोर पर और वह दूसरी छोर पर। कलपता...कसकता।

शादी के तुरन्त बाद कुल नौ दिनों का ही संसर्ग हो पाया था पत्नी के साथ, उसके बाद छुट्टी ही नहीं मिल पाई थी घर जाने की। उन्हीं मुट्ठी भर दिनों की रेशमी-रेशमी और मुलायम स्मृतियों में जब तब डूबता-उतराता वह। एक और चीज थी जो कोसों दूर रहती पत्नी वियोग की पीड़ा को सह्य बना रही थी। वह थी पत्नी की अन्तरंग एवं भावाकुल चिट्ठियाँ। ये चिट्ठियाँ नहीं, प्रेम का अक्षय कोष थी जिनके चलते उदासियाँ,

परेशानियाँ, जीवन की एकरसता एवं उबाऊपन के बीच भी प्रेम का दीप प्रज्ज्वलित था, इसलिए जीवन खिंच रहा था।

मन के खाली कोनों को भर देती थी ये चिट्ठियाँ। योगेश की डंक मारती आवाज को सह्य बना देती थी। निरन्तर डाटा-एंट्री करने से थक आई आँखों पर ठंडे पानी का छिड़काव। अथक श्रम से ललाट पर उभर आएँ स्वेद बिन्दुओं पर कोमल उँगलियों की छुअन थी ये चिट्ठियाँ।

प्रायः पन्द्रह दिनों में एक चिट्ठी मिल ही जाती थी उसे। पत्नी की चिट्ठी को वह दर्जनों चिट्ठियों में भी दूर से ही पहचान लेता था। हाथ के बने सफेद लिफाफे पर हिन्दी-अंग्रेजी दोनों ही भाषाओं में लिखा रहता था पता (पत्नी को सदैव आशंका रहती कि कहीं डाकिया एक ही भाषा न जानता हो, इस कारण सावधानी के तौर पर वह दोनों ही भाषाएँ लिख देती थी।)

जब कभी पन्द्रह दिनों के भीतर चिट्ठी नहीं मिल पाती तो उसकी बेचैनी आसमान छूती। जीने का उत्साह नदारद। जीवनहीन जीवन। चिट्ठियों के प्रति उसकी इस कदर बेचैनी को देख दोस्त मजाक में कहा करते, एक राक्षस था—पुराने युग में जिसके सूक्ष्म प्राण बसते उसके तोते में...यहाँ भी एक मजनू...जिसका चित्त बसता राँची से आनेवाली...बात पूरी भी नहीं होती कि सब हो-हो कर हँस पड़ते।

...वह भी उदास-सा हँस पड़ता। जीवन वाटिका में सदैव लू के झोंके ही आते रहे थे...खूबसूरत झोंका तो यही आया था।

आज बीसवाँ दिन। लेकिन आज भी कोई चिट्ठी नहीं। दोस्त उसे देख-देख गाते '...खत लिख दे...साँवरिया के नाम...'

बौराया-बौराया मन। उड़ता-उड़ता-सा। कहीं टिकाव नहीं। कहीं खिंचाव नहीं। कम्प्यूटर पर डाटा-एन्ट्री की तो वह भी भूल-भाल। सुबह से कई बार लताड़ा जा चुका था...योगेश से।

जाने कितनी बाद दिन गिन चुका था। उँगलियों पर। वही बीस दिन। क्या बात हुई ? इतना विलम्ब तो पत्नी ने कभी किया नहीं चिट्ठी देने में। कहीं नाराज तो नहीं...? पिछले पत्र में हल्की गुस्सा-गुस्सी हो गई थी। कई बार लिखा था उसने...घर आ जाने के लिए। मन-ही-मन अटकलें लगा रहा था वह। तभी खयाल आया कि इन बीस दिनों में दो दिन सार्वजनिक छुट्टियों के पड़ गए थे। सोचकर राहत मिली। आँखें चमक उठीं...तब तो आज चिट्ठी मिल ही जानी चाहिए थी...हर हालत में।

पिछले तीन-चार दिनों से आँख गड़ाए चिट्ठी की ताक में ही बैठा रहा था वह। जैसे ही डाक का समय होता...बेचैन हो उठता वह। आँखों में आशा-निराशा के रंग जलते-बुझते। चेहरे का कसाव ढीला पड़ता तो आशा का लेप छा जाता मुख पर। पर जैसे ही डाक सामने फैलती...उसके दिल की धड़कन कई गुना बढ़ जाती। साँस रोके नजरें पोंछा लगा देती सभी चिट्ठियों पर। चिट्ठी नहीं आने पर वहीं ढेर हो जाता वह। कफन पड़ जाता मन पर। हर आनेवाली सुबह आशा का भुलावा देती और शाम

मायूस-सा सुला देती। जब-जब चिट्ठी नियत समय के बाद मिलती, यही होता उसके साथ।

आज भी दिन भारी पड़ रहा था। अब और इन्तजार असह्य था। मन भी कह रहा था... कि डाक विभाग चाहे कितना भी सुस्त हो, आज चिट्ठी जरूर मिलनी चाहिए उसे...पर आज किस्मत दोगलई कर रही थी बार-बार। सुबह से ही डाक के इन्तजार में हिला भी नहीं था ऑफिस से वह। सबसे मेल-मिलाप कर रखता था। इस कारण आवश्यकता हुई तो भी किसी और को भेज देता। सुबह की डाक में उसकी कोई चिट्ठी नहीं थी फिर भी निराश नहीं हुआ था वह। अभी तो दोपहर की डाक आनी थी। कौन जाने उसी में आ जाए। लेकिन दोपहर आने से पहले ही मँझले बाबू ने किसी तकादे के लिए उसे बाहर भेज दिया था। मंदी के चलते बाबू लोगों का दिमाग यूँ ही गरम तवा था...इस कारण बिना ना-नुच्चे किए मन मारकर निकल जाना पड़ा था उसे।

भागता-दौड़ता गया वह और भागता-दौड़ता वापस। नीचे सबकी पत्र मन्जूषा में बाहर तक झाँकते बड़े-बड़े लिफाफों को देखकर समझ गया था कि इस बीच डाकिए ने अपना काम कर दिया है।उसने भी पहला काम यही किया था। योगेश से पूछने का। यूँ कसी मुट्ठी और भिंचे हुए जबड़े को देखकर हिम्मत नहीं हो रही थी उसकी योगेश से चिट्ठी के लिए पूछने की। लेकिन चिट्ठी आई या नहीं, यह जानने की इच्छा भी उतनी ही भीषण थी। अधपके अन्न-सी, अन्दर-ही-अन्दर खदखदाती। और इन्तजार था कि गर्मी की दोपहर-सा ना कटने पर आमादा। हिम्मत की...आखिरकार। जिगर को कड़ा किया, 'सर, ऑफिस की डाक में मेरा भी कोई लेटर था क्या...मेरे पत्र यहीं के एड्रेस पर आते हैं...' अन्तिम बात बोलते-बोलते जाने क्यों जबान तालू से चिपक गई। गोला-सा अटक गया गले में।

'बाद में देखकर बता दूँगा...' किसी सरकारी बाबू की तरह बिना मुंडी उठाए ही जब ठंडे-ठंडे शब्दों में जवाब दिया छोटे बाबू ने तो रहा-सहा मन भी मर चुका था उसका। इसी कारण वह कभी भी अपनी चिट्ठियों के मामले में किसी भी प्रकार का खतरा नहीं उठाना चाहता था। जानता था कि एक बार उसकी चिट्ठी यदि योगेश की ड्राअर में चली गई तो फिर मिलने की नहीं एक-दो दिन। और ध्यान जरा चूका तो चिट्ठी की सद्‌गति हो जाए या अज्ञातवास करने लगे तो भी बड़ी बात नहीं। जिन्हें चौबीसों घंटे अपने लन्द-फन्द और निजी हानि-लाभ के अलावा चाँद-सूरज भी नजर न आते हों, वे क्या समझेंगे चिट्ठी पढ़ने की किसी की बेताबी को।

और हुआ भी यही। बिना उसे बताए ही योगेश लम्बे-लम्बे डग भरते ऑफिस से बाहर और अधजला छूटा वह। आशा और निराशा के बीच झूलता। बेचैन। ऑफिस के अन्दर। अब आएँ...अब आएँ...कि घंटा भर और सरक गया। जनवरी की शीतकालीन सन्ध्या। मटियाले अन्धेरे में घिरी शाम। तभी जेनरेटर भी दगा दे गया। पूरा ऑफिस अन्धकार में। रही-सही आशा भी दम तोड़ने लगी शुभाशीष की। जेनरेटर आज

ठीक होने का नहीं, और योगेश यदि बाहर से आ भी गए तो इस मोमबत्ती की रोशनी में चिट्ठी छाँटकर देनेवाले नहीं।

क्या करे वह, लाख समझाया...लेकिन मन बेताब...बेलगाम...आखिर बिजली-सी कड़की कोई योजना मस्तिष्क में, ड्राअर की चाभी छोटे बाबू कभी साथ नहीं ले जाते। टेबल के भीतरी हिस्से के कोने में रखी रहती है चाबी, क्यूँ-न हिम्मत की जाए ? हिम्मत की...आखिरकार। टार्च की रोशनी में ही कानी आँखों से देख ली थी उसने चाबी। बड़े से मेटल के बने की रिंग में पिरोई हुई इकलौती चाबी। भली प्रकार सोच-विचार लिया। ड्राअर खोलकर बिना अधिक उलट-पुलट किए चिट्ठी (यदि आई होगी तो) निकाल लेंगे और ड्राअर वापस बंद ज्यूँ-की-त्यूँ। क्या पता चलेगा ?

...और पूरी सर्तकता के साथ बाहर दूर तक देख आया। दोनों बड़े बाबू पहले से ही तकादे पर निकले हुए थे और छोटे बाबू दूर-दूर तक नहीं नजर आ रहे थे। और मौके का फायदा उठाकर पूरा स्टॉफ गोल-गोल घेरे में गपियाने में मशगूल। बाएँ हाथ में टार्च लिए दाएँ हाथ से चाबी घुमाई। हाथ कुछ कँपकँपा रहे थे...घूमी नहीं चाबी...खुद को सहेजा (कोई चोरी नहीं कर रहा हूँ...)...फिर घुमाया...अबकी खुली ड्राअर। सामने ही ढेर सारे बड़े-बड़े भूरे रंग के लिफाफे थे...अधिकांश कम्पनियों के धड़कते हृदय से थोड़ा और उलट-पुलट किया तो दिल उछलकर ऊपर आ गया। छुआरे-सा सूखा चेहरा सूरजमुखी-सा खिल गया। बड़े-बड़े लिफाफों के बीच एक अदना-सा सफेद रंग का लिफाफा। दमदमाता-सा। सब कुछ भूल गया वह उस क्षण। बड़े प्यार से लिफाफे को सिर आँखों से लगाया। और स्टॉफ से थोड़ी दूर बाथरूम की दाईं तरफ की निरापद जगह में बैठ गया चिट्ठी पढ़ने। चिट्ठी खोलने की उतावली और पढ़ने की उत्तेजना में ड्राअर बंद करने की बात एकदम उड़न छू।

और इसी बीच आना हुआ योगेश का। कुछ चेक मिले थे, इस कारण उफनता मन थोड़ा काबू में। पॉकेट से चेक निकाले और मोमबत्ती की मद्धिम रोशनी में उनकी रजिस्टर में एन्ट्री की और उन्हें ड्राअर में रखने के लिए अभ्यासवश जैसे ही चाबी की तरफ हाथ बढ़ाया तो चाबी नदारद। हाथ थोड़ा और गहरे तक बढ़ाया...इधर-उधर टटोला तो भी कुछ हाथ न लगा। आखिरकार...हाथ की बजाय गर्दन को ही तकलीफ दी...तो देखा ड्राअर अधखुली है और चाबी शान से लटक रही है ड्राअर के की होल से।

च...च च्च एक बार तो बोलती ही बंद हो गई गुस्से से। नथुने फड़कने लगे। आँख के कोने मिचमिचाने लगे। दाँत भिंच गए जैसे शरीर का चौला फट पड़ा हो और उसके भीतर से कोई दूसरा ही दरिन्दा प्रकट हुआ हो...गुर्राता...अपने नख-दँतों से वार करता। और तभी विद्युत-सा दिमाग में कौंधा कि शुभाशीष चिट्ठी के लिए पूछ रहा था। हो न हो चिट्ठी के बहाने क्या भरोसा...किसी का भी...अभी पिछले वर्ष ही ऑफिस से कितने छोटे-मोटे समान चोरी चले गए थे। अधिक छूट देने से यही होता है...औकात ही भूल जाते हैं...कमीने।

जूते को एक बार फर्श पर घसीटा और दनदनाते-फड़फड़ाते ही पूरे ऑफिस की परिक्रमा कर डाली। पर शुभाशीष था कि कहीं नजर ही नहीं आ रहा था। सारा स्टॉफ अन्धेरे में घर जाने की तैयारी में व्यस्त। सबकी नजर घड़ी पर...सबके बस्ते गोल। कम्प्यूटर ढँके-ढूँके और रजिस्टर बन्द। सब साले निकम्मे...हरामजादे...मन--ही-मन गलियाते योगेश वापस जैसे ही लौटने को हुए तो कहीं उजास का-सा आभास हुआ। कोई परछाई-सी डोली। कुछ कदम बाईं तरफ बढ़ाए तो अवाक्। बाथरूम से थोड़ा हटकर, खुले में ठिठुरता-सिकुड़ा उकड़ूँ बैठा शुभाशीष दाएँ हाथ में पकड़े टार्च की एकदम हल्की मद्धिम रोशनी में आँख गड़ाए चिट्ठी पढ़ रहा था। चेहरा जगमग। आँखें नम। जैसे चिट्ठी नहीं, उन परम क्षणों में सारे ब्रह्माण्ड की कोमल भावनाओं एवं दिव्य प्रेम की अनुभूति को अपने भीतर सँजो रहा हो। चिट्ठी में गूँजी पत्नी की आत्मा जैसे उसकी आत्मा से एकीकृत हो गई थी। वह बस पढ़ रहा था निर्निमेष...निस्पन्द...निःशब्द... निर्विकार। प्राणों की पूरी शक्ति को आँखों में केन्द्रित कर उस हल्के से उजास में सारे ब्रह्माण्ड से बेखबर ब्रह्म सत्य जगत मिथ्या का-सा समाँ।

उसे देखते रहे योगेश...चित्रवत्। अपलक। विमुग्ध। आए थे अच्छा-सा सबक सिखाने लेकिन वातावरण का प्रभाव कुछ ऐसा पड़ा कि खुद ही सीख गए कुछ सबक। चाहा तो था कि उसे उसी वक्त चोरी की नीयत से ड्राअर खोलने के अपराध में नौकरी से निकाल दें (यूँ भी इन दिनों स्टॉफ कुछ ज्यादा ही हो गया था ऑफिस में)। लेकिन अब भीतर कुछ पिघलता-सा लगा। कोमल-कोमल कुछ उगता-सा। मुँह खोलने की चेष्टा भी की तो जबान जैसे तालू से चिपक गई। मन के भीतर का मन और आत्मा की आत्मा जैसे बोली 'नहीं'। प्रेम में इस कदर पगी आत्मा चोरी नहीं करती।

मन में महसूसा...इन क्षणों शुभाशीष किसी बहुत उच्च धरातल पर खड़ा है...बहुत सम्पन्न पवित्र, वैभवयुक्त एवं सुन्दर धरातल पर...और वह...वह है उसके सम्मुख एक दरिद्र, कंगाली...फुस्स। सदैव ही पेट की सरहद में जकड़ा...जीवन के बन्दोबस्त में लगा...भावहीन कीड़ा। भावशून्यता की बदबू छोड़ता।

शुभाशीष के हृदय में उसकी प्रियतमा विराजमान थी इस कारण पूजा-धर बन चुका उसका मन पेट की सरहदों से दूर, बहुत दूर था जबकि उसके हृदय में था सिर्फ धुआँ ही धुआँ। कितना सुन्दर लग रहा था शुभाशीष का चेहरा उन क्षणों, क्योंकि उसके चेहरे से सुन्दर भावनाएँ एवं कविता झलक रही थी। वहाँ जीवन का उत्सव था। उल्लास था।

आज तक सैकड़ों चिट्ठियाँ खोली थी उसने, पर एक भी तो ऐसी मनभावन एवं जी-जुड़ावन चिट्ठी नहीं मिली कि इतनी व्यग्रता, नस-नस को चटका देनेवाली ऐसी आकुलता...इतनी छटपटाहट महसूसता...कि अपनी नौकरी तक दाँव पर लगा देता। एक भी तो चिट्ठी ऐसी नहीं मिली जिसे उसने इस प्रकार सम्पूर्ण एकान्त में इतनी पवित्र मानसिकता में, भावनाओं के आवेग में दम साधे पढ़ा हो।

एक तिहाई उम्र धुआँ की और खाते में एक भी ऐसी विलक्षण अनुभूति नहीं। कोई

भी ऐसा साथी नहीं। यूँ होने को जीवन में सभी कुछ...पत्नी, पुत्र...माँ...बहन। लेकिन कब देखा उसने फुरसत से उनकी ओर। सदैव ही घिरा रहा वह हाय-हाय करनेवालों की सूअरबाड़ी में।

और अकस्मात उसके रेगिस्तान में भी गुलमोहर-सा कुछ खिला। मन में कोमल-कोमल कुछ उगा...कोई छवि कौंधी...कोई पाती फड़फड़ाई और पहली बार महसूसा उसने...फूलों की रंगत पर मुग्ध होना।

बीतते हुए

पन्द्रह वर्षों के सुदीर्घ अन्तराल के बाद भी फोन मिलाते वक्त कुछ-कुछ वैसी सी ही रूपहली चाँदनी बिछ रही थी मन पर। धड़कनों का वोल्टाज एकदम उछाल पर। कँपकँपाती शर्माती एवं सकुचाती उँगलियों ने डॉयल किया। तो क्या बात ! क्या करिश्मा ! न रॉग नम्बर का चक्कर और न ही इंगेज की टोन। एक बार में ही साफ टिरिन...टिरिन।

कहीं फोन उसी ने ही तो नहीं उठा लिया ? पूरी तरह सोच भी न पाई कि—उधर से—

"हैलो...हैलो !

"हैलो यूको बैंक। क्या मैं डिवेलपमेन्ट ऑफिसर श्री इन्द्रजीत से बात कर सकती हूँ ! !"

कुछ पल स्तब्धता...

क्षण भर को लगा—जैसे नम्बर उसके पर्सनल चेम्बर के ही थे। बिजली-सी दौड़ गई भीतर। सारा सँजोया साहस लगा ढहने। सिट्टी-पिट्टी गुम। कि तभी लाईन ट्रांसफर की आवाज और फिर कुछ अन्तराल के बाद वही चिर-परिचित मधुर धीमी आवाज—जैसे कठोर चट्टानी परतों को तोड़कर कोई पहाड़ी सोता बह निकला हो।

"जी बोल रहा हूँ।"

"मैं...मणिदीपा..." जाने कितने जमा किए आत्मबल के सहारे बाहर धकेला उन दो शब्दों को। पन्द्रह वर्षों का अन्तराल...और टेलीफोन के तारों के सहारे उस दूरस्थ बिन्दु को करीब सरकाने की मेरी ललक। और जैसी कि उम्मीद थी, कुछ लम्हों वह कुछ बोल ही नहीं पाया था। शायद उन क्षणों को वह सहेज रहा था, स्वयं को पन्द्रह वर्षों के अन्तराल से तारतम्य बैठाने के लिए। बैंक चेक, लेजर एवं पासबुक की दुनिया से निकल भावनाओं और संवेदनाओं की दुनिया में प्रत्यावर्तन करने में कुछ समय तो लगता ही है। और फिर तो सवालों की झड़ी ही लगा दी हो जैसे...

"आज इतने वर्षों बाद ! अकस्मात् ! कैसी हो ? कहाँ हो...?

कितने बाल गोपाल ? क्या अब भी लिखती हो ?"

भाव लहरियों में झूलते से शब्द। कभी आरोह पर तो कभी अवरोह पर।

"अच्छी हूँ...इसी साल हम दोनों का कलकत्ता ट्रांसफर हुआ है। बस एक बेटा

है...हाँ थोड़ा बहुत लिखना अभी भी चल रहा है...।''

''अच्छा...अब जरा खुलने लगा था वह, ''एक बात बताओ...क्या तुम्हारी किसी कहानी में मैं भी आया हूँ...''

मैं चुप ! क्या कहती उसे कि जो जीवन में नहीं आ पाते वही साहित्य में जगह घेरते हैं। भरपूर श्रृंगार, कोमल और पवित्र अहसास के साथ–

मेरी चुप्पी शायद लम्बी खिंच गई थी। क्या बोलूँ...नहीं बोलूँ की खींचतान चल रही थी भीतर, कि तभी उसने झँझोड़ा।

''कहाँ...खो गई...''

''अब सब कुछ फोन पर ही पूछ डालोगे...या मिलोगे भी...'' बात को टालना चाहती थी मैं।

''तुम तो बिल्कुल भी नहीं बदलीं...वैसे ही तेवर, वही उतावलापन !'' और नेह बरसाती बुजुर्ग-सी हँसी। हँस दिया था वह।

कुछ पल फिर चुप्पी। शायद मन को पक्का बना रहा था वह और उन्हीं क्षणों जैसे अन्तस के सारे रस को उँड़ेलते हुए, निहायत कोमल-कोमल एवं रेशम--सी आवाज में ही पूछ डाला था उसने।

''अब इतने सालों बाद फोन...सच बताओ...खुश तो हो...।''

लगा, जैसे चोंगे की आँखों से भीतर बाहर, आर-पार सभी कुछ झाँक लिया हो उसने।

''हूँ तो !'' मुश्किल से बोल पाई थी कि लगा जैसे आँखों की कोरों में कुछ तरलता भरने लगी है। गले में भी गोला-सा अटकने लगा था।

बातचीत की धारा को विपरीत दिशा की ओर मोड़ती हुई कहने लगी थी मैं।

''अब कब मिल रहे हो ?''

''तुम्हारा ऑफिस कहाँ है ?''

''14 नम्बर, सिनोगॉग स्ट्रीट, फोर्थ फ्लोर, रूम नं. 314...।''

''अब बताओ, कब आ रहे हो ?''

नहीं चाहते हुए भी कुछ-कुछ उतावलापन-सा झलक ही गया था–स्वरों में।

कुछ पल मौन...।

''अगले शनिवार को...ऑफिस के बाद ठीक तीन बजे पहुँच रहा हूँ...।

''क्या ? अगले शनिवार को...'' जैसे वेग से चलती ट्रेन को एकाएक झटका लग जाए, वैसा ही झटका शायद मुझे भी लगा था। पूरे सात दिन बाद। क़हाँ तो सोचा था कि–सुनते ही आज कल में ही दौड़ा चला आएगा।

...आज के सारे सम्भावित काम को अपनी तरफ से सलटा भी लिया था मैंने और कहाँ सात दिन बाद। और बोल भी कितना ठण्डा-सा रहा था।

और तभी मुझे ख्याल आया कि–मिलने की बात भी तो मैंने ही उठाई थी। तो क्या मिलने की वह ललक, गर्मजोशी, बेताबी, मृदुलता क्या इकतरफी है ? वह

भाव-सिन्धु जो रह-रहकर ज्वार फेंकता था, इन प्रन्द्रह वर्षों में क्या बिल्कुल ही ठहर गया है ? क्या मैं उसके ठहरे शान्त और सन्तुलित भाव-सिन्धु में जबरन भावनाओं के कँकड़ फेंककर वृत्त पैदा कर रही हूँ ?

तभी शायद उसने भी महसूस किया कि उसके कहे का बुरा मान गई हूँ मैं। कारण समझाते हुए सा कहने लगा वह, "इस सप्ताह बुरी तरह व्यस्त हूँ, अपने विभाग की एक जरूरी रिपोर्ट सबमिट करनी है। और इसी सप्ताह जी.एम. के लिए एक विस्तृत स्पीच भी तैयार करना है।"

"तो अब लेख, डिबेट और कविताओं को छोड़ तुम जी.एम. का स्पीच लिखने लगे हो।"

तो याद है तुम्हें सब कुछ।

हँस दिया था वह। एक छोटे बच्चे की सी हँसी।

भावनाओं का एक छोटा-सा भरा-भरा-सा बादल उठ रहा था--भीतर, लेकिन मैं चुप। यही शायद वह क्षण था, जिसमें मेरा सम्पूर्ण विवेक, प्रज्ञा, संयम और दुनियादारी मेरे साथ थी। अब वह वेग का समय जीवन से निकल चुका था कि मैं कहूँ कि तुम्हें भुलाया ही कब था इन्द्र ! तुम तो काल-पात्र में गड़े इतिहास सत्य थे। मैं ही तुम्हें समझ न पाई। तुमने जो दिया वह चाहे कितना भी थोड़ा क्यों न हो पर अब तक उसी ने सम्भाला हुआ है मुझे। विचारों की आग तो तुम्हीं ने सुलगाई थी। तुम साथ रहते तो कदाचित जीवन घट भरता। पूर्ण होता, पर बिना तुम्हारे तो मैं रीता घड़ा भर रह गई। छूँछी। पर उस क्षण असलियत पर लबादा ओढ़े सोच रही थी मैं...कितना सच बोलूँ कितनी चासनी डालूँ ? भावुकता की डोर कितनी खीचूँ कि सब कुछ सही सन्तुलित एवं समानुपात में रहे।

"तो तुम्हें याद है सब कुछ..."

बाँसुरी से शब्द बार-बार टकरा रहे थे, मेरी श्रवणेन्द्रियों से ! क्या बोलूँ...क्या सब कुछ फोन पर ही उड़ेल दूँ ?

चोंगे को पकड़े-पकड़े ही कुछ पल सरके कि तभी उतावली दिखाता सा वह बोला, 'तो फिर मिलते हैं पूरे सात दिनों बाद। ओ.के. !"

"ओ.के...।"

और लाईन कट गई।

पता नहीं क्यों, कुछ अधूरा-अधूरा सा लग रहा था मुझे। लगा ज्यूँ संवाद बीच में जितनी ऊँचाई तक उठा था, अन्त तक आते-आते विखर-सा गया था, मिलने-मिलाने की बात पर। उसकी ओ.के. में भी उतनी आत्मीय ऊष्णता नहीं थी—वरन् उतावलापन ही था। क्या वर्षों के अन्तराल ने वाइरस लगा दिया, रिश्तों की अन्तरंगता पर भी ?

लेकिन तभी दूसरे विचारों ने पलटा खाया, यदि मैं उसके ख्यालों में एकदम भी नहीं होती तो कैसे पूछता क्या अभी भी लिख रही हो, खुश तो हो...! क्या मैं खुद को दिलासा दे रही थी ?

फोन की लाईन कटी तो मन के तार जुड़ गए। कितनी मुद्दत बाद शब्द से शब्द

तैर रहे थे, मेरी श्रवणेन्द्रियों में। जाने कितनी देर तक फिर-फिर से उन्हीं पलों को जीती रही। अनूभूतियों को सँजोती रही। अपने आप में हँसती रही...कितने बाल-गोपाल ?

सच, उम्र के एक पड़ाव के बाद—हमारे सम्वाद की परिधि भी कितनी सीमित हो जाती है। उथली एवं विशुद्ध सांसारिक।

काश, उसने पूछा होता, कितनी कहानियाँ...कितने लेख ? पर कितनी लेखिकाओं को मिलता है यह सम्मान कि घर एवं परिवार से जुड़ा कोई भूले-भटके ही पूछ ले, कितनी कहानियाँ ? कितने लेख ? क्या कहानियाँ बच्चों से कम समर्पण की माँग करती है ? क्या अपनी आत्मा का रस और चैतन्य नहीं उड़ेल देती मैं अपनी कहानियों में ?

कौन समझेगा इन अमूर्त्त बातों को ? पर इन्द्रजीत से तो मैं उम्मीद कर सकती थी, क्योंकि कभी वह स्वयं लेखक था।

और उड़ते-उड़ते मैं अपने विगत जीवन के उस बिन्दु पर पहुँच चुकी थी जो कभी जीवन से छलछलाता था, जीवन की विभूति लुटाता, मेरे सम्पूर्ण जीवन का इकलौता वसन्त।

इन्द्रजीत...एम.ए. में मेरा सहपाठी। गेहुँआ रंग। लम्बा कद। चेहरे पर बिछी उदास शान्ति। मूर्तियों पर चिपकी सी।

रेशम सी नाजुक-नाजुक सुकुमार और भाव भीनी वे बातें...पल-पल दिल के पास तुम रहती हो—नहीं कहते हुए भी सब कुछ कह देने का उसका अनोखा अन्दाज। जब कभी एकान्तिक क्षणों में उसके आस-पास रहती मैं, अनदेखती आँखों से देखते हुए गुनगुनाता रहता वह। फिल्मी गीतों का बड़ा योगदान रहता है ऐसे में, भावनाओं को थ्रो और कैच करवाने में। अब कविता तो हरेक के बस की बात नहीं।

पर मुझे उन क्षणों में वह बेहद भाता जब वह अपनी तेजस्वी वाणी में अपने विचारों की आग उगलता...बुद्ध और विवेकानन्द के किसी छोटे-मोटे आधुनिक संस्करण-सा।

''ऐवरी सोल इज पोटेन्शिएली डिवाइन...।''

(हर आत्मा में दिव्यता की सम्भावना है)

अपनी गुरु गम्भीर आवाज में वह कहता, और उसके बोले हुए एक-एक शब्द सीधे मेरे अन्तर में उतरते जाते।

और बातों का सिलसिला थोड़ा इधर-उधर हुआ नहीं कि वह फिर कुछ गुनगुनाने लगता...कभी रवीन्द्र संगीत, तो कभी कोई लोक गीत तो कभी कबीर का दोहा ही—जब जो उसके मनोभावों के अनुकूल पड़ जाता।

तूमी रवे नीरवे हृदए मम, मम जीवन जौवने
मम सकल भुवने, तूमी भरेवी सौरमि ! !

(तुम मेरे हृदय में सदैव रहोगी, मेरे यौवन, मेरे सम्पूर्ण ब्रह्माण्ड में खुशबू बिखेरती सी...)

मेरे पास आया भी था तो ऐसे ही झिझकते। सकुचाते हुए।

''सुनिए...आपकी सहेली से मालूम पड़ा है कि आप राजस्थान जा रही हैं, यदि

राणकपुर जाना हो तो वहाँ के फोटोग्राफ्स अवश्य ही ले आइएगा मेरे लिए...।

उसके मुँह से इतनी साफ हिन्दी सुन चौंक पड़ी थी मैं। बाद में पता चला कि वह उड़ीसा से था और बी.ए. तक की सारी पढ़ाई उसने नरेन्द्रपुर कॉलेज से की थी और वहीं पर उसने टॉप भी किया था।

राणकपुर के मन्दिर से शुरू हुई हमारी बात स्वतन्त्रता आन्दोलन, नक्सलवादी आन्दोलन, रूस की क्रान्ति, चीन की क्रान्ति, बुद्ध, गांधी आदि से होते हुए हमारे व्यक्तिगत जीवन तक फैल गई थी।

हमारे विचारों में गजब की समरूपता रहते हुए भी आए दिन हम बौद्धिक बहसों में उलझे रहते। लेकिन मैं स्पष्ट महसूस कर रही थी कि मेरे साथ बौद्धिक बहस में उसे किसी भी प्रकार की कोई दिलचस्पी नहीं रहती थी। वह तो उन्हें बस एक साधन की तरह लेता। एक वातावरण भर बना लेने के लिए, और मेरे समक्ष बौद्धिक चुग्गा फेंककर वह बहुत शीघ्र ही बातचीत को निहायत व्यक्तिगत एवं भावनात्मक बिन्दुओं पर ले आता। मयूरपंख से कोमल-कोमल एवं भाव भरे इन्द्रधनुषी बिन्दु। ''मेरे साँवले समुन्द्र, आखिर तुम मेरे हो कौन... ?''

''जानती हो किसने लिखी हैं ये पंक्तियाँ... ?'' अपनी घनी केशराशि को हल्के-हल्के सहलाते हुए सस्मित आँखों से धीमे से पूछा था उसने।

हँस दी थी मैं...उसकी कच्ची चालाकी पर।

जानती थी जवाब दूँगी तो फिर बात घूम-फिरकर'वहीं' आएँगी, इस कारण अनसुनी कर जवाबी हमला किया...।

''जानते हो रूस में सांस्कृतिक-क्रान्ति के दौरान साधु-सन्यासियों को पीट-पीटकर गृहस्थ बनाया गया था... ?''

''अच्छा ! रूस के बारे में इतना पता है और हाथ भर की दूरी पर जो बन्दा खड़ा है उसके भीतर के भूचाल का कुछ ठिकाना भी है ?'' अपनी खूबसूरत गहरी काली आँखों को मेरे ऊपर टिका ही दिया था उसने। प्यार जताने का कोई भी मौका कहाँ चूकनेवाला था वह !

''तुम विश्वविद्यालय में पढ़ने नहीं, सपने गढ़ने आते हो।''

''जानती हो। जब आँखों में कोई बस जाए तो मन क्या बन जाता है ? पूजाघर !'' धीमे-धीमे भापदार एवं तरल-तरल से शब्द टपके थे उसके होंठों से।

खरगोश की तरह उछलते-कूदते वे दिन ! अन्तहीन हमारी बातें। और देखते ही देखते हमारे दूसरे सिमेस्टर की परीक्षाएँ भी सामने। और जिस दिन कई विषयों में सर्वाधिक अंक मिले थे इन्द्रजीत को और जिन क्षणों उसका नाम घोषित किया जा रहा था, मेरी ओर ही ताक रही थी वे निगाहें। लेकिन मैंने नजरें झुका ली थीं। अपनी खुशियों पर ढँकना लगाना सीख लिया था मैंने। जानती थी, ऐसे मौकों पर कभी नहीं चुकनेवाला वह। पिछली बार भी जब डिबेट में प्रथम आया था और मैं बधाई देने चली गई थी, तभी घेरा था उसने मुझे।

"बोलो आमि तुमार के ?" (बोलो, मैं तुम्हारा कौन हूँ ?) जब भी आत्मीयता का वजन बढ़ाना होता उसे, या संकोच के घेरे को तोड़कर बोलना होता तो वह बंगाली में बोलने लगता। जैसे कई बार लोग हृदय की घनीभूत घृणा या प्रेमपूर्ण भावनाओं को अंग्रेजी में ज्यादा खुलकर व्यक्त करना पसन्द करते हैं। लेकिन मैं हर बार उसके घेरे से बाहर निकल आती और घुमा देती बातों को।

"तुमने 'रेड बुक' पढ़ी है माओ की ?"

"रेड बुक ?" उसकी आँखें सर्चलाईट-सी चमकने लगती। "जानती हो यह पुस्तक बैनड (प्रतिबन्धित) है और जिस प्रकार आज कल चुन-चुनकर नक्सलवादियों को जेल में ठूँसा जा रहा है कि तुम्हारे पास मिल भी गई यह पुस्तक तो जेल में ठूँस दी जाओगी।" बोलते-बोलते चिन्ता की गाढ़ी लकीरें उभर आई थीं, उसके ललाट पर।

"हूँ...पुस्तक घर में रखी है। छिप-छिपकर पढ़ लेती हूँ रात में।"

लापरवाही ओढ़ते हुए बोली थी मैं। लेकिन आतंक के हल्के से चिह्न अभी भी झलक रहे थे उसके चेहरे से। मुझे समझाते हुए किसी बुजुर्ग की तरह बोलने लगा था।

"पढ़ पढ़ाकर शीघ्र ही नष्ट कर दो बुक को। जानती हो कितने व्यापक पैमाने पर गिरफ्तारियाँ हो रही हैं। खुद नक्सलाइट होना तो दूर पास-पड़ोस की दोस्ती भी निकल जाए तो जवान लड़के-लड़कियों को गिरफ्तार कर लेती है पुलिस।"

"तुमने देखा है, किसी नक्सलाइट को" उन दिनों नक्सल शब्द पूजा की घंटियों की तरह गूँजता था मेरे कानों में, और किसी नक्सलवादी को देखना मेरे जीवन की सबसे बड़ी मुराद थी।

"कई देखे हैं। एक तो दूर के रिश्ते में मेरा भाई ही था, बेहद प्रतिभाशील। गज़ब का व्यक्तित्व था। पता नहीं सिद्धार्थशंकर राय के दमनकारी चक्र में वह भी मारा गया है या किसी कारागार में यातना भुगत रहा है। सालेक पहले तो सुना था कि वह धनबाद की किसी कोयले की खान में मजदूरों को संगठित करने के लिए चला गया है।

...पर अन्तिम बात जो सुनी उस पर विश्वास नहीं हो रहा...कि वह पुलिस 'एन्काउन्टर' में मारा गया है।" बोलते-बोलते वह बेहद उदास हो गया था। और वहीं सीढ़ियों पर धम्म से बैठ गया था।

उसका दुख मुझे भी संक्रमित करने लगा था और मैं चाहने लगी कि किसी प्रकार उसका ध्यान संसार की सुन्दर वस्तुओं, साहित्य और कला की ओर आकर्षित करूँ। ऐसे मौके पर साहित्य सदैव मेरा साथी रहा। आँख मूँद कर गाने दो, जो कुछ हमको आता है..."क्या सुना सकते हो यह कविता मुझे ?" और वह पूरी कविता ही गाने लगा और गाने के साथ-साथ उसे जीने भी लगा।

ढलती अबीरी शाम...मन्द मादक पवन, उड़ान भरता मेरा आँचल और सुरीले उदास स्वरों में निकली वह कविता। पहली बार लगा जीवन कितना विराट और रहस्यमय है। मन हुआ कह दूँ—'इन्द्र तुम्हीं, सिर्फ तुम्हीं सत्य हो, कालपात्र में गड़े शाश्वत सत्य की तरह।'

और उन्हीं उद्वेलित एवं भावुक क्षणों में पहली बार उसने मुझे छुआ था।

सप्रयास। झुककर हल्के से चूम लिया था मुझे। और फिर एक बार मुझे समझाने की चेष्टा की थी।

"जो छल छलाता जीवन सामने बह रहा है तुम्हारे, उसका अनादर नहीं करो, मणि !" भावावेश में मेरे हाथों को पकड़ा रहा था वह, जाने कितने क्षणों तक और पहली बार मेरे कानों में खतरे की घंटियाँ बजने लगीं--पुरुष का प्रथम स्पर्श...पहला चुम्बन...जाने कितना कुछ सुन रखा था...पर वैसी पोर-पोर को भिगो देनेवाली... आत्मविस्मृति की ऐसी कोई भी अनुभूति तो नहीं हुई थी मुझे...मेरे मन में अर्द्ध स्वीकार था...आदर का भाव नहीं था...क्या इसीलिए ? निःशब्द मैं। सामने वह। झिलमिलाती उसकी आँखें। योगी-सा वह।

वही शाम एक निर्णायक शाम रही और रात भर ढेरों ढेर आँसू बहाने के बाद एक विवेकपूर्ण निर्णय लिया था मैंने। एक अच्छे दोस्त सरीखा वह मुझे अच्छा भर लगा था बस ! लेकिन वह उद्दाम वेग...गहन ममता के वे एकात्मक क्षण...आत्मविस्मृति... विमुग्धता के चरम क्षण...ऐसी कुछ की भी तो प्रतीति नहीं कराता था वह। क्या अपना पूरा मन दे पाऊँगी उसे...बसा पाऊँगी जी में ? नहीं, अब इस रास्ते मुझे और आगे नहीं बढ़ना है, मुझे चाहिए कोई मि. बेहतर...मिस्टर परफैक्शनिस्ट...कोई नूरानी चेहरा...जो मुझे चरम की अनुभूति कराए। प्रेम सम्बन्धी सारा अर्जित ज्ञानकोश मेरा उन दिनों किताबों से अर्जित किया हुआ था या फिर हिन्दी फिल्मों से।

और उस घटना के बाद से ही मैं उससे अकेले में मिलने से कतराने लगी थी। लेकिन 'जरा फासला से मिलने के' मेरे रवैए का स्पष्ट प्रभाव उसके अध्ययन पर पड़ रहा था। समय भी अब पंख लगाकर उड़ने लगा था। और कैंसर की तरह आनेवाले भयानक समय में भूख और बेकारी जैसे दानवों से मुठभेड़ की सम्भावना का आतंक विश्वविद्यालय के प्रायः सभी चेहरों पर इबारत की तरह पढ़ा जा सकता था। और जिस दिन तीसरे सिमेस्टर की परीक्षा की तारीख घोषित की गई यूँ लगा जैसे युद्ध का बिगुल बजा दिया गया हो। सभी छात्र अपनी पूरी शारीरिक, मानसिक एवं आत्मिक शक्ति के साथ मैदान में उतरने की तैयारी में जुट गए थे।

लेकिन इन्द्रजीत दिन पर दिन किताबों से विमुख एवं अध्ययन से दूर होता जा रहा था।

वे 71-72 के जबर्दश्त उथल-पुथल के दिन थे। पूरा पश्चिम बंगाल नक्सलवादी आन्दोलन की लपटों में झुलस रहा था। विश्वविद्यालय की सभी दीवारें—"नक्सलवादी लाल सलाम' 'चीन का रास्ता हमारा रास्ता' 'चेयरमेन माओ जिन्दाबाद' जैसे गरम-गरम इन्क़लाबी नारों से रँगी हुई थीं। और सभी लड़के-लड़कियाँ दो ध्रुवों पर खड़े नजर आते। एक वे जिनकी सारी तलाश रोटी पर आकर ठहर जाती थी और ब्रह्माण्ड से भी व्यापक विस्तार जिन्हें नजर आता था पेट का और दूसरे वे जिनकी आँखों में क्रान्ति का सपना झिलमिलाता था और जो अपने हृदयों की धड़कनों एवं आत्मा के संगीत को श्रेष्ठ

क्रान्तिकारी साहित्य में सुनते थे।

"तुम किस ध्रुव पर खड़े हो इन्द्र ?" मेरे पूछने पर हल्का--सा व्यंग्य झलक पड़ता। कुछ कड़ुवा निगल लेने की वेदना उभर आती उसके चेहरे पर। "जानता हूँ। प्रेम, समर्पण ये सभी बातें भरे पेट की उड़ानें हैं। भूख मौत और स्त्री जैसी जानलेवा संवेदना के क्रम में स्त्री सबसे अन्त में ही आनी चाहिए। डी.एच. लॉरेंस ने भी कहा है, हमारी आत्मा की मुक्ति का कोई अर्थ नहीं, यदि हमारे जूते ही हमारे पाँवों को लहूलुहान कर दें।"

यादों के पंछी उड़-उड़कर फिर-फिर मेरी मुंडेर पर। काफी थका-थका-सा दिख रहा था वह। उतरा हुआ मुँह, बढ़ी हुई दाढ़ी जैसे बीमारी से उठा हो। मना करने पर भी मुझे स्टापेज तक छोड़ने आ गया था। स्टेट बस तुरन्त ही आ गई थी। मुझे अनुरोध भरे स्वर में कहने लगा था, 'गो बाई नेक्स्ट बस...' मैं फिर आशंकित थी। मनमोहिनी शाम थी। मादक हवा थी। एकान्त था। ऐसे में जाने क्या हो जाता था उसको।

"जानती हो मणि यह मानव स्वभाव है कि वह अप्राप्य एवं अनुपलब्ध की ओर भागता है, आलवेज वान्टिंग वॉट इज नॉट।" घूम फिर उसी बात पर आ रहा था यहाँ।

"क्या ये सब प्रश्न हम आनेवाली परीक्षा तक स्थगित नहीं कर सकते...?" "परीक्षा...परीक्षा क्या, परीक्षा जीवन से ऊपर है...? यह मेरे लिए जीवन और मरण का प्रश्न है..." बोलते-बोलते उसका गला अवरुद्ध हो गया था और आँखें बोलने लगी थीं।

उसी ढलती शाम में मैंने देखा, उसकी आँखों के आकाश में कई रंग थे। पर सबसे गाढ़ा रंग था याचना का और उसी मारक क्षण एक ढीठ अस्वीकार मेरे अन्दर कुंडली मारकर बैठ गया था।

"मुझे क्षमा करना इन्द्रजीत, नारी झुके हुओं पर नहीं झुकती। उसे याचक नहीं चाहिए।"

और वही हमारा अन्तिम संवाद था। तीसरे सिमेस्टर की परीक्षा में भी बैठ नहीं पाया था वह।

दोस्तों से भी दूर-दूर रहने लगा था।

दोस्त कहते...एक कमजोर दिल का—सेन्टीमेन्टल फूल—

मैं कहती...प्रगति की दौड़ में जान-बूझकर पिछड़नेवाला...पिछड्डू।

एकाध बार दूर-दूर से देखा भी था उसे। अनदेखी आँखों से। कभी का शान्त सौम्य चेहरा, बढ़ी हुई दाढ़ी...गहरी उदासी और सिगरेट के धुएँ में तब्दील हो रहा था। बीच-बीच में उससे सम्बन्धित छोटी-छोटी खबरें जनश्रुतियों की लहरों द्वारा मुझ तक पहुँचती रही थीं।

एम.ए. उसने ठीक-ठीक श्रेणी में पास किया था।

यूको बैंक में प्रोबेशनरी अफसर के लिए चुना गया था।

बाद के महीनों में मैंने अपना शादी का निमन्त्रण कार्ड भी भिजवाया था उसे। पर वह नहीं आया था।

...और आनेवाले दिनों का मेरा जीवन...सौन्दर्य को खोजती और जीवन के लिए ललकती मेरी आत्मा। मेरी कल्पनाशीलता...स्वप्नीलता और यथार्थ की पथरीली और खुरदुरी भूमि...। मैं और पति...जैसे दो ध्रुव। कैसी पटखनी देती है जिन्दगी भी। इन्द्र को ठुकराया किसी बेहतर की आशा में तो जीवन ने मुझे ही ठुकरा दिया। काश, जीवन को वापस उसी बिन्दु से वहीं से पकड़ पाती जहाँ मूर्खतावश वह मेरे हाथों से छूट गया था। पर क्या बहा हुआ पानी भी कभी लौटकर आया है।

उसके बाद...आज !

यदि एक बार भी मिलने जैसा मिलना हो उससे तो सिर्फ इतना भर कह दूँ कि तुम्हीं ठीक थे इन्द्र ! कोई भी सपना जीवन से ऊँचा नहीं होता। सपने की धुंध में सामने बहता छलकता जीवन हमारे हाथ से छूट जाता है। तुम्हें खोने का इतना गम कि आज पन्द्रह वर्षों बाद भी कलकत्ता आने में मैं विश्वविद्यालय के उन रास्तों से नहीं गुजर पाती जहाँ कभी हम मिला करते थे। एक हूक-सी उठती है, कलेजा को लहू-लुहान-सी करती। पर क्या तुम्हारा मन भी वैसे ही कलपता है ? मुझे तो आत्मबोध हो चुका है इन्द्र, कि प्रेम न उद्दामबेग है, न आत्मविस्मृति या तल्लीनता के चरम क्षण। थककर चूर निःस्पन्द पड़ी काया के सिरहाने तकिया बढ़ाते हाथ प्रेम हैं। श्रम और परेशानी से माथे पर उभरी स्वेद बूँदों पर शीतल उँगलियों की छुअन है प्रेम। ठिठुरती ठंड में गर्म खाने के लिए ठिठुरती प्रतीक्षारत निगाहें हैं प्रेम। गहन दुख के क्षणों में, आँखों के झिलमिलाते आँसुओं के बीच विश्वास-सी जिसकी छवि कौंध जाए...वही इसका पात्र।

क्या स्वीकार करेगा इन्द्र मेरे इस सत्य को जिसे पिछले वर्षों के हर लम्हे में पूरे मन-प्राण एवं आत्मा से महसूसा है मैंने।

आज आनेवाला है। क्या कह पाऊँगी मैं उससे ?

घड़ी में दो बजकर पैंतालीस मिनट हो रहे हैं और मेरे हृदय की धड़कन हर आनेवाले पल के साथ अपरिचित होती जा रही है। बस एक शब्द, एक दृष्टि और एक स्पर्श तुम दे देना इन्द्र, फिर वर्तमान क्या आनेवाले किसी भी झंझावात का सामना मैं कर लूँगी।

तीन बज रहे हैं...सवा तीन भी हुआ, हर आहट पर मैं चौकन्नी हो जाती हूँ। चौंककर व्यवस्थित साड़ी के आँचल को अतिव्यवस्थित करते मेरे हाथ जैसे फ्रिज हो जाते हैं, जब देखती हूँ कि वह आहट नहीं एक भ्रम भर था।

साढ़े तीन हो रहे हैं, सारा स्टॉफ, सारे पिऊन जा चुके हैं। सिर्फ एक पिऊन को छोड़कर जो रात को वहीं सोता है। सुबह से ही ताँगे में जुती घोड़ी की तरह खटती मैं अब धीरे-धीरे सुस्त पड़ रही हूँ। विश्वास और उम्मीदें दम तोड़ रही है। कभी मैंने तुम्हारा अपमान किया था, आज तुमने। जिन्दगी अपना-अपना हिसाब किताब यहीं तो बराबर करती है।

चार बज रहे हैं। मेरी आँखों के आगे अँधेरा छा रहा है। भूख के कारण पेट की अँतड़ियाँ तड़कने लगी हैं। फिर भी मैं मूर्ति-सी अचल बैठी हूँ। बाट जोहती आँखें

पथराने लगी हैं। याद आ रहा है कहीं पढ़ा था कि एक प्रेमिका ने एक रेलवे प्लेटफॉर्म पर अपने प्रेमी के लिए अठारह महीनों तक प्रतीक्षा की थी। प्लेटफॉर्म पर अपनी प्रेमिका को खड़ी कर वह कह गया था, तुम यहीं प्रतीक्षा करो। मैं अभी आया। इस बीच प्रेमी को कुछ असामाजिक तत्त्व उठा ले गए और प्रेमिका आँखों में उम्मीद सँजोए वहीं इन्तजार करती रही थी।

लेकिन मैं अब और प्रतीक्षा नहीं कर सकती क्योंकि मेरी उम्मीद की डोर टूट चुकी है। भूख, प्यास, दिन भर की खटनी एवं टूटते हौसलों ने मुझ पर धावा बोल दिया है। घड़ी में पाँच बज रहे हैं। मेरा सिर चक्करघिन्नी-सा घूम रहा है और मैं निकल पड़ती हूँ, यह सोचते हुए कि कभी जब कुछ भी हासिल नहीं कर पाया था वह, तब पूरे कैरियर को ही दाव पर लगा दिया था उसने मुझे पाने के लिए और आज जब वह कैरियर के शिखर पर है तो आधा घंटा यानी तीस मिनट भी नहीं निकाल पाया है मेरे लिए, पूरे सप्ताह भर में।

अब तुम्हें कभी फोन नहीं करूँगी, मि. इन्द्रजीत सरकार। अच्छा ही हुआ कि पन्द्रह वर्षों का वह किशोर सपना जिसे हर लम्हे मैंने सींचा था, हर दिन कोसा था खुद को, वह टूट गया। लेकिन अब मैं जी पाऊँगी बिना किसी अपराध--बोध के। अच्छा ही किया तुमने कि तुम नहीं आएँ। नहीं तो, तुम्हारा यह रूप कैसे देख पाती मैं। ओह, कितने अन्धकार में थी मैं भी—सोचती थी तुम्हें खोकर जीवन खो दिया, लेकिन आज मोहभंग हो चुका है तुमसे भी। खोना-पाना कुछ नहीं होता यहाँ...सब कुछ बीतता जाता है वक्त की मुट्ठी में बंद रेत-सा...आज की दुनिया में सिर्फ एक चीज रह गई है... तरक्की और सब कुछ झड़ रहा है। मेरा वश चले तो तीली दिखा दूँ विश्व के समस्त रोमानी प्रेम साहित्य को...उस शाम ऑफिस से निकलते वक्त आँखों से बहते खूनी कतरे चीख-चीखकर कह रहे थे।

सोमवार। घिसटते कदमों और कफन पड़े मन के साथ ऑफिस के प्रांगण में कदम रखा ही था कि लोडशेडिंग...।

पर्स से रुमाल निकाल—मुँह का पसीना पोंछते हुए पिउन से पानी पिलाने को कहा तो पिउन ने ठेंगा दिखाने के अन्दाज में हाथ नचाते हुए कहा, "नोले जल नाहि—(नल में पानी नहीं है)।

सूखा कंठ...मरा हुआ मन...

झुलसती गर्मी और चारों तरफ से बंद ऑफिस। आस-पास हवा नहीं...ऑफिस में बत्ती नहीं...नल में जल नहीं...शरीर में शक्ति नहीं...दिमाग में शान्ति नहीं...महानगर का—महान जीवन उन क्षणों असह्य यातना ही बन गया था कि रातवाला पिउन मैले से कमीज की बाँह से मुँह का पसीना पोंछता हुआ आया और एक विजिटिंग कार्ड आगे बढ़ाते हुए बंगाली मिश्रित हिन्दी में कहने लगा, "दीदी मुनी, शनिवार आपके जाने का तुरन्त बाद एक साहब आया...खूब दौड़ता...हाँफता...ये कार्ड दे गया...।"

लगभग झपटते हुए कार्ड को लिया तो आँखों पर सहसा विश्वास नहीं हुआ।

मन-प्राण-आत्मा जैसे सब आँखों में सिमट आए...। एक अलग किस्म की मुक्ति, तृप्ति एवं आत्मिक पवित्रता की अनुभूति अंग-अंग में दौड़ गई। जैसे वह कार्ड नहीं कोई संजीवनी हो जिसने जीने की जबर्दस्त ख़्वाहिश को एकाएक कई गुना बढ़ा दिया था।

कई पल देखती रही कार्ड को-अपलक, निर्निमेष !

नीले-नीले अक्षरों में लिखा था- इन्द्रजीत सरकार...डिवलपमेन्ट ऑफिसर। आकाश में चमकते तारे भी क्या इन अक्षरों से ज्यादा चमकीले होंगे। भीतर के सारे अवरोधों, परतों को तोड़कर कोमल-कोमल से भाव छा गए थे मुँह पर। किसी प्रकार आवाज को संयत कर पूछना चाहा, "और क्या बोले वे साहब !...कैसे दिख रहे थे वे..." लेकिन तब तक पिऊन मुड़ चुका था।

आर आसवो ना

शून्य तुम्हें होते देख शून्य मैं स्वयं हो चुका हूँ वत्स। पश्चाताप की अग्निशलाकाओं से घिरा प्रतिपल जलते रहने को शापित। मेरे भीतर का वह सारा तत्त्व जिसे मानवीय कहा जा सकता है, राख हो गया है जलकर। ठूँठ भर रह गया हूँ मैं...कुछ ऐसा ठूँठ जिसके सारे कोमल पत्ते अपनी सन्तति की लाश पर ही बिछ गए हैं। आखिर तुम्हारी चिता को तो सजाना ही है न।

कुछ कहो वत्स, कुछ इतना नुकीला, इतना धारदार, इतना विष बुझा कि सीने के आर-पार हो जाए...कि आत्मा में सुराख हो जाए....कि शरीर का रोम-रोम कलप उठे।...आखिर तुम्हारे ईमानदार किन्तु प्रचण्ड विद्रोह का सम्मान तो करना ही है न !

आज तुम्हारे वस्त्रों, फुटबॉल एवं गले के ताबीज को गंगा में विसार्जित करते वक्त और तुम्हें अनन्त के हाथों सौंपते हुए मेरे जेहन में कौंध रहा है आज के ठीक सोलह वर्ष पूर्व का वह गर्व भरा, जीवन को स्पन्दित कर देनेवाला वह चमकता दिन, जब पिता होने के गर्व में हृदय की पँखुरी पँखुरी भींग गई थी। एक अद्भुत किस्म की उन्मत्त अनुभूति से।

तब मेरे पिता ने तुम्हें देकर प्यार से कहा था...पूरा नजरबट्टु है। तुम थे भी सचमुच बेहद कुरुप। असुन्दर। जाने किस मिनमिनाते मूड में, हड़बड़ाते हुए गढ़ा था तुम्हें विधाता ने कि बचपन की सारी सुकुमारता एवं कोमलता भी तुम्हारी कुरूपता को ढ़ँक नहीं पाती थी। उल्टे तवे सा कालारंग, लम्बे-लम्बे रोमों से भरा शरीर, कत्थई काले मसूढ़े, पसरी हुई नाक, छोटी-छोटी गोल-गोल दो आँखें, चिपचिपे लड्डू में चना बादाम सी चिपकी। शायद ही कभी तुम्हारे ललाट पर दुसरों की नजरों से बचाने के लिए सुरक्षा कवच-सा काजल का दीढ़ा लगाया गया हो क्योंकि तुम स्वयं काजल का दीढ़ा थे। लेकिन आखिरकार तुम थे हमारी ही आत्मा के एक अंश। हमारे ही कलेजे के टुकड़े, इस कारण संसार के सुन्दरतम् बच्चे से भी बढ़कर सुन्दर हमें तुम लगते थे। और इसीलिए तुम्हारा नाम भी रखा था हमने गोपी। तुम्हारे निष्कलंक एवं निर्दोष बचपन में मुझे नजर आते थे साक्षात् गोविन्द।

लेकिन उन दिनों हमारी आर्थिक स्थिति इतनी सुदृढ़ नहीं थी, इस कारण हमने तुम्हें पास के ही एक सस्ते सरकारी स्कूल में डाल दिया था—जहाँ के सहज खुले एवं स्वाभाविक वातावरण में तुम बड़े होते जा रहे थे। तब तुम खूब हँसते थे...जोर-जोर से

हो होकर ताली बजा-बजा कर और तुम्हें खिलखिलाते देख घर का कोना-कोना सजीव हो उठता था। वे ही दिन शायद स्वर्णिम दिन थे, तुम्हारे आत्मकालीन जीवन के।

और इस प्रकार हमारे नेह से नवाजते, लाड़ से लड़ियाते तुम पाँच वर्ष के हुए कि तुम्हारी छोटी बहन प्रियंका ने जन्म लिया।

और यह भी प्रकृति का एक अद्‌भुत करिश्मा कि तुम जितने नजरबट्टू, वह उतनी ही अनिंद्य सुन्दरी। और उनके जन्म के साथ ही हमारे सन्तति प्रेम की वेगवती धारा पूरे वेग के साथ उसकी ओर मुड़ गई। कारण भी थे। उसके जन्म के साथ ही घर में समृद्धि एकाएक बढ़ गई, मुझे क्लर्क से ऑफिसर बना दिया गया। मुझे लगता जैसे प्रियंका ने इस घर में जन्म लेकर हम पर एहसान किया है। कि उसका आना सचमुच कितना मंगलकारी है।

तुम भी जान छिड़कते थे प्रियंका पर। जिस दिन उसका प्रथम जन्म दिन मनाया गया, तुमने जोर-जोर से ताली पीट-पीटकर अपनी हथेलियों को ही जख्मी कर लिया था। किसी को गोद तक नहीं लेने देते थे तुम प्रियंका को। तुम ताकते रहते थे उसी की ओर, टुकुर-टुकुर। और तुम्ही क्यों, सारा घर ही जैसे उन दिनों एक धुरी पर ही चलने लगा था—प्रियंका। उसकी नींद सोते और उसी की ही नींद जागते तुम धीरे-धीरे बारह वर्ष के हुए। तब तक प्रियंका सात वर्षों की होकर कान्वेंट स्कूल भी जाने लगी थी। नृत्य की स्कूल में उसे दाखिला दिलवा दिया था। इस प्रकार उसके ज्ञान के नित्य नवीन क्षितिज खुलते जा रहे थे और जिस अनुपात में वह विस्तार पाती जा रही थी उसी अनुपात में तुम सिकुड़ते जा रहे थे। तुम पढ़ाई में बेहद मन्द थे, औसत लड़कों से भी कम। पढ़ाई से तुम्हें खासी विरक्ति थी। तुम्हारा मन रमता था, फुटबॉल में या चित्रकारी में।

शाम के समय जब तुम फुटबॉल खेलकर लस्त-पस्त से, कीचड़ से सने पैर और पसीने से लथपथ चेहरा लिए, नृत्य का अभ्यास कर लौटती प्रियंका को लेते हुए साथ साथ आते तो यूँ लगता जैसे साक्षात् सुन्दरता कुरूपता के साथ हाथ मिलाती आ रही है। पड़ोस के एक नटखट लड़के ने तो एक दिन फिकरा भी कसा था, लगता है विदेशी पॉमरेरियन और गली का देशी संग-संग आ रहे हैं...।

प्रियंका अपनी स्वाभाविक तेज बुद्धि कान्वेंट स्कूल में सीखे अपने मा॰ मैनर्स एवं अपनी अद्‌भुत सुन्दरता के चलते, हर वक्त अतिरिक्त आत्मविश्वास से लबालब सहज ही सबके आकर्षण का केन्द्र बन जाती थी।

यहाँ तक कि जब तुम बारह-तेरह वर्ष के हो चुके थे, उस समय भी जब कोई बाहर का एकाएक आ जाता, प्रियंका बड़े आत्मविश्वास के साथ, हाय डू यू डू...करती हुई, वी सीटेड प्लीज कहती...उन्हें कम्पनी देती रहती...और तुम दूर से, बैठकखाने के पर्दे के पीछे से ही झाँकते रहते।

...लेकिन तब भी तुम बेहद खुश नजर आते थे।...प्रियंका के व्यक्तित्व के तेजस्वी आलोक में जैसे तुम स्वयं को दीप्त महसूस करते।...यहाँ तक कि कई बार हमसे भी

जबर्दश्त पक्षपातपूर्ण व्यवहार हो जाता था, तो भी तुम्हारी उदारता, जिसकी तुम्हारी उम्र के बच्चों से आशा नहीं की जा सकती थी उन्हें नजरअन्दाज कर देती थी। काश तुमने उन दिनों यह बड़प्पन नहीं दिखाया होता !

क्योंकि इस प्रकार तुम बड़े होते गए...और हम छोटे क्रमशः और भी छोटे।

घर की समृद्धि जितनी बढ़ी उससे कहीं ज्यादा खर्चे। इस कारण जब भी खर्चों के कतर व्योंत की नौबत आती, कटौती का घेरा तुम्हारे गिर्द ही कसता।

त्योहार हो, जन्म दिन हो, परिवार में किसी की शादी हो, कोई उत्सव हो, प्रियंका के लिए अनिवार्य रूप से नए कपड़े सिलते, एक से एक आधुनिक किस्म की डिजाइनों से लैस और तुम्हे समझा दिया जाता। हर पारिवारिक उत्सव के मौके पर उसका एक नृत्य अवश्य ही प्रस्तुत किया जाता था। अपने सर्वश्रेष्ठ परिधान में सुसज्जित होकर जब घुँघरू पहन वह अपनी कंचन सी काया को विजली सी थिरकाती...तो तुम्हारे समेत हम सभी जैसे किसी दूसरों लोक में ही पहुँच जाते। मैं, उसके पिता, और तुम उसके भ्राता होने के मद में तब सब कुछ भूल जाते थे।

तो हे घोघा बसन्त, हे भोलेनाथ, वह कौन-सी काली घड़ी थी, जिसने हीनता बोध के किटाणुओं को तुम्हारी आत्मा में प्रविष्ट कराया ? क्योंकि उदारता तो तुम्हारे स्वभाव मैं थी। तुम तो तब भी कुछ नहीं बोलते थे, जब कि तुमसे पाँच वर्ष छोटी होने पर भी, वह तुम्हारी फूहड़ों की सी अंग्रेजी को सुनकर तुम्हारा मजाक उड़ाया करती थी। तुमसे पाँच जमात नीचे होकर भी जब तब तुम्हारी कॉपियों के पन्ने उड़ा लेती थी... तुम घर भर में कलम को ढूँढ़-ढूँढ़ कर परेशान और वह बिना बताए स्कूल के बैग से कलम निकालकर चम्पत। सुबह स्कूल तुम्हारी जल्दी से लगती, लेकिन स्नानधर में पहले उसे जाने को मिलता, क्योंकि उसकी कॉन्वेंट स्कूल थी...जिसके सख्त कायदे कानून से हम सहमे रहते थे। उसके जूते चमचमाते होने पर भी फिर से पालिश किए जाते...और तुम...तुम तो स्वयं अपने जूतों के साथ सौतेला व्यवहार करते। गीले कपड़े से ऊपर की माटी झाड़ी और यह जा वह जा।

तुम्हारी तरह तुम्हारी स्कूल भी दोयम दर्जे की थी उसकी स्कूल के सामने।

उसकी स्कूल से कोई अदना सा भी पत्र आ जाता पेरेन्टस के नाम, तो हम दोनों, सभी आवश्यक कार्यों का छोड़कर, स्कूल की चौहद्दी पर मत्था टेकने को हाजिर हो जाते।

और तुम ! तुम्हारी स्कूल से तो पिछले दस वर्षों में ही कभी कोई पत्र नहीं आया। तुम्हारी स्कूल में तो मैं पिछले दस वर्षों में सिर्फ तीन बार ही गया। प्रथम बार तुम्हें दाखिला दिलाते वक्त और बाकी दो बार तब जबकि तुम कई आकाश को पार करते इस मृत्यु लोक की सरहदों से दूर जा चुके थे, बहुत दूर।

शायद तुम्हारे जीवन की पहली ईंट उसी दिन धसकी थी, तब तुम कक्षा नौ में आए ही थे। उस दिनों प्रियंका अपने नृत्य में नित्य नवीन शिखरों को पार करती नए-नए कीर्तिमान स्थापित कर रही थी। उसकी नृत्य स्कूल का वार्षिकोत्सव पन्द्रह दिनों बाद

ही होनेवाला था। टी.वी. वालों के भी आने की बात थी उस कार्यक्रम में। और यह संभावना हमारे अन्दर खुशी और गर्व की हिलोरें उत्पन्न कर रही थी कि शायद इस कार्यक्रम के बाद उसे दूरदर्शन में भी अवसर मिल जाए।...और इसी कारण प्रियंका के कार्यक्रम को सफलतम बनाने के लिए पूरा घर ही जैसे नृत्यशाला में परिणत हो गया था। उस दिनों घर के सारे कार्य व्यवहार उसकी दिनचर्या के अनुसार ही संचालित होते थे।

तब उन्हीं दिनों तुम पर चित्रकारी करने का जुनून सा सवार था। फुटबॉल और चित्रकारी में तो जैसे तुम्हारी जान ही बसती थी। लेकिन चित्रकारी और फुटबॉल दोनों ही तुम्हें कैरियर नहीं दे सकते थे, इस कारण हमारी निगाहों में तुम्हारे उन गुणों की कोई कद्र नहीं थी।

घर में जो इकलौता अतिरिक्त कमरा था, वह उन दिनों पूरी तरह प्रियंका के अधिकार में था। इस कारण तुम खानेवाली टेबुल पर बैठकर ही अपनी पढ़ाई से सम्बन्धित सभी कार्य सम्पन्न करते थे।

उन्हीं दिनों तुमने एक चित्रकारी प्रतियोगिता में भाग लिया था। तुम डूबते सूरज की पृष्ठभूमि पर कोई चित्रकारी कर रहे थे। डाइनिंग टेबिल पर बैठे-बैठे। पूरी तरह ध्यान मग्न। रंगों की दुनिया में खोए, पूरी तरह एकात्म। अपने अन्तर के सारे सौन्दर्य, सारी कल्पना को जैसे अपनी तुलिका में भर तुम कागज पर उतार रहे थे। पूरे चार घंटे मशक्कत की थी तुमने उस चित्र पर।...और चित्र जबकि करीब-करीब पूरा होने को आया था, कि उसी समय एक दुर्घटना घट गई थी। शायद अपनी चित्रकारी पर स्वयं ही मुग्ध हो तुमने जान-बूझकर उसे शेष नहीं किया था। अन्तिम स्पर्श के क्षणों को कदाचित् लम्बा खींचने के लिए।

तुम उसी समय उठे या उठने का उपक्रम किया—कि तभी प्रियंका अपने में डूबी दौड़ती-सी फ्रिज की तरफ लपकी थी। उसे जोरों से प्यास लगी थी। जगह की कमी के कारण डाइनिंग टेबुल और फ्रिज के बीच जगह इतनी संकीर्ण थी कि उसका एक जबर्दस्त धक्का तुम पर लगा...और परिणामतः तुम्हारे हाथों में थमी रंग भरी तुलिका पूरे वेग के साथ तुम्हारे चित्र पर।

क्षणांश के लिए तो जैसे सब कुछ थम गया था। सब चित्र लिखित से जहाँ के तहाँ। और दूसरे ही लघु क्षण जैसे ही चेतना लौटी, तुम साक्षात् परशुराम बन चुके थे। तुम्हारा साँवलाया चेहरा जैसे आग उगलता सूरज। आँखों में दहकते अँगारे। पूरे वेग से प्रियंका के बालों को नोचकर तुमने तड़ातड़-तड़ातड़ उसके सुर्ख गोरे गालों पर जड़ दिए थे कई तमाचे, भरपूर जोर के साथ।

प्रियंका ध्वस्त। तन और मन दोनों से। जिसने कड़ी जुबान तक नहीं सुनी कभी उसके लिए तो यह घटना जैसे बज्राघात।

तुम सहनशक्ति में अनन्त आकाश थे और प्रियंका...शून्य। आँसूओं के सेलाब में डूबी, सूजे गाल, रक्ताभ नासिका एवं सूने पपोटे लिए जब वह मेरे समक्ष पहुँची तो

मैं आपे से बाहर हो चुका था।

मेरी आँखों में उतरते खून को देख—तुम भय से विजड़ित हो गए थे। हजारों हिरणों का आर्त्तनाद जैसे तुम्हारी आँखों में समा गया था। अपनी सफाई में कुछ कहने के प्रयास में तुम्हारे बैंगनी होंठ फड़फड़ाए भर...कि दनादन जूते और लातें तुम पर बरस पड़ी थी। और उसी क्षण मैंने देखा था...विद्रोह की एक हिंस्र-सी चमक तुम्हारी उन आँखों में जहाँ वेदना साक्षात् चस्पां थी। ढ़ीट की तरह तुम पिटते रहे...निःशब्द और कदाचित् इसी कारण तुम बे-हिसाब पिटे।

आज समझ में आता है कि उस दिन तुम एक बच्चे की तरह नहीं पिटे थे, बच्चा जब पिता से पिटता है तो सिर्फ उसकी काया घायल होती है, मन पर कुंठा की कीच नहीं जमती, तुम एक बुजुर्ग की तरह पिटते रहे थे, तुम्हारा तन नहीं, मन घायल हुआ था। क्योंकि हम दो थे और हम दोनों में से किसी ने भी तुम्हारा जो गया, उसकी ओर देखा तक नहीं था, प्रियंका को जो चोट पहुँची उसी को माइक्रोस्कॉप से कई गुणा बढ़ा-चढ़ाकर देखते रहे। प्रियंका की आँख का एक आँसू बाढ़ की-सी ताकत रखता मुझे खौलाता रहा और तुम्हारा निःशब्द मर्मान्तक क्रन्द्रन मुझे छू तक नहीं पाया।

मैंने सुना था और अपनी स्मृति में देखा भी था कि हमारे परिवार की पिछली पीढ़ियों में कन्या को उपेक्षा के भाव से देखा जाता था, खुद पिताजी के जीवन काल में मैंने देखा था कि मेरी बुआ लोगों की शिक्षा स्वास्थ्य वगैरह पर ध्यान नगण्य-सा ही दिया जाता था।

अपने हिसाब से कदाचित् मैं एक बहुत बड़ा पारिवारिक सुधारक था। मेरे अवचेतन में शायद यह बात थी कि मैं पिछली सारी पीढ़ियों के दुष्कर्मों का भी प्रायश्चित कर रहा हूँ। पर एक बार मेरे किसी शुभचिन्तक मित्र शुमेन्दु ने, जो घर प्रायः आते थे। मुझे चेताया था, तुम प्रियंका को बेइन्तहा प्यार नहीं कर रहे हो, तुम गोपी की जड़ों को खोद रहे हो। उसका मासूम जीव, इस मासूम और खतरनाक उम्र में, अपनी पहचान को, आकार देने के लिए जिस छटपटाहट से गुजर रहा है, उसे मैं स्पष्ट देख पा रहा हूँ। एक ही घर में एक की प्रचण्ड प्रतिभासम्पन्न एवं दूसरे को उतना ही मन्द, बेकाबिल समझा जाना खतरनाक है। अति सर्वत्र वर्जयेत।

जानते हो पुत्र, उस दिन शुभेन्दु की बात सुनकर भी मैं नहीं चेता। शायद व्यक्ति वही विश्वास करता है, जो वह विश्वास करना चाहता है। मुझे लगा प्रियंका के अति सम्भावनापूर्ण भविष्य उसकी आँखों में गड़ रहा है क्योंकि उसकी कोई भी पुत्री प्रियंका के आगे ठहरती नहीं थी।

और आज यह ख्याल चेतना पर हथौड़े बरसा रहा है कि सम्भवतः मेरे सभी पारिवारिक मित्रों में वहीं एकमात्र ऐसे थे जो मानते थे कि लव इज लविंग दोज हू आर नाट लवएबिल (जो प्यार के योग्य नहीं, उन्हें प्यार देना ही सबसे बड़ा प्यार है) प्रियंका के मुकाबले तुम कहाँ प्यार के योग्य थे। कहाँ उसका, खुलता हुआ, सम्भावनाओं से पूर्ण एक जीवन...दिनोंदिन ऊँचाइयों को छूती चमकती तारिका-सी—और कहाँ तुम, मन्द

बुद्धि, अपने में घुसे हुए, हीन भावना से आक्रान्त, कुरूप। और सबसे बड़ा विद्रूप यही है कि ऐसे मानकों को तय करने में भी हमारी दृष्टि निहायत ही स्थूल रहती है।...कि प्रकृति की हर रचना अपने आपमें एक सुन्दर कृति है, इस सत्य को हम तब समझते हैं जब उस रचना को हम स्वयं अपने ही हाथों दफन कर चुके होते हैं। तुम्हारी घोर उदारता, सहिष्णुता, चित्रकारी के प्रति लगाव, फुटबॉल के लिए ललक...और सर्वोपरि एक अद्‌भुत किस्म की विनम्रता एवं ऋजुता जो तुम्हारे स्वभाव का स्वाभाविक हिस्सा थी...आज तुम्हें प्रियंका क्या, तुम्हारी उम्र के जाने कितने बच्चों से ऊपर उठा देती है। आज हृदय से एक बद्‌दुआ निकल रही है उन सभी लोगों के लिए, जिन्होंने प्रियंका के मुकाबले तुम्हें छोटा किया। तुम्हारे कुछ भी नहीं होते हुए भी शम्भुनाथ ने सदैव तुम्हारे माथे पर हाथ फेरा और पिता होते हुए भी मैं (और तुम्हारी माँ जी) सदैव प्रियंका से तुम्हारी तुलना कर तुम्हारे अन्दर हीनता बोध जागृत करता रहा...तुम्हें यह अहसास दिलाता रहा कि तुम कितने छोटे हो और तरक्की की रफ्तार में कितने पिछड़ गए हो।

हे तत्त्वज्ञानी ! मेरे नन्हे ईश्वर ! तुमने जीवन को शायद मुझसे कहीं अच्छे से समझा था। तरक्की की मार-काट प्रतियोगिता से स्वयं को पृथक रखते हुए तुमने जीवन को एक सहज जलधारा की तरह लिया–उसके सहज बहाव में बहते हुए...वही किया जिसकी अन्तःप्रेरणा से तुम अनुप्राणित रहे। और तुम्हें, तुम्हारी प्रकृति के अनुसार ही बहने दिया होता तो शायद तुम भी जीवन को कुछ और सुन्दर बनाने में अपना योगदान दे पाते।

पर हम जो जीवन को बुद्धि से चलाते हैं, जीवन से जितना हो सके अधिक से अधिक हड़पने को आतुर...कि जीवन की शान्त एवं रम्य भोर में ही फूलों से मासूम बच्चों के दिमाग में यह खतरे का भोंपू बजा देते हैं कि जीवन एक युद्ध है और उसे जीतने के लिए अपने पंजे, खुरों और नाखूनों को घिस-घिसकर इतना नुकीला बनाना है कि जो भी तरक्की के रास्ते आएँ, उसे नोंच डालना है...तो पुत्र, जीवन के इस युद्ध में किसी को तो शहीद होना ही था। तुम्हारा प्रतिपक्षी न सही तुम सही। यूँ भी तो तरक्की की इस रफ्तार में हम जाने कितनों को ध्वस्त करते हुए ही तो शिखर पर पहुँचते हैं। पढ़े लिखे होने के कारण मेरा अवचेतन डार्विन के 'सरवाइवल ऑफ दि फिटेस्ट' के सिद्धान्त से सदैव आक्रान्त रहा, इस कारण जब तब अन्तर में असुरक्षा पंख फड़फड़ाने लगती थी। और तुम्हें एक सुरक्षित भविष्य जुटाने की चिन्ता में मैंने तुमसे तुम्हारा बचपना ही छीन लिया। स्वयं को ही तुम्हारा भविष्य-विधाता, कर्ता और जाने क्या-क्या समझ बैठा था।

काश, मैंने सोचा होता कि सृष्टि के विधान में शिशु के जन्म के पूर्व ही उसके लिए दूध की व्यवस्था है। बिना मानवीय श्रम के कि माँ के सीने में दूध पहले उतरता है, शिशु बाद में गोद में आता है।

तुमने शायद भारतीय संस्कृति के उस महान सन्देश को आत्मसात किया हुआ था कि प्रकृति सबको देती है। तुम्हारी गई गुजरी, हिन्दी माध्यमवाली स्कूल के प्रार्थना के बोल भी कुछ इसी तरह के थे,...ईश हमें देता है सब कुछ।

तभी तो शायद उस दिन तुम्हारे विद्रोह का ज्वालामुखी एकाएक फूट गया था जब तुमने क्रोध में उन्मत होकर अपने शिक्षक का हाथ ही दाँतों से काट डाला था और चिल्ला-चिल्लाकर धारा के विरुद्ध बहने का प्रतिवाद किया था, मुझे नहीं बनना है, अच्छा लड़का, मुझे नहीं बनना है प्रियंका जैसा...मुझे नहीं पढ़ना है।

पर उस वक्त तो एक उजबक की तरह ही नजर आएँ थे तुम मुझे।

प्रियंका ने, मैंने, तुम्हारी माँ ने, सभी ने एक ऐसी दृष्टि से देखा था तुम्हें, जिसमें हैरत, अवमानना और तिरस्कार सभी एकीकृत थे।

उसी दिन अपने जीवन की सबसे लम्बी बातचीत की थी मैंने। तुम्हारा कहना था कि तुमने अपने टीचर को इस कारण काटा था कि उसने बेवजह तुम्हारे कान उमेठे थे और तुम्हें धमकाया था कि यदि तुम नहीं सुधरे तो वह तुम्हारा फुटबॉल खेलना बंद करवा देगा। यह भी कि तुम्हें अंग्रेजी उच्चारण अपने से पाँच वर्ष छोटी प्रियंका से सीखना चाहिए।

एक बार तुम्हारी माँ ने भी उस शिक्षक की शिकायत की थी कि वह बिना वजह तुम्हारे कान और कलमों के छोटे-छोटे बालों को खींचता रहता है। जब वह ऐसा करता था, तब शायद तीखे दर्द और अपमान से तुम्हारा स्याह चेहरा अजीब किस्म का बन जाता था, उसी अजीबियत भरे हाव-भावों को देखने में तुम्हारे उस टीचर को कदाचित् पाशविक आनन्द मिलता था।

लेकिन मेरे पास कोई विकल्प नहीं था। एक तो वह शिक्षक दूसरों की अपेक्षा कुछ सस्ता था, दूसरे उसकी सफलता का ग्राफ बाकी शिक्षकों से कुछ ऊँचा जाता था।

मैंने जबर्दस्ती तुमसे उस टीचर से माफी माँगने को कहा था। जाने कितनी बेवश और परास्त आँखों से मेरी ओर ताकते हुए तुमने अपने उस शिक्षक से माफी माँगी, जिसके लिए तुम्हारे हृदय में कोई सम्मान-भाव नहीं था।

...और उस दिन के बाद से तुम जैसे हथियार डालते चले गए...आँखों की स्वाभाविक चमक जैसे मन्द होती गई। तुम दिनों दिन खामोश होते गए...और मेरे द्वारा तुम्हारे लिए बनाए गए सफलता के एक बने बनाए साँचे में बिना विद्रोह, निःशब्द स्वयं को डालते गए...धीरे-धीरे, क्रमशः।

जिस प्रियंका के वार्षिकोत्सव में जाने के लिए तुमने बिना लाग-लपट के इन्कार कर दिया था...क्योंकि उसे नृत्य करती देख ही उन दिनों तुम्हारी स्मृति में तुम्हारी वह चित्रकारी जीवन्त हो उठती थी जिसे तुमने घंटों की एकाग्रता, एवं अपने कर्म से सात्विक रूप से एकरस होकर चित्रित किया था। हे पुत्र ! गहरी जलन ने आज हृदय को फफोलों से भर दिया है, यह सोचकर कि उस पल जब तुम्हारी स्वर्णिम कल्पना की, जीवन के पवित्र उछाह की, कला के प्रति सम्पर्ण सम्पर्क की पहली मूर्ति ही बिखर-बिखर गई थी...तब तुम्हारी आँखों से जाने कितनी रेगिस्तानी आँधियों का अन्धड़ चला होगा, पर हमने बजाए तुम्हारे उस घनीभूत दुख को बाँटने के, तुम्हें पीटा...तुम्हारे मरण की शुरुआत तो उसी पल से हो चुकी थी—पुत्र, क्योंकि बाद के महीनों में तुमने फिर कभी अपनी

तूलिका में रंग नहीं भरा था।

तुम्हारे विशाल हृदय ने प्रियंका को भी क्षमा कर दिया था, क्योंकि उसी दिन सुबह प्रियंका के प्रोग्राम को देखने जाने के लिए तुम स्वतः ही तैयार होना शुरू हो गए थे। आखिर अपनी दीप शिखा-सी दिप-दिप करती छोटी बहन के प्रति स्वाभाविक प्रेम की रसधारा सूखी नहीं थी तुम्हारे अन्तस में।

प्रियंका जैसे उजाले की लकीर-सी थिरकती रही थी, कभी इधर तो कभी उधर। पूरे बीस मिनट तक मंच पर। और जिन क्षणों वह किसी दिव्य लोक की परी-सीं ही प्रतिष्ठित हो रही थी तुम्हारे उर में, उन्हीं आत्महीनता के पलों में तुमने सोचा होगा कि तुम्हें भी प्रियंका जैसा बनना है,...कुछ ऐसा कि जिस पर माँ-बाप गर्व कर सकें।

कार्यक्रम की समाप्ति पर जब श्रेष्ठ नृत्यांगना का पुरस्कार किसी सार्वजनिक संस्था द्वारा प्रियंका को दिया गया और जब नाते रिश्तेदारों, मित्रों...सभी ने अपनी भरपूर प्रशंसा, नेह और आशीष वचनों से नवाजा प्रियंका को तो मैंने देखा था...तुम्हारे अन्दर कुछ हिल रहा था, बहुत जोरों से।

और बाद के दिनों में हमें तुम्हें रास्ते पर लाने में विशेष तकलीफ नहीं हुई थी। तुम्हारे जीवन के उन समी रोशनदानों को सालभर के लिए हमने बंद कर दिया था। जिनका सम्बन्ध मनोरंजन की दुनिया से था, तुम्हें देखते हुए—तुम्हारी आत्मा के उल्लास से था। चित्रकारी और फुटबॉल धीरे-धीरे एकदम सिकुड़ते गए और तुम्हारी किताबों की दुनिया विस्तार पाती गई।

दसवीं कक्षा की अर्द्धवार्षिक परीक्षा बहुत सख्त हुई थी। तुम साइंस विषय में असफल रहे थे। यह हमारे लिए चेतावनी थी। छह महीने पश्चात् ही तुम्हारी माध्यमिक की परीक्षा थी...और मेरा विश्वास था कि उस परीक्षा के परिणाम पर ही तुम्हारे भविष्य का सुनहलापन टिका था।

उन्हीं दिनों मैंने और तुम्हारी माँ ने तुम्हें मनों नहीं टनों लेक्चर पिलाए कि इस समय तुम्हारा धर्म, कर्म, कर्त्तव्य सिर्फ एक ही है...पढ़ना और सिर्फ पढ़ना नहीं तो जिन्दगी तुम्हारे हाथों से फिसल जाएगी और तुम्हें आदमी नहीं बनने देगी।

तुम्हारे सोलह वर्षीय कच्चे दिमाग में आनेवाली जिन्दगी के खौफ को अच्छी तरह बैठाकर ही हम तुम्हें राजी कर पाए थे, दो और शिक्षकों की नियुक्ति के लिए। यद्यपि मेरी आर्थिक स्थिति इतनी सुदृढ़ नहीं थी, फिर भी घर के कुछ अन्य खर्चों में कमी कर ही हम ऐसा कर पाए थे। और तुम्हारे संवेदनशील मन को इसका जबर्दस्त अहसास था।

तुम दिन भर स्वयं को किताबों में झोंके रहते। लेकिन पढ़ाई के लिए तुम्हारा लगाव किसी भी प्रकार स्वाभविक नहीं था। एक बार मैंने देखा था, एलजेबरा की पाइथागोरस थियोरम जब किसी भी प्रकार तुम्हारे दिमाग में नहीं घुस रही थी—तो बेहद परास्त भाव से तुमने अपने ही हाथों अपने बालों को नोच डाला था। तुम जैसे पढ़ते नहीं थे पुत्र, ज्ञान अर्जित करने का कोई आनन्द या उत्साह तुममें नहीं था तुम तो बस माँ-बाप की

खातिर, आनेवाले खूँखार समय का मुकाबला करने के लिए किताबों से जैसे युद्ध भर करते थे।

एक बार मैंने देखा, तुम स्पोकेन इंग्लिश की पुस्तक रेपिडेक्स से जूझ रहे थे। शायद प्रियंका की अंग्रेजी की सी अंग्रेजी ने तुम्हारे अन्दर बौनेपन का जबर्दस्त अहसास करा दिया था।

उस दिन पहली बार मैंने अपनी मूँछों पर ताव दिया था। अपनी पीठ ठोंकी थी।

दिन बीतते जा रहे थे, झींकते, अपने आपसे लड़ते। हर नया दिन तुम्हारे चेहरे से जीवन के रस और उल्लास को कुछ और सोख लेता। तुम दिन पर दिन दुर्बल होते जा रहे थे, चेहरा पीला पड़ता जा रहा था...और आँखें अन्दर की तरफ धंसती जा रही थी। धीरे-धीरे परीक्षा का दिन पास सरकता गया। निकट और निकट। अन्तिम दो सप्ताह तो तुमने स्वयं को पूर्णतः अपने कमरे में ही कैद कर लिया था। खाना भी तुम्हारे अध्ययन कक्ष में ही पहुँचा दिया जाता था।

आखिरकार वह दिन आ ही गया जब तुम्हें अपना प्रथम प्रश्न-पत्र देना था—23 मार्च का वह दिन। पिछली पूरी रात तुम नसतोड़ तनाव में थे, इस कारण नींद तुम्हारी आँखों से कोसों दूर थी। चेहरा एकदम निचुड़ा हुआ-सा लग रहा था। सुबह उठते ही तुम्हें लगा था कि तुम्हारा सिर घूम रहा है, उद्भ्रान्त-सा घूम रहा है। हिलते पर्दे की फाँक से मैंने देखा था, तुम दोनों हाथों से माथा थामे बैठे थे...टेबिल पर, किसी दिशाहारे, हाँफते हताश बूढ़े की तरह।

उसी क्षण मेरी इच्छा हुई भी थी कि तुम्हारे सिर पर हाथ फेरूँ, पर यह सोचकर कि तुम्हारी एकाग्रता में खलल पहुँचेगा, मैं स्वयं को जब्त कर गया था।

तुम्हारी आखें चढ़ी-चढ़ी थी और तुम्हारे चेहरे पर गहन विषाद और डर की छाया। तुमने किसी प्रकार दो-चार निवाले भात के निगले और कुछ क्षणों पश्चात् ही एक जबर्दस्त उल्टी कर दी। उल्टी के साथ ही जैसे तुम्हारे शरीर की बहुत सारी शक्ति ही बाहर निकल गई थी। तुम्हारी आँखें खुली थी लेकिन उनमें कोई जीवन न था। कोई भी अंश नहीं।

जाते वक्त हम सभी तुम्हें सशंक्ति निगाहों से देख रहे थे। हमारी आँखों में उभरते प्रश्न, डर, सहमापन एवं हताशा को पढ़ डाला था तुमने। इसलिए तुम जैसे हमें आश्वस्त कर रहे थे, परीक्षा, भालो दिबो (परीक्षा अच्छी दूँगा)। उस क्षण तुम साक्षात हमारे माँ-बाप बन हमें—ढाँढ़स बँधा रहे थे।

मैं कुछ दूर तक तुम्हारे साथ भी गया था। रास्ते में तुम्हारे कुछ साथी मिल गए थे। तुमने मुफे वापस भेज दिया था। तुम्हारे साथियों ने ही बाद में बताया कि बीच रास्ते में तुमने फिर एक बार उल्टी की थी। तुम्हारे साथियों को देरी न हो जाए, इस कारण तुमने उनको भी भेज दिया था और खुद अकेले ही कुछ देर सड़क की चापाकल के पास शक्ति बटोरते से बैठे रहे थे, और जब तक तुम परीक्षा हाल में पहुँचे, प्रश्न-पत्र बाँटे जा चुके थे। प्रश्न-पत्र मिलते ही तुमने फिर पानी मँगवाया था। घूँट भर पानी

पीकर फिर तुम उजबक की तरह इधर-उधर देखने लगे थे। तुम्हारा सारा बदन पसीने पसीने हो गया था और बैंच पर माथा टेककर तुमने आँखें मूँद ली थी...। कई दिनों की जमा अनिद्रा, रात रात पढ़ने की खटनी, गिरते स्वास्थ्य एवं थकान ने तुम पर धावा बोल दिया था और धीरे-धीरे तुमने आँखें मूँद ली थी।

करीब घंटे भर बाद जब निरीक्षक ने तुम्हें झकझोरा तब तुम किसी उज्जड़ उजबक की ही तरह दीदे फाड़कर चतुर्दिक देख रहे थे। तुम्हारे हलक में काँटे से गड़ गए थे और जैसे ही यथास्थिति की समझ तुम्हारे अन्दर व्यापी, प्राणों को कल्पाने वाली एक हल्की सी चीख तुम्हारे अन्दर से फूट पड़ी थी। तुम रो पड़े थे।

यही वह मारक क्षण था जिसने तुम्हारी सारी मेहनत, सपनों एवं स्वाभिमान पर पोंछा लगा दिया था। तुम्हारी बुद्धि भी ठीक से काम नहीं कर पा रही थी। तुमने घड़ी देखा, सिर्फ एक घंटा तुम्हारे हाथ में था और उस काले क्षण में, पहली बात तुम्हारे लगभग सूने हो चुके मस्तिष्क में यही आई कि किसी प्रकार प्रश्न पत्र को पूरा किया जाए। और जल में डूबा व्यक्ति जिस प्रकार एक अदद साँस के लिए तड़पता है, उसी प्रकार तुम तड़प गए थे किसी ऐसे त्राणदाता के लिए जो उस जानलेवा क्षण मे, उस भयावह परिस्थिति से तुम्हें निकाल सकता था। उस एक क्षण में प्रियंका की दर्प से ऐंठी गर्दन, माँ-बाप की ऑशा भरी निगाहें, तुम्हारे स्वयं का बौनापन और जाने क्या--क्या कौंधा होगा तुम्हारे जेहन में। और उन क्षणों में जबकि तुम न अपने भीतर थे, और न अपने बाहर। तुम्हारा सत्य सिमटकर सिर्फ एक ही बिन्दु पर केन्द्रित हो गया था कि तुम्हे किसी प्रकार उस प्रश्न-प्रत्र को पूरा करना है—और जाने किस दुष्प्रेरणा से प्रेरित होकर तुमने अपनी दाईं तरफ बैठे सहपाठी की कॉपी खींच ली। और उससे गिड़गिड़ाने लगे कि वह तुम्हें कुछ सहायता कर दे। निरीक्षक ने एकबार तुम्हें चेतावनी दी थी लेकिन तुम्हारी तो श्रवणेन्द्रियों पर आठों दिशाओं से अनुगूँजित होकर सिर्फ एक ही सत्य हथौड़े-सा चल रहा था कि किसी प्रकार से प्रश्न-पत्र को पूरा करना है, नहीं तो तुम्हें आनेवाले कल के लिए जीने का हक नहीं मिलेगा। दस मिनट तक तुम खुद से लड़ते रहे...और जब फिर सब कुछ असह्य हो गया तो तुमने फिर वही हरकत की और इस बार उस निरीक्षक ने कान पकड़कर तुम्हें बाहर निकलने का आदेश दिया। जाते वक्त जाने कैसी मर्मान्तक वेदना से रेत पर पड़ी मछली की ही तरह तड़पे थे तुम कि जाते जाते अपनी टेबल पर बंगला भाषा में लिख दिया था तुमने, आर आसवो ना...(और नहीं आऊँगा)। निरीक्षक ने तुम्हारा लिखा पढ़ा और ओंठ टेढ़े कर रह गया था।

जाते वक्त तुमने फिर एक बार उस सारे परिवेश को घूरा था जहाँ तुम्हारे सपनों का लाक्षागृह धू-धूकर जला था। और फिर तुम निकल गए थे मर्मान्तक अपमान और आत्महीनता की अग्निशलाकाओं से घिरे।

और उसके बाद तुम नहीं आए पुत्र, सिर्फ तुम्हारे समाचार आए। पुलिस स्टेशन से तुम्हारे लिए फोन आया। तुमने स्वयं को गंगा में विसर्जित कर दिया था।

पर गंगा में तुम नहीं विसर्जित हुए थे पुत्र। तुम तो भोर के सितारे की ही तरह ओझल हो गए थे। गंगा में तो विसर्जित हुई है मेरी सन्तति भावना, मेरे भीतर की सारी आर्द्रता। भीतर का सारा श्रेष्ठ ईश्वरीय अंश !

और आज तुम्हारे ओझल होते ही क्यों जीवन की रहस्यमयी गुत्थियाँ सुलझने लगी है, धीरे-धीरे। क्यों गौतम बुद्ध ने जीवन में मध्यम प्रतिपद को निभाने की बात कही थी ? क्यों काफ्का ने कहा था कि जो व्यक्ति अपने स्व को छोड़ देता है, उसे कुछ भी हासिल नहीं हो पाता, क्यों चेखव ने कहा था...कि हर पक्षी को अपनी वाणी में ही चहचहाना चाहिए। समझ में आ रहा है आज सब कुछ।

यदि पुनर्जन्म जैसी कोई अवधारणा सचमुच है, और जीवन की अनन्त जलधारा मैं कभी दैवयोग से मैं सचमुच तुमसे मिल पाया तो एक बात अवश्य जानना चाहूँगा...तुमसे, कि पुत्र यदि मैंने तुम्हे प्रियंका के समकक्ष ही चाहा होता, तुम्हारे साथ भी तकिए फेंकने का आनन्द लूटा होता, ताश के पत्ते फेंटे होते, कैरम में तुमसे हारा होता, शेविंग करते वक्त तुम्हारे गालों पर भी साबून पोता होता, तुम्हारे तकिए के नीचे तुम्हारी पसन्दीदा चीज रखकर तुम्हें चकित किया होता और यदि कोई भी ऐसी हृदय को आह्लादित कर देनेवाली स्मृति उस कमजोर एवं काले क्षण में तुम्हारे जेहन में कौंधी होती तो भी क्या तुम उसी रास्ते जाते, जिस पर तुम गए ? जबाब दोगे पुत्र ?

कहते है प्रकृति का भरपूर सान्निध्य और परिवार की अच्छी आत्मीयता भीषण से भीषण दुख में भी व्यक्ति को उबार लेती है। प्रकृति का सुख महानगर ने डस लिया और परिवार का सुख मैंने। क्या था तुम्हारे जीवन में, जिसके लिए बँधे रहते ? और इसीलिए एक झटके में सब कुछ तोड़ तुम चल दिए अनन्त की ओर।

मर्द होते हुए

नई नवेली उस यथार्थवादी कालोनी में लोग काँछा को शुरू-शुरू में कुछ-कुछ उसी उत्सुकता, कौतुहल एवं गौर से देखते थे जैसे युवक-युवतियाँ पहली नजर में अपने-अपने मंगेतरों को देखते हैं।

वह था भी कुछ-कुछ ऐसा ही। सुन्दर होते हुए भी साधारण और साधारण होते हुए भी सुन्दर !

ठिगनी-सी उसकी पहाड़ी काया। पहिया फिरी नाक। पावरोटी से फूले-फूले गाल। एकदम वृत्ताकार एवं गोरे से चेहरे पर बटन-सी चिपकी एक जोड़ी कंजी आँखें, बिल्लोरी चमक लिए। सब मिलाकर मीठा-मीठा चेहरा।

नेपाल की एक बेहद छोटी जगह नीलगंज से आया काँछा जहाँ स्वयं लोगों के लिए एक अजूबा एवं एक मजे की चीज बन गया था वहीं उस कालोनी के समृद्ध सुसज्जित फ्लैटों के अन्दर बसा छोटा-मोटा हिन्दुस्तानी यूरोप कांछा के किशोर जगत में हर तीसरे मिनट विस्मय एवं विमुग्धता के नए क्षितिज खोल देता था, जिन्हें वह झेल नहीं पाता था और नई चीजों के प्रति अपनी आदिम जिज्ञासा के चलते हर तीसरे मिनट काम करते-करते हर नई चीज को उचक-उचककर देखता, भौंहों को उठाता-गिराता, मुर्गे-सी गर्दन को स्प्रिंगदार खिलौने की तरह हिलाता-डुलाता। कठपुतली की तरह की उसकी ये भाव-भंगिमाएँ लोगों का, अच्छा-खासा दिल बहलाव करतीं।

किसी पहाड़ी झरने सदृश ही झर-झर बहनेवाला कांछा था भी बड़ा मौजूं। अपने इर्द-गिर्द बहते जीवन का भरपूर मजा लेनेवाला पन्द्रह-सोलह वर्ष का होने पर भी अपने हर हाव-भाव में बेहद उन्मुक्त। हँसता तो ताली बजा-बजाकर एक सम्पूर्ण हँसी आँखों से झरती। रोता तो बच्चों की तरह बुक्का फाड़-फाड़कर। कई बार तो मकान के कई शूरवीर महज उसका रोना देखने के लिए ही उस पर हाथ घुमा देते या कभी-कभी उसके हाथों की चीज ही छीनकर फुर्र...। और उन क्षणों में परम दुःखी होकर वह इस प्रकार कलपता मानो उसकी दुनिया ही लूट ली गई हो। चीखते, चिल्लाते, छाती-माथा पीटते जब वह फ्लैट में घुसता तो उसकी मालकिन और हम सबकी आंटी, जो स्वभाव से ही घमंडी, गुस्सैल और अपनी शान-शौकत का दिखावा करनेवाली औरत थी, फड़फड़ाते हुए आती और स्वयं भी कांछा की विचित्र-सी बनी भाव-भंगिमा का मजा लेते हुए बनावटी रोष के साथ सब से लड़ियाति, सब पर बकबकाती और इशारे से यह समझाना

नहीं भूलती कि देखो चाहो तो इस मजे की चीज का मजा तुम भी ले लो, मैं बुरा नहीं मानूँगी-पड़ोसिन होने के नाते—पर जरा ध्यान से, कहीं इस पर किया गया हमारा इन्वैस्टमेंट बट्टे खाते न चला जाय (आंटी इन्टर पास थी और अर्थशास्त्र के कई नियमों से वाकिफ भी) और अपनी ही बात पर हें हें की मुद्रा में हँसती हुई वह यह बताना नहीं भूलती कि कितनी मोटी रकम खर्च करके उन्होंने इस नायाब चीज को हासिल किया है।

इस बीच कांछा के हाथ में फिर वही चीज थमा दी जाती तो उससे छीन ली गई थी—और वापस पाकर वह वैसे ही दाँत निपोरता, खुश होता जैसे अफीमची अफीम को पाकर। इस प्रकार कई दिनों तक उस मकान में यही चर्चा आम रहती कि हँसता कैसे है ? रोता कैसे है ? आंटी सहित पूरा मकान ही उसे 'माल अच्छा है' की तरह ही लेता, किसी प्राणवान सत्ता की तरह नहीं।

उसकी मूर्खता सम्बन्धी असंख्य बातों का जिक्र करते आंटी को उसी आनन्द की अनुभूति होती जिसे शास्त्रों में ब्रह्मानन्द कहा जाता है।

काँछा की कीर्ति उड़ते-उड़ते मुझ तक भी पहुँची। कॉलेज से आते-जाते वह यदा-कदा सीढ़ियों में टकरा जाता। अपने गुलाबी-गुलाबी होंठों से मस्ती झराता, गुनगुनाता, कभी हल्की-हल्की सीटी बजाता आत्मलीन-सा वह जीवन की निकृष्ठाओं और टुच्चेपन से अछूता, जीवन से भरपूर।

"कैसे है कांछा ?" यों ही पूछ लेती मैं।

"अच्छा" और शर्माता-हँसता किसी जंगली हिरण के छौने-सा दो—दो सीढ़ियाँ एक साथ फलाँगता वह यह जा, वह जा।

लेकिन रफ्ता-रफ्ता जैसे-जैसे उसकी सर्वकाय दक्षता की छवि में चार चाँद लगने लगे, उसकी जन्मपत्री में शनि की छाया गहराने लगी। ओछी और कुटिलबुद्धि से लबालब आंटी ने उसे सार्वजनिक करना निरापद न समझकर घर की चौहद्दी में ही कैद करना लाभप्रद समझा। यूँ भी उन दिनों घरेलू नौकरों के जो बाजार भाव चल रहे थे, उसकी तुलना में कांछा काफी किफायती था और उस पर उसकी कमांडरों जैसी चुस्ती-फुर्ती एवं काम के प्रति एकाग्रता एवं समरसता के समक्ष उस मुहल्ले के सभी बिहारी छोकरों की जमात ही निरी ढपोरशंख-सी लगती।

मैं जब भी उसे काम करते देखती, मुझे लगता, वह पूर्वजन्म में अवश्य ही स्त्री रहा होगा वरन् क्या सम्भव है एक पुरुष द्वारा इस कदर घरेलू कार्यों में स्वयं को डुबो देना। फुलके बेलेगा तो एकदम गोल-गोल, पतले-पतले सफाई से। सब्जी काटेगा तो एकदम महीन-महीन चाहे तो कोई मापकर देख लें, हर टुकड़े बराबर-बराबर आकार के। हर तरफ सुघड़ता एवं कलात्मकता की छाप छोड़ता हुआ। जिन्दगी और परिश्रम में जबर्दस्त आस्था हो जैसे उसकी। कई बार मुझे लगता, जैसे वह अपने कैशोर्य एवं शैशव के सारे खिलंदड़ेपन, उमंग एवं चंचलता को भी अपने रोजमर्रा के कार्यों में उँडेल देता था। भिंडी काटकर उन्हें खिलौनों की तरह सजाकर गोला बनाता सा रखता जाता। बाहर

का गोला पूरा होता तो फिर उसके अन्दर दूसरा छोटा वृत, फिर उसके अन्दर एक और वृत्त। फुलके-फुलाते वक्त फुलके के फूलेपन को देखकर खुद ही खुश होता जाता। बर्तन मलता तो पूरे दम के साथ उन्हें घिसता जाता और फिर उनमें अपनी छवि निहारता खुश होता जाता। शायद बालसुलभ अपनी खिलौने की भूखी चाहत को वह इसी प्रकार पूर्ण करता था। और जिस प्रकार तल्लीन होकर गुनगुनाते हुए वह सारे कार्य करता कि उसे देखकर यही प्रतीति होती कि हर पल जीवन की बाँसुरी बजाता वह जीवन के गीत गा रहा है। पेट के लिए खटते हुए भी पेट की सरहदों से दूर बहुत दूर।

मैं जब भी उसे देखती, उस उत्स को खोजने की चेष्टा करती, जहाँ से उसे जीवन मिलता था। उसे देखते रहना मुझे बेहद भाता...क्योंकि वह अनायास ही मुझमें जीवन के प्रति भव्य स्वीकार्य और आदर भाव जगा देता था। उन दिनों अपनी बी.ए. की परीक्षाओं से मुक्त होकर मैं अपने अनन्त समय को साहित्य में डुबोकर सार्थक कर रही थी। एक ऐसी ही कर्महीन दोपहर को अलसाई सी लेटी मैं कभी चेखव तो कभी अज्ञेय से गुजर रही थी कि आंटी की बारह वर्षीया प्रियंका तितली-सी उड़ती मेरे कमरे में आकर बोली, "लिसेन, ममा बुलाता है आपको, अभी तुरन्त, जस्ट नाऊ।" उसकी हिन्दी कान्वेंट स्कूलों में पढ़कर फर्र-फर्र अंग्रेजी बोलनेवाले बच्चों की साफिस्टिकेटेड लेंगुएज का एक नमूना थी। और उस नमूने की तात्कालिक प्रतिक्रिया मुझ पर यही हुई कि झटक दूँ उसे। हल्का सा झटका भी था। पर वह जैसे सिखा-पढ़ाकर ही भेजी गई थी—मुझे घसीटने-सी लगी। मुझे पता था। मैं आंटी के लिए—'तेरे पास आकर मेरा वक्त गुजर जाता है—किस्म की चीज थी, इस कारण अहसान लादती, जताती मैं ऊपर गई।

ऊपर आंटी रोलर और कंडीशनर की मदद से बालों को घुँघराला करवाकर उन्हें प्यार से सहला रही थी। चेहरे पर पोंड्स पाउडर और होंठों पर कत्थई रंग की लक्मे की लिपस्टिक का लेप विराजा हुआ। महक ही महक। कुछ इतर, कुछ विशिष्ट दिखने की चेष्टा में लगी आंटी के चेहरे के भावों को मैं साफ पढ़ सकती थी। वे चाहती थी कि मैं उन कृत्रिम घुँघराले बालों की अभ्यर्थना में कुछ पेश करूँ-कुछ स्तुति वचन मैं कर भी देती लेकिन उस दिन एक ढीठ अस्वीकार समाता चला गया था मन में क्योंकि मेरी आँखें पीछा कर रही थी कांछा का, जो ढेर सारे वस्त्रों के छोटे मोटे पहाड़ के बीच आंटी के अन्तर्वस्त्रों को इस्त्री करके सुखा रहा था। ध्यान आया, पिछली दो रातों से ही जमकर बारिश हो रही थी।

"चलोगी, मैट्रो में वंडरफूल मूवी लगी है, रूप तेरा मस्ताना।" आंटी का स्वर प्रेम से छलका पड़ रहा था और उसी स्वर की रस फुहार में भींगते हुए मैंने नोट किया कि बालों को घुँघराला करवाने के साथ ही इन दिनों घंटी अपनी भाषा को भी पुत्री की भाषा की तरह आधुनिक टच देने में लगी थीं। आंटी मुझे झिंझोड रही थी और मेरे मन का एक हिस्सा आंटी की बात सुन रहा था और मन का दूसरा हिस्सा सोच रहा था कि जब आंटी के अंडरवियर और ब्रैजियर पर कांछा इतनी जोरों से इस्त्री रगड़ रहा है तो इसी प्रकार रगड़-रगड़कर उन्हें धोए भी उसी ने होंगे, तार पर फैलाया भी

उसी ने होगा।

आंटी मुझे झिंझोड़ रही थी और मैं कांछा के चेहरे के भावों को पढ़ने की प्राणपण से चेष्टा में लगी थी ? क्या वह सचेत था कि वह किस कोटि का कार्य कर रहा था या घर के बाकी कार्यों की ही तरह इस कार्य को भी 'कर्म ही धर्म' के भाव से ग्रहण कर रहा था ? लेकिन कटी मुर्गी की तरह झुकी उसकी गर्दन के चलते मेरे पल्ले कुछ भी नहीं पड़ रहा था...और इन सरकते, बहते क्षणों में शायद चालू, चतुर आंटी भी मेरे चेहरे के भावों को ताड़ गई थी, लिहाजा मुझे चेहरे के सहारे मन के अध्ययन के रिसर्च को अधबीच ही छोड़ देना पड़ा।

कभी की खासमखास आंटी उस क्षण मुझे बेहद निकृष्ट, विकृत एवं संस्कृतिविहीन लग रही थीं।

पन्द्रह-सोलह वर्ष की वह उम्र--जब मन में कोई मूरत बसने को होती है और मन को पूजाघर-सा बना देती है और व्यवाहार में यह नारी मूर्ति। कुढ़ती धुनती मैं वापस चेखव अज्ञेय में।

लेकिन उस दिन ग्रह स्थिति कुछ ज्यादा ही खराब थी। अभी ढाई घंटे पूर्व मिले दृश्यात्मक आघात को ही पूरी तरह झेल नहीं पाई थी कि श्रवेंद्रियों के पास किसी गहरे कुँए से आती थरथराती, काँपती, प्राणों के पूरे जोर से लगाई चीख सी सुनी--आगु-आगु-आगु-आग-बचासु-बचासु, बाचाओ-बचाओ ! साथ ही साथ किवाड़ों पर पूरे वेग से पड़नेवाली थाप--धप्प-धप-धप्प। उस दिन कांछा चेतना पर सम्पूर्णता के साथ छाया हुआ था। इस कारण स्वभावतः पहला ख्याल आया भी उसी का ही। लेकिन मन को समझा लिया कि शायद भ्रम हुआ हो, पर जब चेतना पूर्णता के साथ मेरे कानों में सिमट आई और आशंका की सुई मकान के बाकी सभी फ्लैटों से होती हुई आखिर में ठीक वहीं आकर टिकी तो शक की कोई गुंजाइश ही नहीं रह गई थी। हाँ, वह कांछा की ही आवाज थी। हिन्दी नेपाली का घालमेल 'आगु-आगु बचासु-बचाओं।' साथ हीं पूरे वेग से दी जानेवाली थाप दरवाजे पर।

नंगे पैरों दौड़कर जब तक मैं ऊपर पहुँची तो देखा कि पार्श्व वाले फ्लैट की आंटी भी अपने गीले-गीले बालों को तौलिए में लपेटते-लपेटते दौड़ती-हाँफती चली आ रही थीं। उससे ऊपर वाले फ्लैट के बूढ़े दादाजी भी एक हाथ से सीढ़ी की रेलिंग को पकड़े और एक हाथ से धोती की लाँग को सँभाले-सँभाले नीचे उतर रहे थे।

तब तक यह बात सर्वविदित हो गई थी कि सिनेमा जाते वक्त आंटी कांछा को फ्लैट के अन्दर ही बन्द कर गई थी और पीछे से फ्लैट में इस्त्री से शार्ट सर्किट होकर आग लग गई थी। कोनेवाले कमरे से धुँआ उठ रहा था और अन्दर डर से सहमा, विजड़ित, सनाका खाया कांछा बुरी तरह दरवाजा पीट रहा था।

और जब सामूहिक रूप से यह सोचा जा रहा था कि कांछा को कैसे बाहर निकाला जाए एकदम ग्राउंड फ्लोरवाली आंटी हाँफते-हाँफते ऊपर। कांछावाले फ्लैट की चाबी आंटी नीचेवाली आंटी के पास रखवा गई थीं। लेकिन उन्हें यह नहीं बताया गया था

कि कांछा फ्लैट के भीतर है।

नीचेवाली आंटी इस बात से पुलकित थी कि ऐन वक्त पर आकर उन्होंने कांछा को बचा लिया। यदि चार मिनट की भी देरी और हो जाती तो वे सब्जी लाने के लिए निकल चुकी होतीं।

मैं यह सोच-सोचकर भय से पीली पड़ती जा रही थी—कि यदि आंटी सचमुच बाजार चली गई होतीं तो क्या होता कांछा का ? इतना मजबूत दरवाजा इतनी जल्दी टूट जाता ?

मकान के बाशिन्दे खुश थे कि उन्होंने पड़ोसी धर्म निभाया, पर साथ ही हैरान भी कि कांछा को इस प्रकार अन्दर बन्द कर जाने की क्या जरूरत पड़ गई थी।

पर मैं हैरान नहीं थी, कतई नहीं। आंटी के नए उपजे अर्थशास्त्र से मैं भली-भाँति परिचित थी। घर की पूरी व्यवस्था को सुचारू रूप से सम्भाल लेनेवाले ऐसे परिश्रमी और सस्ते नौकर से मिलनेवाले सुख के एकाधिकार को आंटी दीर्घ समय तक स्थायी और निरापद बना लेना चाहती थीं। उसी का यह नुस्खा था। बहरहाल, एक दुर्घटना होते-होते बच गई थी। आंटी के कोनेवाले कमरे का सिर्फ एक सोफा ही आधा जला था।

बाद में आने पर आंटी ने सभी बंशिदों के बीच संकटमोचन हनुमान जी को चढ़ाए हुए खाटी दूध के पाँच-पाँच पेड़े बाँटे—कि घर जलने से बच गया।

मैं सोच रही थी कि अब कांछा शायद ही कभी उस घर की मुंडेर पर दुबारा दिखाई पड़े...जहाँ इतनी अमानवीयता हो, वहाँ...। लेकिन मेरे सभी अनुमानों को ध्वस्त करता-सा-वह वहीं था, उसी परिवार को अपना सर्वश्रेष्ठ समर्पित करता सा-जे-विधि राखे राम, से विधि रहियो—जीवन जिस रूप में भी मिले—उसे स्वीकार करता हुआ।

मैं अक्सर सोचती कि ऐसी भयावह घटना के बाद भी कोई उन्हीं परिस्थितियों में कैसे काम कर सकता था। पर शायद जिस आकस्मिकता से वह घटना घटी थी, उसी आकस्मिकता से उसकी आक्रमकता भी उड़ गई थी। क्योंकि दूसरे ही दिन कूड़ा फेंकने के लिए जाते वक्त मैंने उसके चेहरे को देखा था गौर से...उसके चेहरे पर से पिछली घटना की कोई आहट, कोई खौफ या दहशत के कोई भी चिन्ह नहीं थे। वे चिन्ह उसी प्रकार उसके चेहरे से साफ थे जिस प्रकार बाजार से उन दिनों प्याज।

बाद में कई दिनों तक मैं आंटी के यहाँ चाहकर भी नहीं जा पाई थी आंटी ने बुलवाया भी, पर मैं टाल गई थी। लेकिन गर्मी की एक दोपहर जो, न कटने पर आमादा थी और मैं, कुछ कांछा को देखने का लोभ, और कुछ पास में कुछ भी पढ़ने की सामग्री न होने के कारण, फिर ऊपर।

ऊपर घुसते ही सुसंस्कृत मन को फिर दृश्यात्मक आघात लगा। किसी मध्ययुगीन नायिका सी आंटी बगल में नरम-नरम रेशमी गिलाफ का तकिया दबाए, बटालीवाले पलंग पर पेट के बल लेटी थीं—अपनी गद्देदार हथेलियों से अपने स्पंज से फूले-फूले गालों को टिकाए। मुँह में भरा पान, इलायचीवाला जिसकी सुगन्ध मुझ तक पहुँच रही

थी—और नीचे फर्श पर बैठा कांछा आधा ऊँघता, आधा जागता, रोम या अफ्रीका के बाजारों में बिकते दासों की स्मृति को पुनर्जीवित करता सा आंटी की गोल-गोल गदबदी माँसल पिंडलियों को दबा सहला रहा था। घुटनों से चार इंच ऊपर तक उठा लहँगा और उससे लिपटी साड़ी।

मुझे देखते ही आंटी षोडशी-सी चहकी। मेंढ़की सी फुदकी और लाल-लाल मसूढ़े दिखाती हुई हुलसती-हुलसती कहने लगी, "अईयो अईयो...कम, कम, वेलकम, आज किधर...?

बोलते बोलते आंटी ने अपने पाँवों को खींच लिया था और कांछा को अपनी तत्कालीन सेवा से मुक्त करते हुए बोली, "जा दीदी के लिए शर्बत बना ला, खसवाला...।"

आंटी मेरी खातिर तवज्जों में लग गई थी और मेरी चेतना में यह बराबर कौंध रहा था कि यह कैसी हिन्दुस्तानी शर्म है जो श्वसुर और जेठ के समक्ष माथे की बिन्दी तक स्वयं को ढाँप-ढूँपकर रखती है और अकेले में इस कदर...।

और सांस्कृतिक झटकों के बोध भरे उन चरम क्षणों में दो बातें मेरे जेहन में एक साथ कौंधी। ओ हेनरी ने कहा था कि अगर पुरुष यह जान लें कि औरतें अकेले में समय किस प्रकार व्यतीत करती हैं तो कभी शादी न करें। दूसरी बात यह कि अज्ञेय ने कहीं कहा था कि औरत पुरुषों को आकर्षित करने के लिए ही लज्जा करती हैं। मैं तय नहीं कर पा रही थी कि नारी मनोविज्ञान के कौन ज्यादा करीब थे अज्ञेय या ओ हेनरी। लेकिन यह बात तय थी कि उस दिन बल्कि उसी क्षण से आंटी मेरे मन से तेजी से झरती जा रही थी, ठीक उसी प्रकार जिस प्रकार देश के चरित्र से नैतिकता।

डेढ़ महीने का अन्तराल। रात देर तक पढ़ते सोई थी, इस कारण नींद सैलाब की तरह मुझे बहा ले जा रही थी। चेखव, बालजाक, अज्ञेय, प्रेमचंद सब गड्डमड्ड हो रहे थे...कि एकाएक तड़-तड़-तड़ाक-खिड़की के दोनों पल्ले भिड़भिड़ाए। पहले कुछ छींटे और एकाएक तेज बौछार।

बाहर से भाई चिल्लाया—बारिश-बारिश ! फिर भी मिचमिचाती आँखों से बाहर की दुनिया के साथ तालमेल बिठाने की कोशिश में और दो-चार पल सरके। तब तक आधा तकिया भींग गया था। भागते-भागते खिड़की के पल्ले बंद किए कसकर और वापस नींद को रिझाने में लग गई। घड़ी में तीन बजकर तेंतालिस मिनट हो रहे थे। सामने दीवार पर छिपकली दो पतंगों पर झपट्टा मारकर तीसरे पर झपट्टा मारने की तैयारी में थी ही कि मुझे बहुत दूर से किसी के सिसकने की-सी आवाज आई...।

पहली बार सिर झटक दिया-भ्रम हुआ होगा- लेकिन आवाज लगातार आती रही। दरवाजा धीरे से खोलकर चोर की तरह बाहर झाँका तो अवाक्। सर्वांग सिहर उठा। सीढ़ियों पर लगे टाट के बिस्तर पर कांछा घुटनों में सिर दबाए सिसक रहा था। सीधी पड़ती तेज बौछारों ने न केवल उसके बिस्तर, बल्कि नीचे की जमीन को भी तर-बतर कर दिया था। सीढ़ियों पर जो खिड़की थी उसके काँच भी टूटे हुए थे। इस कारण

बौंछारे बिना किसी आड़ के सीधी उस पर पड़ रही थी। ठंडी हवा–बौंछारें और घिसी-पिटी कमीज...ठंड से ठिठुरता-कँपकँपाता घुटनों में सिर छिपाए वह सिसक रहा था।

निस्तब्ध रात्रि के उन संवेदनशील पलों में मैं यही कर सकती थी कि आंटी को जी भर कोसूँ और वही मैं कर रही थी। क्या चोरी का डर था जिसके चलते आंटी ने इस बरसाती रात में भी उसे अन्दर सुलाना मुनासिब न समझा।

मन ही मन मैं अटकलें लगा रही थी। लेकिन उसकी ईमानदारी का गुणगान तो मैं स्वयं आंटी के श्रीमुख से जाने कितनी बार सुन चुकी थी। तो ? मेरा सारा चिन्तन-सारा सोच इस 'तो' के आगे नहीं जा सका।

बाहर वह था–घुटनों में सिर छुपाए-सिसकता-ठिठुरता। भीतर मैं थी–चादर और डनलप की गर्मी नरमी में लिपटी...उसकी संवेदना में जागती, उँघती, करवट बदलती। मेरे कमरे में इतनी जगह...क्या मैं उसे सुला लूँ भीतर ?

'मैन इज बोर्न फ्री, बट हि इज एवरी व्हेअर इन चेन्स' (आदमी स्वतन्त्र जन्मता है लेकिन जीवन में हर जगह जंजीरों में आबद्ध) इन पंक्तियों का मर्म पहली बार समझ में आया। खिड़की से एक बार फिर झाँकने की चेष्टा की–एक झलक भर देख पाई उसकी। मन मुर्दा हो गया। निस्तब्ध, निर्जन, अन्धेरी एवं अपरिचित रात के अनजान शहर में क्लान्त-श्रान्त एवं कलपता एक किशोर। श्मशान में जलती चिता को देखकर भी मन क्या इतना टूटता होगा ?

सोचते-सोचते जाने कब आँखें मुँद गईं और बोध तब हुआ जब चेहरे पर धूप पड़ने लगी थी।

आँख खुलते ही जैसे किरणों के कण-कण से यही ध्वनि प्रतिध्वनित होने लगी कि मुझे कांछा के विषय में आंटी से बात करनी है और आज ही।

और जिस समय मैं ऊपर पहुँची–आंटी नेलपालिश रिमूवर से दाएँ हाथ की नेलपालिश को छुड़ा रही थी और आसपास करीने से रखे विभिन्न अन्तर्राष्ट्रीय कम्पनियों के विभिन्न रंगों के शेड्स को आजमा रही थी। सामने ही टी.वी. पर कार्यक्रम चल रहे थे। टी.वी.पर विभिन्न राजनीतिक दल अपनी-अपनी कबड्डी दिखा चुके थे और अब चैनल पाँच पर कांजीवरम् साड़ी में लिपटी झिलमिलाती सोनिया गांधी स्वर्गीय इन्दिरा गांधी के पोज में खड़ी गद्‌गद् स्वरों में कह रही थीं कि उन्हें 'बारत के बविष्य की बरी चिन्ता है और उनके मन में देश के 'लोकतांत्र' के प्रति 'बरा' आदर है। सोनिया को देखते ही आंटी कमल-सी खिल गई और सर्वज्ञ की तरह मुंडकी हिलाते हुए गम्भीरता से कहने लगीं, ''देखना, सोनिया अपने स्वीटपन और स्मार्टपन के चलते ही बाजी मार लेगी.... !''

मेरे अन्दर वह चीज खदबदा रही थी, जिसे बोलने के लिए मैं बेताब थी। आंटी झमाझम मूड में थी, इस कारण स्थिति की अनुकूलता भाँपकर मैंने आनन-फानन में बिना किसी लाग-लपेट के बात छेड़ ही दी। आसपास अनदेखती आँखों से देख लिया, कांछा

नहीं था।

"आंटी, आप कांछा को भीतर ही क्यों नहीं सुला लेतीं ? आपके पास तो इतना बड़ा फ्लैट है। तेज बारिश में सारी रात जागता रहा था बेचारा...!"

और तभी जाने कहाँ से कांछा आ टपका था। उसकी आँखों में सराहना थी मेरे लिए। पर मैं गलत समय बात छेड़ने के लिए स्वयं को गरिया रही थी। मुझे अच्छी तरह से देख लेना चाहिए था।

आंटी उजबक की तरह मुझे देख रही थीं, मानो जो कुछ मैंने कहा उस पर उन्हें विश्वास ही न आ रहा हो कि मैं इस स्तर की बात भी कर सकती हूँ। और जब मेरी चपल चों पूरी तरह उनके जेहन में उतर गई तो इस तल्खी से, इस हिकारत से मेरी ओर देखा मानो कह रही हों कि किस गधी से पाला पड़ गया है ! कहाँ तो सोनिया गांधी जैसे राष्ट्रीय नेताओं की बातचीत और कहाँ अदना-सा कांछा। इसी कारण आंटी के चेहरे के भाव एकाएक कठोर हो गए और दो घड़ी पहले की झमाझम एवं मस्त-मस्त आंटी एकाएक गरम इस्त्री हो गई थीं।

कुछ पल स्तब्धता।

तनी हुई भृकुटि ओर गुस्से में फड़फड़ाते होंठ।

कुछ पल ठहरकर, कुछ प्रभाव और भंडास छोड़ने के उद्देश्य से आंटी नाक-भौं सिकोड़ते एवं होंठों को वक्र कर फिर कहने लगीं, "... देखो, चार किताब भर पढ़ लेने से बुद्धि नहीं आ जाती—तुम नहीं समझोगी इन बातों को। अपने अपने घर के कायदे होते हैं। हम लोगों के यहाँ पराए मर्द को घर के भीतर नहीं सुलाया जाता....।"

आंटी के चेहरे पर कांछा को खिलाने, पिलाने एवं जीवित रखने का भाव मोटे अक्षरों में लिखा था जिसे पढ़ने में मैंने कोई भूल नहीं की थी। इस कारण एक बार तो मन में यही आया कि बात को वहीं दबा दूँ। लेकिन मैं ऐसा नहीं कर सकी, चाहकर भी नहीं। मुझे साफ-साफ महससू हुआ कि मेरी आत्मा से कुछ आवाज उठ रही है जिसे घोंट देना मेरे लिए नामुमकिन है।

अपने व्यक्तित्व की सारी शक्ति बटोरते हुए अपने बीस वर्षीय ज्ञान के पूरे दायित्व को ढोते हुए मैंने दृढ़ आवाज में कहना चाहा था, पर बाहर तक आते-आते आवाज बिखर गई थी। उदास नरमी में डरे-डरे से शब्द कुछ अजीब कँपकँपाती सी आवाज में मेरी कमअक्ली को ही दर्शाने निकले थे—'आंटी' आप भी कितनी गन्दी हैं। क्या-क्या सोच लेती हैं ! बेचारा एकदम तो बच्चा है, मासूम-सा...उस दिन तो आप खुद उससे पाँव दबवा रही..."

बात मैं पूरी कर भी नहीं पाई थी कि जैसे पेट्रोल से भरी टंकी में किसी ने तीली दिखा दी हो, साक्षात् चंडिका बनी आंटी शोले उगलने लगी थीं। नथुने फुलाती, दाँत पीसती, हाथ नचाती, तानाशाही आँखें दिखाती, आधी तीतर, आधी बटेर आंटी उस क्षण अपनी सारी आधुनिकता और अपने सारे मॉड मैनर्स को धूल-सा झाड़कर अपनी खाल से बाहर निकल गई थीं। कुछ देर पूर्व की ग्लोबल भाषा अब ठेठ स्थानीय भाषा में

बदल गई थी—"तो सुला ले अपने साथ...बना ले खसम ! अरे, आज नहीं तो छह महीने बाद जब पूरा का पूरा मर्द बन जाएगा तब...दाढ़ी, मूँछ और छाती पर बाल तो आने लगे हैं अभी से ही...।"

वह क्षण...जैसे टुकड़ा-टुकड़ा कर दी गई हूँ। जैसे लुप्त हो गया हो सूरज दुनिया से !...अँधेरा ही अँधेरा।

छह महीने बाद जब पूरा का पूरा मर्द बन जाएगा...तब ? तब ? लगा जैसे शब्द नहीं, अग्निशलाकाएँ थीं जिन्होंने मेरे मन-प्राण-आत्मा सब को कलुषित कर दिया था। झुलसा दिया था। अभी तक मेरे इतने करीब रही आंटी विरोध के पहले झटके में ही किस कदर झाग उगलने लगी थीं...कुत्सित।

मैं पूरी तरह ध्वस्त, परास्त, पराजित और पिट चुकी थी। कितनी गन्दगी भरी रहती है लोगों के अन्दर...छिः। अपना पिटा हुआ-सा मुँह लेकर बाहर निकल रही थी कि देखा सामने वह खड़ा था...कांछा। आँसू से झिलमिलती आँखें। अपने ही अन्दर टप-टप-टपकते मोम-सा...उद्वेलित, अशान्त...लज्जित...मौन ! आँखें मिलाता, आँखें चुराता। बिखरा-बिखरा।बूझता-अनबूझता, प्राणों के भीतर रोता...अकेला !

उस दिन उस रात सारा आसमान ही धू-धू कर जल उठा था मेरा। यही है वह आंटी जिसने गाहे-बगाहे, आँतरे पाँतरे, जब-जब बुलाया, मैं हाजिर रही। पति ने उन्हें नोट जरूर दिए, पर प्राथमिकता कहीं और रही और पति से उपेक्षित, बातूनी, रँगीनियत के लिए भटकती आंटी के लिए मैं जाने कितनी बार पति बनी—उनकी अन्तरंग बातों की धैर्यशील श्रोता के रूप में।

बड़ी उदास थी वह रात। जाने कितने समुद्र के समुद्र बह गए। उसी रात चेखव की एक पंक्ति पढ़ी थी—टू कैरी ऑवर ओन क्रास...एंड स्टिल हैव फेथ...(दुख सहते हुए भी जीवन में आस्था रखते हुए जिओ)। मुझे तो चेखव ने बचा लिया, कांछा का क्या होगा ?

अधजले, अधमरे-से वे दिन। फड़फड़ाते छटपटाते। अपने गाँव और माटी से दूर, आत्मीय-जनों के स्नेह आँचल से अलग-थलग पड़े कांछा की छवि जब तब कौंधती रही चेतना में। रह-रहकर लहर-सी उठती मन में कि उसे एक बार देख भर लूँ कि उस घटना की कोई विपरीत प्रतिक्रिया तो नहीं हुई उस पर, कि अकेले पड़े उस रीते किशोर को ममता से भर दूँ पोर-पोर...और नहीं तो उसके पास बैठ उसके माथे पर हाथ ही फेर दूँ।

लेकिन आंटी की नाकेबंदी के बीच कहाँ सम्भव था यह सब ! कई बार एक बात और आती दिमाग में कि उसे कहीं दूसरी जगह ही नौकरी पर लगा दूँ। उसकी ईमानदारी और मेहनत तो मैं स्वयं देख चुकी थी। लेकिन वह एकदम निरक्षर था—भारत के उन पाँच करोड़ पचास लाख बच्चों की तरह, जिन्हें स्कूल का मुँह तक देखना नसीब नहीं होता था। तब ? और मन की उसी उखड़ी-उखड़ी एवं खंडित मनःस्थिति में मैं कुछ दिनों के लिए कलकत्ता से करीब तीस किलोमीटर दूर अपने ननिहाल हिन्दमोटर चली

गई थी...कि शायद जगह का नयापन ही कुछ प्राण लगाए...कि मेरी झुलसी आत्मा को कुछ चैन की नींद आएँ।

लेकिन वहाँ भी कुछ छू न पाया मुझे। फिर भी नई जगह के नएपन, प्रकृति के सान्निध्य एवं वातावरण के प्रभाव में मैंने अपने को हल्का, स्वतन्त्र एवं आत्मिक रूप से कुछ-कुछ पवित्र अनुभव किया। दई-गिर्द बिखरी चीजें और काम करते लोग मुझमें प्रेरणा का संचार करने लगे। मैंने देखा कांछा के ही हम उम्र बढ़ई-गिरी करते कई लड़के। दिमाग में कौंधा...कांछा को भी कुछ इसी प्रकार के काम में लगाया जा सकता है। उन लड़कों से बातचीत कर आश्वस्त भी हो ली कि यदि कांछा चाहे तो उसे भी वहाँ लगाया जा सकता था। प्रतिवर्ष ही उनका मास्टर नए शागिर्दों की नियुक्ति करता था। मन में यह अहसास मुझमें सन्तोष एवं पूर्णता भर रहा था कि मैं यथाशक्ति यथासम्भव उसके लिए कुछ कर रही थी।

...और इसी ताजेदम अहसास के साथ मैं वापस महानगर में।

रास्ते भर मैं ख्याली पुलाव पकाती रही और खुश होती रही कि किस प्रकार मैं एक मानवीय कार्य करने जा रही हूँ, और वह भी सिर्फ अपने बूते पर। एक पूरी रूपरेखा मेरे मस्तिष्क में आकार ग्रहण कर रही थी कि मैं किस प्रकार गुपचुप स्वरों में उसे समझाऊँगी...और मैं कल्पना में देख रही थी कि वह कितना खुश हो रहा था—अपने भविष्य को सँवरता देख।

लेकिन घर पहुँचते ही जो सुना कि मैं भौंचक्का रह गई। मेरे पीछे से यह बात खूब बढ़ा-चढ़ाकर मेरी माँ के आगे परोस दी गई थी कि मैंने किस प्रकार उसके प्रति जबर्दश्त सहानुभति रखते हुए उसे बिगाड़ दिया था। इसी कारण पहुँचते ही मेरी अच्छी 'आवभगत' की गई...'देखने में कैसा राम जी की गाय का बछड़ा...कैसा पत्थर फेंका शालू पर...बाल-बाल बच गई...बेचारी।''

माँ मुझे लताड़ रही थी। मैं जानती थी खबरों को उसी प्रकार सेंसर करके परोसा जा रहा है मुझे जिस प्रकार आपातकालीन स्थिति में समाचारों को काँट छाँट दिया जाता था।

सबकुछ जानने की गरज से मैं नीचेवाले फ्लैट में रहनेवाली अपनी समवयस्का सखी रश्मि के पास पहुँची। उससे जो जानकारी मिली वह यूँ थी।

दो दिन पूर्व ही कांछा ने आंटी पर भारी-भरकम पेपरवेट से कातिलाना हमला किया था। ठीक उस समय जब वे उसी के सामने बाहर जाने के लिए बिना आड़ के ही कपड़े बदलने लगी थीं। इसमें उसने अपना अपमान समझा था और अपमान की उसी तीव्र अनुभुति में ठीक उन क्षणों में उन पर काँच का पेपरवेट पूरे वेग से दे मारा था जिन क्षणों वे अपनी सारी उर्जा अपने ब्लाऊज के हुक के एक सिरे को उसके काउंटर सिरे से जोड़ने में लगी हुई थीं...और इसके साथ ही वह आंटी को रंडी...गरियाता हुआ भाग गया था। आंटी के पाँच टाँके आए थे। पुलिस आज तक उसे धर नहीं पाई थी।

लोग कांछा के बारे में किस्म-किस्म की बातें कर रहे थे कि उसका असली मकसद बड़ी चोरी करना था। लेकिन मैं जानती थी कि इस घटना का बीज किन आहत क्षणों में अखुँआया था। बहुत पहले किसी पुस्तक में पढ़ा था कि अमेरिका की गोरियाँ निग्रो दासों के समक्ष निःसंकोच निर्वस्त्र हो जाया करती थीं क्योंकि वे उन्हें इंसान ही नहीं समझती थीं। और आंटी ? आंटी तो शायद अमेरिकन मेम और हिन्दुस्तानी औरत के अधबीच कहीं थी। कहाँ ? सोचते हुए मैं आँखें मूँद लेती हूँ...भीतर फैलने लगता है विस्तार अलग-अलग आलोक में। कभी जीवन को मुट्ठी में कसे एक पहाड़ी छोकरा...जीवन के गीत गाता...कभी अपमान के आँसुओं में थरथराता एक वजूद...और अन्त में पत्थर उठाता एक इन्क़लाबी चेहरा...।

बड़ा पोस्टर

पायजामा की बाँह से चश्मे के लैंस को पौंछते हुए निगाह क्षण भर के लिए सामने की दीवार पर पड़ी—मच्छर पर झपट्टा मारती छिपकली। साक्षी भाव से देखता रहा शैलेन...एकाएक जेहन में फिर कौंधा वह...वही...दीपू ! पागलखाने में जख्मी पड़ा दीपू...कुछ अरसे बाद चिता पर चित्त लेटा दीपू !

एक दीर्घ निःश्वास ली उसने।

आँखों में आई तरलता को भरसक सोखते हुए पुनः लिखने लगा वह 'नक्षत्रों की गति सरीखी ही अबोध एवं दुर्गम गति मन की। कौन जान सका है अर्न्तमन के सौरमंडल को ? कितने गड्ढ़े...कितने...सितारे, कितनी गलियाँ...ढूह गह्वर कितना उल्कापात !'

अँधेरी रात का थिर सन्नाटा और मदक हवा के मस्त झोंके। चेतना की एक-एक पर्त खुलने लगी थी, खुद-ब-खुद। वर्तमान को विगत की अन्तहीन शृंखला से जोड़ती उसकी कलम फिर आगे बढ़ती है—'ऐसा क्यों होता है कि प्रकृति की बेइंसाफी और मार तो झेल जाता है आदमी, पर आदमी की मार मार डालती है उसे...और क्यों यह हादसा उसी के साथ होना था...क्यों ? क्यों जीवन का स्वाद, अर्थ, सन्दर्भ, ताल, लय-सभी को निःशेष हो जाना था—उसी के लिए ?'' उसे...शैलेन को जवाब चाहिए।

क्यों हुआ उसके साथ ऐसा ? पंक्ति-पंक्ति आगे बढ़ती जाती। एक कोमल कविता-सा दीपू।

क्यों हिफाजत नहीं कर सका वह उस खुशहाल कविता की ? क्यों पागलखाने में ही मरना बदा था दीपू को ? पलभर के लिए अपने अतीत की गुफा से बाहर झाँका उसने। बाहर रिमझिम-रिमझिम बारिश हो रही थी। खुले पृष्ठ पर खिड़की से छिटककर आई कुछ बूँदें। पास पड़ी ओढ़ने की चादर से पोंछा उसे। गीले-फैले अक्षरों को देख भृकुटी में बल पड़े। थोड़ी देर के लिए जिन्दगी से थके हारे किसी हतवीर्य की तरह फिर सरक गया बंद पलकों के बीच। कुछ देर बाद आँखें खोलकर अपने लिखे हुए को फिर दोहराते हुए आगे बढ़ा वह—'हर रात एक सपना दीपू की आँखों में मचलता था...कि सुबह जब उसकी आँख खुले तो यह पृथ्वी उसे इतनी कुरूप न दिखे...क्योंकि वह एक सुन्दर दुनिया में जीना चाहता था। कुछ बनना चाहता था। पर कुछ बनने से पूर्व ही सिर्फ एक कहानी बन गया वह। क्यों ? स्वप्न और स्मृति के सन्धिकाल में ही ! सम्भावना और हकीकत के मिलन बिन्दु पर ही !

एक ऐसी कहानी जो हर रोज फड़फड़ाती है उसके अन्तर्मन के तहखाने में। यही तो हो रहा है पिछले नौ वर्षों से। रात की प्रशान्ति और निस्तब्ध-सन्नाटे में उसके भीतर की दुनिया आबाद हो जाती है। अतीत और स्मृतियाँ कलम की नोक पर रँग जाते हैं। रात के उन सरकते क्षणों में बारह से अढ़ाई बजे तक के समय में उसके लिए सबकुछ थिर हो जाता है। समय, नक्षत्रों की गति, पृथ्वी का गुरुत्वाकर्षण, हवा का दबाव, सभी कुछ। और ऐसे ठिठके ठहरे परिवेश में नौ वर्षों पूर्व का एक रुका हुआ अतीत पूरे वेग से उसके सामने पारदर्शी झरने-सा बहने लगता है और ऐसे में टाइम आौर स्पेस की सबसे ऊँची चोटी पर खड़ा वह उस देखते हुए को फिर से देखता है, उस जीये हुए को फिर से जीता है, पुरानी आवाजों को नए सिरे से सुनता है, और उसके आलोक में वर्तमान के 'अस्पष्ट' को खोलता है और यही समय उसका एकमात्र आत्मीय सगा और निजी है। खुद की हिफाजत करता...खुद से खुद को मिलाता। सारी दुनिया के विरुद्ध उसकी आत्मा का अन्तिम पड़ाव। आखिरी शरणस्थल। बतौर मुक्तिबोध 'व्यक्तित्व अपना ही—अपने से खोया हुआ। वहीं उसे मिलाता था अकस्मात् रात में।

आँखे मूँदते ही शैशव फिर तितलियों की तरह उड़ने लगता है दीपू का।

दीपू एक नाम जिसे लेते हुए आज भी बजूद थरथराता है उसका। दीपू...उसका अनुज, छह वर्ष कनिष्ठ उससे। जो न होता तो बचपन बचपन न होता उसका। अफ्रीकन रंग—और चाइनीज चपटी नाक, बड़ी-बड़ी नुकीली गहरी काली भारतीय आँखें, विभिन्न संस्कृतियों के संगम स्थल सा बजरबट्टू चेहरा दीपू का, जिस पर माँ ने शायद ही कभी काजल का दीठा लगाया हो क्योंकि वह स्वयं ही काजल का दीठा था। लोगबाग जब-जब उसे कुरूप या कार्टून कहते तो दूने लाड़ से वह उसे चुमकार लेता। बड़ा मौजूँ लगता...उसे दीपू...अद्भुत। हर पल चहकता, महकता, फड़कता सागर की लहरों सा मचलता, उफनता दीपू। उससे खेल खिलाकर, उसे चिढ़ाकर-खिलाकर जब पढ़ने बैठता वह तो दीपू कभी उसकी कॉपी खींचता, कभी टाँगों के बीच घुस जाता। कभी मदारी के बन्दर की तरह उसकी नकल करने लगता। कई बार उकताकर, खीझकर वह किसी फालतू समान की तरह—उसे उठाकर अपने कमरे के बाहर दे पटकता और दरवाजा भीतर से बंद कर इतमीनान से पढ़ने बैठ जाता पर जैसे ही पढ़ने के लिए झुकता, दरवाजे पर धप्प-धप्प और मिनट दो मिनट बाद ही इस कदर बाहर से आती बुक्का फाड़ रोने की आवाज मानो दुनिया लुट गई हो उसकी। तंग आकर मीठी खीझ में दरवाजा खोलता वह और रो-रोकर बेदम हुए, हिचकियाँ-सुबकियाँ लेते दीपू के आँसुओं से लिथड़े फूले-फूले गालों को सहलाते चुमकाते अपनी गोद में लेकर बैठ जाता। बीच-बीच में हथेलियों के बीच यूँ भर लेता वह उसके चेहरे को जैसे कोई अति मृदुल खरगोश का बच्चा हो हथेलियों के बीच। भाई के सामीप्य को परम सुख की तरह महसूसता दीपू फिर उसे परेशान नहीं करता। टुकुर-टुकुर भाई को पढ़ते देखते रहता—मुझे ऐसे ही रहने दो अपने पास।

जादूगर के रिबन की तरह अतीत के बैग से सर्र-सर्र कर निकलती चिकनी रेशमी

स्मृतियाँ।

खाँटी वैष्णवी परिवार उसका। माँ सुबह दूध के साथ च्यवनप्राश खिलाती। शाम-बिना नागा भगवान की आरती उतारती, दिया जलाती, प्रार्थना करती, 'सुख सम्मपत्ति घर आवै... ।' वह अकसर छत पर खेल में डूबा रहता था-पढ़ाई में, इस कारण प्रार्थना में आना नहीं चाहता। माँ समझाती—जिस घर में सब कोई मिलकर प्रार्थना करते हैं, वह घर कभी नहीं टूटता है। जाने कैसी-कैसी भव्यता सी टपकती माँ के चेहरे से कि वह मना ही नहीं कर पाता। आरती की थाली को घुमाने का लालच दीपू का, माँ उसे देना नहीं चाहती, अपनी गारंटी पर वह दे देता दीपू को। हनुमान जी की तरह तल्लीन होकर दीपू तेज-तेज घंटी बजाता, आरती...घुमाता और उसके बाद शैलेन...सीधा अपने अध्ययन कक्ष में। वह जबर्दस्त पढ़ाकू...घरघुस्सु, जिसके बारे में कहा जाता कि अनुसूचित जाति की ही तरह कक्षा का प्रथम या द्वितीय स्थान उसी के लिए आरक्षित। उसका विरोधी सत्य दीपू—जबर्दस्त खिलन्दड़ा। पढ़ना-लिखना उसे संसार का सबसे निकृष्ट, जघन्य और उबाऊ कार्य लगता। नौ साल के दीपू में पढ़ाई के प्रति घोर अरुचि को देख माँ-बाप ने उस जंगली मस्त गधे की जीन को कसा-घोड़ा बनाने के लिए एक किफायती और फुरसतिया शिक्षक नियुक्त किया—जो लम्बी बेकारी भुगतने के बाद मुश्किल से पकड़ाई में आई मछली की तरह दीपू को लेकर अति उत्साही था, प्रयोगवादी था। जो दीपू के भीतर छिपी अदृश्य प्रतिभा को अलीबाबा के छुपे खजाने की तरह खोज निकालना चाहता था, इस कारण वह दीपू पर नित्य नवीन प्रयोग धैर्यपूर्वक आजमाता था। सरस्वती का अखंड साधक बनाने के लिए वह दीपू को गाहे बगाहे मनुष्य योनि से पशु-योनि में उतार देता था। प्रायः उसे मुर्गा बना देता बीच-बीच में तब्दीली के लिए सारस की समरूपता में उसे एक टाँग पर खड़ा कर देता। इस पर भी दीपू के चेहरे पर उसकी आशा के अनुरूप मलीनता या दीनता नहीं उभरती तो वह अपनी चमकती गंज पर हाथ फेरता सोचता कि अब क्या किया जाए...और जब भेजा काम नहीं करता तो वह अपनी गंज की खड़ुस दीपू के जंगल से घने-घुँघराले बालों को खींच-खींचकर निकालता। दीपू का अटपटा चेहरा भी उसके दुराग्रह में उद्दीपन का कार्य करता। एक बार इन्हीं अत्याचारों से पीड़ित होकर दीपू ने अपने आत्मगौरव के अदृश्य झंडे को फहराते हुए उस मास्टर का हाथ काट लिया था। बड़ा बवाल मचा उस शाम। बवाल आखिर तब थमा जब शैलेन ने बीच-बचाव कर यह घोषणा की कि आगे से वह पढ़ा दिया करेगा-दीपू को। यमराज सरीखे उस शिक्षक से पिंड छूटते ही मन मयूर झूम उठा था उसका, 'डम-डम डिगा-डिगा', झूम-झूम ताली बजा-बजा अपने भूरे काले मसूढ़ों को दिखा-दिखा हुलसित-पुलकित किसी वनपाखी सा ही गाता डोलता रहा था वह, उस पूरी शाम।

दूसरे दिन शैलेन ने प्यार से समझाया था उसे, वह स्कूल से आकर घंटे भर पढ़ लिया करे उससे तो रोज शाम घंटे भर वह पतंग उड़ाया करेगा उसके साथ। सौदा मनभावन था, इस कारण—हर दोपहर आधे-अधूरे मन से पढ़-पुढ़ाकर, व्याकरण की

परिभाषाएँ, इतिहास की तारीखें एवं भूगोल की घटाओं को घोट-घुटाकर दीपू शाम होने के पहले ही छत पर हाजिर हो जाता।

नील गगन में उड़ती पतंग को देख सर्वांग झूम उठता उसका। 'चली-चली रे पतंग चली-चली रे,' उड़ती पतंग के साथ नाचता गाता, कमर मटकाता, झूमता, किलकारियाँ मारता दीपू उन क्षणों संसार का सर्वाधिक मुक्त एवं खुशहाल बच्चा बन जाता। मार पेंच, दे झटका, उठा लटाई, लपेट मंजा, यह कटी, वह गिरी, थोड़ा ढीला, यह गिरी वहाँ अटकी और देखते-देखते केसरिया शाम मटमैले आकाश से घिर जाती। दूसरी शाम की हसरत लिए वह नीचे। कई बार रात सपने में ही वह उत्तेजित हो-होकर चिल्लाता--मार पेंच...मार पेंच।

खरगोश की तरह चौकड़ियाँ भरते, पारिवारिक सुख और तृप्ति के वे दिन। जीने योग्य जिन्दगी। चिड़ियों की चहचहाहट भरी जिन्दगी ! बीच-बीच में कभी-कभार अड़ँगा लगाते बादलों की तरह दोनों का लड़ना-झगड़ना, तकिया फेंका-फेंकी, कैरम बोर्ड की गोटियों से एक-दूसरे को मारना मूरना भी चलता रहा, साथ ही अलीबाबा चालीस चोर, अलाउद्दीन का लैम्प, नीलमपरी, जादूगरनी बूढ़ी की कहानियाँ भी शैलेन के सौजन्य से दीपू के शैशव के खाते में। कहने का लब्बोलुआब यह कि सारा मध्यवर्गीय तृप्तिदायक पारिवारिक सुख जीवन की परिधि में।

देखते-देखते दीपू की लम्बाई बढ़ती गई। बस-ट्राम में उसका भी फुल टिकट लिया जाने लगा। वह हाफ पैन्ट से फुल पैन्ट पहनने लगा। वक्त का पँछी उड़ता गया, दूर बहुत दूर और देखते-देखते शैलेन खड़गपुर इंजीनियरिंग कॉलेज के अन्तिम वर्ष में और दीपू कक्षा ग्यारहवीं में। उन दिनों का सबसे बड़ा हासिल सुख यही रहा कि भाई एक आराध्य की तरह, आशीर्वाद देते मंगलकारी हाथों की तरह, एक प्रेमी की तरह, हिन्दी एक्शन फिल्म के हीरो की तरह दीपू के मन की कच्ची माटी में प्रतिष्ठित होता गया-तुमसे अच्छा कोई नहीं, मैं बनूँगा तुम सा। जिस वक्त शैलेन को खड़गपुर के आई टी कॉलेज में दाखिला मिला था, माँ-बाप, मामा-चाचा, मासा-मासी सभी ने कनस्तर में भरे आटे की तरह दीपू के खाली दिमाग में यह दर्शन कूर-कूटकर भर दिया था कि पढ़ाई और अच्छे परिणाम के बिना जिन्दगी-जिन्दगी नहीं। उन्हीं दिनों खड़गपुर जाने के पूर्व शैलेन ने भी दीपू को अध्ययन के प्रति पूर्णतः समर्पित करने की शुभेच्छा से एक काम किया था। दीपू को लेकर कलकत्ता की पीतल पट्टी में आ गया था। वहाँ झुलसती धूप में खड़े सिर और पीठ पर बोझा ढोते पसीने से लथपथ-झुलसी शक्ल के मुटिया थे। उन्हें ही दिखाते हुए शैलेन ने कहा था दीपू को...''देख लो, जो नहीं पढ़ते, ऐसे बे-पढ़े ढोरों को इसी प्रकार बोझा ढोते जिन्दगी गुजारनी पड़ती है।''

बारह वर्षीय दीपू ने बहुत ही कारुणिक दृष्टि से देखा था उन्हें। कमान की तरह झुकी कमर, फटी-मैली कमीज, पसीने से लथपथ-भभका छोड़ता उनका शरीर। ऊब, थकान और चेहरों से झाँकती अन्तहीन यातना। सोच-सोचकर भी सोच नहीं पाया था वह कि पढ़ाई और मुटियागिरि का ऐसा प्रत्यक्ष और सीधा सम्बन्ध क्यों है ?

"क्योंकि शिक्षा ही वह ताकत है जिसके जरिए तुम जिन्दगी के समुद्र में गहरे तक गोते लगा सकते हो...और याद रखो जितना गहरा गोता लगाओगे, उतना की कुछ पा सकोगे।" भाई सर्वज्ञ है यही सोचकर भाई के तर्क को बिना हील-हुज्जत के मान लिया था उसने। प्रत्युत्तर में कुछ भी नहीं कहा था, पर अन्दर ही अन्दर कुछ गड़ रहा था। कुछ दिन पूर्व ही पढ़ते हुए कबीर और तुलसी दिमाग की सूनी गलियों में भटकने लगे थे।

जाते-जाते शैलेन ने उन कुछेक कामयाब लड़कों की दास्तान भी सुना दी थी, जो चने-चबेने खाकर एवं सड़क की रोशनी में पढ़कर अपनी मेहनत और लगन के बल पर कामयाब हुए थे।

एक संकल्प-सा फड़फड़ाता रहा। आकार लेता रहा उसके अन्तर में। बचपन और किशोरावस्था का इकलौता सत्य, अध्ययन और सिर्फ अध्ययन, बाकी सब उसी का विस्तार। और पहली बार महसूसा उसने कि उसके व्यक्तित्व का आविर्भाव हुआ है, कि बड़े भाई ने एक जिम्मेदारी डाल दी है उस पर, जीवन को एक दिशा और अर्थवत्ता देने की जिम्मेदारी। और इस जिम्मेदारी के खुरदुरे अहसास के साथ ही, बारह वर्ष की अवस्था में हुए जीवन के प्रथम तत्त्वज्ञान के साथ ही, जीवन के अर्थ, सन्दर्भ और स्वाद सभी कुछ बदलने लगे थे। खिलन्दड़ा दीपू का कायान्तरण हो गया था--घोर पढ़ाकू दीपू में।

दरअसल यह वह समय था जिसने शैलेन ही नहीं, वरन् एक स्वप्न के लिए जूझती शैलेन की पूरी पीढ़ी की ही चेतना को झुलसाकर 'कुछ नहीं हो सकता' के भाव से भरकर उनकी कल्पना, हौसला और चेतना को भोथरा कर उन्हें वापस सूखे अध्ययन की ओर मोड़ दिया था। यह वह समय था-जब बंगाल के उत्तर-पूर्वी इलाके, आन्ध्रप्रदेश उड़ीसा, मध्यप्रदेश एवं आसाम के कुछ इलाके एवं बिहार के भोजपुर, छोटा नागपुर जैसे इलाकों में भूमिहीन किसानों का सशस्त्र आन्दोलन बुद्धिजीवियों, कॉलेज और यूनिवर्सिटी के छात्रों के नेतृत्व में पड़कर दम तोड़ चुका था। एक सर्वव्यापी क्रान्ति स्वप्न की ताजा मृत्यु हो चुकी थी। और इसके साथ ही क्रान्तिकारी छात्र-छात्राएँ जो किसी प्रकार सरकारी दमन चक्र से बच निकले थे, वे वापस अपनी उन्हीं किताबों की बुर्जुआ दुनिया में लौट आएँ थे। उनके समक्ष अब क्रान्ति नहीं जीविका ही सर्वकालिक जीवन सत्य था।

ऐसे ही समय से गुजरते हुए शैलेन इंजीनियरिंग के अन्तिम वर्ष की तैयारी में और दीपू बोर्ड के इम्तहान की तैयारी में था।

किताबों से धिरे दीपू की दृष्टि रहती छपे हुए शब्दों की ओर और कानों में अनुगूँजित होती रहती शैलेन की नसीहतें, उसका मुलायम मृदुल स्नेहिल आग्रह, 'तुम वादा करो तुम स्वयं को मैक्सिमाइज करोगे और अपनी मेहनत को टॉप गियर तक ले जाओगे।"

"..."

"...जानते हो बापू क्या है ? एक नाम मेहनत का, जो कभी एक ही बीड़ी को

दिन में तीन बार पीते थे और सिर्फ तीन पैसों को बचाने के लिए मानिकतल्ला से श्यामबाजार तक चप्पल चटकाते थे।''

तीन-चार महीनों में एक दफा खड़गपुर से कलकत्ता आता शैलेन और इस अन्तराल में चातक की तरह प्रतीक्षा करता दीपू। उसकी पढ़ाई...जीवन-जगत्...उसकी तमाम जिज्ञासाओं का जवाब था–शैलेन, जो कभी उसके लिए एनसाइक्लोपीडिया बनता, कभी शब्दकोष, कभी इतिहासवेत्ता तो कभी साक्षात गीता और वेदान्त। स्मृतियों की रेखा फिर बनती बिगड़ती दिमागी स्क्रीन पर। अपने प्राकृतिक स्वभाव और प्रकृति के विरुद्ध पढ़ाकू बना दीपू। सामने शैलेन...मुग्ध होता-सा। एकाएक मसका लगाता दीपू, ''शैलेनदा, आपकी तो मास्टरी है फिजिक्स में, मुझे लाइट और साउन्ड पर कुछ नोट्स बना दें, प्लीज।''

''अरे बाऽऽबा !'' भाई की माँग सुन आँखें कपाट तक चढ़ गई थीं शैलेन की। सीधी कार्रवाई न कर बात को घुमा दिया उसने, ''तुमने कभी देखा है कैटलपीलर को तितली बनते हुए ?''

''क्या ?'' अचकचा गया था दीपू...कहाँ विद्युत, ध्वनि और कहाँ कैटलपीलर ? कैटलपीलर...कैटलपीलर क्या ?

''तितली बनने के पूर्व की अवस्था-तितली का भ्रूण।''

''नहीं।''

''सुनो...एक बार कई बॉटेनी के छात्र ध्यान से निरीक्षण कर रहे थे...कैटलपीलर तितली कैसे बनता है ? उन्होंने देखा ककून से बाहर निकलने के पहले कैटलपीलर को असाधारण मेहनत करनी पड़ रही थी, खूब हाथ-पैर मार रहा था वह, बार-बार वह ककून की दीवारों से टकरा-टकराकर बेदम हुआ जा रहा था। अर्द्धपारदर्शक-ककून के भीतर का यह दृश्य सभी छात्र देख रहे थे...प्रकृति का यह अदना-सा जीव...उन्हें लगा कैटलपीलर ककून को तोड़कर बाहर नहीं निकल पाएगा क्योंकि ककून के भीतर ही श्रम से क्लान्त और बेदम हो वह ढह गया था। एक छात्र को बहुत दया आई, उसने ककून की तरफ हाथ बढ़ाया, सहपाठी छात्र ने उसे चेताया, इसे डिस्टर्ब मत करो, याद है सर ने क्या कहा था, कैटलपीलर को तुम्हारी सहायता की जरूरत नहीं है, उसे अपना काम करने देना। पर उस छात्र से रहा नहीं गया, उसने आगे हाथ बढ़ाकर स्वयं ही ककून को तोड़ डाला। ककून टूटते ही कैटलपीलर बाहर निकल आया, लेकिन थोड़ी देर बाद ही उसने दम तोड़ दिया।

''ऐसा क्यों हुआ सर !'' वह छात्र बेहद दुःखी था।

''क्योंकि तुमने कैटलपीलर की सहायता कर उसे मार डाला...तुमने प्रकृति के नियमों में हस्तक्षेप किया। ककून से बाहर निकलने के दरम्यान जिस मारक संघर्ष से गुजरना पड़ता है कैटलपीलर को, वह उसके पंखों को मजबूती देता है, तुमने उसके पंखों को मजबूत नहीं बनने दिया ?''

दीपू के माथे पर हाथ फेरता जा रहा था शैलेन, ''अपने जीवन का बुनियादी संघर्ष

हर व्यक्ति को स्वयं करना पड़ता है। प्रकृति की छोटी से छोटी वस्तु भी उद्घाटित करती है इस सत्य को...मैं तुम्हारे ककून को तोड़ना नहीं चाहता।'' आँखें पकौड़ी बन गई थीं दीपू की। भाई के समझाने का क्या अन्दाज ! क्या ज्ञान ! ब्रह्म की तरह कितने रूप शैलेन दा के ! ! बाप रे ! !

मन के कैनवास को फिर थोड़ा इधर-उधर करता है शैलेन। खौफनाक स्मृतियों का जखीरा चमक उठता है। आठ मार्च, 1982 की वह शाम जिस शाम जिन्दगी की सबसे मारक और बदसूरत कहानी लिखी गई थी। सप्ताह भर पूर्व ही हुई नई नियुक्ति उसकी, साथ ही विशेष प्रशिक्षण के लिए कम्पनी के हेड क्वार्टर हैदराबाद में साढ़े चार महीनों के लिए भेज दिया गया था उसे...तभी एकाएक पिता का तार...दीपू वेरी अपसेट, कम सून। घर में फोन नहीं था उसके, इस कारण स्थिति की गम्भीरता भाँप नहीं पाया वह। यूँ भी दीपू की—अपने ऊपर निर्भरता से वह बचपन से ही परिचित था। इच्छा हुई तुरन्त चल दे, पर एकदम नई नौकरी किसी नवजात बच्चे सरीखी, जिसे बिना किसी के भरोसे एवं आश्वासन के छोड़ा नहीं जा सकता था। वरिष्ठ अधिकारी अगले सप्ताह आनेवाले थे। पिता को जवाबी तार भेजा उसने, 'रीचिंग नेक्स्ट वीक, हैव करेज, कन्सर्निंग ऑफिसर नाट इन दि सिटी' (अगले सप्ताह पहुँच रहा हूँ, सम्बन्धित अधिकारी शहर में नहीं हैं, हौसला रखें)।

अगले सप्ताह भी जब वरिष्ठ अधिकारी नहीं आएँ तो और अधिक प्रतीक्षा नहीं कर सका वह। उनके नाम पत्र लिखकर आशंका की हजारों हजार नागफनियों के साथ वह जब घर पहुँचा, दीपू सोया हुआ था। पर पिता से ही जो सुना उसी ने दिमाग के परखच्चे उड़ा दिए थे। जिन्दगी क्या इस कदर वीभत्स और क्रूर हो सकती है ! हे प्रभु !

आठ मार्च, 1982 की वह सुबह एक आम चमकदार सुबह थी—दीपू के ग्यारहवीं कक्षा के बोर्ड के इम्तहान का प्रथम दिन। उसकी सालों की कड़ी मेहनत, उसकी पढ़ाई की थकान, उसके चेहरे के तनाव, उसकी बढ़ी बकरा दाढ़ी—उसकी आँखों के ठहराव एवं गिरे स्वास्थ्य में परिलक्षित थीं। माँ के चरण स्पर्श एवं बड़े भाई को मन ही मन स्मरण कर वह परीक्षा केन्द्र की ओर उसी प्रकार बढ़ रहा था, जैसे कोई योद्धा बढ़ता है पूरी तैयारी के साथ—रणभूमि की ओर।

जाते वक्त माँ-बाप ने जिस उम्मीद एवं भरोसे के साथ ताका था उसकी ओर, उन आँखों की भाषा को पढ़ने में उसने कोई भूल नहीं की थी, रत्ती भर भी नहीं।

परीक्षा हॉल। मनोनुकूल प्रश्न-पत्र। विस्तृत। तल्लीन वह। अपने सोलह वर्षीय व्यक्तित्व की पूरी शक्ति को अपने नेत्रों और हाथों में केन्द्रित कर वह धुआँधार लिख रहा था। तल्लीनता के उन क्षणों में भी—एक पतली झिल्ली की तरह यह विचार उस पर छाया हुआ था कि यही एक मौका है जबकि वह अपने भ्राता एवं माँ-बाप को वह खुशी दे सकता है कि बड़े भाई की ही तरह उसे भी जिन्दगी में कुछ बनना आता है।

वह लिख रहा था, लिखता चला जा रहा था, पूरी तरह एकाग्र होकर...दीन दुनिया से बेखबर कि तभी पीछे से कुछ हल्ला-सा उठा। बाहर से आए निरीक्षक (इनविजिलेटर)

दौरे पर थे। कुछ लड़के चिट से नकल करते रँगे हाथों पकड़े गए थे। कानों में उसके आवाज टकरा रही थी, पर गर्दन को किसी अड़ियल घोड़े की तरह झटककर वह पुनः अपनी उत्तर पुस्तिका पर झुक गया था कि तभी निरीक्षक उसके पास। औपचारिक जाँच के लिए बिना विघ्न पहुँचाए जैसे ही उसके डेस्क के अन्दर में हाथ घुसाया उन्होंने कि एक पूरी खुली पुस्तक उनके हाथों में।

'यूरेका-यूरेका' के से भाव तैर गए उस निरीक्षक के चेहरे पर। डेस्क-डेस्क पर जाकर जाँच करना व्यर्थ नहीं गया। मेहनत की सफलता का अपना मजा। कुछ क्षणों तक दीपू उजबक की तरह खड़ा रहा, हतप्रभ ! अवाक् हक्का--बक्का ! भौंचक्क ! समझ ही नहीं पाया कि क्या घटित हुआ ? कैसे हुआ ? क्या और कैसे के घटित को आत्मसात करने के बाद एक गुस्से एवं आक्रान्त की तीव्र लहर जरूर महसूसी उसने अपने पोर-पोर में, पर फिर भी वह शत-प्रतिशत आश्वस्त था कि कोई भी झूठ इतना शक्तिशाली नहीं होता कि सत्य को ही निगल जाए, साबूत का साबूत।

"मुझे नहीं पता सर। किसने और कब यह पुस्तक रखी मेरे डेस्क के भीतर, आप चाहें तो पूरा का पूरा प्रश्न पत्र मुझसे दुबारा लिखवा लें या चाहें तो मेरे स्कूल के प्रिंसिपल से मिलकर मेरा रिकार्ड पूछ लें।" शब्द-शब्द पूरे वजन और गरिमा के साथ असली सिक्कों की सच्ची खनक लिए पूरे हॉल में गूँज गया था।

"पकड़े जाने पर हर कोई ऐसा ही कहता है, और तुम तो रँगे हाथों पकड़े गए हो, यू आर एक्सपेल्ड।" तथ्य निरपेक्ष, प्रमाण सापेक्ष, अपने पेशे की सामाजिक जिम्मेदारियों से बेखबर, संवेदना विहीन, उतावाला एवं अविवेकी वह निरीक्षक हाथ हिला-हिलाकर मुँह में झाग उगल-उगलकर, आँखें निकाल-निकालकर बर्फ जैसी सिहरा देनेवाली आवाज में उसे प्रताड़ित कर रहा था। उसके दिमाग में यह सोच नहीं उभरा कि ऐसे सम्वेदनशील मामलों में व्यक्ति सत्य को झुठलाकर सिर्फ दृश्य सत्य की बिना पर लिया कोई भी निर्णय किसी अच्छी भली जिन्दगी को लुंज-पुंज कर सकता है। अपने काठ हो चुके हृदय और दिमाग ने उससे वही करवाया जो नहीं करवाया जाना चाहिए था। जाते-जाते उसने दीपू की उत्तर पुस्तिका में 'एक्सपेल्ड' लिख दिया।

सुन्न-सा मूक खड़ा दीपू यह सब देख रहा था, जैसे उसको नहीं, किसी दूसरे की उत्तर-पुस्तिका पर लिख दिया गया हो, 'एक्सपेल्ड'।

साथी सहपाठी उसे सुझाव दे रहे थे कि वह तुरन्त अपने स्कूल जाकर प्रिंसिपल से मिले, या फोन पर संवाद स्थापित करे, पर वह वहीं खड़ा रहा था, अडौल, कीलित और चुप। उसे सिर्फ यही लग रहा था कि उसके पाँवों के तलुवे में जोर-जोर से सन्न-सनाहट हुई है और धीरे-धीरे कोई विद्युत उसके अंग-अंग में सिर से लेकर पाँवों तक दौड़ गई है और उसे सूना कर गई है। वह सोचना चाह रहा था पर उसे लग रहा था कि वह चाहकर भी कुछ सोच नहीं पा रहा था कि उसके दिमाग ने सोचना बंद कर दिया था। और उसका सारा ध्यान उस झुँझलाहट पर चला गया है जो पाँव के तलुए से शुरू होकर आहिस्ता-आहिस्ता, रफ्ता-रफ्ता अब पूरे शरीर में फैल

गई थी। बचपन में एक बार उसके दाएँ पाँव में ऐसी जबर्दस्त झनझनाहट हुई थी, तो उसकी माँ ने बताया था कि उसका पाँव सो गया है।

उसे लग रहा था कि आज उसका दायाँ पाँव ही नहीं पूरा शरीर ही जैसे सो गया है। और भीतर से एक ऐसी हूक और मरोड़ उठ रही है उसके कि उसे लग रहा था—भीतर जो कुछ भी ध्वस्त हो रहा था, वह कुछ ऐसा भूचाल-सा था—जो उसकी देह की सीमा का अतिक्रमण कर बाहर निकलने को बेकाबू था।

परीक्षा का समय शेष होने में अभी भी आधा घंटा था, और उस आधे घंटे में क्या-क्या घटा दीपू के भीतर, कितनी तोड़-फोड़ हुई, कितनी आँधियाँ गुजरी, कितना हिमपात हुआ, स्नायुतन्त्र पर कितने प्रहार हुए, उसने क्या सोचा, क्या समझा, क्यों इतना खौफ खाया ? इसका लेखा-जोखा किसी के पास नहीं था। वह वहीं बैठा रहा था, उसके हाथों और पैरों में बारी-बारी से ऐंठन या बाँएटा जैसा आ रहा था, और अपनी खाली-खाली रेगिस्तानी आँखों से रेगिस्तान बना वह देख रहा था, अपने सहपाठियों को लिखते हुए और अपने श्रम की निष्फलता को साक्षात् अनुभव करते हुए।

क्या अपने सहपाठियों को लिखते देखते-देखते ही पागलपन या उन्माद का पहला दौरा पड़ा था ? रात के उन विकल एकान्त क्षणों में हर बार शैलेन अतीत के उस अस्पष्ट को खखारने की चेष्टा करता, नए-नए कोणों से, नए-नऐ क्षितिजों से, और इसी प्रक्रिया में हर बार वह अन्तहीन प्रश्नों के मकड़ जाल में उलझता जाता—क्या बचाया जा सकता था दीपू को उस मानसिक संघात से ?

क्या इतना ही कमजोर दिमाग था उसका ?

बेशक, बचाया जा सकता था—उसे, यदि कोई उसके विश्वास, हौसले और जीवन-स्वप्न को जीवित रख पाता क्योंकि सबसे खौफनाक होता है स्वप्न देखने की उम्र में ही स्वप्नों को छिन जाना।

बचाया जा सकता था उसे यदि उन क्षणों कोई उसके माथे पर विश्वास और सुरक्षा का हाथ फेर उसे यह जीवन दर्शन समझा सकता कि जीवन का एक साल भर नष्ट हो जाने से जीवन की अर्थवता चुक नहीं जाती। जीवन की व्यापकता, विराटता, गति और विशालता में क्या—तीन सौ पैंसठ दिन इतना ही अर्थ रखते हैं कि कई बार कर्म और फल के सारे सम्बन्ध चुक जाते हैं और अनिवार्य के साथ समझौता करना पड़ता है। उन्हीं दिनों अखबार में एक खबर पढ़ी थी शैलेन ने कि एक तेरह वर्षीय नौकरानी पर चोरी करने का मिथ्या आरोप लगा दिया गया था और इसी सदमे में उसने मालकिन के बाथरूम में आत्महत्या कर ली थी।

इस खबर ने वहीं, हैदराबाद में ही उसे ठंडा कर दिया था, कहीं दीपू भी ऐसा कुछ...और बिना अपने वरिष्ठ अधिकारी की और अधिक प्रतीक्षा न कर वह उनके नाम पत्र लिख, आनन-फानन सहमे धड़कते और आतंकित दिल के साथ कलकत्ता पहुँच गया था।

पर तब तक स्थिति बेकाबू हो गई थी दीपू की। उसकी चरम सम्वेदनशीलता,

भागते समय में धक्का खाकर पिछड़ जाने की कचोट, मिथ्यारोप, सार्वजनिक प्रताड़ना की मारक अनुभूति, उसका उच्चटा खाना, कसमसाना, गरजना, तिलमिलाना—और अन्ततः आत्मा के सत्व का पूरी तरह निचुड़ जाना, अनुभूति के परे जाते जाना—यह सब कुछ जिन चरम क्षणों में घटित हो रहा था कोई भाँप नहीं पाया। दौड़--धूप में व्यस्त माँ-बाप उसे भागते दौड़ते सान्त्वना देते रहे, स्कूल के प्रिंसिपल और बोर्ड के डाइरेक्टर की प्रतीक्षा में समय गवाँते रहे और जब तक पहुँचा शैलेन, दीपू अपनी स्मृति, विचार, चेतना, कल्पना, आवाज, आवाजों की पहचान, ऋतु, मौसम सभी के अहसास से दूर जा चुका था, शायद इसी रूप में उसने अपने सोलह वर्षीय जीवन की उन चरम यातनापूर्ण घड़ियों से मोक्ष पाया था। हाथों के स्पर्श से ऊपर किया था शैलेन ने उसके चेहरे को। पुतलियाँ हिलीं पर--एक अटूट, अभेद्य और रहस्यमयी खामोशी ओढ़े भावहीन-सा देखता रहा था दीपू उसे। एक ऐसी दृष्टि जिसमें भय था भाव नहीं, परेशानी थी आत्मीयता नहीं। शैलेन देख रहा था, कभी गोल-गप्पा सा दिखनेवाले दीपू की धँसी-धँसी आँखें, दबे-दबे गाल, पीला चेहरा और ओठों के कोर से बहती लार। और जब शैलेन यह भी तय नहीं कर पाया कि दीपू ने उसे पहचाना है भी या नहीं, तब स्वयं ही बेकाबू होकर वह जोर-जोर से झँझोड़ने लगा था उसे, "दीपू-दीपू...मुझे बताओ दीपू...क्या हुआ था तुम्हारे साथ ? तुम चिन्ता नहीं करो दीपू, मैं वाइस चांसलर तक रिपोर्ट करूँगा पर तुम कुछ बोलो तो दीपू...कुछ भी। बोलो। प्लीज।" उसे झँझोड़ते-झँझोड़ते थक गया था शैलेन, पर दीपू से कुछ भी नहीं उगलवा पाया था। अन्ततः शाम को मनोचिकित्सक डॉ. सुबोध ने समझाया था उसे, 'लक्षण साफ है। यह केस है डेलिरियस मैनिया टर्न्ड इन टू सीजोफेनिया। इसमें रोगी बाहर से जरूर वन पीस दिखता है लेकिन भीतर से उसका व्यक्तित्व कई टुकड़ों में टूट चुका होता है। वह खुद ही रोहित भी है और राहुल भी, रमेश भी है और सुरेश भी। इस कारण वास्तविक दुनिया से छिटककर वह अपने ही विभाजित व्यक्तित्व के प्रति संसारों में इधर से उधर मँडराता रहता है। चूँकि इनका व्यक्तित्व कई-कुई टुकड़ों में खंडित हो चुका रहता है, इस कारण इनकी चेतना, स्मृतियाँ, पहचान, लज्जा-भाव, ध्वनि, आत्मीयता सब गड्ड-मड्ड हो जाते हैं। शब्द और दृश्य की ग्रहणशीलता भी धीरे-धीरे साथ छोड़ती जाती है इनकी।'

डॉ. सुबोध कहते जा रहे थे, "सारे संसार की केस हिस्ट्री देखिए ऐसे रोगियों की। आप स्वयं समझ जाएँगे। कितनी भयावह स्थिति है इनकी, और क्या चीज है यह माइन्ड—कितना रहस्यमय ! कितना नाजुक और कितना अनियन्त्रित ! जानते हैं, कल एक केस आया था मेरे पास, एक तेरह वर्ष के लड़के का, माँ-बाप ने उसकी इच्छा के विरुद्ध बिना उसे बताए उसे किसी रिश्तेदार को गोद दे दिया, तभी से उसकी हालत खराब होती जा रही है...अकस्मात कोई जानलेवा आघात और मस्तिष्क का स्नायुतन्त्र चावल-चावल बिखर जाता है। उसे लगता है कि सारी दुनिया उसे मार डालने को तत्पर है, इस कारण वह अनायास ही सबके प्रति आक्रामक हो जाता है। लेकिन ऐसा रोगी अपने भीतर बहुत गहरे तक स्वयं को बेहद असुरक्षित महसूस करता है। नो डाऊट,

जबर्दस्त उर्जावान व्यक्ति की उर्जा जब किसी सार्थक उपयोग में नहीं लग पाती है तो वह इसी प्रकार भीतरी आग बनकर व्यक्ति को कुचल डालती है।''

''जी नहीं, इंडिया क्या, दुनिया के किसी भी मुल्क में इलाज नहीं है इसका।'' शिशु की तरह थर-थर काँपते, सहमे और आतंकित उस घर में मनोचिकित्सक डॉ. सुबोध ने सबकी आशा की आखिरी चिनगारी पर भी राख फेर दी थी। अपने प्रशिक्षण की लगभग तीन महीने की अवशिष्ट अवधि को किसी प्रकार व्यतीत कर शैलेन ने बड़ी दौड़ धूप एवं भाई के सारे डॉक्टरी पुर्जो को दिखाकर, उसकी मानसिक अस्वस्थता का हवाला देकर, अभ्यर्थना और स्तुति कर येन-केन प्रकारेण अपनी नियुक्ति वापस कलकत्ता करवा ली थी। लेकिन तब तक देर क्या बहुत देर हो चुकी थी। दीपू की संवेदना के हरेक तन्तु का सन्तुलन गड़बड़ा चुका था। भीतरी टूट बाहर के व्यवहार में भी परिलक्षित होने लगी थी, क्योंकि आदमी पहले भीतर गिरता है फिर बाहर। भीषण गर्मी में भी वह कम्बल ओढ़कर सोता, कई-कई दिनों तक नहाता नहीं, और जब जबर्दस्ती ठेल दिया जाता स्नान घर में तो घंटों नहाता ही रहता, जब तक कि कोई छत पर जाकर पानी के बहाव को बंद नहीं कर देता। लगभग एक ही मुद्रा में वह घंटों अपने छोटे से कमरे में प्रतिक्रियाविहीन, परास्त, ध्वस्त, पराजित एवं जड़-सा बैठा रहता। उसे देख सबको तकलीफ होती लेकिन वह स्वयं किसी को तकलीफ नहीं देता तब तक जब तक कि कोई उसे बलात उसके प्रति संसार से बाहर खींचने की धृष्टता नहीं करता, या अपने हिसाब से चल रहे उसके जीवन में उत्पात नहीं मचाता। जब-जब दीपू को उसके प्रति संसार से बाहर खींच लाने की चेष्टा करता शैलेन, दीपू अँधेरे में हाथ-पैर मारता किसी घायल बाघ की तरह गुर्राने लगता, हिंसक एवं आक्रामक हो उठता, वह या तो स्वयं को आहत कर लेता था, या जो सामने पड़ जाता था उसी को और ऐसे में थर्राते हुए सारा घर घुटने टेक देता उसकी मानसिक अस्वस्थता के समक्ष—उसे रहने दो अपने प्रति संसार में ही शान्त, निर्विघ्न क्योंकि इस संसार में तुमने इसे शान्त और निर्विघ्न रहने नहीं दिया !

रफ्ता-रफ्ता उसके पागलन को भी व्यवस्थित कर दिया गया। पूरे घर की लाइफ लाईन, घर का एजेन्डा, घर का केन्द्र सब बदल गए थे। बाहर से उसे विघ्न नहीं पहुँचाते हुए भी सबके कर्म और चिन्तन की धुरी एक ही हो गई थी—किसी प्रकार दीपू को उसकी संज्ञा में वापस लौटाना। डॉ. सुबोध से निराश होकर अब सब कोई भक्ति की धारा की ओर मुड़ गए थे। भारतीय परम्परा में ढला, गाढ़ी आत्मीयता में पगा वह एक ईश्वरवादी सहिष्णु परिवार था—नियति एवं प्रकृति के नाम सब कुछ झेल जानेवाला। इस कारण शैलेन के वापस कलकत्ता आ जाने पर झाड़-फूँक, गंडा, ताबीज, ग्रहयुक्त अंगूठियाँ, धंटे-घड़ियाल, जप-तप आदि की दुनिया सक्रिय हो गई थी। दीपू की अँगुलियों में नीलम, मूँगा और मोती चमकने लगे थे और कमर और कन्धे के नीचे भी मून स्टॉन और रूबि दमकने लगे थे। इस बीच दीपू के माँ-बाप एक दिन के लिए पुरी जाकर जगन्नाथपुरी के दरबार में अपनी इकलौती कामना का धागा भी बाँध आए थे। बस

दीपू को एकबार सही सलामत देख लूँ...बाकी सारी जिन्दगी तुम्हारे नाम...हे दयानिधान ? फूट-फूटकर रोती शैलेन की माँ को देख आस-पास के श्रद्धालु भी द्रवित हो गए थे, "क्या जवान पुत्र की मौत हो गई है ?"

"नहीं, पुत्र मरा नहीं है, मरने से भी बदतर हो गया है।"

"प्रार्थना कीजिए, पूरे भरोसे के साथ...इस दरवाजे से खाली हाथ कोई नहीं लौटा।"

नुकीले चाकू की तरह लहूलुहान करती—बाद की स्मृतियाँ, पाँखुड़ी-पाँखुड़ी झुलसा पूरे घर का चित चैन। असह्य मानसिक यातना के वे प्रारम्भिक दिन। ऑफिस से घर आते ही वह दीपू के पास जाकर बैठ जाता...उसके हाव-भाव, क्रिया-कलाप उसकी चेष्टाओं का बारीकी से निरीक्षण करता, उसके आत्मप्रलाप को ध्यान से सुनता, समझना चाहता पर दीपू का आत्मप्रलाप इतना धीमा, अनर्गल और अप्रासंगिक-सा होता कि उसके विशेष कुछ पल्ले नहीं पड़ता। फिर भी वह यह देखकर हैरान रह जाता कि दीपू के आत्मप्रलाप में बचपन के दोस्त, मुहल्ले के बाशिन्दे, फिल्मी सितारों के नाम, स्कूल के शिक्षकों के नाम से लेकर लाल बाजार थाने का ओ.सी. तक सबके नाम रहते।

दीपू के व्यवहार को वह देखते जाता और अवचेतन में उसके कई नाम गूँजते रहते—सीजोफेनिया...पैरानाइया...एक्यूटमेनिया। क्या है दीपू—सीजोफेनिक या पैरानाइक ? क्यों हुआ दीपू विक्षिप्त ? (दीपू के लिए पागल शब्द का प्रयोग नहीं कर पाता था वह) महज उसी एक घटना के चलते या अवचेतन में लगातार जमा होते किसी नकारात्मक और विपरीत आशंका या असुरक्षा के भाव के चलते या तनावों के चलते ? क्या दुनिया की संवेदनहीनता, क्रूरता—और अमानवीयता का इस प्रकार अपने ढंग से प्रतिकार किया उसने ?

सवाल...और सवाल...उसकी सूनी एकाकी रातों में प्रश्नों की तीखी नोकें उसकी नींद को उचाट देती...और जिन्दगी के कई अनसुलझे समीकरणों की तरह उसे अपनी बात का जवाब नहीं मिल पाता। एक परिवर्तन लेकिन शैलेन में आ रहा था, वह दिनोंदिन अधिक विनम्र अधिक भावुक एवं मानवीय बनता जा रहा था। सारे संसार के विक्षिप्तों के प्रति उसकी संवेदना का वृत्त बढ़ गया था। अब सड़क पर चलते पागल को वह कौतुहल या मजा की तरह नहीं देख पाता, कोई उनको हिकारत, कौतूहल या मजे की चीज की तरह देखता भी तो वह असहज और असह्य हो उठता और पागलों के प्रति लोगों की संवेदना को जगाने के लिए कहने लगता, हर पागल का एक इतिहास होता है। यदि उस इतिहास में आप धँसें तो पाएँगे कि वह हम आप से कहीं ज्यादा मानवीय और सहृदय था। बेहद संवेदनशील विद्रोही एवं भावुक प्राणी ही पागल होते हैं। जानवर कभी पागल नहीं होते। किसी का पागल होना दुनिया की अमानवीयता या फिर अपने लक्ष्य की अप्राप्यता के विरुद्ध उनका अन्तिम प्रतिकार या एक आत्महन्ता प्रतिशोध होता है। जानते हैं, नोबेल पुरस्कार विजेता कथाकार हेंमिग्वे भी विक्षिप्तावस्था में मरा था, अपने रचनात्मक दिमाग की निष्क्रियता से घबड़ा उठा था वह। उसका पुत्र

उसके मित्र कोई उसकी संज्ञा नहीं लौटा पाए और एक दिन उसने पिस्तौल से अपनी जान ले ली। महाप्राण निराला भी अपने अन्तिम समय में विक्षिप्त से हो गए थे।

गाहे बगाहे वह अपनी माँ को भी सान्त्वना देता रहता, "तुम भरोसा रखो माँ, दीपू जरूर ठीक हो जाएगा...बस जिस बिन्दु पर आकर उसका सोच, स्मृति एवं मस्तिष्क की गतिशीलता अवरुद्ध हो गई है...बस वहाँ तक एक बार पहुँच जाऊँ मैं..." कई बार वह दीपू के पागलपन का सूत्र वंशानुगत जीवाणुओं में खोजने की चेष्टा करता, "सोचकर बताओ माँ, हमारी सात पीढ़ियों में कभी कोई विक्षिप्त हुआ था ?"

इस आशा में कि शायद कुछ हो जाए, वह झँझोड़ डालता दीपू को, "दीपू सब ठीक हो जाएगा...तुम अच्छा ही अच्छा सोचा करो दीपू। दीपू, जीवन में प्रारब्ध बोलकर भी कुछ होता है। जिस प्रकार अप्रत्याशित-दुर्भाग्य के झोंकों ने तुम्हें हताशा से भर दिया, कौन जाने उसी प्रकार कोई अप्रत्याशित सौभाग्य भी तुम्हारे इन्तजार में बैठा हो ! जानते हो कई बार हम सींचते किसी पौधे को हैं और अप्रत्याशित रूप से उसके करीब में ही सृष्टि के रहस्य और चमत्कार-सा कोई दूसरा पौधा निकल आता है। तुम अच्छा सोचो दीपू ! जानते हो संसार के आधे से अधिक मानसिक रोग सिर्फ नकारात्मक सोच या काल्पनिक भय का परिणाम हैं। याद है, माँ कहा करती थी, जैसी मनसा वैसी दशा।"

उजबक की तरह मुँह बाए बैठा रहता दीपू, पर फिर भी हताश नहीं होता शैलेन।

"मुझे बताओ, दीपू...तुम इस समय क्या सोच रहे हो ? तुम कौन हो ?"

अप्रत्याशित रूप से, सबको चौंकाता हुआ जवाब आया। "मैं विवेकानन्द हूँ।

"क्या विवेकानन्द...हाय भगवान ! वे तो मर चुके हैं, तुम विवेकानन्द कैसे हो सकते हो...तुम...तुम दीपू हो..." चिन्ता, आश्चर्य दुःख एवं उत्तेजना से चीख उठा था शैलेन।"

"हाँ विवेकानन्द मर चुके हैं, पर मैं उनकी आत्मा हूँ।

"क्या...?? आत्मा !! हो तो यहाँ क्या कर रहे हो ?"

"यहाँ मैं लोगों को सुखी करने का उपाय सोच रहा हूँ..."

कई बार लगता शैलेन को कि दीपू की चेतना का केवल ऊपरी स्तर झुलसा हुआ है। चेतना के गहन स्तर पर वह किसी सामान्य व्यक्ति की तरह न सोचकर किसी विशिष्ट व्यक्ति की तरह सोचता है—अनन्त सामाजिकता की बातें, मानव मुक्ति के उपाय।

फिर जुड़े स्मृतियों के तार...।

सारे प्रयासों, दौड़-धूप, आँसुओं और सलाह मशविरा का प्रथम आवेग थम गया था। दीपू के पागलपन को अब बिना घबड़ाहट एवं हाय--तोबा के शान्तिपूर्वक झेला जा रहा था। दीपू की माँ ने आजीवन जरी या सिल्क की साड़ी और जेवर पहनना छोड़ दिया था—तभी पहनूँगी जब दीपू कहेगा। पिता ने आजीवन मिठाई खाना छोड़ दिया था, अब तो तभी खाऊँगा जब दीपू स्वयं खिलाएगा, अपने हाथ से। और दीपू के पागलपन

के तीसरे वर्ष ही दीपू को सामान्य देखने की अन्तिम साध लिए ही दीपू के पिता—हृदय की गति के रुक जाने से स्वर्ग सिधार चुके थे।

छह माह के अन्तराल में माँ भी मृत्यु शय्या पर थी। बर्फ-सी जमी उदासी आँखों में लिए माँ ने अपनी जर-जर आवाज से एक वादा लिया था उससे। "तू प्रतिज्ञा कर...दीपू को कभी अपने से अलग नहीं रखेगा...पागलखाने नहीं डालेगा।"

"विश्वास रखो माँ, मेरे जीते जी ऐसा नहीं होगा"...और फूट-फूटकर रो पड़ा था वह।

आँखों की कोर से पिघलते हुए आँसू माँ के...कुछ अस्फुट स्वर, जी भर निरखती मन्द पड़ती वे आँखें और धीरे-धीरे सब शेष—निःशेष।

ठिठका समय, काल के प्रवाह से छिटका समय। खाली फ्लैट में रात के अन्धेरे में भूत की तरह मँडराता वह।

बीच-बीच में सूनी रात में बिल्ली के रोने की-सी मनहूसियत फैलाता, जीने की आस्था को मटियामेट करता दीपू का बिसूरना। बीतते समय के साथ शैलेन की चेतना में एक अपराध-बोध काँटे-सा गड़ता जा रहा था—क्या दीपू की विक्षिप्तावस्था उसकी किसी चूक का परिणाम है ?

जिनकी संरचना में विवेक तत्त्व जरूरत से ज्यादा होता है, उन्हें अपराध बोध कुछ ज्यादा ही सालता है, इसी कारण शैलेन आज चार वर्षों बाद भी सामान्य जीवन नहीं जी पा रहा था।

क्यों हुआ दीपू ऐसा ?

दीपू जिसने सर्वप्रथम ममता जगाई उसकी !

दीपू...जो दूर बचपन में किस प्रकार आश्रित रहता था उस पर !

...और एकाएक उन्हीं क्षणों मन के स्क्रीन पर उभरा...दीपू ने एक बार उससे साउंड और लाइट पर नोट्स बना देने को कहा था ?

हाँ...और किस प्रकार समझाया था उसने दीपू को...कैटलपीलर का उदाहरण देकर।

और तभी एक विपरीत सोच ने ठंडा कर दिया शैलेन को। आँखों के आगे अन्धेरा छा गया। सामने दीवार पर टँगा बाल गोपाल का ही दही चुराता कैलेंडर घूमता नजर आने लगा। दूर बचपन में कितना कल्पनाशील था दीपू...कितना समृद्ध, निश्चिन्त, मुक्त, विस्मय से भरपूर, जीवन रस से लबालब एवं स्वप्निल ! दिमाग में अच्छा ही अच्छा भरा हुआ। क्या शैलेन ने पढ़ाई के प्रति दीपू की गम्भीरता को बनाए रखने के लिए जीवन का काफी निराशाजनक, हताश, बदरंग और कुछ हद तक खौफनाक चित्र नहीं खींचा ? क्या उसने उसे बोझा ढोते मुटियों को नहीं दिखाया ? क्यों तोड़ा उसने उसकी अबोधता, सहजता, स्वाभाविक बेफिक्री से निर्मित जीवन की सर्वोत्तम कल्पना का सुन्दर ककून ? साधारण बनकर जीते रहने की अन्तर्शक्ति का ककून। उसने भी तो वही भूल की जो उस छात्र ने की। दोनों ही, कैटलपीलर का सर्वनाश किया ! बहुत सम्भव है यदि उसने दीपू के सम्मुख जीवन का इतना भयावह चित्र नहीं खींचा होता, डिग्री और

प्रतिशत को इतनी ज्यादा अहमियत न दी होती तो वह घटना, इनविजिलैटर द्वारा उसे बहिष्कृत कर दिए जाने की—उसे इतना नहीं तोड़ती !

प्रश्न ! यक्ष प्रश्न !!

उस रात अपने स्वर्गीय माँ-बाप की तस्वीर के सम्मुख सिर पटक-पटककर रोया था वह !

जीवन के उसी बिन्दु पर ठिठके कालखंड में फिर तब्दीली आई। शैलेन की बुआ ने प्रस्ताव रखा...शादी का, "लड़की क्या है, राम जी की गाय है। दिन भर नौकर के भरोसे ठीक नहीं है दीपू को रखना...कहीं कुछ अनहोनी न घट जाए। चट मँगनी, पट ब्याह !"

घोड़ी पर चढ़कर ले आया वह दुल्हनिया को। मौसम बदला। नक्षत्रें की गति में तब्दीली आई। ऋतुचक्र बदले लेकिन दीपू की स्थिति में कोई तब्दीली नहीं आई। 'अब तो कोई चित्रकार ही इस काया में रंग भर सके।' दीपू से मिलवाते हुए शैलेन ने प्रथम बात यही कही थी मालविका से। फिर उम्मीद सँजोते हुए इतना और जोड़ दिया था, "कौन जाने वह चित्रकार तुम ही निकलो !"

दीपू के चित्र में तो रंग नहीं भरा जा सका लेकिन ग्यारह महीनों के भीतर उस चित्रकार ने अपनी नई कृति—मलका की गूँज से उजड़े चमन जैसे उस घर को गुँजायमान कर दिया था। और मलका के जन्म के साथ ही राम जी की गाय सरीखी दुल्हनिया ने 'आँचल में दूध और आँखों में पानी' के युग समाप्ति की घोषणा कर, अपने वजूद को फैला लिया था और अब बात-बात पर बाधिन की तरह गुर्राने लगी थी।

दरअसल शादी हुए साल भर के ऊपर होने आया था, पर वह मजा, मस्ती और मदहोशी उसे आज तक नहीं नसीब हो पाई थी जिसकी कल्पना उसने अपनी सखियों के साथ अपने कुँवारेपन के सपनों को सजाते हुए 'इलू-इलू' गाना सुनते हुए की थी। एक पारम्परिक, सामान्य, स्वप्नजीवी और खुदगर्ज स्त्री की तरह उसके अपने कुछ सपने थे जिन पर वह भूखी शेरनी की तरह टूट पड़ना चाहती थी पर अपने उस पति का वह क्या करे जिसमें वैवाहिक जीवन के मादक मदिर और उद्दाम सपने जगाना तो दूर की बात वह सामान्य काम तक नहीं जगा पाई थी, राम चाहे जगा पाई हो। पति ऑफिस से आते ही उसकी सजी सँवरी प्रेयसी-सी उपस्थिति को पूरी तरह नकारते उसे 'पूछताछ कार्यालय' बना देते थे। दीपू ने क्या खाया ? सोया कितने घंटे ? डॉ. सुबोध आएँ थे क्या ? दवाई पिलाई थी क्या ? दीपू ने फल खाया था क्या ? नौकर बाहर घुमाने ले गया था क्या ? उसे भूलकर भी याद नहीं आता कि आज तक कभी पति ने उसे कामना तप्त हाथों से छुआ हो, या भरपूर नजर से देखा भी हो और ऐसे में जब उसके सपनों के आकाश के तारे एक-एक कर टूटते जा रहे थे, उसमें अधीरता आ रही थी और उसे लग रहा था कि उसका नवविवाहित जीवन जो इस कदर बदरंग, बेमजा और उत्तेजनाविहीन हो गया, उसकी तह में दीपू ही है। और इस कारण वह इन दिनों आनायास ही दीपू के प्रति हिंस्र और क्रूर हो उठती। कामना करती कि वह मर जाए

या डॉ. सुबोध के निजी पागलखाने में भिजवा दिया जाए। अपनी छोटी बुद्धि लगाते हुए उसने दीपू की आजादी काफी कम कर दी थी। पहले घर में खाने की चीज खुली रखी जाती थी जिससे कि दीपू जब चाहे उन्हें उठाकर खा ले पर अब सब चीजों को बंदकर रखा जाने लगा था। दोपहर को भी प्रायः वह दीपू का कमरा बाहर से बंद कर देती और फिर इतमीनान से नहाने या सोने जाती। बहुत पहले एक बार दीपू ने एक काँच की प्लेट दीवार पर दे मारी थी, इसी घटना को फैलाकर-बढ़ाकर इस प्रकार उसने शैलेन के सम्मुख प्रस्तुत किया था कि शैलेन की उसके आगे एक भी नहीं चली थी, अन्त में थके-हारे स्वरों में उसने मालविका को अन्तिम रूप से समझाते हुए इतना अवश्य कहा था, ''जानती हो, देवर शब्द का क्या अर्थ होता है ? देवर का मतलब होता है द्वितीय वर। तुम्हें मेरी कसम, तुमने यदि इस रिश्ते की गरिमा नहीं रखी।''

लेकिन जीने और भोगने के लिए अकुलाती और हाय-तौबा मचाती मालविका पर ऐसी कसमों का कोई भी प्रभाव नहीं पड़ता। वह अपने ऐसे 'रामकृष्ण' से पति पर कुढ़ती रही और परिणामतः दीपू जिन्दगी की ढलान पर तेजी से लुढ़कता रहा। टी.वी. के चलताऊ प्रेम के भड़काऊ कार्यक्रम, प्रेम-विज्ञापन, गीतों के मादक-बोल उसे प्रेम की बुलबुल बना देते। अल्हड़ उम्र...पूरा एकान्त...हनीमून के सपने...सब कुछ उसकी आत्मा को इस कदर बेकाबू कर देते कि कई बार वह गरिमाहीन एवं घटिया स्तरों पर उतर अपनी उत्तेजक देह को कभी कपड़ा बदलने के बहाने, कभी पहनने के बहाने, कभी इस—उस बहाने नए-नए ढंग, नए कोणों से, दहकती भाव भंगिमा के साथ कभी दिन के चौंधियाते उजाले में तो कभी ढलती शाम के झुटपुटे अन्धेरे में अपने साधु जैसे पति के समक्ष प्रस्तुत करते समय अपनी स्वाभाविक लाज और संस्कार के शिव धनुष को भी स्वयं ही तोड़ फेंकती और ऐसा करते समय यह भी भूल जाती कि दीपू भी वहीं कहीं उपस्थित है। एक बार एकदम झीनी 'तिल छाने तरबूज निकले' सी नाइटी में जब वह चाय देने आयी शैलेन को, तो दिमाग की नसें तड़क गईं उसकी, पत्नी में शर्म और सेविका देखने का अभ्यस्त उसका हिन्दुस्तानी मस्तिष्क एकदम से फट पड़ा, ''देवर तुम्हारा अभी पूरी तरह पागल नहीं हुआ है...कुछ तो शर्म हया रखो। जाने किस खानदान से आ गई है।''

जितना अधिक अपनी उथली बुद्धि से वह उसे रिझाना चाहती। उतना ही वह खीझ पड़ता। दोनों अनाड़ियों की तरह अपनी-अपनी कामनाओं के तीर एक-दूसरे पर चलाते, और लहूलुहान होते रहते। और उन्हीं दिनों काँव-काँव बनी इस जिन्दगी के एक जटिल-समीकरण ने परिवार की पूरी लाइफ लाईन ही बदल दी। दरअसल परिवार एवं मानवता के उच्चतम धरातल पर खड़ा वह आई.आई.टी. इंजीनियर मानव मनोविज्ञान के इस साधारण से सत्य को समझने से पूरी तरह चूक गया था कि परिवार में एक भी सदस्य यदि अतृप्त और असन्तुष्ट है तो वह पूरे परिवार को ही अपने प्रतिशोध एवं प्रतिहिंसा की ज्वाला में झोंक सकता है।

स्मृतियों के कालपत्र में खन्जर-सी गड़ी वह शाम, जब पूरा घर एक चीख में बदल

गया था। फ्लैट के अन्दर, बाहर, सँकरी गली के नीचे एक भीड़ जमा थी, जो कुछ कौतुहल, कुछ डर, कुछ आतंक, कुछ थ्रिल, रोमांच और संस्पेन्स के विविध तत्त्वों का जायका लेती उस दुर्लभ दृश्य को निगल रही थी।

"पगला कहीं फेंक ही न दे मलका को, देखो, आँखों में कैसे खून के कतरे उतर आएँ हैं ? नथुने कैसे फड़क रहे हैं, बदन कैसे थर-थर काँप रहा है।"

"पहले तो कभी इतना हिंसक हुआ हो सुना नहीं, आज क्या हुआ ?" नौकरानी बतला रही थी, "दोपहर ग्यारह बजे से शाम चार बजे तक भी जब उसकी भाभी ने उसका दरवाजा बाहर से नहीं खोला तो उसने पीटना शुरू किया दरवाजा। उसके पीटते रहने के भी आधा घंटा बाद जब खोला उसने दरवाजा तो दीपू का पायजामा पेशाब से लथपथ था, कहते हैं कि गन्ध के मारे माथा भन्ना गया—उसने दो-चार हाथ जड़ दिए देवर के। देख लो, भाई राम बना हुआ है, छोटे भाई के पीछे और भौजाई पूरी चंडिका उसके बाद पता नहीं कैसे किसी कौतुहल की तरह मलका घुटने चलती हुई पहुँच गई उस तक और उसने उसे गोद में लेकर जैसे ही चूमना किया मालविका खींचने लगी उससे मलका को और उसके बाद से ही वह भड़क गया, कहता है नहीं दूँगा इसको और किसी ने जबर्दस्ती छीनने की कोशिश की तो फेंक दूँगा नीचे।"

भीड़ को देखते जा रहा था शैलेन, खंड-खंड खंडित, क्षण-क्षण कीलित जैसे कोई दाँव हारा जुआरी देखता है, नीलाम होते अपने ही घर को। हर आनेवाले क्षण में उसे लग रहा था, जैसे वह स्वयं भी अपने व्यक्तित्व से छिटका भीड़ के उस सामूहिक 'हम' बोध का हिस्सा बनता जा रहा है।

उस जानलेवा जीवन साथिन ने भीड़ की सहानुभुति को 'मत चूको चौहान' के अन्दाज में भुनाया था। मुहल्ले के सरवराओं से ही उसने मनोचिकित्सक डॉ. सुबोध को मलका की जान का वास्ता देकर अविलम्ब बुलवा लिया था।

दीपू अब स्वयं ही नियन्त्रित हो गया था। परम सन्तोष एवं दर्प के साथ बतियाते जा रहे थे डॉ. सुबोध—ठीक समय पर बुलाकर बचा लिया आपने मलका को। अरे, कुछ कहा नहीं जा सकता ऐसे सीजोफेनिक रोगियों का। अपने प्रति संसार में हजारों व्यक्तियों में बँटे ये स्वयं को मरे हुए चूहा से लेकर सारे संसार का मसीहा तक समझ बैठते हैं, अमेरिका के राष्ट्रपति कैनेडी की हत्या भी एक सीजोफेनिक ने ही की थी। अरे, हत्यारा काहे का, अपने हिसाब से तो उसने अमेरिका का भला ही चाहा था। कोर्ट ने बाद में उसकी दिमागी जाँच करवाई तो पता चला...।

चारों तरफ उठता शोर एक भावशून्यता की बदबू छोड़ता हुआ शैलेन की आत्मा, उसके सिकुड़े वजूद एवं उसके अंग-प्रत्यंग को दाग रहा था। एक कराहती चीख उसके भीतर से उठ रही थी 'तुम सब मध्यवर्गीय नपुंसक बद्धिजीवी हो...आए दिन होनेवाली सड़क दुर्घटना, रेल दुर्घटना, अग्नि दुर्घटना, विमान दुर्घटना, बस दुर्घटना, स्कूल बस दुर्घटना, जिनमें हजारों बच्चे अनाथ हो जाते हैं या बेमौत मारे जाते हैं, यह सब तुम्हें विचलित नहीं करता पर एक मानसिक विक्षिप्त का साधारण उत्पात तुम्हारी नींद उड़ा

तुममें असुरक्षा जगा देता है।'

पत्नी को भी कहना चाह रहा था वह, 'मलका की सुरक्षा का दायित्व जितना तुम्हारा है उतना ही मेरा भी, दीपू से उसे कभी कोई खतरा नहीं होगा' पर वह जानता था कि मुहल्लेवालों से तो वह फिर भी चाहे भिड़ जाए पर अपनी उस पत्नी का क्या करे जिसने उसके तमाम छोटे-मोटे पोस्टरों, मृत्युशैय्या पर दिया माँ को अन्तिम वचन, भाई के प्रति कर्तव्य बोध, इन्सानियत का तकाजा सब पर अपनी नव शिशुकन्या की सुरक्षा के सवाल का बड़ा पोस्टर चिपकाकर उसे वह पटखनी दी थी कि...

पागलखाने में इलाज के नाम पर दीपू जैसे बिखर गया था। ओ.पी.डी. में डॉक्टर को दिखाए जाते समय वह हिंसक हो उठा था। हिंसा जो औरों के लिए कम, स्वयं के लिए ज्यादा थी। उसे नियन्त्रित करने के लिए इलैक्ट्रिक शॉक लगाया गया था। बिजली का झटका झेलकर, दो कन्धों पर टिके, पस्त और निचुड़े हुए दीपू ने भर्ती किए जाते वक्त सीधे शैलेन की आँखों में देखा था, तुमसे मुझे ये उम्मीद नहीं थी भइया। कम से कम तुमसे तो नहीं ही थी....'

जोगन बनी रात और हृदय के सौरमण्डल की ही तरह एक-एक कर बुझते आसमान के तारे।

हर रात की तरह शैलेन ने आज भी डायरी में अपनी अन्तिम पंक्ति लिखी, ''मुझे क्षमा करना दीपू, कुछ भी नहीं कर सका मैं, सिवाय तुम्हें अनन्त के हाथों सौंपने के। काश, मैं कुछ और' और वह वहीं कुर्सी पर ही ढह गया।

दरअसल मम्मी

जब लगा कि कॉलबेल बजाए दो अढ़ाई मिनट हो चुके हैं कि सामान्यतः अब तक दरवाजा खुल जाना चाहिए, तो हाथ फिर कॉलबेल तक पहुँच गए...टन्...टन्। एक डेढ़ मिनट और गुजरे, दरवाजा फिर भी नहीं खुला...तो फिर कीहोल से झाँका...कहीं सब बाहर तो नहीं निकल गए ?...अन्दर से ट्यूब लाईट की रोशनी दिपदिपा रही थी, ध्यान से सुनने पर कुछ आवाजें भी आती लगी...कहीं कॉलबेल तो खराब नहीं...? हाथों से दस्तक दी...ठाप...ठाप...कुछ पल और सरके...मन हुआ फिर दस्तक दूँ...मन को समझाया...ए भाई, थोड़ा काबू...। अबकी बार दरवाजा खुला...।

कुलदीप थी। कुलदीप कौर। देखकर मुस्कराई...साथ ही उदासी का अक्स भी उभरा। ध्यान से देखा तो नजर आई, चिपकाई हुई हँसी के पीछे दबी हुई सिसकियाँ। रो-धोकर पोंछी हुई आँखों की नम कोरें। बिखरे बाल। पपोटों में भारीपन। नासिका का अग्र भाग रक्ताभ। रो-धोकर पौंछा गया साफ-सूथरा चमकता निथरा-निथरा चेहरा।

चोर निगाहों से घर की तरफ ताका तो सद्यः गृहयुद्ध मँडराता नजर आया। शायद मेरे आ जाने से चलते गृह-युद्ध में अस्थायी विराम आ गया था। सहमे से बच्चे एक तरफ...तमतमायी आंटी एक तरफ।

लगा, गलत समय आ गई हूँ। अन्दर बैठूँ या कुछ बहाना बनाकर चल दूँ, सोच ही रही थी कि तभी देखा पीछे के दरवाजे से आंटी शान्ति निकेतन का थैला लेकर तेजी से बाजार करने को निकल गई थी।

आंटी के जाने के पश्चात् स्थिति—अब उतनी आपातकालीन नहीं रह गई थी। कुलदीप ने भी जैसे एक राहत की साँस ली थी। मुझे बीचवाले कमरे में बैठाकर 'आती हूँ' कहकर निकल गई थी।

उड़ती निगाहों से मैं घर को ताकने लगी थी...कि तभी आधा जागता, आधा ऊँघता, ढीली-ढाली चाल से चलता बंटी अन्दर आया और नमस्ते की मुद्रा में अपने सींक से पतले दोनों हाथों को ऊपर उठा दिए। बंटी को देखते ही मन फिर करुगा से भर गया। लगभग सात वर्षीय। बेडोल शरीर। फुला पेट। सूखी लकड़ी से हाथ-पैर और अनुपात से बड़ा मटके-सा सिर। पीला-पीला चेहरा। गालों की हड्डियाँ उभरी हुई, और बड़ी-बड़ी निस्तेज, कुछ अन्दर को धँसी आँखें। हँसते ही काई जमे दाँत चमकने लगे थे उसके।

बंटी को थैलिसीमिया है, (खून का कैंसर) यह बात मुझे अपने इस नए फ्लैट में

आने के पन्द्रह दिन बाद ही पता चल गई थी। एक दिन शाम को अपने घर की बालकनी से सूखते हुए कपड़ों को उठा रही थी कि देखा, घबड़ाई हुई आंटी बंटी को कन्धों पर लादे टैक्सी को रोक रही थी। कल तक तो अच्छा भला था...यह एकाएक...कुछ-कुछ परेशान-सी जैसी ही कुलदीप के यहाँ पहुँची...तो फिर अवाक्...सभी कुछ सामान्य चल रहा था वहाँ। कुलदीप दोनों छोटी बहनों की कस-कसकर चुटिया बना रही थी।

...और तभी पता चला कि बंटी को आंटी खून चढ़वाने ले जा रही थी...और प्रायः महीने भर के भीतर ही उसे खून चढ़वाने की नौबत आ जाती है।

आंटी एकदम अकेली...कर लेगी इतना सब...? मन आशंकित-सा हो उठा था... आँखों में प्रश्न सँजोए जब ताका उसकी ओर...तो एक दीर्घ निश्वास-सी लेती, लगभग तटस्थ से शब्दों में वह स्वयं ही कहने लगी थी..."पिछले पाँच सालों से यही तो कर रही है मम्मी...एकदम शुरू में तो डैडी भी जाते थे, साथ में...पर तब तो सालभर में सिर्फ दो-तीन बार ही जाना पड़ता था...लेकिन ज्यूँ-ज्यूँ समय बढ़ता जा रहा है...जल्दी-जल्दी खून चढ़वाना पड़ रहा है...पिछले छह महीने से तो महीना भर भी नहीं निकलता है...बीस-पचीस दिन में ही नौबत आ जाती है...अब रोज-रोज कौन जा सकता है... बिजनस लोस कर या पढ़ाई का नुकसान कर...फिर कोई आशा हो तो भी कोई बात..." और बोलते-बोलते वह एकदम सीधी मेरी ओर देखने लगी थी, और जाने क्या देखा उसने मेरी आँखों में कि उसकी सख्त आवाज एकदम लड़खड़ा कर तरल-सी हो गई थी। गीले-गीले शब्दों में उखड़-उखड़कर कहने लगी, "तुम जो भी सोचो, लेकिन मेरा मन सचमुच एकदम श्मशान-सा हो गया है, इसमें अब कोई भी भावनाएँ फूटती ही नहीं... ।"

उस दिन के बाद से अनजाने ही इस परिवार में मेरी दिलचस्पी और सहानुभूति गहराने लगीं थी। जब-जब मुझे समय मिलता मैं नीचे जाने लगी थी...कुलदीप तो जैसे मेरे इन्तजार में पलक पाँवड़े ही बिछाए रखती थी।

सत्रह वर्षीया। गुलाबी रंग। सुतवाँ नाक। बेहद आकर्षक कुलदीप पंजाबी सुन्दरता से लैस कैलेन्डर में दिखनेवाली किसी जीती जागती मॉडल-सी ही लुभाती थी। मुझसे चार वर्ष छोटी होने पर भी उसका मानसिक स्तर मेरे आसपास ही ठहरता था। हमें लगता जैसे अनायास ही हमने एक-दूसरे के सँकरे एवं संकीर्ण मानसिक जगत में एक नया रोशनदार खोल दिया था।

किसी औसत पंजाबी लड़की से कहीं अधिक गहराई युक्त व्यक्तित्व था उसका। व्यक्तिगत बातों के अतिरिक्त भी देश-विदेश, सभा सोसाइटी एवं धर्म-कर्म की अपनी अद्‌भुत-अद्‌भुत एवं करिश्मा भरी बातों से वह मेरी तबीयत झमाझम रखती थी।

'जानती हैं दीदी, मेरा ग्वाला कह रहा था, कि पहले हमारे बड़के गाय के सिर्फ तीन थन ही दोहते थे...चौथा थन छोड़ देते थे बछड़े के लिए...और देखो आज हम गाय को इंजेक्शन दे-देकर दूध की एक बूँद भी नहीं छोड़ते...और अपनी वह बात पूरी कर

भी नहीं पाई कि जाने कहाँ से दूसरी बात याद आ गई उसे, और दूसरी ही साँस में फिर कहने लगी, जानती हैं दीदी, मेरे डैडी की फैक्टरी में एक बूढ़ा मजदूर कई दिनों से कुछ भी काम ठीक से कर नहीं पा रहा था। डैडी कई बार कह चुके थे उसे छुट्टी ले लेने के लिए, काम छोड़ देने के लिए...। जानती हैं कल क्या किया उसने। जान बूझकर चलती मशीन के नीचे अपना अँगूठा दबा दिया...जिससे फैक्टरी एक्ट के अनुसार मुआवजा के लिए क्लेम कर सके।''

और फिर अपने नए-नए अर्जित ज्ञान के अभिमान के साथ मुँह बनाकर कहने लगी, सच, इस देश में रहना तो बेहद खतरनाक है जहाँ बुढ़ापा काटने के लिए बूढ़े लोगों को अपना अंग काटना पड़े।

आज भी मैं कुछ अद्‌भूत सुनने की आशा से ही आई थी...लेकिन आज तो आसार... छिः मैं भी कितनी खुदगर्ज होती जा रही हूँ...यह बेचारी दुःख में घुली जा रही है और मैं अपने बौद्धिक विलास का सोच रही हूँ...मन ही मन फिर आत्म प्रताड़ना चलने लगी।

कुलदीप तब तक आ गई थी। पहले से कहीं ज्यादा व्यवस्थित और सहज।

लड़कियाँ कितनी जल्दी सहेज लेती है स्वयं को, आदत के मुताबिक मैं फिर सोचने लगी थी।

बंटी कैसा है ?...बात शुरू करने की गरज।'' अब क्या ठीक क्या बेठीक...जितने दिन निकल जाएँ...'' लगा जैसे फिर उदासी एवं निराशा की मिली जुली अनुभूति ने दबोच लिया था कुलदीप को।

मैं कुछ पल स्तब्धता।

'आज बहुत उदास लग रही हो...' बातचीत को जबरन ठेलकर आगे ठेलने की एक कपटी चेष्टा।

...और तभी जैसे बम-सा फूटा। शब्दों का बम। और अपने अन्तर्मन की एक-एक परतों को खोलती जा रही थी वह।

''कल रात कॉलेज से घर आने में देरी हो गई थी...और बस मच गया बबाल इसी बात पर। डैडी भड़के...मम्मी भी ट्रेडिशनल मम्मी की तरह लड़कियों की नाजुक इज्जत की दुहाई देने लगी...बस मैं भभक पड़ी जैसे बारूद में तिली दिखा दी हो किसी ने। कारण भी बहुत गम्भीर था।अभी कुछ ही दिन पहले कुछ मेहमान आ गए थे घर में। उनके लिए अलग कमरे की व्यवस्था होनी चाहिए थी...लेकिन मम्मी डैडी ने अपना बेडरूम नहीं छोड़ा...और मजबूरन मुझे भी मेहमानों के साथ ही अपना बिस्तर भी ले जाना पड़ा...उन्हीं मेहमानों में एक मेरी बुआ के जेठ का लड़का भी था...हरामी, रात को मेरे पास खिसक आया था। मैं तो चिल्ला ही पड़ती, लेकिन अपनी ही फजीहती होगी...सोचकर चुपचाप उठकर डाईनिंग हॉल में बैठकर किताब पढ़ने लगीं...बाकी सारी रात आँखों में ही काटी...। रोते-रोते काटी...। पर उस लड़के से ज्यादा आक्रोश मम्मी डैडी पर आ रहा था...तब ध्यान नहीं आया नाजुक इज्जत का...।'' बोलते-बोलते आवेग

से हाँफने लगी थी वह।

कच्चे यौवन में उफनता मन किस कदर बेकाबू हो जाता है, सोच रही थी मैं... कि वह फिर उफन पड़ी। बिस्तर की चद्दर पर भुजिया के कुछ दाने बिखरे पड़े थे उन्हें हाथों से झाड़ते हुए आवेग में फिर कहने लगी, 'सच्चाई बिजली की तरह कड़क गई जैसे ही मम्मी को यह सब कहा, सहन नहीं कर सकी, छाती-माथा पीटने लगी--लड़के के चलते तो यूँ ही दुःखी हूँ...अपनी गृहस्थी भी चौपट कर दूँ...उन्हें भी हाथ से निकल जाने दूँ...'

वातावरण बोझिल-सा हो गया था। हिन्दुस्तानी माँ बेटी के बीच भी इस प्रकार के सम्वाद हो सकते हैं...मैं सोचकर भी सोच नहीं पा रही थी...कि तभी कुलदीप सुबक-सुबक कर रो पड़ी थी।

छोड़ो, जाने दो के भाव से मैंने उसे समझाते हुए कहा, तुम्हें तो सन्तुष्ट होना चाहिए कि एक उम्र के बाद अभी भी सम्बन्धों में इतनी उष्णता है, हमारे यहाँ तो दो-तीन बच्चों के बाद औरतें या तो बच्चों में खो जाती हैं या दाल चावल के डिब्बों में या पूजा पाठ में...बोलते बोलते चोर निगाहों से चारों तरफ ताक लिया, कोई सुन तो नहीं रहा है...। आसपास कोई नहीं था। कुलदीप की दोनों छोटी बहने टी.वी. से चिपक गई थी।

हूँ... और बुरा-सा मुँह बना लिया था उसने। अपने लम्बे-लम्बे बालों का हाथों से जूड़ा बनाते हुए, उबलते शब्दों में फिर कहने लगी हूँ--सम्बन्धों में उष्णता...जब झगड़ा होता है न दोनों में, तो सारी पोल खुल जाती है। नीच घराने की औरत, जाटनी... क्या-क्या नहीं कहते हैं डैडी मम्मी को। और तो और बेचारे बंटी की बीमारी तक के लिए डैडी मम्मी को कोसते रहते हैं...मरियल औरत कड़ियल ही तो जनेगी...फिर पास आकर गुपचुप शब्दों में धीरे-धीरे कहने लगी थीं कुलदीप 'मम्मी ऐसी नहीं है, दरअसल वह बंटी के चलते डैडी से कुछ ज्यादा ही दबती हैं...मम्मी को डर है पता नहीं कब डैडी बंटी के बढ़ते खर्चों से तंग आकर कटौती करने लग जाएँ...आज कल दिन में तीन-तीन वक्त गुरु ग्रन्थ साहिब का पाठ करती रहती हैं मम्मी....।

टन्न...टन्न...कर्कश काल बेल चीख उठी थी—बातों का सूत्र वहीं छोड़कर कुलदीप फिर दरवाजा खोलने चली गई थी...दूधवाला था...उससे दूध लेकर वह वापस आई तब तक और अधिक संयत हो गई थी...दुख का प्रथम संस्करण हट चुका था। हाथों में तले हुए चना बादाम की तश्तरी लेकर आई और उसे मेरे सामने पेश करती फिर अपनी ही रौ में बहने लगी, 'तुम भी सोच रही होगी कि आज मैं भी किस तरह की बातें लेकर बैठ गई हूँ लेकिन विश्वास करो, इन दिनों मम्मी डैडी हौआ बन गए हैं मेरे लिए...दोनों जब अकेले होते हैं कमरे में तो मुझे तो दहशत-सी होती है अन्दर जाने में...या तो झगड़ते मिलते है या फिर...'

वयः सन्धि पर खड़ा किशोर मन इस पीड़ा से भी गुजरता है...जीवन दर्शन का एक सर्वथा नया पृष्ठ ही खुल रहा था मेरे समक्ष।

टनन...टनन...कालबेल फिर बज उठी थी...अबकी बार आंटी थी। मुझे ध्यान से देख रही थी...चना बादाम टुँगते हुए स्वाभाविक दिखने की चेष्टा में लापरवाही का ढेर सारा भाव चेहरे पर ओढ़कर मैं लम्बे-लम्बे डग भरती ऊपर आ गई थी।

दूसरे दिन शाम को जब कुलदीप के यहाँ गई तो घर थोड़ा खाली-खाली-सा लगा। कुलदीप गहरे नीले रंग का एप्रन पहनकर दोनों बहनों को खाना बनाते-बनाते खिला रही थी। संशय हुआ बंटी को कहीं आज फिर ब्लड ट्रांसफ्युजन के लिए तो नहीं... धीमी-धीमी आवाज में डरते हुए पूछा। संशय सही निकला।

जाते ही मिल जाएगा... खून ?

क्यों नहीं, बहुत प्रोफेशनल डोनर्स होते हैं जिनका काम ही खून बेचना होता है। चालीस-पचास रुपयों में आधा किलो खून देने को तैयार। कुलदीप के स्वरों में बेफिक्री का घुट था–

...और दूसरे दिन शाम को पहली बार आंटी को छत पर देखकर सुखद आश्चर्य हुआ था मुझे। क्योंकि अभी तक तो आंटी को खाली समय में अधिकतर गुरुग्रन्थ साहिब का पाठ करते हुए ही देखा था।

आंटी की दोनों बेटियाँ बंटी को पीठ पर लादे घूम रही थी। सदैव पीला-सा दिखने वाला बंटी का चेहरा आज कुछ संवलाया सा लग रहा था...शायद नए खून के कारण...दूर आकाश में एक चील उड़ रही थी...बंटी उसे देख खुशी से चहक रहा था...उसे खुशी से चहकते देख आंटी निहाल हुई जा रही थी।

'खून चढ़ा है न, इसलिए ताकत आ गई है बॉडी में'...आंटी हँस रही थी।

'यह कौन सी स्कूल में पढ़ता है।' सामने के मकान के ही किसी नए किराएदार की लड़की ने पूछ लिया था आंटी से।

'यह अभी घर में ही पढ़ता है, ठीक हो जाएगा तो यह भी जाएगा स्कूल...' एकदम भरी सी आवाज में कह रही थी आंटी।

'यह खेलता क्यों नहीं है... ?'

''ठीक हो जाएगा तो यह भी खेलेगा...' और आंटी की उदासी भरी आँखें खेलते कूदते भागते दौड़ते दूसरे बच्चों को देखती जा रही थी।

कुछ पल स्तब्धता। एक बोझिल चुप्पी !!...कि तभी आंटी एकाएक मेरी तरफ मुड़ गई। पूनम, किसी अच्छे ज्योतिष को जानती हो तो बताओ ना, बंटी का हाथ दिखाऊँगी...यह भी दूसरे बच्चों की तरह कभी खेलेगा...या...और बाकी बात हिचकियों में ही गुम हो गई थी आंटी की।

बड़े भारी मन से ही नीचे उतरी थी मैं उस दिन।

उसके बाद के चार पाँच दिन बेहद ही व्यस्त गए थे मेरे। क्योंकि घर में मिस्त्री लग गए थे...और मुझे दिन भर उनके पीछे ही लगना पड़ रहा था। इस कारण चाहकर भी नीचे नहीं जा पाई थी मैं।

उन्हीं दिनों की एक अलसाई-सी दोपहरी में टी.वी. देख रही थी...कि कुलदीप की

छोटी बहन बुलाने आई, गुड्डी दी (कुलदीप का घर का नाम) बुला रही है आपको। अभी तुरन्त...धड़कते दिल से नीचे गई तो दरवाजे के पास ही खड़ी थी वह...एकदम विषाद की मूर्ति बनी सी...आँखें बीरबहूटी-सी।

बंटी को आज फिर खून चढ़वाने ले गई है मम्मी...

अरे, इतनी जल्दी। अभी पिछले सप्ताह ही तो...

एक साँस में ही बोल गई थी मैं।

हाँ, अबकी तो दस दिन भी नहीं निकले... पीड़ा के मारे पूरा शरीर ऐंठ रहा था उसका...और बाकी बात सिसकियों में ही खो गई थी उसकी।

कुछ देर बाद संयत होकर आँसू पोंछते हुए फिर कहने लगीं...अब तो भगवान कुछ निर्णय ले ही लें...घर तो जैसे नर्सिंग होम बन गया है...और जिस प्रकार उस पर खर्चा हो रहा है...लगता है सड़क पर ही आ जाना पड़ेगा एक दिन...पहली बार लगा एक अनिश्चित भविष्य की चिन्ता मूर्तिमन्त हो गई थी उसके चेहरे पर।

रात बड़ी देर तक हम फोन पर बंटी के बारे में पता लगाते रहे थे...उसकी हालत। बराबर बिगड़ती जा रही थी...फोन पर बराबर अंकल से भी सम्पर्क करने की चेष्टा जारी थी...लेकिन अंकल का कहीं पता नहीं लग रहा था।

उन हृदयवितरक जानलेवा पलों को अकेली आंटी किस प्रकार अकेले झेल रही होगी...मैं सोच रही थी...और बार-बार कुलदीप की आवाज कानों में डँक मार रही थी...अब तो भगवान कुछ निर्णय ले ही ले।

...और भोर की उस निस्तब्ध शान्ति में निर्णय हो गया था...भोर के सितारे सा ही बंटी ओझल हो गया था।

...और सुबह होते न होते सारा घर मातमपूरसियों से भर गया था। अंकल भी तब तक आ गए थे। रात भर की जागी आंटी एक तरफ खड़ी थी...एकदम निः शब्द असाधारण रूप से शान्त। उनकी आँखों के नीचे स्याह झाइयाँ सी पड़ गई थी।

और जिस वक्त लाल चादर में लपेटकर बंटी को ले जाया जा रहा था, अभी तक निःशब्द खड़ी आंटी बाँध टूटी नदी-सी एकदम बिखर पड़ी थी, वाहे गुरु, मेरे बंटी को बड़े प्यार से रखना...

अंकल ने भी एक दीर्ध निच्छ्वास सी ली थी, 'नाना दुखिया सब संसार'।

आनेवाले कई दिनों तक घर खचाखच भरा रहता था कुलदीप का...और फिर रफ्ता-रफ्ता जीवन फिर सामान्यता की और तेजी से अग्रसर होने लगा था। मातमपुरसी के लिए आए सभी अतिथि वापस चले गए थे। अंकल के भी बिजनेस टूर शुरू हो गए थे...। कुलदीप भी कॉलेज जाना शुरू कर चुकी थी।

बीच-बीच में यदा-कदा जब-जब मैं नीचे जाती...वातावरण गमगीन सा ही नजर आता...घर में दिन भर सब्द (सिक्खों के धार्मिक गीत) चलता रहता।

यूँ ही करीब चार-पाँच महीने निकल गए...कि एक दिन देखा आंटी शून्य की ओर यन्त्रवत् ताकती कबूतरों को दाना देने के लिए बैठी थी...हाथ डिब्बों में दानों पर

थे...लेकिन आंटी दाना दे नहीं रही थी।

आंटी आप अन्दर बैठो, मैं दे देती हूँ दाने। नहीं, इन्हें नहीं छूना...इनमें बंटी के हाथ के छूए हुए कुछ बचे हुए गेहूँ के दाने हैं...इन दानों में उसके हाथों का स्पर्श है...और उन दानों पर हाथ फैरती आंटी-फिर गुमसुम हो गई थी।

आंटी का हाल देखकर कुलदीप का अन्तर लहूलुहान हो गया था। आँखें डबडबा गई थी। घायल शब्दों में कहने लगी, बंटी को गुजरे पाँच-छह महीने हो गए...सभी नार्मल हो गए मम्मी आज तक नार्मल नहीं हो पाई है, जाने किस घड़ी में कोसा था मैंने भी मम्मी को कि उसके बाद कभी दिखाई ही नहीं दी डैडी के कमरे में...

अपनी गीली आँखों को कमीज की बाँहों से पोंछते वह अपने भीतर बहने लगी थी...और मुझे सुनाई दे रही थी...सद्यः अतीत में ही कहीं कुलदीप की वह बात दरअसल मम्मी बंटी के चलते कुछ ज्यादा ही दबती है डैडी से...।

उड़ान

बीमार-बीमार-सा आसमान—जिसको एकटक देखता समीर। फाँक-सा कटा चन्द्रमा। रिस-रिसकर बहती कोई पीड़ा। बूँद-बूँद टपकती कोई उदासी-गहरी। आँखों की कौर से गिर-गिर पड़ती कोई गर्म बूँद और ऐसे में रह-रहकर गूँजती एक आवाज। कर्कश। धज्जियाँ उड़ाती।...। दाएँ-बाएँ, ऊपर-नीचे सभी ओर से कानों में कील-सा गड़ता वह स्वर। नुकीला। धारदार। पत्नी का। पोर-पोर को झुलसाती वह आवाज। तेजाबी।

यही है वह जिसके साथ जिन्दगी के इतने वर्ष गुजारे ? गृहस्थी की एक-एक ईंट सजाई। इतनी रातें साथ-साथ गुजारी ? बच्चे पैदा किए ? इसी दिन के लिए ? कहाँ छिपा था इतना मैला ! इतनी गन्दगी !

किस तरह दगा देती है जिन्दगी। सारी जिन्दगी का हिसाब चुकाते...समीकरणों में उलझे समीर।

और इन सबके बीच तेज लहर-सी थपेड़े लगाती वह आवाज, कर्कश। 'चोंचले देखो...थोबड़े पर भी सौ-सौ झुरियाँ हैं'...रह-रहकर।

एक नहीं, दो नहीं, पिछले कई महीनों से देख रहा है समीर, कितनी ही ऐसी जानलेवा घटनाएँ घट रही हैं जिन्हें रोका जा सकता था। पर रोका नहीं गया। घटनाएँ बढ़ती गई।...जड़ों पर वार होता ही गया। हिल-हिल गया वह भीतर से।

कभी इसी पत्नी ने विशिष्टता का, औरों से अलग होने का अंकुर रोपा था—उसकी अन्तरात्मा में। और आज जब उस जैसे दुनियादारी से दूर, सीधे, सच्चे, इंसान के भीतर वह अंकुर पुष्पित पल्लवित हो चुका है, तो किस प्रकार निर्ममता से जड़ें ही काटने में लगी है वह।

उस पर तुर्रा यह कि वह तो राम जी की गाय ! और ये खलनायक ! बिना वजह उसे परेशान करनेवाले।

काश, कोई समझ पाता घाघ घरेलू की औरतों की बारीक चालबाजियों को, खुद को मसीहा और पति को सिफर महसूसाने की सूक्ष्म सम्प्रेषणीयता को। कुदरत भी कितनी काइयाँ ! देखने में कैसी धोली ! कितनी मृदुल ! अन्दर से कैसी मैली। कितनी काइयाँ !

क्या रहा पत्नी का सारा जीवन दर्शन ! जब तक घर का मुखिया पति रहा, उसकी कमाई आती रही, उसकी आरती उतारी...उसको अपनी मुट्ठी में रखा—और अब जब पति अवकाश प्राप्त है, पुत्रों का वर्चस्व बढ़ रहा है घर में, तो जुट गई है पुत्रों के

प्रशस्ति गान में। जिसकी कमाई, उसका मान। और खुद जुटी है सो जुटी है, चाहती है कि पति भी परिवार के हल में जुत जाए। बैल की तरह। लेकिन जिसने सारी उम्र गुजारी ऑफिस की फाइलों और पुस्तकों में वह कैसे खपा दे अपने को घरेलू कार्यों में ! पर वह समझती है कि बुद्धि का तन्त्र ईश्वर ने उसे ही दिया है। परिवार आज किसी प्रकार संयुक्त है तो सिर्फ उसी के चलते। कुढ़ते जा रहे हैं समीर !

कैसा बारीक जाल बुना है पिछले साल भर में कि उसे तो दो कौड़ी का ही बनाकर रख छोड़ा है। सीधे मुँह बात तक नहीं करती, हर वक्त 'में आई कम इन मैडम' सा माहौल।

यूँ विचारों और भावों में तो कभी समरूपता रही नहीं पत्नी के साथ, लेकिन अपनी शान्त प्रकृति, बड़प्पन एवं उदारता के चलते निभा ले गए। लेकिन अब तो दो कदम साथ चलना मुश्किल।

तारे छिटकने लगे...। चमकते तारे...खुला आसमान उजास-सा भरने लगा भीतर। गहन उदासी का प्रथम संस्करण हट गया। मन कुछ हल्का सा होने लगा। पहली बार महसूसा, तंग फ्लैट किस प्रकार जकड़ देते हैं मस्तिष्क को। कितनी राहत देता है खुलापन। कितनी प्राणशक्ति ! विशालता की अद्‌भुत प्रतीति। ठंडी हवा के झोंके और ठीक सिर के ऊपर फैला अपूर्व विस्तार...चाँद तारों का चँदोवा। क्या जीवन का भी फैलाव इसी प्रकार नहीं किया जा सकता ? एकदम सिकुड़ा सिमटा जीवन, सिर्फ अपने बच्चों और पत्नी तक !

क्यों नहीं ? क्या गृहस्थ के रूप में अपने सभी कर्तव्यों को पूरा नहीं कर चुके हैं वे ?

खुद से ही सवाल और खुद से ही जवाब करते जा रहे हैं समीर।

पर किसने समझा उनके इस सम्पूर्ण आत्मदान को ? पत्नी ? जिसने इस ढलती बेला में जीवन की गरमाहट को बनाए रखने की बजाए किस प्रकार ठंडा कर दिया है उन्हें...किस प्रकार ताव खाती है बात-बात पर। उस दिन शाम को जब सारा घर टी. वी. के टॉप टेन में डूबा था और उनकी उफनती इच्छा बेकाबू हो रही थी। समाचारों को जानने के लिए। वे दिन सी.बी.आई. की सक्रियता के दिन थे। सी. बी. आई. के कुछेक ईमानदार अफसर जनता के सिरमौर बने हुए थे। प्रायः हर सप्ताह किसी नए भ्रष्टाचार का पर्दाफाश होता और भ्रष्टाचार में आपादमस्तक डूबे किसी बड़े राजनेता का नाम नमुदार होता। हुलस-हुलस पड़ता समीर। सृष्टि शेषनाग पर नहीं ऐसे ही ईमानदार लोगों पर टिकी हुई है। उस दिन ही पूर्व प्रधानमन्त्री नरसिंह राव के भ्रष्टाचार के विरुद्ध की गई एक याचिका पर तीस हजारी कोर्ट का निर्णय आनेवाला था। लेकिन-घर-भर में किसी में भी इतनी जागरूकता नहीं थी। देश जाए भाड़ में इन्हें चाहिए टी.वी. के भड़कीले कार्यक्रम और मांसल औरतों का नयन सुख।

और जब बेकाबू हो गया मन और चैनल बदलकर समाचार को लगाया समीर ने, तो कैसे झल्ला पड़े थे सबके सब—'क्या खाक रखा है खबरों में...वे ही बूढ़ी सूरते मरे

भुच्चड़े नेताओं की...इससे तो लाख अच्छा है खिलखिलाते चेहरों को देखा जाए...।

पुत्रों ने तो फिर भी समझने के से लहजे में कहा, लेकिन पत्नी ने तो नोच ही डाला, 'दिन भर से थके माँदे आएँ हैं...देख भर लेने दो घड़ी भर...(जैसे वे उसके रोके रुक जाएँगे।) थकान भी तो उतारना है...न्यूज का क्या है...कौन भागी जा रही है...सुबह ही पढ़ लेना दिन भर तो पड़ा है...।

तीव्र इच्छा हुई थी उस दिन कि प्राविडेंट फंड की राशि में से ही एक छोटा-सा टी.वी. अलग से खरीद लें अपने लिए। लेकिन जानता था समीर, यदि ऐसा कुछ भी किया तो सारा का सारा अर्थशास्त्र और समाजशास्त्र उसी पर झाड़ा जाएगा। कक्षा आठ तक पढ़ी उसकी पत्नी ऐसी-ऐसी दलीलें पेश करेगी...बढ़ते खर्चों का ऐसा रोना रोया जाएगा...परिवार में अलगाववाद को बढ़ावा देने का इल्जाम ऐसी भाषा में मढ़ा जाएगा उसके माथे कि उसके बाद किसी भी इज्जतदार पारिवारिक व्यक्ति के बूते की बात नहीं रह जाएगी, अपने अलग कमरे में बैठकर टी.वी. का आनन्द लेने की। तात्कालीन परिवारिक परिवेश में वैसी बेशर्मी दिखाने की कूबत नहीं थी समीर में।

यही रवैया है अखबार को लेकर भी। आते ही अखबार पहले दोनों पुत्र देखेंगे...क्योंकि उन्हें ऑफिस जाना होता है और उसके जाने के बाद उनके हाथों में आएगा। कभी भूलकर भी ले लेंगे तो पत्नी की लताड़ शुरू को जाएगी, 'सारा दिन तो पड़ा है, घोटते रहना अखबार को...सुबह-सुबह तो दे दो, छुटके बड़के को...।

यानि घर भर के समस्त क्रियाकलाप में युवा बच्चे प्रथम पंक्ति में और वे...उतारे हुए तकिए के गिलाफ से एकदम श्रीहीन ! शरणार्थी से इंच भर ही ऊपर।

यूँ ऊपर-ऊपर से देखने में कैसा आदर्श परिवार ! कितना एकजुट ! लेकिन एक पर्त नीचे ही कैसी वीभत्सता !

सुबह अखबार की लम्बी प्रतीक्षा नहीं झेल पाने के कारण एक बार अपना अखबार अलग खरीद लाए तो कैसी चंडिका बन गई थी...जैसे अलग अखबार नहीं अलग दीवार खड़ी कर दी हो उन्होंने। पंजे निकाल-निकालकर, दाँत पीसते हुए किस प्रकार गुर्राई थी वह, ऐसी भी क्या बेसब्री है। मिलकर चलना तो आता ही नहीं है तुम्हें...दिन भर पलंग ही तो तोड़ना है...घड़ी भर इन्तजार नहीं किया जाता...आज तुम एक चीज अलग लाए कल बच्चे दस चीज अलग लाएँगे तो कैसे चलेगा घर ?'

अपमान से सुलग उठा था वह। कान की लबें जलने लगी। उसी समय छोटी पुत्र वधु गुजरी थी उधर से। दुखी हो गया था मन, साफ देख लिया होगा उसने, पूज्य श्वसुर को लताड़ खाते हुए।

मन हुआ दीवार पर सिर दे मारे अपना। यह औरत तो कहीं का नहीं रख छोड़ेगी उन्हें। यही है अबला नारी ! इसी के लिए कहा गया है...तुम केवल श्रद्धा हो !

क्या नौकरी की आभा खत्म हुई कि आदमी निस्तेज ! जहाँ चाहो फिट करो। जैसा चाहो इस्तेमाल। तभी तो, सुबह उठते न उठते, लाल-लालधारियोंवाला—मटमैला सा थैला पकड़ा देगी बुढ़िया (इन दिनों पत्नी के लिए वे इसी शब्द का इस्तेमाल ज्यादा करते

हैं), 'सब्जी ले आइए...।' मन मारकर सब्जी लाने चल पड़ते। मोल-भाव करना तो जैसे सीखा ही नहीं कभी–और छाँटना बीनना उनके बूते का नहीं। इस कारण रोज ही चिक-चिक होती। बुढ़िया माथे पर हाथ दे मारती–'भिंडी है कि भिंडा, छाँट-छाँटकर नहीं लाया जाता–उम्र निकल गई सब्जी लाना नहीं आया ? मैं ही हूँ जिसने निभा लिया...' अब यह तो राम जाने कि ऐसी रामजी की गाय को उन्होंने कैसे निभाया ? लेकिन फिलहाल तो जो आपातकालीन स्थिति आ गया है जीवन में, उससे कैसे निपटा जाए ?

कौन समझेगा उनके मनस्ताप को ? बुढ़िया ने अपने जीवन को एकदम सुरक्षित घेरे में बाँध लिया हैं। घर की व्यवस्था को अधिक से अधिक पुत्रों की सुविधा के अनुसार ढालना, जितना हुआ काम लिया और बाकी समय हरिभजन को। इहलोक भी व्यवस्थित और परलोक का भी इन्तजाम। खुद के जीवन में कोई छटपटाहट नहीं, बेचैनी नहीं, तो क्या समझेगी दूसरों की छटपटाहट।

घर के नौकर तक में जैसे यह चेतना एकाएक जाग गई है कि किस कार्य को प्रमुखता देनी है। सुबह उठते ही दोनों पुत्रों की सेवा में चुस्त कमाँडो सा मुस्तैद हो जाएगा...। उस दिन समीर ने बाजार से पान लाने को कह दिया तो किस प्रकार झटका दिए हाथ दोनों...पहले दोनों बाबुओं को निकल जाने दीजिए...हाथ खाली हो तो जाऊँ...।

वक्त-वक्त की बात। वही अर्जुन वही बाण ! नौकरी थी तो सब कुछ कितना व्यवस्थित था। सुबह उठते ही अखबार, चाय...नहा-धोकर आते न आते खाना हाजिर। और अब जब तक दोनों बाबू निकल नहीं जाते उन्हें कोई चाय का कप नहीं पकड़ाता, जबकि भली-भाँति पता है पत्नी को...चाय की कितनी तलब होती है उन्हें।

आज कल पत्नी-अध्ययन दिन भर चलता रहता है समीर का।

जीवन सन्ध्या में अपमान की एक ऐसी ही घटना ने उनके एक मित्र की जीवन धारा ही बदल दी थी। विधुर थे। लेकिन परिवार भरा-पुरा। समृद्ध। पुत्र आज्ञाकारी। पुत्रवधू सुबह शाम बिना नागा चरण स्पर्श करनेवाली। धीमे-धीमे बोलती–धीमे-धीमे चलती और रूपवती ऐसी कि जिधर जाए उजास फूट पड़े। ऐसी पुत्र-वधू को हीरे-मोती से जड़ देने की तमन्ना में मित्र ने उस साल स्टॉफ का बोनस आधा कर दिया था जिससे अधिक से अधिक वैभवशाली ढंग से शादी सम्पन्न की जा सके।

एक दिन दोपहर को खाना खाने बैठे। तबीयत भारी-भारी सी लगी, तो पुत्रवधू से पूछा कि दही है क्या, जरा मीठी लस्सी बना दे। मीठे स्वर में जवाब दिया लाड़ी जी ने कि दही तो उस दिन जमाया ही नहीं। श्वसुर कुल्ली करके उठ गए। तबीयत नरम-सी थी, इस कारण बाहर नहीं निकलकर अपने कमरे में ही लेटे रहे। सबको खिला-पिलाकर पुत्रवधू अपने कमरे में।

करीब घंटे-डेढ़ घंटे बाद पोता, कहानी सुनने के लालच में उनके कमरे में आया। बड़े प्यार से गोद में बिठाया पोते को। उसकी कमीज पर दही के छींटे देखकर माथा

ठनका। घुमाने के बहाने ले गए और ढेर सारे खिलौने और फाइव स्टार चॉकलेट के बीच पूछा, 'बता आज क्या-क्या खाया।'

'ठंडा दही और दाल-भात...।'

सुनते ही मन पर फफोले पड़ गए। एक हूक-सी उठी लहूलुहान करती। कैसी सुन्दर काया। और कैसा तंग दिल मन। यही है जिसे जीवन की सारी अर्जित पूँजी थमा दी। वही एक कटोरे दही के लिए सरासर झूठ बोल गई। वह भी श्वसुर की अस्वस्थता की हालत में।

मित्र फिर घर नहीं लौटे। जीवन सन्ध्या में सात्विक भाव उदित हुए...निस्संग मन वीतरागी हो गया। गनीमत थी कि अभी भी ढेर शेयर उनके नाम थे। अपने नाम बचा सारा रुपया इकट्ठा किया और उसे एक ट्रस्ट के हाथों सौंप, नीड़ से उड़ चले—अनन्त से आकाश में पहली उडान भरने के लिए।

बाद में घूमते-घूमते वे आदिवासियों के उत्थान के लिए समर्पित संस्था आदिवासी कल्याण आश्रम से जुड़ गए। उन्हीं मित्र ने एक बार समीर को चिट्ठी में लिखा था—'न अल्पे सुखम् अस्ति' (अल्प में सुख नहीं है) निजता की परिधि फैलाओ। जब से मैंने अपनी निजात की परिधि फैलाई है, स्वयं को ब्रह्माड से जोड़ा, विराट से जोड़ा, प्रकाश ही प्रकाश है मेरे चतुर्दिक। यहाँ आदिवासियों के बीच काम करते हुए मैंने यही सत्यान्वेषण किया है कि जब तक जीवन संकुचित रहेगा, कोई बड़ी खुशी हासिल नहीं होगी। जिस दिन से परिवार के बन्धन से बाहर छिटककर अपने जीवन की डोंगी को तालाब के सीमित घेरे से निकालकर अथाह सागर में ले गया हूँ...परम आनन्द की अवस्था में हूँ। मन का संसार जगमगा रहा हैं ! कितनी खुशी ! कैसा आनन्द ! आलोक ही आलोक !

और अन्त में आह्वान करते हुए ही मित्र ने उसे लिखा था। 'यदि जीवन कभी निराश करे...या अपनों से मोह भंग हो तो मेरे पास चले आना, यहाँ आकर कदाचित् तुम भी उसी शान्ति को अनुभव करों जिसे ईश्वर कहते हैं।

पत्र आज से करीब दो वर्ष पूर्व आया था। वे व्यस्तता से भरे अफसरी के दिन थे। उस समय भी प्रभावित हुए थे वे मित्र की बदलती जीवनधारा से...। जीवन क्या है ? सार्थकता क्या है ? स्वयं को विराट से जोड़ना क्या है ? जैसे प्रश्न उनके अन्तर में भी खदबदाए थे कुछ दिन। पर उनका प्रभाव अल्पकालीन था। शीघ्र ही वे जीवन की व्यस्तता में डूब गए थे और जीवन की खोज जिस बिन्दु से शुरू हुई थी, वहीं खत्म भी।

और बाद के भागते दिनों में तो वे इस पत्र को बिल्कुल ही भूल गए थे। वहीं घोड़ा वही मैदान !

तो फिर आज ही क्यों मन के किसी कोने में पड़ा वह पत्र एकाएक फड़फड़ाया ? स्मृति में कौंधा ? क्या कल सन्ध्या में हुई घटना के चलते।

अपने अन्दर की बावड़ी मे गहरे उतर आएँ हैं समीर। छोटी-सी घटना। ऊपर से

कितनी साधारण। पर अन्दर ही अन्दर किस प्रकार सुलगा गई उसे। पोर-पोर में उपद्रव मचाती सी। मित्र की पुत्री की शादी। मित्र श्यामसुन्दर का आग्रह भरा सपरिवार आमन्त्रण।

पिछले करीब डेढ़ साल से, जबसे अवकाश प्राप्त किया, समीर स्वयं शादी ब्याह, पार्टियों से विमुख होते चले गए थे। दिन भर पुस्तक, समाचार पत्र, सुबह-शाम टहलना ही प्रमुख दिनचर्या और थोड़ा बहुत घरेलू कार्यों में सहयोग। घरवालों ने भी उनकी इस विमुखता का कुछ ज्यादा ही स्वागत किया...उम्र है हरिभजन की न कि मौजमस्ती की। लेकिन इस प्रकार एकदम ही नहीं निकलने के कारण एक प्रकार का खालीपन उतर आया था जीवन में। इस निमन्त्रण को पा समूह में होने की आदिम इच्छा जोर मारने लगी। घरवाले अपने कार्यक्रम बनाने लगे। समीर से पूछने का सवाल ही नहीं था। आखिर दबी जबान से समीर ने ही पत्नी के समक्ष इच्छा जाहिर की। सुनकर पत्नी की भौहें कपाल तक चढ़ गई। अचानक यह परिवर्तन ! अच्छे भले घर में रहते हैं तो घर भी सँभला रहता है और घरवाले भी निश्चिन्त। आनन्द में मग्न। अब यदि ये भी चलने लगे तो पीछे से एक के बाद एक कभी दूधवाला, कभी धोबी, कभी बर्तनवाली तो कभी कौन ? पत्नी का अलग बहनापा श्यामसुन्दर की पत्नी से। पिछले वर्ष बड़े पुत्र की ससुराल से नई फैशन की साड़ी पौत्र जन्म के अवसर पर मिली थी। आज तक उसे पहनने का मौका जोहते आँख पथरा गई थीं।...मुश्किल से मौका मिला तो समीर को कहाँ से शौक चर्रा गया। सुनते ही एक बार तो झल्ला गई। फिर दुनियादारी से काम लिया—इस मँहगाई में सबका जाना नहीं शोभता। फिर भी समीर नहीं समझे तो टन्नायी, 'जाओ मेरी बला से, तुम्हारे भले के लिए कहती हूँ...।'

समीर ने ठान लिया था इस शादी में वे जरूर शरीक होंगे। मित्र की पुत्री को जन्म से देखते आएँ थे, उसे वधू रूप में देखने की इच्छा का संवरण नहीं कर पा रहे थे। पत्नी के ऊपर भी आक्रोश भरपूर था। यदि मँहगाई के जमाने का इतना ही ख्याल है तो पुत्र-पुत्रवधू को क्यों नहीं टोक देती ? क्या साठ वर्ष के बाद जीवेषणा एकदम ही मर जाती है ? और क्यूँ न जाए ? उनके दोस्त के यहाँ शादी है। सम्बन्धों का आधार उनका अपना खड़ा किया हुआ है। बाद में उसका विस्तर दूसरी पीढ़ी तक हुआ है।

मन मारकर समीर की पत्नी को घर में रहने के लिए तैयार होना पड़ा। गुस्सा प्रतिपल बढ़ता जा रहा था...कहीं यही उसकी नियति न बन जाए, सब कोई करे मौजमस्ती और वह करे चौकीदारी। यूँ जिन्दगी में शायद पहली बार ही ऐसी नौबत आई थी...लेकिन शंकालु मन...बुरा पहले सोचता है।

सो दिमाग की उस बिगड़ी हालत में, जब स्नायुतन्त्र भी उसका पूरी तरह साथ नहीं दे रहे थे, समीर ने पति के अधिकार का उपयोग करते हुए जब कह दिया, शादी में जाने के लिए मेरे कुर्ता पायजामा में इस्त्री करवा दो...तो बुरी तरह घाव खा गई। एक तो इतनी गुस्ताखी...मना करने के बावजूद जाने की, ऊपर से आदेश देने की

हिमाकत। खौलती आवाज में, पंजे निकाल निकाल, गुर्राती, नथुने फुलाती दहाड़ने लगी, चोंचले देखो राजाजी के, ये मुँह और मसूर की दाल। थोबड़े पर भी तो सौ-सौ झुर्रियाँ हैं...जरा सी सिलवट कुर्ते में है तो भी क्या...कौन छोकरे हो...?

छन ! छन ! छनाक ! मनका-मनका बिखर गया समीर। हृदय की पॉखुरी पाँखुरी भीग गई अपमान की तीव्र वेदना से। दिमाग के परखचे उड़ गए। यह औरत है या तेजाब ? बोलती है कि डंक मारती है ? समीर जैसे सीधे-सादे, सादगीपूर्ण शान्त व्यक्ति पर भी उम्र के इस पड़ाव पर रख-रखाव को लेकर ऐसा आक्षेप ! वह भी बहू-बेटों के सामने !अपमान से कान की लवें जलने लगी...निःशब्द अवाक्, ध्वस्त, खंडित, लज्जित एवं विदीर्ण से खड़े रहे। कुछ बोलता तक नहीं बना। देखते रहे—गुमसुम। खड़े खड़े पत्नी भड़भड़ाती, हाथ झटकारती ,फड़फड़ाती चली गई। पर वे खड़े रहे—उसी...जगह उसी बिन्दु पर...आज निर्णय ले ही लेना है...। घिस-घिस जिन्दगी या...। पर उस 'या' से आगे सोच नहीं पाए।

सोचा तो भी सारा सोच फिर पत्नी की ओर ही मुड़ गया। पुत्रों से बोलती है तो आवाज कैसी धिनकती है मृदंग-सी। शायद बुढ़ापे की असुरक्षा। नारी मन युवावस्था में पति और ढलती उम्र में पुत्रों के करीब ज्यादा सन्तोष पाता है।

नहीं चाहते हुए भी मन फिर पत्नी की दिशा की ओर दौड़ गया...चेहरे पर भी तो सौ-सौ झुर्रियाँ हैं...कितनी दूर तक पीछा करेगी यह आवाज। कभी मुक्त हो पाएँगे इस दंश से।

आँखें मूँद ली समीर ने। भीतर फैलने लगा विस्तार। अनिर्णय एवं द्वन्द्व के बादल छँटने लगे। मित्र के उस पत्र की कुछ पँक्तियाँ...आलोक ही आलोक चारों ओर, फिर मस्तिष्क में गूँजने लगा। सुकून देता, आह्वान करता। एक निर्णय आकार-सा लेने लगा भीतर।

निमित्त मात्र के लिए मन फिर झिझका...लेकिन फिर जैसे इतनी ही बुलन्दी से भीतर से ही कोई आवाज आई। 'रुकना नहीं...।' इन्द्रियाँ सब उसी दिशा में दौड़ने लगी। अर्द्धरात्रि की उस नीरव एवं गहन सात्विक शान्ति में एकाएक तीव्र इच्छा हुई कि मित्र के उस पत्र से फिर गुजरा जाए...पता ठिकाना भी ध्यान कर लिया जाए। समय देखा एक बजकर आठ मिनट। कुछ क्षण अनिश्चय में सरके—इस कोठरीनुमा कमरे में जाकर अलमारी खोलना, मतलब पत्नी को फिर परेशान करना, लेकिन इच्छा का उबाल अदम्य था—लिहाजा दबे पाँव पहुँच गए कोठरी में। बत्ती जलाई तो देखा ठंड में सिकुड़ी हुई पत्नी गठरी की तरह एक तरफ पड़ी है। और कोई दिन होता तो उदासीन से चल देते, लेकिन आज उस क्षण, उस मुहूर्त में मन में एक विराट भाव जन्म ले चुका था, दुर्भावनाएँ बह गई थी। गठरी की तरह सोती पत्नी के सिर पर तकिया लगाया। पास पड़ी चादर उसे ओढ़ाई...सिर पर हाथ फेरा और वापस छत पर आकर लेट गए... आनेवाली उस सुबह की इन्तजार में जहाँ उन्हें अनन्त में पहली उन्मुक्त उड़ान भरनी थी।

आसमान कितनी दूर

आँखों में ढेर सारी उम्मीद सँजोए, डरे-दबे स्वरों में जब तीसरी बार भी यही पूछा मंदा ने, पलंग के लिए क्या सोचा है ? तो कुछ पल झुँझलायी खामोशी से देखते रहे भैरोसिंह उसे...टोहते, टटोलते। सरल हृदय पत्नी के चेहरे पर उभर आएँ ललचाए भावों को पढ़ डाला था उन्होंने...इबारत की ही तरह और ताड़ गए कि पत्नी नहीं चाहती है किसी भी हालत में पलंग को हाथ से निकालना। दो-तीन पल और सरके। उधेड...बुन...में रहे---सिर को एक झटका दिया...बुद्धि ने चेताया...सावधान ! पिघले कि लगी चार-पाँच हजार की चपत ! गृहस्थी यूँ नहीं चलती, कड़क चाहिए। सो चेहरे को कठोर बनाते हुए धोती की लाँग से आँखों के चश्में को पोंछते हुए रूखे-रूखे स्वरों में कहने लगे, "कितनी बार तो कह दिया, इसे वापस भिजवा दो मंगला के यहाँ। पर तुम हो कि कुछ समझती ही नहीं, बढ़ती उम्र के साथ क्या समझ को भी जंग लग जाती है...।"

आसपास बैठे एक दो रिश्तेदार हें-हें की मुद्रा में हँस दिए थे।

लज्जित हो मंदा दूसरी और देखने लगी। उम्मीद से दिपदिपाता चेहरा बुझ गया था।

घड़ी भर के लिए मन हुआ कहे, कितने आग्रह से भेजा है बेटी ने यह पलंग... इस प्रकार वापस लौटाने से कितना बुरा मान जाएगी वह...। लेकिन एक तो पति की बेरूखी और दूसरा आस-पास मेहमानों का छोटा-मोटा जमावड़ा, सो चुप्पी की खोल ओढ़ ली।

यह वह क्षण था जिसमें उसका सारा सोच, सारा धैर्य, सारी प्रज्ञा...सारा गृहस्थ धर्म उसके साथ था। अभी कल ही घर में उसकी दूसरी पुत्री जमना की शादी सम्पन्न हो चुकी थी...दो तीन मेहमान अभी भी थे। क्या सोचेंगे इस प्रकार बाता-बाती होती देख सोचकर मंदा ने खुश खुश दिखने की एक कपट भरी चेष्टा की और साड़ी के आँचल से ललाट का पसीना पोंछती हुई फुर्ती से यूँ काम में जुट गई गोया कुछ समय पूर्व कोई मन मसोसनेवाला प्रसंग हुआ ही न हो दोनों के बीच।

लेकिन जितनी फुर्ती से हाथ चलते रहे उससे कई गुना द्रुत गति से मन छलाँग लगाने लगा वर्तमान की मुँडेर से दूर बहुत दूर।

उसके सामने तिरने लगा था...नलहटी उसका मैका। पश्चिम बंगाल जिला वीरभूम का एक अच्छा सा गाँव।

कैसे मुलायम-मुलायम से दिन थे वे बिल्ली के रोंएं से। गाँव में विशेष पढ़ाई थी

नहीं और पढ़ाई में विशेष मन भी नहीं रमता था। बस किसी तरह खींच-तान कर सात जमात तक पढ़ी थी फिर गृहस्थी की चक्की में जुटा दी गई। लेकिन उससे भी कोई तकलीफ नहीं थी उसे। आस-पास प्राणों से भरी जिन्दादिल सखियों का सुखद जमावड़ा। रस में पगी उनकी बातें। मनभावन। खुलते जीघन की रागात्मक बतकहियाँ। यौवन की रहस्यमयता...।

कितना सुखद लगता था तब खोए-खोए रहना यौवन के सपनों में।

जिन युवतियों में प्रखर बौद्धिक चेतना नहीं होती और यथार्थ के कटु अनुभवों से भी जिनका जीवन अछूता सा रहता है, कच्चे यौवन में उन किशोरियों के लिए शनैः-शनैः खुलते जीवन का सिर्फ एक ही अदम्य आकर्षक रहता है, यौवन के लुभावने सपने।

कुछ-कुछ ऐसा ही था मंदा के साथ भी। अपने सोलह वर्षीय जीवन का प्रथम चलचित्र भी तभी देखा था उसने। और कुछ तो विशेष याद नहीं, आज। समय की गर्दिश में धुँधला गया सब कुछ। लेकिन एक दृश्य जाने कैसे सुरक्षित रह गया मन के किसी कोने में, इस कदर कि आज भी उतना ही ताजादम है। हरा-भरा समय की गर्दिश से मुक्त। ऊपर।

आज जब कच्चे यौवन की सभी स्वप्निल कल्पनाएँ गृहस्थी के प्रखर यथार्थ में अपने ठिकाने लगी। उम्र का वह तूफानी दौर भी किसी प्रकार कटा। कोमल अनुरागी मन पहले समझदार बना, फिर दुनियादार और फिर दार्शनिक। जिन्दगी ने सभी हिसाब-किताब बराबर किए तो फिर जब-तब वही एक दृश्य क्यों उसकी आँखों में झिलमिला जाता है...एक खूबसूरत कलात्मक पलंग, बटालियों की कलात्मकता से सुसज्जित--उस पर बिछी एक चादर, रेशमी...और उस पर चोंच भिड़ाते प्रणयीद्वय।

उस जी-जुड़ावन मन-भावन दृश्य को हर दिन, हर रात देखा था उसकी भोली आँखों ने।

और अन्ततः जब आई वह मधु चन्द्रिका की चिर प्रतीक्षित मिलन यामिनी...तो भौंचक्की-सी रह गई थी वह। दीदे फाड़कर देखे जा रही थी वह उस छह बाई आठ के कोठरी नुमा कमरे को। न कहीं चाँदनी और न कोई सेज। जमीन पर बिछे दो पतले, मरियल से गद्दे अैर उस पर कड़े-कड़े बिना गिलाफ के मैली घारियों से युक्त दो तकिए। चिकने। चिकट। किसी भी प्रकार स्वयं विश्वास ही नहीं दिला पा रही थी वह कि आज उसी की सुहागरात है। सुनहरे सपनों का फिफ्टी परसेन्ट तो भरभरा कर गिर गया था उसी क्षण और बाकी फिफ्टी परसेन्ट ने जिन्दगी को नापा था, काफी दूर तक। सुहागरात के अगले दिन ही जैसे समझदारी ने छलाँग लगाकर उम्र से दस बीस वर्ष आगे की भी दूरी तय कर ली थी। कहाँ तितली पकड़ने की उम्र और कहा भरपूर परिवार का जबर्दस्त खटराग। ब्रह्म मुहूर्त से रात्रि दस बजे तक दम मारने की फुर्सत नहीं और उस पर भी चेहरे पर शिकन तक नहीं...शिकायत के लफ्ज तक नहीं होंठों पर...।

लेकिन कठोर दिनचर्या में जब भी दो-चार पल मिलते खाली, भीतर का खालीपन एक कसक-सी जगा देता मंदा में।

पति बुरे नहीं थे। लेकिन ठीक जिसे कहते हैं मन के तारों का जुड़ना वैसा...कहाँ कुछ था। कुछ भी तो नहीं। साथ-साथ चाय पीना...हाथों में हाथ डाले चुप-चुप डोलना, दुकान जाते वक्त आँखें जुड़ाते रसीले चितवन से पति को टा-टा करना...मन का सभी कुछ तो रह गया था मन ही में। पति मिले लेकिन वह कोना नहीं जहाँ अपना सब कुछ उँडेल कर हल्का हुआ जा सके। किसी से बँधे हुए होने की प्रतीति ही महसूसी जा सके। कहाँ तो सोचा था, अपना सबसे अच्छा उन्हें ही देगी और बचा हुआ सबको। लेकिन जिसे कोई जरूरत ही न हो उसे...दे भी क्या ? कैसे ? किस कोने से ?

कस्बई मानसिकता में पले बढ़े भैरोसिंह। ढीले-ढाले। शान्त। सुस्त। शुष्क। कर्तव्यपरायण किन्तु साथ ही सब कुछ राम भरोसे छोड़ निश्चिन्त। जो मिल गया उसी में परम सन्तुष्ट। बस्ती में मस्ती खोजनेवाले। सीमित आय के साधन और उससे भी अधिक सीमित आकांक्षाएँ। व्यर्थ की भागमभाग, जद्दोजहद से दूर—कोसों दूर।

खैर...परिवार था। पति थे। बच्चे भी हो गए थे। श्रम की मदभरी मौज भी थी। इस कारण रेंगता-सा ही सही, पर जीवन गुजर रहा था। दिन निकलते गउ। महीनों गुजर गए। वर्ष बीते, लेकिन जीने का अहसास सिर्फ उन्हीं चन्द क्षणों में होता जब भूली-बिसरी किसी सहेली की चिट्ठी आ जाती या मैके से ही कोई भावभीना पत्र मिल जाता। लेकिन इस सब परेशानियों और व्यस्तताओं के बीच भी सुदूर वयः सन्धि में देखा यौवन का वह प्रथम सपना जब तब घने मेघों के बीच विद्युत बन उसकी वीतरागी आँखों में कौंध जाता...एक खूबसूरत डबल बैडवाला पलंग और उस पर बिछी चादर। रेशमी।

शादी के चार-पाँच साल बाद एक बार जबर्दस्त हिम्मत करके योजना भी बनाई थी उसने पलंग खरीदने की। पैसों की किल्लत तो थी ही। शादी में मिली एकमात्र गले की सोने की सवा भर की चैन को बेचने का मन भी बना लिया था। लेकिन छह बाई आठ फीट के उस कोठरीनुमा कमरे में पलंग समाए भी तो कैसे ?

धीरे-धीरे बच्चों के बढ़ते खर्च, घर में बीमारी, फीस, दवा, राशन एवं दूध के गणित में ही सारी आमदनी समा गई थी। पलंग के लिए सोचना खुद को ही बेमानी सा लगने लगा था। लेकिन मन में गड़ी अतृप्त लालसा की वह कील जब तब टीसती रहती। जब कभी देखती अपनी किसी समव्यस्का को पलंग-शयन का आनन्द लेते मन ईर्ष्या के तुच्छ भावों से घिर जाता।

शादी के पन्द्रह सालों बाद जब सास की पार्थिव देह पंच तत्वों में विलीन हुई तो उनका कमरा भी मंदा के अधिकार में आ गया। परम खुश हुई थी वह उस दिन, पलंग को लाने में अब कम से कम कोई व्यवहारिक कठिनाई नहीं थी। जी-जान से एक-एक पाई कर बचाई गई जमा पूँजी का जोड़ लगाया तो आशा फिर बलबती होने लगी, तीन हजार से कुछ ही कम थे। फर्नीचर की दुकान में पलंग भी देख आई थी। थोड़ा इधर-उधर करके पलंग लाया जा सकता था। फिलहाल इन्हीं गद्दों से काम चलाया जाय। नया गद्दा—कुछ...महीनों बाद उसके बारे में सोचा जाएगा।

पति से इस सन्दर्भ में आशा करना दुराशा था। यह बात नहीं कि उन्हें पलंग पर

सोने से परहेज था। गर्मी के दिनों में प्रायः ही जब चींटी या कीड़े-मकोड़े चढ़ जाते बिस्तर पर तो झल्ला पड़ते थे, कितनी बार कहा, पोंछा सफाई से लगाया करो...खाने की खुशबू पाकर चींटियाँ दौड़ी चली आती है, नहीं हो तो बीच-बीच में फिनाइल का पोंछा ही लगा दिया करो...। लेकिन पलंग पर सोने के लिए जो जहमत उठानी पड़ती उससे गुजरने की कूबत नहीं थी उनमें। संयुक्त परिवार...सबके समक्ष जवाबदेही।

लगभग सारी बातें ही तय कर ली थी दुकानदार से उसने। अपनी जिन्दगी का पहला इतना भारी सौदा अपने बलबूते पर करने जा रही थी वह। अकेले इतने सारे रूपये एक साथ ले जाने की हिम्मत नहीं हो रही थी...कि शाम को मैके से ऐसा दु:संवाद आया कि पलंग खरीदने का सारा नशा ही हिरण हो गया था उसका।

चिट्ठी कदाचित पिता के काँपते हाथों द्वारा ही लिखी गई थी। क्योंकि अक्षर बहुत ही कटे-पिटे एवं अव्यवस्थित थे। सूचना थी, मृत्यु शैय्या पर पड़ी माँ के प्राण बेटी में अटके हैं, पत्र देखते ही चली आओ।

चिट्ठी पढ़ते ही प्राणों तक को व्यापनेवाली एक ऐसी मर्मान्तक रूलाई फूटी अन्तस से कि सन्न रह गए थे भैरोसिंह भी। अन्याय की भी एक हद होती है। शादी के बाद सिर्फ एक बार ही पत्नी को मैके ले जा पाए थे...पिछले पन्द्रह वर्षों से पत्नी गुहार लगाती रही लेकिन घर गृहस्थी के पचड़ों में कुछ इस कदर जकड़े कि निकलना ही नहीं हुआ।

कहाँ नलहट्टी और कहाँ जोबनेर (राजस्थान)। तीन-तीन बार ट्रेन और दो बार बस बदलकर जाने का रास्ता। शुरू के दो-तीन वर्ष तो भैरोसिंह के बीमार पिता की सेवा सुश्रुषा में ही निकल गए फिर उनकी मृत्यु के कारण निकलना नहीं हुआ फिर बच्चे हो गए। घर के सबसे ज्येष्ठ पुत्र-वधू। अच्छा खासा खटराग, भरे-पूरे परिवार का। तीन-तीन बच्चों को लेकर तीन दिन के लम्बे रास्ते पर अकेले निकले तो कैसे और छोड़कर जाए तो जाए किसके भरोसे ? सास वृद्धा। अशक्त। दस वर्ष यूँ ही गुजर गए और जब बच्चे बड़े हुए तो सास ने खटिया पकड़ ली। पूरे पाँच साल उनकी देखभाल में निकल गए और अब सास के कर्म से मुक्त होते न होते चिट्ठी आ गई थी।

कलप उठी थी मंदा, पिता के काँपते हाथों की लिखावट देखकर। कहाँ मोतियों से जमे हुए अक्षर और कहाँ इस प्रकार कटे-छटे हरूफ। कितना समय गुजर गया—कोई इस प्रकार भी बिसराता है जन्मदाताओं को !

भैरोसिंह से भी आने की प्रार्थना की थी श्वसुर ने, नातियों को भी देखना चाहा था। एक साथ इतना खर्चा, इसी चिन्ता में उद्विग्न से बैठे थे भैरोसिंह ! दुकान में बिक्री एकदम ही मन्दी रही थी इस साल। घर में साबुन बनाकर घर-घर बेचते भैरोसिंह। पिछली दो-तीन पीढ़ियों से यही खानदानी धन्धा चला आ रहा था। बहुत ठाट-बाट न सही, लेकिन फाके की नौबत भी नहीं आई थी कभी।

लेकिन पिछले डेढ़-दो सालों से बिक्री दिन पर दिन एकदम ही मन्दी पड़ती जा रही थी। बड़ी-बड़ी कम्पनियों के साबुन ही लोगों को अधिक रिझाने लगे थे। भैरोसिंह के हाथों के बने साबुन की कद्र दिन पर दिन घटती ही जा रही थी। बहुराष्ट्रीय कम्पनियों

के दानवी पंजों ने गाँवों को भी अपनी गिरफ्त में ले लिया था। बिक्री को इस कदर सिकुड़ते देख अन्दर ही अन्दर कुढ़ते रहते थे भैरोसिंह। कुछ दिन पहले, जब से किसी अखबार में पढ़ा कि भारत के दो लाख तीस हजार गाँवों में कोका कोला पहुँच गया लेकिन बिजली नहीं पहुँची, तभी से एक अजीब तरह की असुरक्षा की भावना अन्दर ही अन्दर पंख फड़फड़ाया करती। आगे कैसे चलेगा...जैसी शंकाएँ सर्पदंश सा डसती रहती।

मंदा अलग अधीर हो रही थी। एक दिन की भी मोहलत नहीं देना चाह रही थी। एकाएक इतने रुपयों का इन्तजाम कैसे हो...सोच में डूबे बैठे थे भैरोसिंह...खामोश, मौन।

लेकिन उन्हें इस प्रकार हाथ पर हाथ धरे बैठे देख, गुस्से में उफन पड़ी थी मंदा। ब्लडप्रेशर हाई होता जा रहा था उसका। माँ चली जाएगी...और ये खर्चे को ही झींकते रहेंगे। फड़फड़ाते उठी और अपने पन्द्रह सालों की संचित पूँजी को लाकर पटक दिया, भैरोसिंह के सम्मुख...जैसे भी हो। मुझे सुबह की गाड़ी से जाना है।

रुपये हाथ में आते ही पूरी निष्ठा के साथ काम में जुट गए थे भैरोसिंह, मंदा और मंगला निकल पड़े थे और उसके साथ ही दम तोड़ चुका था, एक नायाब पलंग खरीदने का मंदा का वह झिलमिलाता सपना। और उसका विशेष मलाल भी नहीं था मंदा को, माँ-बाप से मिल ली, जीवन की सूखती जड़ें जैसे फिर से सिंचित हो गई थी।

आज भी याद कर नम हो जाती हैं आँखें। किस कदर मिलते ही, बाँध टूटी नदी-सी बह चली थी आँखें, माँ-बेटी की। घंटे भर तक तो रुदन का आवेग ही नहीं थमा था। कुछ देर धीमा पड़ती और फिर दूने वेग से रो पड़ती दोनों। माँ के चेहरे की सूखी लटकी खाल काँप-काँप उठती थी रह रहकर। माँ-बेटी को इस प्रकार बिसुरते देख, आस-पास बैठे सभी की आँखें भर आई थी। किस कदर मसोसकर, काटकर रख देती है जिन्दगी। पिछले पन्द्रह-सोलह बर्षों में बेटी के शरीर का आकार दुगुना हो गया था और माँ का लगभग आधा। कैसे वेदना भरे स्वरो में कहा था माँ ने, यदि सड़क पर मिल जाती तो तुझे पहचान भी न पाती बेटी। काहे को इतना दूर बियाहा री...चाहकर भी बोल नहीं पाई थी वह। गला जैसे अवरूद्ध हो गया था। भींचे हुए गले से बस हिचकियाँ निकलती रही।

बाद के वर्षो को जैसे पूरी तरह पुत्रियों के नाम ही कर दिया था जिन्दगी ने। पहले बड़ी पुत्री का ब्याह रचाया। ईश्वर कृपा से काफी सम्पन्न घर मिला था उसे। और उसके चार वर्ष बाद आज दूसरी पुत्री की भी विदाई सम्पन्न हुई।

और इकलौते पुत्र की सगाई का भी नेग आज सम्पन्न हो चुका। अगले सप्ताह उसी की शादी की तैयारी में व्यस्त है मंदा और भैरोसिंह। और इसी प्रकार जीवन की इन भारी भरकम जिम्मेदारियों को निभाने की अथक चेष्टा में ही जीवन गुजर रहा था। इन वर्षो कभी भूलकर भी खुद के लिए सोचने का मौका ही नहीं मिला था मंदा को।...कि अचानक उसकी ज्येष्ठ पुत्री मंगला ने अपनी शादी के चार वर्ष बाद एक खूबसूरत पलंग का उपहार देकर मंदा के ठहरे शान्त जीवन में कामना का कंकड़ फेंककर

फिर से हिलोरें पैदा कर दी थी।

सुसज्जित पलंग को देखकर आँखों में बसन्त झलक आया था मंदा के। कैसी मिठास और पुलक से भरे थे वे क्षण जब मंगला ने कहा था, मुझे पता है माँ, पलंग के लिए तुम्हारी जबरदस्त साध। मेरी शादी के बाद पहली बात भी तुमने यही पूछी थी मेरे कमरे में पलंग बिछा था या नहीं। मेरी तरफ से यह तुच्छ सी भेंट स्वीकार कर लेना ! मना कर मेरा दिल नहीं तोड़ना...। लेकिन इस प्रकार पुत्री की सौगात स्वीकार करना भी उसके गँवई संस्कार में नहीं था।

मंदा चाहती थी एक बार पलंग रखवा लिया जाए, बाद में धीरे-धीरे उसका मूल्य चुका दिया जाएगा...जहाँ ईश्वर की कृपा से इतने खर्च निपटे यह भी निपट जाएगा।

लेकिन भैरोसिंह की मानसिकता इतनी महत्वाकांक्षी नहीं थी। खर्चा बढ़ाकर देने की चिन्ता में दुबला होना उनके अनुशासित मन को स्वीकार नहीं था। यह तो कर्जा लेकर घी पीने की सी बात हुई। पत्नी के सुझाव को एक बार में ही काट दिया...खारिज।

भैरोसिंह के तर्क एवं युक्तियों को सुनती गई मंदा एक-एक करके। जिन्दगी भर किफायत की ढ़पली बजानेवाले पति से और उम्मीद ही क्या कर सकती थी। अपनी एकमात्र सोने की साँकल की आज उसे जबर्दस्त याद आ रही थी। बची खुची पूँजी बाकी दोनों विवाह में स्वाहा हो चुकी थी। जब गाँठ में माल हो तो जोर भी रहता है जुबान में। लेकिन अब तो सिवाय भैरोसिंह की बात मान लेने के सिवाय कोई चारा भी न था मंदा के पास। दबी-दुबी जुबान से पुत्री का मन रख लेने की बात समझाई भी उसने। लेकिन ऐसी कोरी भावुकता से बहुत ऊपर उठ चुके थे भैरोसिंह। लिहाजा पलंग वापस भेजा जा चुका था मंगला के यहाँ।

पलंग का आना और फिर लौटाया जाना कुछ-कुछ दार्शनिक सा बना गया था मंदा को। और इसी दार्शनिक मानसिकता के बीच, व्यस्तताओं के मध्य बीता था उसका पूरा सप्ताह। पुत्र की शादी। बारात। नव-वधू का आगमन। मेहमानों का जमावड़ा।

और अब सभी सांसारिक कर्तव्यों से मुक्त होकर चौक में बैटे थे भैरोसिंह और मंदा। पास-पास। दो-दो शादियों के एक साथ पड़ जाने से आठ-दस हजार का कर्जा हो गया था भैरोसिंह के उपर। इसी चिन्ता में थोड़े उखड़े-उखड़े एवं उदास से बैठे थे और दाँतों में फँसे सौंफ के तिनके को निकालने की चेष्टा कर रहे थे। पास में ही बैठी मंदा टीन के बक्से से पुराने कपड़ों को निकालकर उसमें नव-वधू के नए कपड़ों को भर रही थी।...कि तभी कुछ हल्ला-सा हुआ...सावधानी से...बचा के...आहिस्ता से...शब्द कानों से टकराए। शायद लड़के के ससुराल से कोई आए हों...सोचते हुए बाहर के दरवाजे तक आएँ तो मुँह बिगड़ गया, तीन-चार मुठिया उसी पलंग को लिए आ रहे थे।

पलंग को देखकर वो ऐसे भड़के कि लाल कपड़े को देखकर साँड़ भी क्या भड़कता होगा।

उनके मुँह के बिगड़ते जायके को देखकर एक मुटिया ने मंगला के हाथों लिखी

चिट्ठी पकड़ा दी भैरोसिंह को। मंगला ने लिखा था, पलंग खरीदते वक्त जिस मिठास के साथ दुकानदार ने यह आश्वासन दिया था कि नहीं पसन्द आने की स्थिति में उसे वापस ले लिया जाएगा, लौटाते वक्त उसकी वह मिठास सूखे फूल के गन्ध की तरह ही उड़ गई थी। लाने ले जाने में खरोंच आ गई है जैसे बहाने लगाकर अपनी जुबान से फिर रहा है, इस कारण पलंग को वापस भेजना पड़ रहा है।

पुत्री का ससुराल भी वहीं था। एक बार जबर्दस्त इच्छा हुई भैरोसिंह की कि अभी जाकर दुकानदार का झोंटा पकड़े, लेकिन ससुराल में रहती पुत्री को बार-बार परेशान करना उचित न समझकर चुप्पी साध गए। वापस आते पलंग को देखकर मंदा की बुझती आँखों में फिर एक बार बिल्लौरी चमक कौंध गई थी। ओठों पर बारीक मुस्कान...और क्षण के क्षणांश के लिए आँखों में फिर वही लुभावना दृश्य जो पिछले दो दशक से उसे अलग ढंग से हांट करता आ रहा था। पुत्री के प्रति ममत्व अलग सागर की लहरों-सा हृदय में पछाड़ खा रहा था।...जाने क्यों पलंग को वापस करने में उसे दुकानदार के अभद्र व्यवहार से ज्यादा पुत्री की चतुराई नजर आ रही थी।

लेकिन प्रत्यक्षतः उसने कुछ नहीं कहा था। अन्दर ही अन्दर यह डर भी पनप रहा था...कि कहीं भैरोसिंह इसे माँ-बेटी की मिली भगत न समझ लें।

देख-देखकर खर्चा करने की मानसिकता रखनेवाले भैरोसिंह की परेशानी एकाएक बढ़ गई थी, पलंग के आ जाने से। रूखी-सूखी खाई, लेकिन जिन्दगी में कभी कर्जा नहीं लिया। इस बार दो-दो विवाह एक साथ पड़ जाने के कारण मन मारकर कर्जा तो ले लिया और अब उसी की चिन्ता में दुबले होते जा रहे थे।

साबुन का धन्धा यूँ भी चमक खो रहा था, शरीर में भी अब वह कड़क रह नहीं गई थी...लड़का नया-नया ही लगा था काम में, उस पर भार डालना मुनासिब नहीं था।

...आखिर दिमागी कसरत कर व्यवहारिक हल खोज ही निकाला। लड़के की ससुराल से करीब चार हजार मिले थे फर्नीचर के लिए। दूसरे शहर के होने के कारण फर्नीचर खरीदकर नहीं दिया था। अभी तक उन रुपयों को छुआ तक नहीं था भैरोसिंह ने...लड़का जाने, बहू जाने। लेकिन अब उन्हीं रुपयों से पलंग का मूल्य चुकाने की योजना आकार लेने लगी। खर्चा का अतिरिक्त बोझ भी नहीं बढ़ेगा और पलंग भी काम लग जाएगा।

पान की गिलौरी को दाएँ से बाएँ घुमाते सोच में डूबे भैरोसिंह। समस्या का यद्यपि समाधान मिल गया था, लेकिन मन में कील-सी गड़ी महसूस हो रही थी। मंदा आहत होगी। पलंग को लेकर उसकी लालसा भैरोसिंह से छिपी न थी। जिन्दगी में कभी कुछ भी माँगा नहीं था मंदा ने। सदा अपना सर्वश्रेष्ठ ही उड़ेलती रही थी, सबके जीवन में।

एक बार मन किया, दे दे मंदा को, जैसा होगा देखा जाएगा...लेकिन तत्क्षण ही विचारों ने फिर पलटा खाया। अपने निर्णय का औचित्य ढूँढ़ ही लिया। परिवार के मुखिया का धर्म सुख भोगना नहीं है, सबको एक साथ रखते हुए घर चलाना होता है...और घर बिना मुखिया के त्याग के नहीं चलता।

फिर एक बात और थी, यदि उधार खाते में अपने लिए पलंग ले भी लेते तो भी युवा पुत्र पुत्र-वधू के रहते बुढ़ौती उम्र में पलंग शयन सुख नव-दम्पत्ति को न देकर स्वयं उठाकर न केवल वे हास्यास्पद बनते, बल्कि कहीं न कहीं उनके संस्कार में यह लज्जाजनक भी था। पुत्र के गृहस्थ होते ही पिता के वानप्रस्थ की व्यवस्था क्या यूँ ही रखी गई है ? सोच-सोचकर दिमाग को धुन्न डाला था उन्होंने।

तरल-तरल एवं भापदार शब्दों में भैरोसिंह कह रहे थे मंदा से--बस कुछ दिन और सब्र कर ले, एक बार सारा कर्जा उतर जाए, फिर ला देंगे तुम्हें पलंग। अब कौन-सा बड़ा खर्चा है अपने माथे, लड़के-लड़कियाँ ब्याह ही दिए।

फटी-फटी निगाहों से देखती रही मंदा भैरोसिंह की ओर। कोई छल कपट नहीं था वहाँ, था तो सिर्फ एक आग्रह, एक लिजलिजा, फुसफुसा-सा आग्रह।

आज नहीं, कई बार हुआ था ऐसा कि सुदूर शुरुआती यौवन का वह सपना... पास आ जाकर सरक जाता था...दूर। किसे दोष दें ? उसके लिए तो संसार का सारा सुख जैसे इस पलंग में ही धरा था। मुँह से चूँ तक नहीं किया था उसने। रेशा-रेशा बिखरी। ध्वस्त-सी खड़ी वह देखती रही—पलंग को अपने पुत्र के कमरे में ले जाते हुए। पिघलते मोम की तरह गरम-गरम दो अश्रुकण टपके उसकी आँखों से जिसे उसने पोंछ लिया था। सबसे छिपाकर।

भारी-भारी से बीते अगले कितने ही क्षण। भरी-भरी-सी खड़ी रही वह खिड़की के जंगले को हाथों से थामे। जाने कितने समय तक अपने ही अन्तर में उतरती गई...और गहरे...कि तभी भैरोसिंह की आवाज से तन्द्रा भंग हुई। पलंग पर बिछाने के लिए चद्दर मांग रहे थे वे।

चद्दर भी तो पुत्र की सुहागरात के अनुरूप ही होनी थी—और यह ध्यान आते ही हाथों में फुर्ती-सी आ गई। करीब पच्चीस वर्ष पूर्व खरीदी थी उसने, वह रेशमी चादर, झालर वाली। अपनी शादी के समय, जिद्द करके। प्रतिवर्ष ही जाने कितने घंटे खर्च किए थे उसने, चादर के रख-रखाव में...कि आज तक भी उसकी चमक मन्द नहीं पड़ी थी। हाथ अपना काम करते जा रहे थे और दिमाग अपना। जब पलंग ही नहीं तो चादर को ही सजाकर क्या होगा। पूरे घर में एक ही बड़ा कमरा था, पलंग बिछाने लायक। और पलंग के चलते ही उस कमरे को भी पुत्र को सौंप देना पड़ रहा था। अब यदि कभी रुपए इकट्ठे हो भी गए तो कमरा कहाँ से आएँगा।...सोचते-सोचते चद्दर को यूँ बिछाया पलंग पर मानो अपना कलेजा ही बिछा रही हो। हथेलियों से, उँगलियों के पोर-पोर से महसूसा उसने चादर के नरम-नरम, रेशमी स्पर्श को। बाएँ गाल को चद्दर से सटाया...फिर दाएँ गाल को। एक अजीब-सी फुहरन, एक अद्‌भुत नरमी जैसे रग-रग में उतर रही थी। मन का चषक था कि जैसे भर ही नहीं रहा था।

एक बार अदम्य इच्छा हुई कि पूरी तरह लेटकर देखा जाए कैसा लगता है। खूँटी पर लटके लाल गमछे से रगड़कर दोनों पावों को पोंछा और फिर पलंग के एकदम बीचोंबीच जाकर पूरी तरह फैलकर लेट गई। मन धुक-धुक भी कर रहा था...कहीं कोई

देख न ले ऐसा करते। पलंग लेकर जो विवाद मचा था घर में कि गली का कुत्ता तक जान गया था। अतः पूरी चौकसी बरतने के लिहाज से उठकर दरवाजे की कुंडी लगाई...कि कुछ पल और पलंग पर निश्चिन्त होकर लेटने का अद्‌भुत मजा लिया जाए।

और अब वह किसी षोड्शी की ही मानसिकता से पलंग पर एकदम औंधी-सी ही पड़ी थी। किसी दूसरे ही आकाश में विचरण करती हुई। कितना अपूर्व लग रहा था...जमीन से तीन फीट ऊँचा उठकर सोना। शरीर का अंग-अंग जैसे इस अद्‌भुत अनुभूति से अभिभूत था। विश्वास ही नहीं हो रहा था कि सचमुच वह ही सोई है पलंग पर। इसी एक पल के लिए जाने कितने सपने देखे थे उसने। एक अति कोमल खरगोश के रोयें-सी मुलायम-मुलायम-सी तृप्ति शरीर के रोम-रोम में जैसे उतर रही थी। और इसी अनुभूति को भरपूर छकते-छकते जाने कब उसकी आँख लग गई। शरीर थककर चूर तो यूँ भी था ही।

धच्...धचाक...धच्...धचाक...जाने कैसी ताबड़तोड़ आवाज कानों से टकराई कि वह हड़बड़ाकर उठी...जल्दी से दरवाजा खोला तो देखा, पूरा घर और पुत्र के दो-तीन दोस्त बाहर दरवाजा पीट-पीटकर बेहाल से खड़े हैं।

क्षण के क्षणांश में ही सब कुछ ध्यान आ गया था उसे...। पुत्र की सुहागरात और वह सोई है सुहाग सेज पर। प्राणों को हिला देनेवाली लज्जा रोम-रोम में व्याप गई।...पर उस दिन के बाद से फिर कभीं किशोर उम्र में देखे चलचित्र के उस दृश्य ने उसे हांट नहीं किया।

दाखिला

दिन का आखिरी लेक्चर देने के बाद घर जाने की उतावली में स्टॉफ रूम के बाहर पहला कदम रखा ही था कि पिऊन ने आकर गन्दे बढ़े हुए नाखून और पहाड़ी भिंडियों की-सी अँगुलियों वाले मोटे पंजे को आगे बढ़ाते हुए एक भूरे रंग का लिफाफा बढ़ा दिया, उसकी ओर।

धड़कते हाथों से खोला।

आशंका सही निकली।

रिग्रेट लेटर ही था।

एक नहीं...दो नहीं...जब ऐसे कई रिग्रेट लेटर आने लगे तब कहीं जाकर माथा ठनका सुकीर्ति का...समस्या उससे कहीं ज्यादा गम्भीर दिखी जितनी सोची थी उसने। घबड़ाहट ऐसी कि पर्स खोल रूमाल निकालने जितनी भी हिम्मत नहीं जुटा पाई...साड़ी के आँचल से ही माथे का पसीना पोंछा...कहीं लाडला स्कूल गए बिना ही न रह जाए...पहली बार यह आशंका फन उठाने लगी। वहीं कॉमनरूम के दरवाजे के पास रखी सीट पर धम्म से बैठ गई...आँखें मूँदे...माथे पर हाथ धरे...।

भीतर लहकने लगी बेटे की तस्वीर। साँवला-सलोना...गदबदा मीठा-सा चेहरा... प्रतीक्षारत आँखें...माँ की बाट जोहतीं। उसकी कॉल-बेल की ही नहीं...चप्पलों की आवाज तक पहचानने लगा था वह इन दिनों। कॉलबेल बजाने के पहले ही दरवाजा खोल आधी सीढ़ियों तक बेतहाशा दौड़ता चला आता...ममा आ गई। यही होता दिन का सर्वाधिक गर्वीला भाव भरा क्षण...असली खुशी से दमकते पल। कंठ से लगाए...बेटे को पीठ पर लादे-लादे ही बाकी सीढ़ियों को पार करती वह। दिनभर की ऊबाऊ प्रतीक्षा के बाद जो मिलती ममा कि सुस्त पड़ी बेटे की काया में जैसे प्राण लौट आते...घड़ी भर के लिए भी नहीं छोड़ता वह ममा को...देर रात तक चलती रहती दोनों की बतकहियाँ। कभी धौल-धप्पों के बीच तो कभी फिंकते तकियों के बीच। कभी अँधेरे में डराना तो कभी गुदगुदाना...नहीं जीवन में कोई अभाव नहीं...कोई उदासी नहीं...इन्हीं सुख भरे क्षणों में महसूसती वह।

तृप्ति का अहसास करानेवाले...छोटी-छोटी खुशियों देनेवाले ये क्षण लम्बी काली रात के बाद की नरम-नरम सुबह से लगते।

मनचाही जिन्दगी चाहे न मिल पाई हो...लेकिन जीवन खिंच रहा था। क्रूर और

नकारा पति ने अकस्मात् घर छोड़ उसे कुछ दिनों के लिए जरूर जड़ से हिला दिया था...लेकिन सही चिन्तन एवं उच्च बौद्धिक तापमान ने उसे सदैव परित्यक्ता की मनःस्थिति से फुटभर ऊँचा कर रखा। दुख का तल देख लेने के बाद फिर छोटे-मोटे दुख अपनी आक्रामकता खो देते हैं...ऐसा ही कुछ हुआ था उसके भी साथ।

इकहरा शरीर। औसत से लम्बा कद। साधारण सौन्दर्य लेकिन जगमगाता-सा—भीतर के तेज से। साधारण-सी आँखें लेकिन टिमटिमाती-सी—आत्मविश्वास से। अभी कुछ दिनों पूर्व ही अपने पिछले कॉलेज में किसी बात पर प्रिंसिपल के मुँह पर त्यागपत्र फेंककर चौंका दिया था उसने सभी को...छात्रों को, सहकर्मियों को...बन्धु-बान्धवों को। किसी ने 'सिरफिरी' कहा तो किसी ने 'खूब लड़ी मर्दानी...'।

मतलब एक जिद्द...किसी भी हालत में हार नहीं मानने की। और वही जिद्द जलाती आ रही थी उसे अब तक।

लेकिन पिछले कई दिनों से देख रही है वह...वह तेजस्विता...वह जिद्द...वह आक्रामकता...सभी कुछ फिसलता जा रहा है—बंद मुट्ठी में रेत-सा।

अपना गहन और स्वतन्त्र चिन्तन तो दूर की बात...सोचने का ढंग तक एकदम ही सपाट एवं नकारात्मक हो गया है उसका। रोबोट की तरह वही सोच रही है जो लोग सोचवा रहे हैं उससे। यूँ भी इस देश की तासीर ही कुछ ऐसी बनती जा रही है कि अपने सोच और अपने स्वतन्त्र चिन्तन को फ्रीज में रखते जा रहे हैं लोग...और सोचने की उसी प्रक्रिया या साँचे में ढाल रहे हैं खुद को जो कुछ लोगों द्वारा तैयार किए जा रहे हैं।

खुद से ही सवाल...खुद ही जवाब दे रही है सुकीर्ति।

यूँ जिन्दगी का गड़बड़झाला तभी से शुरू हो गया था जब से उसने अपने साढ़े पाँच वर्षीय पुत्र विक्रम को किसी अच्छे स्कूल में दाखिला दिलवाने की सोची। शुरू में बड़े आत्मविश्वास के साथ उसने अकेले ही मोर्चा लिया...अपनी समस्याओं के हल के लिए। मैं स्वयं समुद्र बनूँ...वाली मानसिकता। पर जब कई जगह से रिग्रेट लेटर आ गए...कहीं इसी वजह से कि साक्षात्कार के दौरान पति साथ में नहीं थे तो कहीं किसी और वजह से...तब घबड़ाहट और तनाव में जिससे भी कुछ हमदर्दी या नेक सलाह की उम्मीद होती...वह इसी की चर्चा ले बैठती और हैरतअंगेज हो उसने देखा कि—रोटी, कपड़ा और मकान के बाद...सभी खुशनसीब औलादवाले माँ-बापों की सबसे बड़ी समस्या यही थी, अपने बच्चों को अच्छे स्कूलों में दाखिला दिलवाना। रकम-रकम के अनुभव। भाँति-भाँति की मन्त्रणाएँ ! एक-से-एक परामर्श—''पूरे पचास हजार का डोनेशन और एक सीट।''

''पढ़ाई नहीं रगड़ाई कहो—घिसाई कहो...कुछ भी कह लो। कक्षा वन में ढुकाने के लिए भी बच्चों को पढ़ाना नहीं, मजदूर के जैसे खटना पड़ता है।

दिन भर में नौ-दस घंटे तक पढ़ाना। नाड़ा बाँधना चाहे न आएँ लेकिन पाँच-साढ़े पाँच साल के बच्चे को फ्रस्टेशन की स्पेलिंग अवश्य ही आनी चाहिए।''

(उन्हीं दिनों किसी प्रसिद्ध स्कूल में कक्षा वन के लिए इंटरव्यू के दौरान फ्रस्ट्रेशन, एडवंचर जैसे शब्दों की बानगी पूछी गई थी।)

"बिना चढ़ावा दिए इस आजाद मुल्क में न कोई पैदा हो सकता है, न पढ़ सकता है।"

रही सही हवा भी निकल गई थी पहिए की। सुना जरूर था कि सयाने माँ-बाप बच्चा होते ही फार्म भर देते हैं। लेकिन वे समस्याएँ उसकी खुद की चौहद्दी के बाहर की थीं इस कारण झुलसा नहीं पाती थी उसको...यह वह की तरह सरक जाती थी पास से, लेकिन आज पहली बार अहसास हुआ कि भीतर से कहीं बहुत ही कच्ची पड़ती जा रही है वह इन दिनों...विक्रम के चलते।

पड़ोसिन मनीषा के पास बैठी थी कि शायद कुछ सान्त्वना मिले, बल मिले। लेकिन उसने भी दम निकाल दिया। "बाप रे, एक चौथाई कमाई और आधा समय तो बच्चे को पढ़ाने में ही निकल जाता है। इसी के चलते तो दूसरे का चांस ही नहीं लिया...।"

सोते-जागते स्कूल ही स्कूल नजर आते हैं उसे। पिछले इंटरव्यू के समय में भी काफी सोच-विचार और सूझ-बूझ के साथ ही आगे बढ़ी थी वह। इंटरव्यू के लिए आह्वान किए गए पते में स्पष्ट लिखा था, इंटरव्यू के दौरान—माँ और पिता दोनों की उपस्थिति अनिवार्य है।

काफी उधेड़बुन...निर्णय-अनिर्णय...हाँ-ना के क्षणों के बीच टँगी सी रही थी वह। घर बाहर, बन्धु बान्धव...सभी की यह राय कि इंटरव्यू का सामना पूरी तरह नियमानुसार किया जाए और नियम यह है कि माँ के साथ पिता की उपस्थिति भी अनिवार्य। कहाँ से जुगाड़ करे वह, बिना सूचना दिए घर छोड़ चुके दायित्वहीन पिता का।

बहुत चाहा उसने कि इंटरव्यू के पूर्व ही मिल ले प्रिंसिपल से जिसमें अपनी स्थिति रख सके उसके समक्ष...लेकिन इन स्कूलों के प्रिंसिपल के रूम का दरवाजा जैसे ठाकुर जी का कपाट, जो बंद होता तो ठीक इंटरव्यू के दिन ही खुलता।

आखिर एक लम्बी मानसिक खींचतान के पश्चात् हितैषियों के परामर्श के समक्ष उसके विवेक ने घुटने टेक दिए थे और उसने वह दिखाने की चेष्टा की जो नहीं था और अपने छोटे भाई को ही अपने साथ ले लिया था, जिससे माता-पिता और पुत्र यानि परिवार की एक सम्पूर्ण इकाई-का सा भ्रम पैदा किया जा सके। बस एक छोटी-सी भूल हो गई थी, विक्रम को नहीं बताया था उसने कि वह उसके मामा को ही पापा बना के ले जा रही है। जब-जब बताना चाहा, हर बार यही लगता जैसे गले में गोला-सा अटक गया है। कितना मुश्किल होता है, साढ़े पाँच वर्ष के चार फुटिया बच्चे के हृदय में झूठ को रोपित करना।

"गुड मार्निंग मिस्टर एंड मिसेज गुप्ता..." जैसे ही प्रिंसिपल ने उन्हें अभिनन्दित किया, खुश होने की बजाय सकपका गई थी वह। भाई को पति की जगह प्रोक्सी दिलवाने में संस्कारी मन को अजीब-सा लग रहा था। चाहकर भी सहज नहीं हो पा

रही थी वह।

और हुआ भी वही जिसकी आशंका थी।

ढीली बँधी गाँठ की ही तरह इंटरव्यू में प्रारम्भिक बातचीत के दौरान ही सारी बातें भल्ल से खुल गई थीं।

विक्रम ने ही कह दिया था, "माई अंकल टिचेज मी एवरी डे..." (मेरे मामा मुझे रोज पढ़ाते हैं।)

"अंकल, ह्वाई नॉट फादर ?" (मामा, पिता क्यों नहीं ?)

"फादर डजण्ट स्टे विद अस..." (पिता हमारे साथ नहीं रहते....)

"क्या ?" और बेधती निगाहों से जब ताका प्रिंसिपल ने उसकी ओर तो एकदम से गड़बड़ा गई थी वह। हलक में काँटे से उग आएँ थे। ललाट पर ढेर सारा पसीना चुहचुहाने लगा था। तेजस्वी एवं आक्रामक व्यक्तित्व झूठ की चादर यूँ उधड़ जाने के कारण फुस्स-सा रह गया था। लोगों के बीच कपड़ा उघड़ जाने की–सी अनुभूति होने लगी थी। रूमाल से ललाट पर चमकते पसीने को पोंछते हुए एकदम घायल एवं टप्पे खाती आवाज में कहने लगी थी–"ऐक्चुअली फादर इट्स ए सेड स्टोरी" और बोलते-बोलते डबडबाई सी आँखें बहने लगी थीं, वहीं सबके सामने।

फादर की निर्विकार आँखों में भी सहानुभूति का सागर लहराया था, कुछ क्षणों के लिए। अपनी वात्सल्य घुली वृद्ध आँखों से निर्निमेष ताका था उसने कीर्ति की ओर, लेकिन तुरन्त ही कर्तव्य भावना में आविष्ट हो तेज स्वरों में बोल पड़े थे, "ऐसी बात थी तो आपको एकदम शुरू में ही मुझसे स्पष्ट कह देना था, लेकिन आपने तो धोखा देने की चेष्टा की, नाऊ आई ऐम सारी" मन में कील सी धँस गई थी उस दिन गहरे तक।

पापा क्यों नहीं आते वापस ? कुशाग्र बुद्धि विक्रम खुद ही समझ गया था बहुत कुछ।

पुत्र की मासूम जिज्ञासाएँ और हाहाकार करता उसका मन। एक नहीं दो नहीं जाने कितने अवसरों पर पुत्र ने अपनी असाधारण बुद्धि का परिचय दिया था।

याद आ रहा था उसे...

गृह क्लेश के उन घोर जानलेवा दिनों की झुलस से यदि वह बच पाई थी तो बहुत कुछ विक्रम के ही चलते। उन दिनों की एक घटना तो आज इतने दिनों के बाद भी जब तब बिल्ली के दबे-दबे पाँवों-सी आकर आँखों में उतर आती है।

उस दिन बाजार से सब्जी काटने के लिए एक बड़ा-सा चाकू लेकर आई थी वह। और सुबह जैसे ही सब्जी काटने बैठी, चाकू नदारद। फिर शाम को जाकर एक और वैसा ही चाकू ले आई, दूसरे दिन सुबह फिर चाकू नदारद। आखिर उस दिन किसी प्रकार पुराने घिसे-पिटे चाकू से ही काम चलाया। शाम को इस बार बड़ा चाकू मिला नहीं, लिहाजा छोटा चाकू ही खरीदा।

बात आई गई हो गई।

करीब डेढ़-दो सप्ताह बाद अपने घर के पिछवाड़े को सफाई करवाने के लिए जैसे

ही खुलवाया तो हरी-हरी घास पर दूर से ही कोई लाल-लाल चीज धूप की चौंध में मणि-सी चमकी। पास जाकर देखा तो अवाक्। जिसे मणि समझ रही थी वह चाकू के नीचे का हिस्सा था। दो-दो तीन-तीन चाकू उतरती धूप में दमदमा रहे थे। किसने फेंके ये चाकू यहाँ ? पूछा तो स्वयं से ही था, लेकिन जवाब दिया नन्हे विक्रम ने, "मैंने फेंके हैं ये चाकू यहाँ, मुझे डर था कहीं पापा गुस्से में ये चाकू ही तुम पर न फेंक दें...उस दिन गर्म-गर्म चाय किस प्रकार फेंका था पापा ने।"

क्या ?...सूनते ही लगा, धमनियों में बहता लहू जम गया है एकाएक।

स्तब्ध ! अवाक् एवं चित्रलिखित-सी खड़ी की खड़ी ही रह गई थी वह। निःशब्द।

पुत्र को फिर देखा एक बार गौर से, नन्हा बचपन, पर कितना तनावग्रस्त ! माँ की रक्षा के लिए कितना चौकस ! कैसा चाक चौबन्द ! एक गहरे प्यार के साथ ही साथ एक गहरी दया की भावना भी भर गई अन्तर में, पुत्र के प्रति...तितली पकड़ने की उम्र और कैसी भारी-भारी चिन्ता ! हिश्श, पति-पत्नी के क्लेश में कैसे छीज जाता है बचपना।

जाने कितनी देर तक सीने से लगाए रही थी वह पुत्र को। पुत्र के रूप में नहीं, वरन् जीवन संग्राम के साझे योद्धा के रूप में ही दिखाई दिया था। और वही पुत्र क्या उसकी वजह से बिना स्कूल गए ही रह जाएगा ?

मृत मन। सिर पकड़ी हुई वह। खुद का समय याद आ गया। जब माँ-बाप बच्चों पर ध्यान ही नहीं देते थे। उसकी तो दादी ने ही करवा दिया था उसका दाखिला। अब यह अति-दूसरे प्रकार की...और भी भयंकर। माँ-बाप का इतना ध्यान कि बचपना ही--नुच जाए बच्चों का। हालत यह कि अच्छे भले घरों में सब्जी तो खाई जा रही है, चटनी की तरह और सारा पैसा बह रहा है, बच्चों के दिमाग में जानकारियाँ ठूँसने में, मास्टरों को मोटी-मोटी फीस चुकाने में। पर्सनैलिटी डिवेलपमैण्ट कोर्स, लीडरशिप कोर्स कम्प्यूटर कोर्स कर कर ही कोई विद्यासागर या शेक्सपीयर बन जाएगा ? विक्रम को लेकर जब भी तनावग्रस्त होती वह जाने कितनी इधर-उधर की बातें घुमड़ने लगतीं उसके अन्तर में। जानकारियाँ इतनी ठूँस दी जाती है कच्चे दिमाग में कि कल्पना और सुन्दर विचारों के लिए जगह ही नहीं बन पाती है। और इसी का परिणाम कि दिमागी रूप से अपरिपक्व और कमजोर ही बन रही है यह पीढ़ी। जरा-सा धक्का लगा कि ढेर। अभी कल ही अखबार में पढ़ा था उसने कि एक नवयुवक ने सिर्फ इसी कारण आत्महत्या कर ली कि उसके बाल तेजी से झड़ते जा रहे थे।

आजकल दिन-रात बच्चों और किशोरों के बारे में ही अध्ययन चलता रहता है उसका।

एक दिन डॉक्टर के यहाँ बैठी अपनी बारी का इन्तजार कर रही थी कि पर्दे के पीछे से सुना उसने, कोई तेरह-चौदह वर्षीय किशोर कह रहा था...

"डॉक्टर साहब काम करते-करते बीच में दिमाग एकदम से जैसे ब्लैंक हो जाता है।"

डॉक्टर ने सीधे पूछा था—"दिन में कितने घंटे खेलते हो।"

जवाब बच्चे की माँ ने दिया था

"खेलने का समय ही कहाँ मिलता है ? स्कूल से सीधा कोचिंग, कोचिंग से घर...लौटते लौटते शाम...फिर टी.वी., फिर होमवर्क करते करते बेड टाइम..."

बिना खेल का बचपन, पढ़ाई की यह अति कहाँ ले जाएगी इन नौनिहालों को,सोचते सोचते लगता दिमाग की नसें झनझना उठीं। क्या इस अन्धी दौड़ से मुक्ति नहीं ? क्या वह भी ऐसा ही बनाएगी अपने पुत्र को ? एक पढ़ाकू, चश्मा चढ़ाए...पीठ पर बोझ लादे...जर्जर काया वाला थका-माँदा बुढ़ाया बच्चा।

खटर-पटर करते पिऊन ने फिर वर्तमान में ला पटका उसे। आज कल दिमागी हालत इस कदर गड़बड़ाती है कि हर तेरह-चौदह वर्ष के जबर्दस्त पढ़ाकू किशोर में उसे विक्रम का ही भविष्य मँडराता नजर आता।

पिछले असफल इंटरव्यू के बाद ऐसी ही चल रही है उसकी दिमागी हालत। उस झटके के बाद पन्द्रह-बीस दिन की छुट्टी भी ले ली थी उसने कॉलेज से। दिनभर लिए बैठी रहती वह विक्रम को। एक बार तो गुस्से में आकर पीट तक दिया था उसे।

"मैं नानी माँ से पढ़ूँगा...तुमसे नहीं..." पहली बार लाडले ने विरक्ति दिखाई थी उसके प्रति।

उस दिन पहली बार आत्मविश्वास से लबालब व्यक्तित्व में आशंका ने फन उठाया था। शायद मैं ही ठीक नहीं। हवा में अदृश्य कुछ को पकड़ने की चेष्टा में बार-बार छूट जाता वह कुछ।

गौतम बुद्ध ने जीवन के मध्यम प्रतिपद को निभाने की बात शायद इसीलिए कही थी क्योंकि अति सदैव तनाव की सृष्टि करता है। जानते हुए भी क्यों वह चाहती है कि उसके विक्रम को भी बाकी बच्चों की ही तरह फर्राटे से अंग्रेजी बोलना आना चाहिए उसे भी अंग्रेजी में ही हँसना और अंग्रेजी में ही सपने भी देखना चाहिए।

प्रश्न ! प्रश्न !! और प्रश्न !!!

और इन सभी प्रश्नों को समेटता हुआ एक और बड़ा प्रश्न !

कैसे किया जाए अगले इंटरव्यू का सामना।

जमा बचे चार दिन।

पिछले इंटरव्यू में तो भाई को पति की जगह स्थानापन्न करके ले गई थी। अगले इंटरव्यू के लिय क्या करे वह ! किसे ले जाए ? और बार-बार की इस झूठ-सच का क्या असर पड़ेगा विक्रम पर भी। क्या-क्या दिन दिखाती है जिन्दगी भी।

सोच नहीं पा रही सुकीर्ति। एक मन करता कि विक्रम को ही अच्छी तरह समझा-बुझा दिया जाए जिससे पिछले इंटरव्यू के दौरान हुई भूल की पुनरावृत्ति न हो। एक मन करता है जीवन जिस रूप में मिले, उसे उसी रूप में स्वीकार किया जाए और इंटरव्यू के दरम्यान ही फादर से स्पष्ट कर दिया जाए।

सोचते-सोचते उस दिन का आखिरी घंटा भी बजा, तब ध्यान आया कितना समय

निकल गया। मन की उसी ऊहापोह की स्थिति में भीड़ भरी बसों को देखकर और भी वितृष्णा हो आई...बस में बैठने का मन नहीं किया...कहीं सोचने की प्रक्रिया में व्यवधान न पड़ जाए। साँप की तरह बलखाती इन सड़कों पर चलने का भी अपना एक ही नशा। जिन्दगी के जाने कितने सूत्र उन्हीं रास्तों से गुजरते हुए ढूँढे थे उसने। इन्हीं रास्तों ने जैसे भीतर के बंद रास्तों के द्वार खोल दिए।

सामने आता जुलूस।

जिन्दाबाद ! जिन्दाबाद !!

हड़तालों, जुलूसों और बन्दों का यह मरता शहर कलकत्ता जहाँ पिछले कई दशकों में कोई नई सरकारी स्कूल, कोई नया सरकारी अस्पताल तक नहीं खुला। खुले कहाँ से जब एक-एक मिनिस्टर अपने दाँतों के दर्द के लिए बाईस लाख सरकारी खर्च करवा डालता है। सोचते सोचते मुट्ठियाँ भिंचने लगी, दिशा बदलने लगी तो फिर स्वयं को काबू किया—ऐ भाई ! थोड़ा सँभल के...क्या होगा ब्रह्मांड के बारे में सोचकर जब खुद का पिंड ही अशान्त हो।

कैसे दिलवाए विक्रम को दाखिला !

घर पहुँचते ही फिर वही दृश्य ! सीढ़ी पर खड़ा विक्रम प्रतीक्षारत। नहीं चाहते हुए भी बात घूमकर फिर उसी बिन्दु पर।

"आज का सारा होमवर्क कर लिया ? फिफ्टिन का टेबिल याद कर लिया ?"

"हाँ, वो सब तो कर लिया ममा, लेकिन इस बार तुम गड़बड़ नहीं करना। इंटरव्यू रूम में घुसते ही कह देना फादर को पापा हमारे साथ नहीं रहते, नहीं तो पिछले इंटरव्यू की तरह इस बार भी मेरा नहीं हो पाएगा।"

"क्या...?" कानों पर विश्वास नहीं हुआ, यह पुत्र है या घर का कोई बूढ़ा बड़ा...अभी से स्कूल को लेकर इतना तनाव। सच संसार में सबसे अमानवीय और कुरूप कार्य है किसी मासूम के हृदय में असत्य को रोपित करना। अपनी आदत के मुताबिक फिर दार्शनिक की तरह सोचने लगी थी वह।

आज पहली बार स्कूल भेजते हुए धरती पर नहीं पड़ रहे पाँव उसके। सिकन्दर को भी अपनी जीत का ऐसा क्या नशा हुआ होगा। ऐसी जीत जो उसकी स्वयं की अर्जित की हुई है। स्कूली यूनीफॉर्म में सजा-धजा विक्रम। बातूनी। सामने हो ममा तो फिर बिना बोले रह ही नहीं सके।

"ममा, मनीषा आंटी कहती है मेरी स्कूल बस सो-सो है...कोई खास नहीं, खास स्कूल कैसी होती है ममा ?"

और हो हो कर हँस रहे थे दोनों तब तक स्कूल बस आ गई थी। और पीठ पर हाथी जैसा मन भर का बैग लादे जा रहा था विक्रम।

कैसे इस भारी भरकम बैग का वजन कम किया जाए...सोच रही थी वह।

शून्य होते हुए

वह आता दिखा।

ठिगनी-सी उसकी पहाड़ी काया। मैली मुड़ी तुड़ी घुटनों तक उठी लधड़-फधड़ धोती। आस-पास सब कुछ बुझा-बुझा-सा। बदरंग। फसर-फसर-सा एक बुढ़ाया अधेड़। कन्धे पर लटके तार-तार रँग उड़े गमछे से माथा एवं कनपटी का पसीना पोंछता हुआ आ रहा था वह। निकट और निकट। वह यानी भैरो...भैरो उराँव।

उतरती शाम की झाई में चेहरे की खाल झूली झूली सी। श्यामल रंग थोड़ा और गहराया-सा।

ऐसा ही था वह। जिसे देखते ही भीतर जमा कुछ फिर रिस-रिसकर बहने लगा था टपकते मोम सा। वह कुछ जो पिछले कुछ काम काज के घंटों की घिस-घिस में दिमाग में कुछ धूमिल-सा पड़ गया था।

यूँ जब से वह घटना घटी थी यह बात तय थी कि अब वह, डॉ. विजय और इर्द-गिर्द सब कुछ वैसा नहीं रह पाएगा। जैसा उस घटना के पूर्व तक था।

वह जानलेवा मारक शाम। मरने जैसा ही कुछ हुआ था उस रोज।

यूँ दस दिन इस बीच सरक चुके थे। लेकिन जब तक रोगियों से घिरे रहते, फिर भी गनीमत थी। एकान्त से भिड़े नहीं सचेतन शिथिल पड़ा नहीं कि अपनी पूरी भयावहता एवं आक्रामकता के साथ आ दबोचती वह शाम। और आँखों के आगे प्रेत सा ही नाचने लगता पाँच महीने का विकसित होता भ्रूण। दहकते लाल रंग की वह लोथ, वह मांस पिण्ड जो माँ के गर्भ में सुरक्षित श्वाँस ले रहा था, जो जीवन की प्रतीक्षा में था पर जिसे जीने नहीं दिया गया था। उसके अंग प्रत्यंग बनना शुरू हो गए थे... हाथ-पैर, सीना, सिर। वह विकास की कई अवस्थाओं से गुजर चुका था। चेहरा जरूर उसका मौन्सट्रल की तरह बाकी शरीर के अनुपात में कुछ बड़ा था जो नौ महीने तक पूर्ण विकसित होकर अनुपात में ढल जाता। माँ की कोख में ही फोरसेप पद्धति से पहले उसका माथा क्रश किया गया था और उसके बाद उसके धड़ को बाहर खींचा गया था।

और जब उस दो टुकड़े भ्रूण को बॉल में डालकर एनाटोमिकल अध्ययन के लिए जमादार के हवाले किया डॉ. विजय ने तो लगा जैसे सारा ब्रह्माण्ड घूम रहा है। गोल-गोल चक्कर लेता हुआ। और जब माथे को क्रश करने के लिए पहली बार हाथों को जबरन क्रियाशील किया तो लगा जैसे मस्तिष्क और हाथों का स्वाभाविक तारतम्य बिगड़ गया

है...वे जैसे किसी और के हाथों को आदेश दे रहे हैं। ठीक उसी क्षण भीतर कुछ जोरो से हिलने लगा था। रोम-रोम में सिहरन। रूह में कँपकँपी। पसीने में नहाए डॉ. विजय और आत्म धिक्कार की तीव्र अनुभूति में सर्वांग सिहरा एक वजूद।

हाथों के दस्ताने उतार जब वापस अपने चैम्बर में बैठे तो भी चित्त वहीं दौड़ रहा था...उसी भ्रूण के आस-पास। एनाटॉमिकल विभाग में उस भ्रूण की फिडल बोन्स को निकाल लिया जाएगा...चिकित्सा विज्ञान के छात्रों के अध्ययन के लिए...जो कुछ भी उससे लिया जा सकता है ले लिया जाएगा...और फिर बचे खुचे...बेकार हो चुके उस मांस पिण्ड को डिस्पोज कर दिया जाएगा...किसी आधुनिक कूड़ेदान में।

दाएँ हाथ से माथे को थाम लिया था उन्होंने। जाने कैसे लोग करते हैं आए दिन गर्भपात। क्या संवेदनाओं से एकदम ही शून्य हो जाते हैं ? जड़ ! रोबॉट !! उनके एक दोस्त ने तो इसी धन्धे में मकान खड़ा करवा लिया था और एक वे हैं कि जिस मारक क्षण में उन्होंने भ्रूण का माथा कुचला...उन्हें लगा था...उन्होंने उस भ्रूण का माथा नहीं वरन् अपनी आत्मा के एक अंश को ही रौंद डाला है...कोई बहुत कोमल...मानवीय...रागात्मक वह मुलायम-सा अंश जो अब कभी लौटकर नहीं आएँगा। याद आ रहा था उन्हें...उनकी प्रथम सन्तान इतनी दुर्बल हुई थी...और होते ही कई क्षणों तक अचेत-सी पड़ी रही थी...रोई भी नहीं थी...सब डॉक्टर, नर्स घबड़ा गए थे...कहीं तुरन्त ही न चल बसे...उन धड़कते, आकुल-व्याकुल क्षणों में उस सन्तान को अर्पित करते हुए से मुँह से यही निकला था...त्वदीयं वस्तु गोविन्दम्...और यही चिन्तन उनका सम्बल बना था।

पर आज के इन आकुल व्याकुल क्षणों में...आज के इस कृत्य...बॉल में पड़े दो टुकड़े भ्रूण को लेकर क्या वह कह सकते थे...त्वदीयं वस्तु गोविन्दम् ? एक हूक...एक निःशब्द पीड़ा उतरती गई...भीतर गहरे...बहुत गहरे। टप-टप करते मोम सी।

सही था, उन्होंने कोई गैर कानूनी कृत्य नहीं किया था...पर क्या सभी कानूनी कार्य मानवीय ही होते हैं ?

प्रश्नों के चाबुक संवेदनशील मन को लहूलुहान कर रहे थे, रह-रहकर। क्या यही रह गई है मानव की गरिमा—'अहं ब्रह्मास्मि' का उद्घोष ? जीव मानव का चोला धारण करे...उसके पूर्व ही उससे डरकर उसका सिर कलम कर दिया जाए ?

मन में कसकती पीड़ा लहरा उठती रह-रह कर। यदि वह भ्रूण नहीं मार डाला जाता—तो क्या बनता ? कौन जाने विवेकानन्द या प्रताप ही बनता। अपनी पत्नी से सुन रखा था—उन्होंने कि उसका सबसे छोटा भाई जो सन्तान नम्बर पाँच था, को रोक देना चाहते थे उसके पिता...घर की खस्ताहाली के चलते। लेकिन पूरी तरह राम भरोसे चलने वाली पत्नी ने अच्छी चालाकी की। तीन महीने तक भ्रम में रखा...जब-जब वे पूछते, पंजे निकाल-निकालकर लताड़ देती वह, "तुम तो हो भोलेनाथ...नई से नई दवाइयाँ निकल गई हैं...चबाया और गर्भ साफ...अलग से सफाई करवाने की जरूरत नहीं पड़ती..."। पति चुप। तीन महीने बाद क्या कहते ? गर्भाशय में जान पड़ चुकी थी।

जीव डोलने लगा था। बाद में सभी भाई-बहनों में सबसे मेधावी एवं तेजस्वी वही सन्तान निकली जिस पर पिताजी को सर्वाधिक गर्व था।

उसी रात स्वप्न में देखा था उन्होंने...घुटनों के बल चलता...एक गोरा...गदराया...सुन्दर सुडौल बच्चा...जिसे देख नींद में ही जाने कब की पढ़ी पँक्तियाँ, ताली बजा बजाकर गाने लगे थे वे...'ठुमक-ठुमक चलत रामचन्द्र बाजत पैजनियाँ...' नींद से जागते ही गहरी उदासी छा गई थी मन पर। जैसे तुरन्त ही श्मशान से लौटे हों। बार-बार लग रहा था...स्वप्न का बालक वही था...जिसकी हत्या उन्होंने माँ के गर्भ में ही कर दी थी।

बाहर अँधेरा गहराने लगा था और उस शाम के हरेक लम्हे को कुरेदते जाने कब डॉ. विजय वर्तमान की मुँडेर को लाँघकर अतीत में पहुँच गए थे जहाँ जीवन का सर्वाधिक उज्ज्वल पक्ष जगमगा रहा था।

क्या दिन थे वे भी। जीवन ने वहीं खोला उन्हें। मन उड़ा-उड़ा फिरता...बादलों में...ऊँचाईयों में। सब कुछ सुहानी स्निग्धता एवं ताजगी में बँधा-बँधा सा...। हर लम्हा तबीयत झमाझम। डॉक्टर होना तब भगवान बनने से इंच भर ही नीचे लगता था।

नव यौवन। नव अर्जित ज्ञान। जीवन की निकृष्टताओं से अछूता...ताजा टटका एक युवक। भावनाओं में उड़ता...भावनाओं से भरा। होठों से झरता मस्ती का तराना...'किसी की मुस्कुराहटों पे हो निसार...जीना इसी का नाम है...'

सफेद एप्रन और गले में झूलता स्टैथ्सकोप मानवता के सर्वोच्च धरातल पर खड़ा डॉ. विजय का जीव। पीड़ित मानवता के मसीहा-सा। औरों से और।

और वह सर्वांग को, पोर-पोर को, अंग-अंग को अदभुत...अपूर्व खुशी में डूबो देनेवाली वह अनुभूति...भुलाए नहीं भूलती थी उन दिनों।

उस दिन अपने कैरियर में पहली बार देखा था उन्होंने नवजात शिशु को जन्म लेते। डाक्टरी का चौथा साल। अपने वरिष्ठ सहयोगी शिक्षक के साथ वह था ओ.टी. रूप में। देख रहा था...माँ की कोख से नव शिशु का अवतरित होना इस धरती पर... धीरे-धीरे। प्रकृति का अद्भूत करिशमा ! विस्मित विमुग्ध मन अनन्त और विराट के प्रति कृतज्ञता से भर गया था...हाथ जुड़ गए...आस्था गहराने लगी। सृष्टि का रहस्य खुल रहा था...धीरे-धीरे। सृष्टि में जन्में हर शिशु का जन्म इस बात का प्रमाण है कि ईश्वर का विश्वास अभी उठा नहीं है मानवता पर से...कहीं पढ़ा था...कब पढ़ा था ? याद नहीं पर विश्वास आज हो रहा था।

और जैसे ही शिशु के रोने की महीन...क्याऊँ क्याँऊ सुनाई पड़ी...अभिभूत हो गया था वह। सारे विश्व का एकीभूत संगीत भी क्या इससे अधिक सुकून दे सकता था ? चिड़िया के से उत्साह से ही चहका था वह...कार्य निर्विध्न सम्पन्न हुआ की आश्वस्ति...तृप्ति। शिशु का आगमन। सृष्टि को एक कदम और बढ़ाने में उसकी तरफ से भी कुछ योगदान। मैं भी इसी प्रकार आया था इस धरती पर। जैसे अभी-अभी हुई थी...यह प्रतीति...यह रहस्योद्घाटन...एक उन्मत किस्म का रोमांच अनुभव कर रहा था वह। इर्द-गिर्द सभी कुछ कितना भव्य। कितना प्रांजल...कितना सुन्दर ! अन्दर से जैसे

कोई बोला, यही करणीय है यही प्राप्ति है–रचना, गढ़ना, सृजना। जीवन कितना कुछ तो देता है ! कितनी खुशियाँ। कैसी कैसी अनुभूतियाँ। लेने की कूबत चाहिए। चुन-चुनकर।

और अब वह इन्तजार कर रहा था...कब दिया जाएगा उसे डिलीवरी केस जहाँ वह द्रष्टा रूप में नहीं...पूरा कर्ता धर्ता रहे यानी जनने...वाली माँ के बाद दूसरा वही रहे और सचमुच जिस दिन मिला वह सुयोग...उत्तेजना और रोमांच से लबालब था वह। धरती से इंच दो इंच उठा हुआ। मन का कोना-कोना जगमगा गया था आत्म गौरव से। अच्छा कर्म जीवन को किस प्रकार अच्छी खुशी से भर देता है। पहली बार महसूसा। लगा था जैसे सृजन प्रक्रिया में सिर्फ माँ का ही नहीं, उसका भी योगदान था आंशिक ही सही। पर कितना महत्वपूर्ण। तनिक सी भी चूक माँ या बच्चे के प्राण भी ले सकती थी।

स्मृतियाँ...बेसब्र स्मृतियाँ...सागर की उछाल लहरों सी उतावलेपन के साथ मन की तलछट से टकराती और उन्हीं में डूबते उतराते डॉ. विजय...जाने कब तक कि जाते हुए भैरों ने ध्यान भंग किया। नजर सामने लटकी अण्डाकार घड़ी पर पड़ी...आठ बज चुके थे। सुबह से ही झड़ी लगी हुई थी उस दिन...इस कारण रोगियों का दबाव कुछ कम था। फिर कुछ खटर-पटर हुई, देखा अस्पताल की सफाई कर भैरों मुड़ चुका था। एक मन किया, वे भी चल दे, पर पाँव जैसे चलने से इन्कार करने लगे। हिलने डुलने तक की इच्छा नहीं हुई...कहीं सम्वदेनाओं एवं स्मृतियों का बना झीना-सा ताना-बाना टूट न जाएँ। जाते हुए भैंरो को देखते रहे तब तक जब तक कि वह दूर होते हुए एक धब्बे में नहीं तब्दील हो गया। दूर जाता भैरों अतीत को करीब सरकाता जा रहा था।

राँची शहर से करीब सौ किलोमिटर दूर लोहरदगा का वह सबसे वड़ा अस्पताल था...चालीस बेडवाला जिसके निर्देशक थे डॉ. विजय। आज से करीब बीस वर्ष पूर्व ही आएँ थे वे इस कस्बे में। पटना मेडिकल कॉलेज से डॉक्टरी की डिग्री लेकर सीधे यहीं चले आएँ थे। बाद में एम.एस. की डिग्री भी यहीं रहते ली थी उन्होंने।

मोहक व्यक्तित्व सम्पन्न डॉ. विजय का ऊपरी चोला भले ही एक डॉक्टर का रहा हो, पर उनके भीतर बैठा कोई घुमक्कड़ यायावर...फक्कड़ साधू उन्हें जब तब उकसाता रहता...लोहरदगा के आदिवासी अँचलों में जाने के लिए, वहाँ से जुड़ने के लिए, वहाँ के लोगों का हिस्सा बनने के लिए।

इस कारण जब-जब मौका हाथ लगता है लम्बी यात्रा पर निकल जाया करते थे। यूँ भी वे मिठास भरे...पुलक भरे दिन थे। तब निजी प्रैक्टिस शुरू नहीं की थी उन्होंने और परिवार के दायित्व से भी मुक्त थे वे। (पत्नी को तब तक यहाँ नहीं लाए थे) इस कारण उधर सूरज सिन्दूरी होना शुरू होता और इधर इनके प्राण किसी बन्दी चिड़िया के प्राणों की ही तरह फुदकना शुरू कर देते और वे कभी मोटर बाईक पर तो कभी पैदल ही निकल पड़ते जंगलों की ओर।

नजरों की छोर तक फैली हरियाली के विस्तार में, चिड़ियों की महीन आवाज को

सुनते महसूसते डूबते, उदास सूरज की सात्विकता एवं रहस्यमयता के बीच गुजरते उन चरम लम्हों में शिद्दत से महसूस होता कि वे डॉक्टर नहीं पिछले जन्म के प्रकृति पुत्र हैं, आदिवासी हैं।

आदिवासी और अरण्य संस्कृति तब उन्हें किसी प्रेयसी-सा ही लुभाती थीं। अपने चाचा से सुनी जाने कितनी और कब-कब की बातें इन रास्तों से गुजरते स्मृति के कबाड़खाने से टुकड़ों-टुकड़ों में निकलकर उनकी चेतना में साकार होने लगती थीं।

कुछ वर्षों पूर्व तक इनके घरों की स्त्रियाँ घर के बाहर आदमी के जूते के पाँवों को देखकर उल्टे पैर दौड़कर घरों में छिप जाया करती थी। क्योंकि इनके भोले मन में सदियों का यह अनुभव गहरे तक बैठ चुका था कि शहराती जब भी आएगा इनके पास इन्हें या इनके जंगलों को लूटकर ही जाएगा।

बताते-बताते चाचा की आँख कपाट तक चढ़ जाया करती थी...बड़ी जीवटवाली होती है यह जाति...प्रकृति को पूजती ही नहीं...इन्हें जीती भी है। अपनी जिन्दगी का एक हिस्सा चाचा ने उन असंख्य आदिवासियों के बीच बिताया था जिनकी महिलाओं को एक घड़े मीठे पानी के लिए तीन-तीन कोस पैदल चलना पड़ता था। खुद चाचा को इन्हीं आदिवासियों के साथ सिर्फ दातुन कुल्ला करने के लिए एक डेढ़ कोस चलना पड़ा था।

कई बार डॉ. विजय चाचा की सुनी सुनाई बातों की प्रामाणिकता को परखने के लिए जंगलों में गहरे तक निकल जाया करते थे। पर कई जगह रास्ते इतने दुर्गम होते थे कि उन रास्तों पर मोटर साइकिल तक नहीं ले जाई जा सकती थी और तब याद आता उन्हें... उनके चाचा ने एक बार बताया था कि उन हिस्सों में शाम को पाँच बजे के बाद यदि कोई सख्त रूप से भी बीमार पड़ जाए तो भी घरवाले उसे आस-पास के गाँवों में उपलब्ध डॉक्टर या वैद्य के पास ले जाने की हिम्मत नहीं कर पाते हैं क्योंकि लौटकर आने तक जमा पानी एवं गहन अँधकार की वजह से पहाड़ी रास्ते एकदम दुर्गम हो जाते हैं।

डॉ. विजय के चाचा ने अपना शेष जीवन इन्हीं बनवासियों के उद्धार के लिए समर्पित किया था। लेकिन आदिवासियों ने उन्हें तब तक नहीं अपनाया था जब तक उन्होंने अपने तन पर से अपने तमाम शहरीपन को उतार कर नहीं फेंक डाला था...। आदिवासियों का विश्वास जीतने के लिए उन्होंने भी हड़िया (चावल एवं जड़ी-बूटी से बनी कच्ची शराब) पीनी शुरू की, उनकी बोली सीखी एवं सिले हुए वस्त्रों तक को पहनना छोड़ा। अपने गठीले एवं नाटे बदन पर मोटी धोती और चादर लपेटे वे सचमुच आदिवासियों के बीच आदिवासी ही नजर आते थे।

कई बार लगता डॉ. विजय को उनके स्व का भाव भी उनके चाचा जैसा ही है।

...और आस-पास के उन आदिवासी इलाकों में घूमते-घूमते यही लगता उन्हें कि उनके चाचा ने उन्हें जो बताया था उसमें राई रत्ती भी अतिशयोक्ति नहीं थी, बल्कि और भी ढेर सारी अद्भुत-अद्भुत बातें उनकी नजर में आई थीं। इन आदिवासियों की

कई प्रजातियाँ आज भी तीर चलाने में दाहिने हाथ के अँगूठे को इस्तेमाल नहीं करती थी। वे आज भी उसी गुरु-शिष्य परम्परा का निर्वाह कर रही थी जिसके चलते एकलव्य ने द्रोणाचार्य को गुरुदक्षिणा में दाहिने हाथ का अँगूठा दिया था।

दंग रह गए थे डॉ. विजय। इतने उच्च मूल्य...इस अरण्य संस्कृति के ! पूर्वजों के प्रति यह निष्ठा। और उन्हीं अँचलों के रणगढ़ा गाँव के आस-पास घूमते हुए एक दिन मिल गया था भैंरों।

वह सरहुल का पर्ववाला दिन था। फिजाँ में खुशहाली थी। मस्ती थी। संगीत था।

'के लावा जे फल है गवाधा से
डाली झुकी झुकी जाय...'

पीछे घरों से महिलाएँ गा रही थीं अपनी सुरीली तान में। शहर में शादी-ब्याह के कई अवसरों पर उन्होंने महिलाओं के गीत वगैरह सुने थे...पर ऐसा माधुर्य...ऐसी मस्ती...इतनी मिठास...भीतर तक उतर जानेवाली...उन्होंने नहीं महसूसी थी। तो क्या प्रकृति के सान्निध्य में संगीत का माधुर्य बढ़ जाता है ? ऐसे ही आत्ममुग्ध क्षणों में उनके अन्तर का दार्शनिक उन पर हावी हो जाता...जीवन का आकर्षण उसकी साधारणता में है, असाधारणता में नहीं...। इन्हीं साधारण भोले-भाले आदिवासियों के बीच प्रकृति की सम्पूर्णता में, नाचते-गाते इनके चाचा ने जीवन का वह चरम आनन्द लूटा था, वह सार्थकता महसूसी थी, जो उन्हें स्विटजरलैण्ड एवं पेरिस जैसे शहरों में भी नसीब नहीं हुई थी।

आनन्द में भीगे मस्ती में पगे मुदित मन उड़े-उड़े से चल रहे थे कि तभी बढ़ते कदम एकाएक ठिठक गए। देखा एक झाड़ी के पीछे इकट्ठे कुछ लोग। सुनी, किसी के कराहने की आवाज। कुछ गुल गपाड़ा। पास जाने पर पता चला, किसी को साँप काट गया था।

"का नाम है तौर ?"

"भैंरों उराँव ?"

"साँप कैसे काट ला ?"

"झाड़ी पास काटलै...लहर उठ लै...।"

बस इतनी-सी बात...और संग-संग ले आए थे उसे अपने अस्पताल में। तीन दिन रहा था वह। और उन तीन दिनों में ही अपनी और अपने गाँव की ढेर सारी जानकारियाँ दे गया था डॉ. विजय को।

छह बचुवा थे उसके और पास में चार एकड़ जमीन। मडुवा, गौराधान और मकई की खेती होती थी। किसी प्रकार रो-पीटकर गुजारा हो ही जाता था। साल में चार-पाँच महीने रोड पर जाकर मजदूरी भी करनी पड़ती थी, जब खेती का कोई काम नहीं रहता।

हर वक्त अद्भुत बातों की पड़ताल में एवं जीवन की खोज में लगे डॉ. विजय को उस दिन भी कई अद्भुत बातें हाथ लग गई थीं। तैंतीस करोड़ हिन्दु देवी देवताओं में से भैंरों ने अभी तक सिर्फ एक या दो देवता की मूर्ति ही देखी थी...वह भी एकाध

बार। जंगलों में बसे उन पहाड़ी अँचलों में दूर-दूर तक कोई मन्दिर नहीं था। अपने अभी तक के जीवन में भैंरों ने सिर्फ तीन-चार बार ही चाय का स्वाद लिया था जो भी दशहरे के मेले में।

हैरान रह गए थे डॉ. विजय।

यह है चाय पीनेवालों का और मन्दिरों का देश कहे जानेवाले हिन्दुस्तनवा की तस्वीर !

भैंरों के भोले हृदय की निष्कपट एवं विस्तृत बातों का कुल जमा प्रभाव यह हुआ था कि अपने अस्पताल में ही भैंरों के ज्येष्ठ पुत्र सुखना को नौकरी दिलवा दी थी उन्होंने। बाद में भैंरों भी साल में दो तीन महीने के लिए उन्हीं के अस्पताल में झाड़ू सफाई के लिए आने लग गया था।

वह दिन और आज का दिन। कभी धत् तेरी की भी नहीं हुई थी—भैंरों और सुखना के साथ। विजयराज की सहृदयता एवं कोमल व्यवहार के चलते दोनों वहाँ काम ऐसे करते जैसे उपासना। जाड़ा-पाला-ओला-पानी...सब समय हाजिर !

हाँ पन्द्रह सालों में पहली मर्तबा पिछले महीने देखा था डॉ. विजय ने, पूरे पन्द्रह दिनों तक दोनों ही पिता-पुत्र नदारद ! एक दिन-दो दिन और जब यही अनुपस्थित रहने का क्रम पूरे पन्द्रह दिनों तक खिंचा तो माथे की रेखाएँ खिंचने लगी थीं...कहीं कुछ अशुभ समाचार तो नहीं ? किसी को भैंरों के यहाँ भेजने की सोच ही रहे थे...कि उसी दिन शाम को देखा...एकाएक वह नमूदार हुआ...एकदम जर्जर...ढहा हुआ सा...दरका हुआ। साथ में उसकी युवा पुत्री शनचरिया...।

आँखें चार होते ही कटे वृक्ष-सा ही गिर पड़ा था, वह...हमार बेटी है शनचरिया... तू हमार बेटी के बचाव तो हम जिन्दगी भर तोहार गुलामी करव...काँपती चेहरे की खोल से कँपकँपाते से गिर रहे थे शब्द ! हत्प्रभ...अवाक् रह गए थे डॉ. विजय...इस अप्रत्याशित व्यवहार पर। उठारह-उन्नीस के आस-पास की उम्र। ठठरी-सा शरीर। श्यामवर्ण। गर्भवती।

लकड़ी-सी सख्त एवं भावहीन...शून्य में खड़ी...शून्य से घिरी शून्य की ओर ताक रही थी वह। आँखों में हजार-हजार हिरणियों का मूक आर्त्तनाद।

बाप की भीतरी कँपकपी ने उसके चेहरे को उस क्षण वहीं बना दिया था—जिसके लिए कुछ भी कर सकते थे डॉ. विजय।

आदिवासियों के बीच फैली यौन-उन्मुक्तता के विषय में काफी कुछ सुन रखा था डॉ. विजय ने। मस्तिष्क में विचारों का अन्धड़ चल रहा था। कच्ची उम्र...। हड़िया...और कर्महीन जीवन का विवेक तो यही होना है।

...एक मन किया...माना कर दे...यह पाप उनके बस का नहीं।

लेकिन एक डर यह भी...किसी अधकचरे के हाथों फँस गई तो जान के ही लाले पड़ जाएँगे। क्योंकि वह गर्भावस्था की प्रारम्भिक नहीं वरन् उन्नत अवस्था तक पहुँच गई थी। लगभग पँचमासी थी वह।

पानी पी-पीकर कभी कोसा था डॉ. विजय ने। मेडिकल टर्मिनेशन एक्ट ऑफ नाइन्टीन सेवेन्टी फाईव के संशोधित संस्करण को। गर्भपात को कानूनी जामा पहना देने से पहले ही क्षुब्ध थे, फिर घाव पर नमक छिड़कते हुए पहले नियम को 1977 में इतना उदार बना दिया गया था कि जो रही-सही आड़ थी वह भी ढह गई थी। नए संशोधित नियम के अनुसार गर्भपात करने के लिए किसी का पूर्ण डॉक्टर होना भी जरूरी नहीं था। कोई भी आर.एम.पी. या डी.जी.ओ (डिप्लोमा इन गाइनोकोलॉजी एंड अव्ट्रेटिक्स) भी जिसने कम से कम बीस गर्भपात के केस किसी डॉक्टर के अधीन किए हो वह भी कानूनी रूप से गर्भपात कर सकता था। इसके अतिरिक्त अब गर्भपात किसी भी डॉक्टर के प्राइवेट नर्सिंग होम में भी किया जा सकता था, उसका रिजस्टर्ड होना भी जरूरी नहीं था। यानी कुल मिलाकर आमन्त्रण से देते डॉक्टरों के प्राइवेट चैम्बर, 'आइए...चिउंगम चबाते हुए गर्भपात कराइए...।'

मस्तिष्क में विचारों का अन्धड़। हाँ-ना...का अन्तर्द्वन्द्व। दूसरे दिन आने का कहकर, उठकर चल दिए थे वे।

लेकिन मन को चैन नहीं पड़ा था। सुबह सुखना से खोद-खोदकर सारी बात पूछी तो नया तथ्य ही सामने आया। शनचरिया पूरी तरह निर्दोष थी। इस पूरे काण्ड के पीछे आदिवासी से ईसाई बने फादर जेवा का हाथ बताया जा रहा था। लेकिन चाहकर भी बहुत कुछ नहीं निकलवा पाए थे डॉ. विजय। 'पिता समान डॉ. जेवा...' और बोलते-बोलते ही आँसुओं के सैलाब में बह गया था वह। आँसू और हिचकियाँ...। अपनी बेचैन जिज्ञासाओं पर जबरन ढक्कन रखकर जाने कब तक उसके माथे पर हाथ फेरते रहे थे वे।

लोहरदगा के उन गहरे अँचलों में धर्मान्तरण के चलते नई-नई ईसाइयत के बढ़ते कुप्रभावों के कई केस पहले भी सुन चुके थे डॉ. विजय।

लेकिन आदिवासियों के लिए तो सुना था कि उनका भोला विश्वास उस कुल्हाड़ी जैसा होता है जो धोखा देनेवालों का सिर धड़ से अलग कर देता है।...तो ?...इस तो के आगे सोच जा रही नहीं पाया...और उबलते पानी सा ही खदबदाते रहे थे वह। दूसरे दिन सुबह ही सुबह फिर हाजिर भैंरों। आँखें चढ़ी-चढ़ी। पपोटों में सूजन...रात जैसे पलक तक न झपकी हो। उम्मीद से ताकता उनकी ओर। डूबता कोई ताके जैसे एक अदद साँस के लिए। एक मन किया मना कर दे...लेकिन निगाह फिर जैसे ही चेहरे पर गहराए झुरियों के जाल पर पड़ी, गोला सा अटक गया...गले में। महीने भर में ही बूढ़ा गया था वह। कहीं पढ़ा था...कुँवारी कन्या का बोझ संसार का सबसे भारी बोझ होता है...धर्म...नैतिकता एवं पवित्रता के चाबुकों से डरा एक काँपता पिता...उनसे जीवन की भीख माँग रहा था।

और जैसे मनुष्यता के श्रेष्ठ आसन पर खड़े हो गए थे वे। जहाँ सारा सोच... सारी चेतना...सारा विवेक इस एक बिन्दु पर ही केन्द्रित हो गया था...शनचरिया का उद्धार...चेतना पर अदृश्य हथौड़ा सा पड़ रहा था...लेकिन मन को कड़ा किया।

कुँवारी कन्या...गर्भपात...पँचमासा भ्रूण...प्राणों से धड़कता एक मांस पिंड।

लेकिन उस घटना के बाद वे फिर वे नहीं हो पाए। हमेशा लगता रहा जैसे भीतर बैठा चाचा अधमरा हो गया है, उनके किन्हीं कमजोर क्षणों में किसी कायर निर्णय को काले समर्थन देने के चलते।

कभी माथा झुका था, अपने किसी पूर्वज की तस्वीर के आगे, जिसके बारे में सुना था कि उन्होंने एक बार ट्रेन के नीचे आती बकरी के प्राण बचाने के लिए अपने ही प्राण गँवा दिए थे... आज माथा अपने ही अपराध बोध के भार से झुक गया था।

प्रश्न ! प्रश्न ! और प्रश्न ! चिन्तनशील मन पर जाने कितनी आड़ी तिरछी रेखाएँ खिंचती जा रही हैं इन दिनों।

क्या है मनुष्य होने का श्रेष्ठतम होना ? बुद्ध...महावीर...विवेकानन्द सब घूम गए चेतना में। क्या कोई विकल्प था उनके पास ? अन्दर से जैसे कोई बोला, हाँ था। अनादिकाल से चली आ रही है समस्या। सभ्यता के प्रारम्भ से ही ऐसी अनेक महान सन्तानों ने जन्म लिया जिन्हें नाजायज सन्तान कहा जाता रहा था। ऐसी अनेकानेक सन्तानों को जीने से रोका नहीं गया था...न सही घर में...ऋषियों के आश्रमों में ही सही, अनाथालयों में ही सही, पर उन्हें जीने दिया गया था...और बाद में ऐसी ही अनेक सन्तानों ने जीवन को समृद्ध किया था।

आज...आज जीवन सिकुड़ता हुआ पोखर बन चुका है, रुके सड़े पानीवाला। तब जीवन विशाल समुद्र-सा था...हरेक के प्रति भव्य स्वीकार्य भाव सा लिया हुआ, नदी नाले सबका पानी अपने में समाता हुआ।

और सोचते सोचते उन्हें लगा जैसे मन पर छाया धुँध छँटता जा रहा है और जो चीज तब पकड़ाई में नहीं आई थी...आज आ गई है अकस्मात् इतने दिनों बाद।

फैसला फिर से

दस वर्ष।

आज से दस वर्ष पूर्व जब पहली बार कचहरी जाना पड़ गया था महाश्वेता को तो बुरा-सा मुँह बन गया था उसका। 'किच्छु काज आछे, किच्छु काज आछे' (कोई काम है ? कोई काम है...)...के समवेत स्वर के साथ तीन-चार सिलवट भरे एवं काले चोंगे पहने छोकरेनुमा अधेड़ से वकीलों की टोली लपक पड़ी थी उसकी ओर। आँखों में आशा सँजोए।

दीदे फाड़कर देखा था तब उसने कोर्ट को। कलकत्ता स्थित सियालदह कोर्ट को। कोटर में धँसी, मिचमिची एवं मोतियाबिंदी आँखें खुली की खुली रह गई थी उसकी।

हाय भगवान ! क्या यही कोर्ट है ?...सीक सी पतली-पतली एवं सूखी-सूखी उँगलियों से लटकी हुई ठुड्डी को पकड़े-पकड़े हैरत से देखा था उसने, चूना झरती दीवारें, जालों से लदे हुए कमरों के हरेक कोने एवं कालिख से अटे-पटे मरियल से चलते तीन ताड़ी के पंखे।

...और जिन तीन शब्दों से पिछले दस वर्षों में सबसे अधिक पाला पड़ा था उसका, वे तीन शब्द थे—'खोर्चा दिए जाबेन' (खर्चा दे दीजिएगा)। हर तारीख के पहले चलता पुर्जा-सा दिखनेवाला व्यस्त वकील अपनी रौबदार चाल से चलता हुआ आता और अपनी भारी-भरकम आवाज में होंठों को गोल-गोल करते हुए आदेश-सा देता और तारीख के दिन बिना इस बात की परवाह किए कि अदालत में सुनवाई हुई या नहीं, एक मोटी-सी रकम अपने जेब के हवाले कर लेता।

कभी-कभी मन होता महाश्वेता का कि भागते वकील का चोंगा पकड़कर ही पूछे, अपने मुकदमे की प्रगति के बारे में, लेकिन व्यस्त वकील यह जा वह जा।

पैंसठ वर्षीया। कड़ियल काठी। ठिगना कद। तेज टपकाता झुर्रियों से भरा तना हुआ-सा चेहरा। समझ से भरी छोटी-छोटी एक जोड़ी मोतियाबिन्दी आँखें।

अपने प्राणों की पूरी शक्ति को अपने पाँवों पर केंन्द्रित कर वह तेज-तेज चाल से लगभग उड़ती हुई-सी हाँफती-दाँफती लिफ्ट तक पहुँचती और लिफ्ट मैन को दाएँ हाथ की तीन उँगलियाँ दिखाती—और तीन तल्ले के तीसरे मुंशीफ के कोने वाले कमरे में मुवक्किलों के लिए लगाई गई हत्था उड़ी, बुढाई-सी टेबिल पर धम्म से जा बैठती।

पिछले दस वर्षों से यह क्रम महीने डेढ़-महीने के अन्तराल से चला आ रहा था।

लगातार।

शुरू-शुरू में अपने केस को लेकर वह इतनी संजीदा नहीं थी। क्योंकि तब केस एकदम ताजा टटका था उसका।...और वह 'जो होगा, देखा जाएगा' के भाव से चिन्ता एवं तनाव को धूल सा ही झाड़ देती। लेकिन पिछले साल भर से जब से उसका केस निर्णायक स्थिति में प्रायः आ गया था...उसकी चिंता का पार नहीं था।...सारी योजना, सारा सोच, सारी कल्पना...सारा भविष्य...इसी बिन्दु पर केन्द्रित हो गया था उसका। प्रत्येक बार जब-जब वह सुनवाई के लिए आती, उसका हृदय आशा और निराशा के बीच झूलने लगता...असंख्य आशंकाओं के दंश उसे डसने लगते...जाने आज क्या हो ? प्रतिपक्ष का वकील, स्वप्न चौधरी जिसकी आँखों से मक्कारी साफ झलकती थी, जाने क्या-क्या पूछे ? बहुत बार तो ऐसा भी होता कि वह सुबह से शाम तक बिना खाए-पीए मानसिक उठा-पटक झेलती रहती और कोर्ट बंद होने के कुछ समय पूर्व उसे बताया जाता कि उसकी हियरिंग फिर अगली तारीख तक के लिए स्थगित हो गई है। ऐसे में दो विपरीत भावनाएँ एक साथ काम करती उसके अन्तर में। जहाँ नस तोड़ तनाव से उसे तत्कालीन राहत मिल जाती, वहाँ इस बात से बेहद कष्ट पहुँचता कि आज की सुनवाई के लिए दो-दो वकीलों को दी जानेवाली मोटी रकम फिर व्यर्थ गई। यूँ अभी तक का उसका यही अनुभव था कि प्रायः एक बार हियरिंग होती तो दो-तीन बार सिर्फ तारीख ही दी जाती...लेकिन पेशेवर वकील को इस बात से कोई मतलब न था, वह तो हर तारीख के एवज में तीन सौ रुपयों की मोटी रकम बतौर अपने-अपने सहयोगी वकील की फीस एवं कोर्ट का खर्च बोलकर झड़प लेता महाश्वेता से।

बड़ी लूट है भई, गलाकाट लूट है...कई बार वह बुदबुदाती हुई अपने घिसे-पिटे बदरंग से हुए चमड़े के बैग से अपने सूखे डंठल से हाथों को डालकर रुपए निकालती और एक-एक रुपए को ध्यान से गिनते हुए...उन पर उँगलियाँ फेरते हुए यूँ नोट थमाती, मानो अपना कलेजा थमा रही हो।

शुरू-शुरू में वह पेशकार से बहुधा झगड़ पड़ती थी। वकील को मोटी रकम देने के बाद छोटा-मोटा चढ़ावा इन पेशकारों को भी चढ़ाना ही पड़ता था...लेकिन बाद में यह देखकर कि प्रायः सभी मुवक्किल इन पेशकारों को भी जरूरी चढ़ाने के हिसाब से कुछ न कुछ इनकी फैली बेशर्म हथेलियों पर रख ही देते थे, कोई शीघ्र तारीख लेने की आशा में तो कोई तारीख को लम्बा बनाने की गरज से। उसने प्रत्यक्ष झगड़ना छोड़ दिया था, उनसे। वकील तो फिर भी माना कानूनी व्यवसायी था लेकिन पेशकार को देना तो एकदम नंगी लूट थी—पेशकार को देते वक्त वह प्रायः बुदबुदाने लगती, देखना एक दिन तुम्हारे हराम की कमाई तुम्हारे शरीर से कोढ़ बनकर फूटेगी...एक बार सियालदह कोर्ट की मुख्य सीढ़ियों पर एक महिला को काले चोंगे पहने एक अधेड़ से वकील के पैरों पर गिरी देखकर स्तब्ध रह गई थी वह। जाने कितनी रातों तक वह दृश्य हथौड़े चलाता रहा था उसकी चेतना पर...मुवक्किल का कद किस कदर बौना हो जाता है वकील के समक्ष !

इन दिनों यह मुकदमा ही सम्पूर्णता से छाया हुआ है उसकी चेतना पर। खाना-पीना, ओढ़ना-बिछौना...सब कुछ यह मुकदमा ही बना हुआ है। जिस दिन जिरह के दौरान उसका मुख्य वकील, तपन गंगोपाध्याय जिन्हें वह 'तपन दा' कहती थी, प्रतिपक्ष के मुख्य वकील स्वप्न चौधरी से भारी पड़ता, हुलसती रहती वह सारी रात—उमंगों एवं आशाओं से लबालब भरी, छलकते प्यालों जैसी। 'सत्यमेव जयते' का मूल मन्त्र कानों में बाँसुरी-सा बजने लगता।

चलती जिरह के दौरान उसकी हृदय की धड़कने एकदम से तेज हो जाती। बिना हिले-डुले वह हाकिम के मनोभावों को, मटकी की जैसे हिलती उसकी खोपड़ी को अपलक देखती रहती। कई बार उसे लगता, जिस प्रकार तपन दा जोशीली आवाज में जिरह कर रहे हैं और प्रतिपक्षी हरिनारायण घोष के दर्जनों झूठ की बखिया उधेड़ रहे हैं...कि जज यदि पूरी चेतना के साथ जिरह को सुन भर लें तो उसका काम बन जाए। जितनी देर जिरह चलती, उसके कँपकँपाते होंठ अनवरत रूप से अपने इष्ट देव का स्मरण करते रहते...और डूबी-डूबी-सी उसकी आँखें जज के एक-एक मनोभावों को सूक्ष्मता से देखती रहती। कई बार यह सोचकर घबड़ाहट होती उसे कि जिस प्रकार तपन दा आज उसके प्रतिपक्षी हरिनारायण को विटनेस बाक्स में खड़ा कर उस पर शब्दों के कोड़े बरसा रहे हैं, उसी प्रकार उसे भी खड़ा करवाया जाएगा...धमकाने की चेष्टा की जाएगी...दिमाग को असन्तुलित करने का प्रयास किया जाएगा...। मैं एकदम नहीं घबड़ाऊँगी, हिम्मत नहीं हारूँगी...मन ही मन समझाने-बुझाने की प्रक्रिया भी चलती रहती उसकी।

कई बार दोनों वकीलों की जिरह में से जब कुछ भी पल्ले नहीं पड़ता उसके, तो स्वयं पर ही बड़ी झुँझलाहट होती उसे—मैं भी हूँ एक ढपोरशंख...गोबर गणेश...।

जिरह के दौरान हाकिम के बदलते मनोभावों से वह अपने केस के भाग्य को जोड़ने लगती। यदि हाकिम तपन दा की जिरह पर हँस पड़ता तो उसे लगता उसका पलड़ा भारी पड़ रहा है।

एक बार हाकिम ने अप्रासंगिक बोलने के लिए हरिनारायण को लताड़ दिया तो एक बचकानी-सी खुशी से-झूम उठी थी वह। 'खूब मजा आया'—वाले भाव उसके मुँह पर छा गए थे। मैं इस बात का ध्यान रखूँगी कि कुछ भी ऐसा न कहूँ जो मेरे से सम्बन्धित नहीं हो, उसने तत्क्षण ही गाँठ बाँध ली थी।

महाश्वेता में अपनी उम्र की उन दूसरी महिलाओं की तरह दयनीयता, डर, दब्बूपन एवं विवशता का-सा भाव नहीं था। जिनका जीवन निरन्तर बिना विशेष कष्ट एवं उठा-पटक के एक जैसा बीत जाता है। जीवन के निरन्तर संघर्ष एवं थपेड़ों ने उसके व्यक्तित्व में एक प्रकार का आत्म-विश्वास एवं अन्त तक लगे रहने का जुझारूपन पैदा कर दिया था।

यही कारण था कि जितनी भी सोचने की शक्ति एवं कानूनी समझ थी उसके पास, उस सबको अपने ऊपर उँड़ेल कर उसने यह धारणा बना ली थी कि यदि सब कुछ

कानूनी हिसाब से चले तो कानूनी रूप से वह यह केस नहीं हार सकती थी। इसी कारण अपनी हैसियत से अधिक खर्च करना भी उतना नहीं अखर रहा था उसको।

यूँ कानून के जाननेवालों की भी यही राय थी कि उसके केस का निर्णय किसी भी हालत में उसके प्रतिकूल जा ही नहीं सकता था। हरिनारायण घोष ने दस वर्ष पूर्व दो छोटे-छोटे कमरोंवाले एक 400 स्क्वायर फीट के फ्लैट को खाली करने के लिए उस पर दावा ठोंका था। चूँकि 'वेस्ट बेंगाल टेनेन्सी एक्ट' के अनुसार वह बिना किसी वजह उस बुढ़िया से जो पिछले तीस वर्षों से शान्तिपूर्वक उस फ्लैट में रह रही थी, फ्लैट खाली नहीं करवा सकता था—इसलिए उसने कानून की विशेष धारा, 'निजी आवश्यकता' के आधार पर उस पर दावा ठोंका था।

दो पुत्र हरिनारायण के। और दोनों के ही पास दो निजी विशाल अट्टालिकाएँ। और स्वयं हरिनारायण के पास चार कमरों का एक विशाल फ्लैट। इस कारण महाश्वेता और तपन गांगुली दोनों ही निश्चन्त थे। निजी आवश्यकता क्या आकाश से टपकेगी ? अक्सर मजाक में कह बैठते तपन दा।

लेकिन कभी-कभी हार जाने की आशंका महाश्वेता के मन में फड़फड़ा उठती थी। विशेषकर जिस तेजी से पिछले दस वर्षों से जमीन के भाव आसमान पर चढ़ रहे थे—कि उसे लगता था कि हरिनारायण जरूर कोई ऐसी चाल चलेगा कि वह फँस जाएगी। विशेषकर जब-जब कर्महीन दोपहरी में उसका मन अतीत के तल में झाँकने लगता, स्मृतियों के दंश उसे डसने लगते।

क्या नहीं किया था हरिनारायण ने उससे फ्लैट खाली करवाने के लिए। डराया-धमकाया, उसके पीछे गुण्डे लगवाए, उसे मार डालने तक की धमकी दे डाली। लेकिन ढीठ बुढ़िया टस से मस नहीं हुई।

अन्त में उकताकर मकान मालिक ने एक नया हथकंडा अपना लिया था। ठीक आधी रात को वह महाश्वेता के फ्लैट का मीटर बंद कर देता।

एकदम प्रथम दिन तो महाश्वेता ने यही सोचा था, बिजली गुल ! अर्द्धरात्रि के साँय--साँय करते सन्नाटे एवं डरावने घुप्प अँधेरे में निस्संग कच्चा मन डबडबा-सा गया था। मन ही मन हनुमान चालीसा का जाप करती, डगमग पाँवों से किसी तरह चौके तक पहुँच कर धड़कते दिल से माचिस की तिली जलाई...मोमबत्ती जलाई...मोमबत्ती से लालटेन जलाई...और बाद की सारी रात उसने अपनी दृष्टि लालटेन की लौ पर स्थिर रखकर काट दी थी। भय से विजड़ित काया निस्पन्दप्राय हो गई थी। चाय बनाकर पी लेने तक का साहस नहीं जुटा पाई थी वह।

लेकिन दूसरी रात वह पूरी तरह सतर्क थी। चाक-चौबन्द। एक बड़ी-सी टार्च अपने सिरहाने ही रख ली थी। अँधेरे से मोर्चा लेने की तैयारी मन के भीतर भी शुरू हो गई थी। धूर्त मकान मालिक ने दूसरे दिन कुछ भी नहीं किया था, लेकिन जब-तब तीन-चार दिनों के अन्तराल से वह मीटर बंद कर देता।

महाश्वेता की प्रतिरोधात्मक शक्ति से बौखलाए हरिनारायण ने अन्तिम हथियार

स्वरूप उसके यहाँ काम करनेवाली बाई को भी डरा-धमका कर भगा दिया था। जाने कई महीनों तक यह सिलसिला चलता रहा था। नित्य नवीन मुहल्ले से महाश्वेता खोज--खोजकर नई-नवेली बाई को लाती और खुर्राट हरिनारायण की धमकी उन्हें वापस दरवाजा दिखा देती। आखिर परेशान होकर महाश्वेता ने उसका भी रास्ता खोज निकाला। जब तक पराश्रिता रहूँगी, लोग जीने नहीं देंगे, मन ही मन तर्क-वितर्क चलता रहा था उसका। आखिर पचपन वर्ष की उम्र में उसने अपनी शारीरिक शक्ति को बढ़ाने की सोची। सुबह ही सुबह उठकर व्यायाम करना शुरू किया। सुदूर बचपन में अपने पिता से सीखे एक-दो आसन का भी अभ्यास किया और तब से कभी बाई पर आश्रित नहीं रही, घर के सारे काम-काज खुद ही निपटाने लगी।

दरवाजे की सुराख से कसरत करती महाश्वेता को देख खुर्राट हरिनारायण की माथे की नसें झनझना उठी थी। मूँछ के कोने गुस्से में फड़कने लगे थे। मुट्ठियाँ भिंच गई थी। बुढ़िया की प्रतिरोधात्मक शक्ति के समक्ष उसका पुरुषार्थ घुटने टेक रहा था। कहाँ तो सोचा था कि डराने-धमकाने भर से काम चल जाएगा और कहाँ हरेक चाल नाकाम हो रही थी। क्रोध से उफनते हुए उसने दरवाजे के बाहर शान से खड़े महाश्वेता के स्वर्गीय पति द्वारा लगाई गई पत्र मंजूषा को ही कील समेत उखाड़ फेंका था। उसके मृत पुत्र द्वारा लगाए गए इक्के-दुक्के गमलों को तोड़ दिया था। उस पर भी भीतर की आग ठण्डी नहीं पड़ी तो बाहर बरामदे में सूखते कपड़ों तक को चिन्दी-चिन्दी कर दिया था। लेकिन एक के बाद एक ये सब ज्यादतियाँ महाश्वेता को बजाय तोड़ने के मजबूती देती गई थी। एक भीतरी मजबूती। यूँ भी जीवन-वाटिका में लू के झोंके निरन्तर आते रहे थे और उसका व्यक्तित्व इन्हीं झोंकों में तप-तपकर फौलादी बनता गया था।

दो वर्षों का अन्तराल।

दोनों पक्षों की जिरह शेष हो चुकी थी। जिस आत्मविश्वास के साथ विटनेस बाक्स में खड़ी महाश्वेता ने प्रतिपक्ष के वकील स्वप्न चौधरी के सभी प्रासंगिक एवं गैर-प्रासंगिक सवालों का सामना किया था एवं धारदार शब्दों में जवाब दिया था कि स्वयं तपन दा भी चमत्कृत थे। स्वप्न चौधरी ने आक्रामक तेवर अपनाकर जाने कितनी बार उसके आत्मविश्वास को तोड़ने की चेष्टा की—उसके मस्तिष्क को असन्तुलित करना चाहा—शब्द वाणों से उसे भयभीत करना चाहा, लेकिन महाश्वेता ने उसकी हरेक मनोवैज्ञानिक चाल को नाकाम किया एवं स्थिर आवाज में आवेगहीन रहते हुए उसके हर प्रश्न का सही-सही जवाब दिया।

लेकिन महाश्वेता की नियति में कदाचित् एक और झटका खाना पड़ा था। ज्ञान, अनुभव एवं तर्क शक्ति में भारी पड़ते हुए भी तपन दा अपने से कम उम्र के अनुभवहीन वकील स्वप्न चौधरी के समक्ष परास्त हो गए थे। जो वाक्पटुता एवं झूठ को सच करने की कला का करिश्मा स्वप्न चौधरी के पास था, तपन दा के पास सिरे से नदारद था। जाने कहाँ से झूठे भाड़े के बिल दिखाकर स्वप्न चौधरी ने यह प्रमाणित

कर दिया था कि उसके मुवक्किल के पास और कोई भी निजी सम्पत्ति नहीं है और इसी कारण उसके बड़े पुत्र को भाड़े के मकान में रहना पड़ रहा है। जिन दो विशाल अट्टालिकाओं में दोनों पुत्र रह रहे थे उनका कानूनी रूप से कोई अस्तित्व ही नहीं निकल पाया था। जाने किस बेनामी नाम में वे खरीदी गई थी कि महाश्वेता के अथक प्रयासों के बावजूद उनका रहस्योद्‌घाटन नहीं हो पाया था और परिणामस्वरूप अन्ततः मुकदमे का फैसला महाश्वेता के विरुद्ध ही हुआ था।

वकील तपन का चेहरा मरी हुई मुर्गी की तरह ही लटक गया था। शब्द नहीं थे उसके पास, महाश्वेता को सान्त्वना देने के लिए। हाईकोर्ट में अपील वह अवश्य कर सकती थी लेकिन उसके लिए नए सिरे से धन और मेहनत की आवश्यकता थी। इस कारण हिम्मत नहीं हो रही थी, महाश्वेता को यह परामर्श देने की।

आशा का अन्तिम तन्तु भी टूट जाने पर महाश्वेता की अवस्था उस वैरागी की-सी हो गई थी जो सब कुछ ईश्वर को समर्पित कर निश्चिन्त हो जाता है। स्थिर कदमों से आगे बढ़ती हुई वह स्वप्न चौधरी के पास पहुँची और उसके प्रति मन में जितनी तीव्र घृणा एवं आक्रोश शेष था, आवाज को उतनी ही संयत एवं शालीन कर अपनी स्वाभाविक और धीमी ओजस्वी वाणी में कहने लगी, 'शाबास पुत्र ! जिस तर्क एवं युक्ति के करिश्मे से तुमने कानून की धज्जियाँ उड़ाकर सच को झूठ कर दिखाया वह अद्‌भुत था। तुम जिन्दगी में बहुत आगे बढ़ोगे...।'

अपने प्रशंसकों से घिरे, बधाइयाँ बटोरते स्वप्न चौधरी की पहली प्रतिक्रिया यही हुई थी कि बुढ़िया को डपट दें, लेकिन जिस शालीनता से महाश्वेता ने कहा था कि तुम बहुत आगे बढ़ोगे...स्वप्न चौधरी को लगा कि महाश्वेता शायद उसके प्रभामंडल को थोड़ा और जगमगा दे, इस कारण उसकी मूँछों के बाल अँगड़ाइयाँ लेने लगे और वह आशापूर्वक उसकी बातों को सुनने लगे। उन्होंने देखा, बोलते वक्त महाश्वेता के चेहरे पर छाया झुर्रियों का जाला और अधिक गहरा हो गया था, शब्द जैसे कँपकँपाते हुए उसके मुख से गिर रहे थे।

अपनी रौ में बहते हुए महाश्वेता फिर कहने लगीं, "मेरा भी एक पुत्र था, जो कानून की पढ़ाई करते-करते ही गुजर गया था। उसकी भी हार्दिक तमन्ना थी कानून का उच्चतम ज्ञाता बनने की। वह भी तुम्हारे जैसा ही अद्‌भुत प्रतिभा सम्पन्न था। पुत्र ! मैं हर दिन उसकी याद को बन्दरिया के बच्चे की तरह अपने सीने से चिपकाए रखती। आँसू बहाती रहती। जब-जब तुम जिरह करते, पता नहीं क्यों उसकी स्मृति मेरे जेहन में कौंध जाती और उसकी शक्ल तुम्हारी शक्ल में इस कदर गड्डमड्ड हो जाती कि मुझे लगता कि मेरा पुत्र ही खड़ा है। पुत्र, आज सोचती हूँ कि अच्छा ही हुआ कि वह मर गया, नहीं तो क्या पता उसकी आत्मा भी तुम्हारी आत्मा की तरह फीस की मोटी रकम पाकर बिक जाती और वह भी जाने कितनी निःसहाय एवं विवश वृद्धाओं को, कानून को ठेंगा दिखाकर घर से बेघर कर देता।"

बोलते-बोलते वह हाँफने लगी थी। चेहरे के भाव कठोर हो गए थे। थू...। पिच्च

जैसी हिकारत की नजरों से वकील स्वप्न की ओर देखते हुए वह फिर कहने लगी, 'लेकिन अपने जीवन के स्थूल सुखों में डूबे सन्तुष्ट सुअर-सा जीवन जीने वाले तुम मेरी बात को नहीं समझोगे, क्योंकि तुम्हारी खाल मोटी हो चुकी है और तुम्हें यह सब अपराध ही नहीं लगता।' और हाँफती-हाँफती वह वहीं धम्म से बैठ गई थी।

महाश्वेता की खौलती बातों से जीत की खुशी का सारा नशा हिरण हो गया था वकील स्वप्न चौधरी का। अँगड़ाई लेते मूँछों के बाल बैठ गए थे। साथी वकीलों की बधाइयाँ, मुवक्किल के कहकहे कुछ भी सुनाई नहीं पड़ रहे थे उसे, दसों दिशाओं से सिर्फ एक ही आवाज अनुगूँजित होकर उसकी श्रवणेन्द्रियों से टकरा रही थी, अच्छा ही हुआ कि वह मर गया...।

कचहरी से घर लौटते वक्त तक वह पूरी तरह बिखर चुका था, खंडित और खिन्न। उसे लग रहा था—उसका सारा ज्ञान धूल है कि वह एक क्षुद्र व्यक्ति है। निकृष्ट। कमीना। अनायास ही पन्द्रह वर्ष पूर्व की एक घटना आँखों के आगे कौंध गई थी। तब नया-नया ही वकील बना था वह...। एक बार शीतकालीन रात्रि के गहन अन्धकार में घर लौटते वक्त बस से उतरते वक्त असावधानीवश दोनों पाँव उसके फुटपाथ पर पड़े बासी मल में धँस गए थे और एक तीव्र दुर्गन्ध से उसका सिर भन्ना गया था, जी मिचलाने लगा था।...आज वर्षों बाद एक वैसी ही जी मिचलानेवाली अस्वस्थ अनुभूति ने उसे दबोच लिया था। उस दिन घर पहुँचते ही उसे देखकर उसकी माँ ने पहला शब्द यही कहा था छिः।

आज एकाएक उसने महसूसा, गत पन्द्रह वर्षों में वही 'छिः' दुगुनी-तिगुनी होकर उसके पूरे वजूद से चिपक गई है। पिछले पन्द्रह वर्षों की एकमात्र उपलब्धि उसकी यही रही है—एक बड़ी-सी छिः।

महाश्वेता की बातों ने उसे वर्तमान से अतीत के धरातल पर ला पटका था। एक नहीं, दो नहीं, जाने कितने केस उसने अपनी इसी वाक् शक्ति के बल पर, अपनी अद्भुत तर्क शक्ति के करिश्मे से, झूठ को सच में परिणत करने की कला से जीते थे।

पिछले ढेर सारे वर्षों में उसने ढेरों उपलब्धियाँ हासिल की थी, लेकिन एक काम उसने भूलकर भी नहीं किया था। सही ढंग से सोचने का कार्य और आज सारी रात उसने सिर्फ एक कार्य किया था, सोचने का कार्य। सारी रात वह सोचता रहा था—आज चाहता तो वह ऐसी जिन्दगी जी सकता था कि लोग उसे दीर्घायु होने का आशीर्वाद देते, लेकिन...।

और सुबह उठते ही उसके पग निश्चित आयास के साथ, बिना किसी द्वन्द्व के महाश्वेता के फ्लैट की ओर बढ़ रहे थे।

एक रुकी हुई स्त्री

पन्द्रह वर्षों की सुदीर्घ प्रतीक्षा उस बिन्दु तक पहुँच चुकी थी, जब प्रतीक्षा प्रतीक्षा नहीं रहती और समय का अन्तराल सब रेखाओं को धो-पोंछ देता है।

यह भी होना था।

कभी की खासमखास और अजीज मानसी को वक्त की इस लम्बी छलाँग ने कब स्मृतियों के कबाड़खाने में ला पटका...मुझे भान तक न हुआ।

फिर कल मिली यह चिट्ठी।

अकस्मात्।

वही लिखावट...बिजली-सी दौड़ गई नस-नस में। धड़कनें बेकाबू।

असंख्य-असंख्य जिज्ञासा...उत्कंठा...व्याकुलता के साथ खोला पत्र :

प्रिय दीपा,

कल्पना कर सकती हूँ कि तुम कितनी नाराज और साथ ही आश्चर्यचकित भी हो रही होगी, आज पन्द्रह वर्षों पश्चात् मेरे पत्र को पाकर। पर विश्वास करो, इसके पूर्व मैं तुम्हें कुछ भी लिख ही नहीं सकती थी क्योंकि आज इतने वर्षों बाद ही मिल पाया है मुझे अपने उस प्रश्न का जवाब जिसे जीवन के प्रभात ने फेंका था मुझ पर। तो लो यह बूँद-बूँद इकट्ठा किया सत्य—पन्द्रह वर्षों के हमारे इतिहास में कितने हुए हैं पृथ्वीराज चौहान !

दरअसल पिछले आठ सौ वर्षों की लम्बी पराधीनता ने इस देश के नवयुवकों में जीवन के प्रति एक ऐसा आतंक भर दिया है उनके अन्तर में कि उनमें वह निर्भीकता और उन्मुक्तता रह ही नहीं गई है, जिसकी माँग करता है प्रेम।

मानसी के इस आत्म-कथन में कितना सत्य-असत्य, तत्त्व ज्ञान एवं मोहभंग जीवन अनुभवों के तल से उभर कर उठा है। मैं इस विवाद में नहीं पड़ना चाहती। मैं तो सिर्फ किसी निर्वैयक्तिक एवं निस्संग व्यक्ति की तरह व्यतीत के उसके सच और गूँज को आज के सत्य के साथ मिलाने की चेष्टा भर कर रही हूँ।

बहरहाल, कुछ उतरती सीढ़ियाँ उस तहखाने की ओर जो सत्रह वर्ष पुराने रास्तों की ओर खुलती हैं।

नई उम्र की सुगन्ध की तरह महकता हमारा यह वह समय था जब लड़के और लड़की दोनों अपने-अपने सौन्दर्य की पराकाष्ठा पर खड़े अपने शरीर को ही जमाने की

सबसे बड़ी नियामत समझते थे।

ऐसे ही चहकते-महकते समय के बीच खड़ा था–कलकत्ता का एक मेडिकल कॉलेज ! जहाँ एक लड़का था–सरबजीत। और एक लड़की थी–मानसी। उस नई खुलती जिन्दगी का अपना अलग तिलिस्म और रहस्य था। फिज़ाँ में मुहब्बत थी। मिठास थी। कुछ कर गुजरने का उत्साह था। लड़के हमारी जिन्दगी का सबसे बड़ा अजूबा थे और मेडिकल की फिजिक्स, एनॉटॉमी, मेडिसिन और सर्जरी के साथ-साथ लड़कों के भूगोल और इतिहास में भी दिलचस्पी लेते हुए उन्हें हम कभी कनखियों से, कभी साठ डिग्री के कोण से, कभी खुलकर, कभी छुपकर, कभी गम्भीरता से, कभी उड़ती निगाहों से देखते रहते थे। किसी के होंठों को गोलकर सीटी बजाने की अदा, किसी का हँसना किसी का गुस्साना, किसी का झेंपना, किसी का बतियाते वक्त कन्धा उचकाना, किसी का चश्मे के पार टेढ़ा झाँकना, किसी का माथे पर झूलती लट को पीछे की ओर धकेलना, किसी का साहस, किसी का दुस्साहस–सब पर हमारा गम्भीर विचार-विमर्श होता और योग्यतानुसार सभी को उपाधियाँ दी जातीं, विशेष सम्मान से नवाजा जाता। ककड़ी, फटीचर, थ्री मस्केटियर, चारमीनार, लाली पॉप, लॉफिंग स्टॉक, घासलेट (घास पर लेटने वाला), मुहम्मद बिन तुगलक, अनारकली, नारद मुनि, तीसमार खाँ आदि हमारे द्वारा दिए गए हमदमों को हमारा 'सम्मान' था।

लेकिन शुरुआती टटके दिनों का संकोच एवं अजनबीपन ज्यों-ज्यों ढलने लगता, मौसम बदलने लगता और खुलती पँखुड़ियों की तरह हम भी लड़कों में धीरे-धीरे घुलने-मिलने लगते। यही घुलना-मिलना हमारा वह प्राण-तत्त्व, जीवन जल का वह छींटा था जो उस दौर के जबर्दस्त अध्ययन के तनाव, गला-काट प्रतिद्वन्द्विता, पक्षपात का भय, भविष्य की अनिश्चितता के बीच भी हमें तरोताजा एवं जीवन से भरपूर छलकते जाम जैसा लगता।

प्रेम रोमांस उस दौर का वह जादू भरा लेन-देन था जो प्रारम्भिक जड़ता के बाद मेडिकल कॉलेज के किन्हीं-किन्हीं अन्तरों-कोनों में अच्छा फल-फूल रहा था। मानसी और सरबजीत भी समय के उसी बिन्दु पर मिले थे। वह मेडिकल का तृतीय वर्ष था और एक बार दोनों एक ही विंग में पड़ गए थे–इस कारण गाहे-बगाहे होनेवाली नाईट-ड्यूटी उन्हें करीब ले आई थी। दोनों दोनों की भरपूर सहायता करते। सभी तरह से–नोट्स के आदान-प्रदान, एक दूसरे के रोगियों को सँभालना, अपने नाम से पुस्तकालय से पुस्तक लेकर दूसरे को दे देना–कॉलेज की जबर्दस्त राजनीति से एक-दूसरे को सतर्क करते रहना, पहले डिलीवरी केस के कौतुकपूर्ण रोमांचित अनुभव का लेन-देन–सभी कुछ शामिल। धीरे-धीरे दोनों इस सहयोगिता का 'अर्थ' समझने लगे थे और एक दफा इसी सहयोगिता के बीच ही मुहब्बत जताई गई। सरबजीत के झमाझम व्यक्तित्व से चमचम करते तरल-तरल भावदार शब्द टपके–'मैं आपसे कॉलेज प्रेमिसेस से बाहर मिलना चाहता हूँ।'

क्या ? चेहरा लाल चुनरी बन गया था, मानसी का। कृष्ण कन्हैया की बाँसुरी के

शब्द भी इन शब्दों की मिठास के आगे क्या थे ? और दम मारते ही मेडिकल कॉलेज की वह छात्रा—वही आदिम नारी बन गई थी—उसी आदिम सुख को लालायित। कितना कुछ पढ़ा-सुना देखा-भाला, जीवन का वह चरम सुख क्या आनेवाले इन्हीं कुछ क्षणों में मिलनेवाला है ? भीतर से कोई संशय का कीड़ा कुलबुलाया—कौन जाने सरबजीत कॉलेज में इन दिनों पूरा जोर मारती नक्सलवादी छात्र राजनीति का ही कोई भेद या चेतावनी उसे देने जा रहा हो, चूँकि कॉलेज परिसर निरापद स्थान नहीं, इस कारण बाहर जाकर कुछ कहना चाहता हो। पर भीतर की नारी बराबर आश्वासन की थपकी देती जा रही थी, बोलते वक्त सरबजीत के चेहरे पर संकोच और मृदुलता की जो लाली छाई थी, उसके तार क्या किसी राजनीति के तार से जुड़ सकते हैं ? मानव मनोविज्ञान क्या इतना ही कच्चा है उसका ?

मेडिकल कॉलेज के आउट डोर के बाहर खड़े-खड़े कुछेक पलों में ही कितना कुछ घट गया था—दोनों के अन्दर। सरबजीत का हृदय भी सड़क पर लगे गति अवरोधकों की तरह हिचकोले खा रहा था--कितना समझा है उसने मानसी के भीतर की केमिस्ट्री को ? क्या इतनी ही साफ-सफ्फाक एवं सरल है वह, जितनी समझ रहा है वह उसको। परिचय को ही प्यार समझने की गलती तो कहीं नहीं कर रहा वह ? अच्छा हुआ उसने अभी तक स्पष्ट कुछ नहीं कहा। दुर्गा-पूजा के अवसर पर पंडालों के बाहर जलती-बुझती रोशनियों की तरह जलते-बुझते आशाओं-निराशाओं के कुछ खामोश पल गुजरे कि तभी उधर से जवाब आया—किधर चलना होगा ? आँखें झुकी-झुकी। होंठ सिकुड़े हुए। सर्वांग खुशी से झूम उठा सरबजीत का। लगा जैसे कोई जीती-जागती कविता पास सरक रही हो। विज्ञान के उस छात्र को पहली मर्तबा विज्ञान से ज्यादा ईश्वर पर आस्था हुई—हे अन्तर्यामी, तू सचमुच है ! इस छुई-मुई-सी लड़की ने कॉलेज से बाहर मिलने के लिए हामी भरी है, मतलब ?

और उस 'मतलब' को पूरी तरह समझने में पहली मर्तबा चिकित्सा विज्ञान के उस मेधावी छात्र को वह घबड़ाहट, डर एवं परेशानी हुई जो एकदम पहली बार मुर्दाघर में पड़ी लाशों के बीच किसी एक लाश को चीर-फाड़ करते वक्त भी नहीं हुई थी। बिना किसी सेमीकॉलन, कॉमा एवं फूल स्टॉप के अपने प्रेम के विमान को सीधा टेक-ऑफ करवाते कह दिया था उसने--आई वान्ट टू मेरी यू आफ्टर माई स्टडीज !' और बोलने के साथ ही हकलाते शब्दों के साथ दिमाग भी हकलाने लगा था उसका।

बाद में दोनों ही खुलकर हँसे थे सरबज़ीत की इस नादानी पर। महीनों बाद सरबजीत ने उगला था मन का भेद, सीधा शादी पर इस कारण आ जाना पड़ा कि पढ़ी-लिखी मानसी कहीं यह नहीं समझ ले कि वह भी आज कल के छोकरों की तरह सिर्फ चलताऊ या टाइमपास किस्म की चलती-फिरती मुहब्बत करता है। किसी खानदानी शरीफजादे की तरह यह विश्वास दिलाने को कि वह जिन्दगी की आखिरी मंजिल तक तैयार है, साथ निभाने को। उसने प्रेम के इजहार के साथ ही साथ जीवन भर की साझेदारी निभाने की भी सदिच्छा प्रकट कर दी थी।

और देखने -देखते मानसी के आस-पास की दुनिया, सौर मण्डल और सन्दर्भ सब बदल गए थे। महुए-सा चढ़ा प्रेम का नशा किसी खुशगवार मौसम की तरह हर वक्त छाया रहता उस पर, जो कभी उसकी आँखों के आकाश से झर-झर झरता तो कभी उसकी बिन्दिया की इन्द्रधनुषी चमक और चटकीले रँगों से। और तो और उसकी पुस्तकों और नोटबुक के प्रायः हर पृष्ठ के कोनों पर पूरी कलात्मकता एवं चित्रात्मकता के साथ लिखा रहता एक नाम—सरबजीत।

वे प्रायः कैन्टीन या स्टापेज पर कबूतर-कबूतरी की तरह गुटरगूँ करते दिख जाते। मुझे देखते ही सरबजीत किसी सच्चे भारतीय की तरह मुँह की च्युंइगम को सड़क पर जहाँ-तहाँ उछालते हुए चहक पड़ता—'कहिए, हम जानवर आपकी क्या सेवा कर सकते हैं ?'

'जानवर', मैं चौंक पड़ती।

'ये मेरी जान और मैं इनका वर, अब दोनों मिलकर तो हम जानवर ही हुए ना।'

जानवर शब्द का इतना सुन्दर समास-विग्रह देख मानसी झूम उठती। वह सगर्व नेपोलियन बोनापार्ट की तरह गर्दन तानकर इस तरह ताकती मानो डायनासोर की तरह विलुप्त होतीनस्ल का इकलौता कोहिनूर है सरबजीत और जो केवल उसी के पास है।

इस बीच तृतीय वर्ष की परीक्षाएँ समाप्त हो चुकी थीं। हम सभी चतुर्थ वर्ष में थे। लेकिन अध्ययन के प्रति अब पहले की सी गम्भीरता और समर्पण मानसी में सिरे से गायब था। किताब खुली रहती पर उसका मन नील गगन में उड़ते उन्मुक्त पक्षी-सा कुलाँचे भरता दूर-दूर...जहाँ न एनाटॉमी थी, न मेडिसिन, न सर्जरी। था सिर्फ सरबजीत...शब्द...शब्दों का स्पर्श।

इतने सारे सुखों के सरोवर में आकंठ डूबी रहती वह, आँखें मुँदे—मुझे सो जाने दो, खो जाने दो, उन आँखों के क्षितिज में। जीवन के उन सर्वाधिक महत्वपूर्ण एवं भविष्य की आधारशीला के निर्णायक क्षणों को भी वह सिगरेट के धुएँ की तरह इस प्रकार उड़ा सकती थी, क्योंकि अब उसके इर्द-गिर्द सिर्फ वर्तमान ही वर्तमान था। जिस पर जन्म-जन्म की भूखी किसी जबर्दस्त भुक्खड़ बिल्ली की तरह टूट पड़ी थी वह, भविष्य की ओर से एकदम आँखें मूँदे, क्योंकि भविष्य अब उसके आकाश के आगे की चीज था।

'चित्त चावलै, मान मावलै, हियो हाड़ौती कै मॉय...' क्या मतलब ? क्या है यह ?

'यह राजस्थानी लोकोक्ति है जो तुम जैसे दीवानों को देखकर ही बनाई गई है...राजा चूड़ावत युद्ध के लिए प्रस्थान कर रहे हैं, पर जी है कि अपनी नवोढ़ा रानी में ही रमा है...जैसा कि तुम्हारा रमा रहता है हर वक्त उस छैल-छबीले में ही।'

मंद-मंद मुस्कुराती, मन ही मन रीझती वह घंटों ड्रेसिंग टेबुल के सामने खड़ी अपने गेहुआँ रंगत के चेहरे पर 'फेयर एंड लवली' पोतती रहती। अपनी प्रतिभा और व्यक्तित्व के बजाय उसे अपना शरीर ही जमाने की सबसे बड़ी नियामत लगता, जिसे वह इंच-इंच सजा कर रखती। और अपने शरीर के कुछ प्राकृतिक कमियों को अपनी मेहनत और

कौशल से पूरा करने में लगी रहती। सरबजीत से करीब आठ इंच ठिगनी थी वह। अपनी इस कमी को पूर्ण करने के लिए वह हाईहील पहनने लगी थी। कई बार तो ऐसा होता कि निरन्तर हाईहील पहनने से उसकी एड़ी एवं उँगलियों पर घाव हो जाते तो वह उन घावों पर रूई की एक मोटी सी परत लगाकर फिर हाईहील पहनती। उन्हीं दिनों उसकी आँखों में हल्के पावर का चश्मा भी लग गया था, लेकिन उसकी आँख का मादक कटीलापन, कटाव एवं कजरापन कहीं चश्में के बाईफोकल में ही गुम होकर न रह जाए, इस आशंका से वह चश्मा भी नहीं पहनती थी।

मैं विरक्त हो उससे कहती 'तुम गधी हो जो अपने व्यक्तित्व को विकसित न कर सिर्फ अपने रूप को ही चमकाने में लगी रहती हो। होना यह चाहिए कि सरबजीत तुम्हें चाहे तो भी–सिर्फ तुम्हारे रूप के चलते नहीं वरन तुम्हारे गुणों के भी चलते। तुम हाईहील पहनकर उसके जैसी लम्बी दिखने की चेष्टा करती हो पर जानती हो जर्मन आर्थर ग्रियर ने अपनी पुस्तक 'फीमेल यूनाक' में बताया है कि औरतों के लिए हाईहील का आविष्कार ही इसलिए हुआ है कि कोई महिलाओं पर आक्रमण भी कर दे तो वे खूब तेजी ये भाग न पाएँ। जाने कैसे हीनता के कीड़े हमारे अन्दर कुलबुलाते रहते हैं कि हम पुरुषों के जैसे दिखने की चेष्टा में उनका पहनावा, उनका केश विन्यास फूहड़ता के साथ अपनाते जा रहे हैं। जानती हो पाकिस्तान में एक युवक को अपमानित करने के लिए उसे महिलाओं जैसे वस्त्र पहनाकर महिलाओं जैसा शृंगार कर दिया गया तो बाद में उस लड़के ने ग्लानि से आत्महत्या कर ली।'

मेरे भारी-भरकम परामर्श और गम्भीर विचारों को हवा में उड़ाती, अपने ताजे धुले बालों की खुशबू बिखेरती, मेरे गालों पर प्यार से चिकोटी काटती, कटाक्ष मारती वह इतराती–'प्रेम तो है ही गधों का जादू। बहुत चालाक लोगों के बस की बात नहीं है प्रेम करना... ।'.

'ठीक है पर यह गधापन दोनों तरफ से तो हो...' मेरी बातों में छिपी चेतावनी या तो वह समझ नहीं पाती या उसे लगता कि चूँकि मैं प्रेम में नहीं हूँ, किसी ने अभी तक उसके समाने मुझे प्रपोज नहीं किया है, इस कारण मैं खामख्वाह उसके सुख में अड़ँगा लगा रही हूँ।

एक बार जैसे ही हम प्रैक्टिकल समाप्त कर क्लास रूम में घुसे, हमने देखा किसी मसखरे ने मानसी के डेस्क पर लिख मारा था 'सारे जहाँ से अच्छा, सरबजीत का नाक और नक्शा।' 'हाय राम ! कैसे असभ्य लोग हैं–अन्दर ही अन्दर असली खुशी से पुलकित होते चहक पड़ी थी वह, पर मुझसे नजर मिलते ही अपना तापमान सायास गिरा लिया था, 'देखो, लोगों की जलन।'

कहने का लब्बोलुआब यही कि उसका समय सत्य एक ही था–सरबजीत और सरबजीत। और कुछ समय पूर्व की हम लोगों की बंद दुनिया में खुले बाजार की अर्थव्यवस्था की तरह जैसे ही सरबजीत का प्रवेश हुआ मैं उसके लिए उसी प्रकार उपेक्षित और अप्रासंगिक हो गई थी जिस प्रकार पेप्सी, कोला और थम्स-अप के सम्मुख

लस्सी, जल जीरा, डाव और शर्बत जैसे हमारे स्वदेशी पेय।

कुछ प्रारम्भिक चोंचमारी के बाद अब मैं सचेष्ट, दूर-दूर। मुझे ठेंगा दिखाते वे दोनों जब तब प्रेम के मयखाने में मस्त कलन्दर की तरह डूबे रहते।

लेकिन दिन के उजाले की तरह एक बात मैं स्पष्ट देख रही थी। मानसी जिस प्रकार स्वयं को अंतिम बूँद तक उँड़ेल रही थी, सरबजीत में नहीं थी वह बात। यूँ जब तक वह रहता मानसी के साथ, उसे प्रशंसा और प्रेम के जाम पिलाता रहता। लेकिन उसकी लाईफ-लाईन उस वर्ग की लाईफ-लाईन थी, जिनकी दृष्टि सदैव टिकी रहती है अपने सपनों एवं सफलताओं के आकाश पर। जिन्हें चाँद-सूरज भी तभी नजर आते हैं जब वे उनके सपनों के आकाश के साझे चूल्हे हों। और इसी कारण प्रेम सरबजीत के लिए कोई स्थायी प्रतिबद्धता नहीं थी, वरन एक ऐसा होली डे रिसोंट था जहाँ थोड़ी देर ठहरकर, ठिठककर वह अपने तन के ताप, यौवन की बेचैनी एवं अध्ययन की थकावट को जाने देता और मानसी से आत्मविश्वास के नए क्षितिज पाता रहता।

ज्यूँ-ज्यूँ दिन बीतते जा रहे थे, मीराबाई की आत्मा का दबाव बढ़ता जा रहा था मानसी पर। प्रेम उसे दब्बू, डरपोक, मिथ्यावादी और चालू छोकरी सब कुछ बना रहा था। अपने प्रेम के नित्य नए विस्तार को, प्रेम प्रसंग की कथाओं को अब वह मुझसे भी छिपाकर और दिल के चोर खाने में सजाए रखती।

मृग छौने की तरह कुलाँचे मारता समय।

मेडिकल कॉलेज का पूरा चतुर्थ वर्ष हमारा ऐसा ही बीता। मैं सप्रयास दूर-दूर।

पाँचवें वर्ष में वह फिर कुछ-कुछ मेरी ओर। उन्हीं दिनों एक बार किसी जरूरी पुस्तक के लिए मुझे उसके घर जाना पड़ गया था और उस समय मैं यह देखकर दंग रह गई थी कि सामने ही दस्तक देती जीवन की उस सर्वाधिक महत्वपूर्ण परीक्षा की घड़ी में भी उसे लिपस्टिक लोक में रहने की, चेहरे पर नारंगी के छिलके का फेशपैक पोतने की, नाखूनों को तराशने की, आँखों के नीचे खीरा रगड़ने की फुरसत मिल रही थी। यह सब देख मैं बुरी तरह भड़क गई थी, क्योंकि दो दिन पूर्व ही मैं सरबजीत से भी मिल चुकी थी। पूरी तरह अध्ययनरत। समुद्रमुद्रा। थोड़ी-थोड़ी बढ़ी दाढ़ी। सरबजीत के साथ हुई करीब एक घंटा पैंतीस मिनट की बातचीत में उसकी तरफ से मानसी शब्द एक दफा भी नहीं आया था, जबकि मानसी के यहाँ हर दूसरे मिनट पर सरबजीत की कैसट चल पड़ती थी। सरबजीत ऐसा- सरबजीत वैसा—उसको यह पसन्द...यह नापसन्द। हँसता है तो चार्ली चेपलीन। रिझाता है तो धर्मेन्द्र।

अन्त में खासी विरक्त होकर नहीं चाहते हुए भी मेरे मुँह से निकल पड़ा था—तुम उसी गाय की तरह हो जिसे पूरे ब्रह्माण्ड में भैंस के अलावा कोई सुन्दर नजर ही नहीं आता है, क्योंकि उसकी दृष्टि की रेंज उससे आगे जा ही नहीं पाती है।

मेरी बात से बुरी तरह खफा थी वह और अन्त में एक ठंडी ठस्स—आत्मीयताविहीन 'ओ के' के साथ ही जुदा हुए थे हम।

सारे रास्ते उस दिन मन कडुवाहट से भरा रहा। एक विलक्षण प्रतिभा को इकतरफा

एवं मूर्खतापूर्ण भावुक प्रेम में बर्बाद होते देख रही थी मैं। पूरे दिन में मुश्किल से दस-पन्द्रह मिनट के लिए मिलता सरबजीत उससे, पर उन क्षणों में मिलनेवाले सुख के पीछे पूरा दिन ही उसकी तैयारी में बीतता—मानसी का।

मेडिकल की छात्रा होकर भी मानसी के दृष्टिकोण में कहीं विज्ञान नहीं था। समय की सारी दौड़ एवं नारी मुक्ति की सारी यात्रा को ठेंगा दिखाती अपने सारे भविष्य और स्वप्नों को उस पर समर्पित करती वह अपने इन्हीं आदिम हथियारों को ही दिन भर नुकीला करने में लगी रहती और वह एकमात्र हथियार था अपने रूप का जादू। इस देश की अधिकाँश पढ़ी-लिखी एवं सतही आधुनिकताओं की ही तरह उसके ख्यालों में भूलकर भी यह बात नहीं आती थी कि सौन्दर्य पुरुषों में भी होता है। रामचरित मानस में सीता राम के सौन्दर्य को देखकर मुग्ध हो गई थी—'मुरति मधुर मनोहर देखी।' कभी एनाटॉमी में सर्वाधिक अंक प्राप्त करनेवाली मानसी यह भी भूल गई थी कि विपरित लिंग के प्रति आकर्षण शरीर विज्ञान के अनुसार स्त्री-पुरुष दोनों में होता है। लेकिन पुरुष कभी स्वयं को सुन्दर दिखाने के लिए स्त्रियों की तरह पागल नहीं होते क्योंकि उन्हें अपनी प्रतिभा एवं गुणों पर विश्वास होता है, जबकि स्त्रियाँ...विदुषी से विदुषी महिलाएँ तक, सेक्स से लेकर सैंसेक्स तक पर अधिकारपूर्वक बातचीत करनेवाली महिलाएँ तक पुरूषों की नजर में जँच भर जाने के लिए अपनी सारी उर्जा खपा देती है। हालत यह है कि बुद्धिमती से बुद्धिमती और परिपक्व से परिपक्व महिला तक को भी यदि पुरुष गुलाब का फूल कह दें तो वे पूरी रात नींद में मीठी-मीठी मुस्कान बिखेरती रहेंगी। एक तरफ स्त्री मुक्ति आन्दोलन जोर पकड़ता जा रहा है और दूसरी तरफ तमाम दुनिया में सौन्दर्य प्रसाधनों की बिक्री धड़ल्ले से बढ़ती जा रही है। हर गली में ब्यूटी पार्लर खुलते जा रहे हैं। आखिर किसलिए इतनी उर्जा और श्रम खपाया जा रहा है सिर्फ इसलिए कि संसार की आधी आबादी दूसरी आधी को मजा दे सके। रूप का रस पिला सके। यानी सारे मुक्ति आन्दोलन सारी स्त्री चेतना और स्त्री शिक्षा का हासिल जमा यही कि किस प्रकार पुरुष को रिझाया जा सके, पटाया जा सके।

पर कौन जिम्मेदार है इसके लिए ? स्वयं स्त्री, जिसने बजाय अपनी संभावना एवं व्यक्तित्व को पहचानकर उसे परवान तक चढ़ाने के, स्वयं को किसी झिलमिलाती ग्लैमर से भरपूर वस्तु के रूप में प्रस्तुत हो जाने दिया ?

प्रश्न ! प्रश्न !! प्रश्न !!!

हजारों हजार यक्ष प्रश्नों की नुकीली नोकों को झेलती मैं जब तक घर पहुँची, सामने सरबजीत।

किसी झटके की तरह। सर्दी की ठिठुरती रात में अचानक आई बरसात की तरह।

देगची के अन्दर खदबदाती एवं उफान मारती दाल की तरह, मेरी अदम्य इच्छा इुई यह जानने की कि मानसी को लेकर उसकी भावनाओं में कितनी गहराई है ? पर वह बाहर कम भीतर ज्यादा था। बाहर से वह इतना ढँका-ढुँका घुन्ना एवं बंद था कि उसे अपनी खाल से बाहर निकालने की मेरी सारी कपटी चेष्टाएँ मुँह के बल जा गिरीं।

जब जब मैं मानसी की बात चलाती, वह एक ऐसी भोली मुस्कान फेंक देता मुझ पर गोया उसके दूध के दाँत भी न टूटे हों।

बहरहाल उसके जाते ही मैं फिर अपनी अध्ययन की दूनिया में वापस और मानसी का ख्याल फिर किसी बासी अखबार की तरह दिल के कबाड़खाने में। इस बीच कॉलेज बंद हुए। हमारी फाइनल परीक्षाएँ हुईं और परिणाम घोषित हुए।

एग्जिट पोल के परिणामों की ही तरह हमारे परिणाम भी चौंकानेवाले हुए।

प्रथम एवं द्वितीय सिमेस्टर में कई-कई पेपर में सर्वाधिक अंक प्राप्त करनेवाली मानसी मेडिकल के फाईनल वर्ष के चारों पेपर में से दो पेपर में रोक दी गई थी। और इसके विपरीत सरबजीत कक्षा में सर्वाधिक होनहार छात्र के रूप में उभरा था। एक विषय में उसे स्वर्ण पदक भी मिला था। मेरा परिणाम मेरे पुर्वानुमान से थोड़ा कमतर था, लेकिन फिर भी सब मिलाकर मैं सन्तुष्ट थी कि कम से कम एक ही शॉट में मैंने सारे पेपर पास कर लिए थे।

मानसी को देखकर मुझें सही समझ में आया कि इस देश की समस्या न अशिक्षा है, न प्रतिभाओं का अकाल। इस देश की सबसे बड़ी समस्या है मूर्खतापूर्ण भावुकता या अतिशय प्रेम। वह प्रेम यदि ईश्वर के प्रति हुआ तो प्रथम कोटि की प्रतिभा जंगल में चली जाएगी और यदि पुरुष के प्रति हुआ तो प्रथम कोटि की प्रतिभा अश्रु युग में। इस देश के भाग्य में सदैव द्वितीय कोटि की प्रतिभाएँ ही रही है। मानसी को अपनी असफलता का विशेष दुःख भी नहीं था, क्योंकि अब वह स्वयं को किंग नहीं किंगमेकर समझ रही थी। उसके सपनों का केन्द्र अब बदल चुका था।

लौटते वक्त स्टॉपेज पर मुझे दोनों इकट्ठे मिले थे। मन हुआ कहूँ मानसी को, तुमने उसे अपने प्यार में क्या से क्या बना दिया पर कभी यह भी तो सोचो कि उसने तुम्हें क्या बनाया ? पर उसके लिए दोषी तुम स्वयं हो।

पर मुझे ऐसे किसी भी संवाद का मौका न देते हुए वह सरबजीत से सटी-सटी खड़ी रही और 'हम एक हैं' के अदृश्य नारों का संदेश अपने हाव-भाव से, अपनी भाव भंगिमाओं से, अपनी सारी दृश्य चेष्टाओं द्वारा मुझ अकेली पर फेंकती रही थी। सगर्व मुस्कुराती रही थी।

बहरहाल मैंने निश्चिय कर लिया कि मैं अब मानसी के तलघर में और अधिक झाँकने की चेष्टा नहीं करूँगी। रत्ती भर भी नहीं।

उधर होनहार छात्र के रूप में उभरकर आने के साथ ही बीज रूप में पड़ा सरबजीत का सपना अब खुलकर अँगड़ाई लेने लगा था, जिसकी झलक मुझे उसके साथ इर्न्टनशिप करते-करते यदा-कदा मिल रही थी।

'मेरा स्वप्न है कार्डियो थैरेपिस्ट बनने का।'

वह अपनी स्वप्निल महत्वाकांक्षाओं के एवरेस्ट पर खड़ा मुझे बताता।

'उसके लिए क्या भावी योजनाएँ हैं तुम्हारी।' उन क्षणों में अनायास ही मैं मानसी की अघोषित अभिभावक बन जाती।

'योजनाएँ' और अचानक तुलसीदास की विनम्रता हावी हो जाती उस पर–'पहले एम.एस. (मास्टर ऑफ सर्जरी) में प्रवेश तो मिले।'

'एम. एस. क्या कलकत्ता से ही करना चाहोगे या दिल्ली से...

'देखो, कहाँ चांस मिलता है....'

'पर तुम्हारी भी तो कोई इच्छा होगी...'

'मुझे स्वयं को पता नहीं...'

जाहिर है वह अपने पत्ते समय पूर्व नहीं खोलना चाहता था।

यादों का पंछी फिर-फिर मेरी मुँडेर पर।

इन्हीं सब आपा-धापी के बीच, गला काट प्रतिद्वन्द्विता के मध्य, भविष्यहीनता की आशंकाओं के बीच, भविष्य के पेट के बन्दोबस्त के लिए अपना सर्वस्व झोंक देने के भयावह तनावयुक्त दिनों के बीच खबर आई कि सरबजीत को दिल्ली के ऑल इन्डिया मेडिकल इंस्टीट्युट में एम.एस. के लिए चांस मिल गया है। इस खबर को पूरी तरह पचा भी नहीं पाई कि करीब महीने-डेढ़ महीने बाद एक फड़फड़ाता पत्र दिल्ली से, सरबजीत का मेरे नाम। सिन्धु घाटी की लिपि सा जल्दबाजी में लिखा हुआ घसीटमार पत्र अक्षरशः इस प्रकार था :

प्रिय दीपा,

यह पत्र मैं मानसी को नहीं लिखकर तुम्हें लिख रहा हूँ, क्योंकि मेरे परिचितों के घेरे में तुमसे बढ़कर मानसी का कोई शुभचिन्तक नहीं।

तुमने कभी पूछा था कि मेरी भावी योजनाएँ क्या है, तब मैं बताने की स्थिति में नहीं था, लेकिन आज स्पष्ट देख रहा हूँ मैं, आनेवाले कल को। आने वाल कल में मैं स्वयं को कार्डिओ थैरेसिस थेरेपिस्ट के रूप में देखता हूँ। सफलता के उस चरम शिखर को छूना ही मेरा आज का सबसे बड़ा स्वप्न है। जानती हो, मैं कार्डियोथैरसिस थैरपिस्ट बनने के लिए इतना पागल हूँ कि मेरी माँ बताती है, रात जब मैं नींद में सोता हूँ तो मेरे दाएँ हाथों की दोनों उँगलियाँ कैची की तरह चलने लगती हैं, यानी मेरा अवचेतन दिमाग किसी के सीने का चीर-फाड़ करता रहा है। जानती हो मैंने अपने मोटे हाथों को कसरत कर करके एवं दीवारों पर मुक्के मार-मारकर पतला किया है जिससे सर्जन हो जाने पर कहीं मेरे ही हाथों की चर्बी मेरी कैंची की रफ्तार में बाधक नहीं बने। तुम तो जानती ही हो, अच्छे सर्जन के लिए तीन चीजें अत्यावश्यक हैं–(1) गिद्ध की सी आँख, (2) शेर का सा कलेजा एवं (3) औरतों की सी उँगलियाँ। आज मेरी सारी साधना के केन्द्र में यही है–उक्त तीनों गुणों को स्वयं में विकसित कर अपना मैक्सीमाइजेशन (अधिकतम विकास) करना। इसके लिए मुझे जिन्दगी के लम्बे कोस तय करने होंगे–माइल्स टू गो, विफोर आई स्लीप–एंड माईल्स टू गो विफोर आई स्लीप। तो पहले मुझे दिल्ली से एम. एस. करना होगा, फिर विदेश से सुपर स्पेशलाइजेशन।

तुम जानती हो, आज मेडिकल स्टूडेंट्स के बीच कितनी जबर्दस्त निराशा है, आज यहाँ बिना स्पेशलाइजेशन के कोई भविष्य नहीं। मानसी चाहती है कि एम बी बी एस के तुरन्त बाद ही मैं उससे विवाह कर लूँ। वह किसी उद्दाम नदी सी समा जाने को आतुर है मुझमें। तुम उसे समझाऊँ, अभी अगले पाँच-छह वर्ष शादी के बारे में मैं सोच भी नहीं सकता, और मैं यह भी नहीं चाहता कि वह मेरी प्रतीक्षा करती रहे, मैं चाहता हूँ कि हम दोनों ही उन्मुक्त पक्षियों की तरह अपने-अपने आकाश में उड़ान भरते रहें, किस्मत ने चाहा तो शादी कर फिर मिलकर नीड़ बना सकेंगे। लेकिन मानसी मेरी बात को समझ नहीं पा रही है। वह सिर्फ एक ही विचार एक ही स्वप्न की रखैल बनी हुई है और वह विचार और स्वप्न है–शादी। वह सिर्फ एक ही तराना जानती है–प्रेम, लेकिन क्या जीवन सिर्फ एक इसी तराने से चल सकता है ?

मैं मानसी का अहसानमन्द हूँ कि उसने मुझको मुझ तक पहुँचाया। मुझमें वह आत्मविश्वास भरा कि मैं अपनी अपार संभावनाओं को पहचान सका। मेरी माँ बताया करती थी कि हनुमान को स्वयं अपनी शक्ति का पता नहीं था, सबसे पहले जामवन्त ने ही उसे अपनी शक्ति का अहसास करवाया था। मानसी मेरे लिए बहुत कुछ वैसी ही थी। इसी कारण मैं उसका दिल नहीं दुखाना चाहता। विश्वास है तुम उसे समझा सकोगी। वैसे भी स्वयं तुमने देखा होगा कि आज जितनी भी महत्वाकांक्षी युवतियाँ हैं, वे चाहे मेडिसिन के प्रोफेशन में हो चाहे वकालत में, वे अपने प्रोफेशन से ही शादी कर लेती हूँ, क्योंकि जब तक ये अपने कैरियर में स्थापित होती हैं, शादी की उम्र निकल जाती है उनकी। लेकिन शरीर की अपनी माँग और इसी कारण आज उन्मुक्त यौन मेडिकल, वकालत जैसे सुदीर्ध एकेडमिक क्षेत्रों में धड़ल्ले चल रहा है और इसको लेकर उन्हें कोई हीन ग्रन्थि या अपराध बोध भी नहीं सालता है।

प्रेम...प्यार जीवन के नैसर्गिक क्रिया व्यापार हैं और मैं कोई संन्यासी नहीं।

यूँ भी प्रेम का आज के सन्दर्भ में सिर्फ इतना ही अर्थ है- जिन्दगी के किसी मुहाने पर जिन्दगी के स्पेस को भरना, न कि जिन्दगी का शेयर होल्डर बनना। यू मस्ट हैव अण्डरस्टूड, व्हॉट आई मीन....।

एक बात और...मैं मानसी को इस कारण भी कोई आश्वासन नहीं देना चाहता कि मेरा सुप्रीम ड्रीम है, यू.एस.ए. से एम.सी.एच. की डिग्री हासिल करना। आज अमरीका कार्डियक सर्जरी का फादर है और जो कोर्स वहाँ चलाया जा रहा है वह विश्व भर के चुनिन्दा छात्रों के लिए है। उस कोर्स का समय है सुबह छह से रात ग्यारह बजे तक का। यानी सिर्फ छह घंटे आपके हाथ में, जिसमें खाना, नहाना सब कुछ। इस एम.सी.एच. की डिग्री हासिल करने के लिए आपको पागल की तरह अपने सारे सुखों को अध्ययन की आग में झोंक देना होता है तभी आप विश्व व्यक्तित्व प्राप्त कर सकते हैं। मुझे वह अवसर मिले न मिले यह अलग बात है, लेकिन आज हालात यह है कि वह स्वप्न यदि मैं नहीं पा लूँ तो मैं पागल हो जाऊँगा या शराबी बन जाऊँगा। मैं आज उसी सपने के लिए जी रहा हूँ, और उसके लिए मैं खुद को कहीं भी रोप सकता हूँ,

कहीं भी उग सकता हूँ।

तुम्हें यह सब लिखना नहीं चाहता था, क्योंकि जानता हूँ कि तुममें राष्ट्रीयता बहुत है। पर मैं भी क्या करूँ, इस देश में मुझे जिन्दगी का न्यूनतम चाहे मिल जाए पर अधिकतम नहीं मिलने का। जानती हो, मेरे सभी दोस्त यहाँ दिल्ली में मजाक में क्या कहते हैं, वे कहते हैं, क्या है हिन्दुस्तान...गन्दगी के डस्टबीन से दाना बीनता एक नाम।

मानसी को समझाना एवं घर में सबको प्रणाम कहना।

विश यू आल दी बेस्ट,

तुम्हारा
सरबजीत

पत्र पढ़ते ही कोई आँधी ऊपर से नीचे तक सनसनाती, बजबजाती मेरे भीतर से गुजर गई थी, इस कदर कि भीतर का धरातल डोल उठा था। मैं प्रकम्पित थी। पहला आवेग तो यही हुआ कि उस कमीने पत्र का हरामी जवाब दूँ। पत्र का पूरा ड्राफ्ट दिमाग में टंकित भी हो गया था कि लिख दूँ उसे कि टके की हंडिया गई तो क्या—कुत्ते की जाति तो पहचानी गई। कि तुम कुछ भी नहीं बन सकते सिवाय एक लम्पट के। पर मेरे भीतर नफरत और अवसाद इस कदर बजबजा उठे थे कि मुझसे धिक्कार पत्र भी लिखते नहीं बना। लिहाजा मैंने अपनी समस्त घृणा, आक्रोश एवं अवसाद को मात्र पाँच शब्दों में भर दिया-'गो एंड किस ए पिग' (जाकर किसी सूअर को चूमो।)

यह सब अपनी जगह।

और अब मानसी।

मानसी को मैं क्या लिखूँ, मैं सोच नहीं पाई। मुझे उस पर भरपूर आक्रोश था। कान्ट का हवाला देकर मैं उसे लिखना चाहती थी कि अगर कोई स्वयं को कीड़ा बना ले तो रौंदे जाने पर उसे शिकायत नहीं करनी चाहिए। इस देश का इतिहास ही रहा है कि यहाँ स्त्रियाँ बलात्कार की उतनी नहीं जितनी धोखे का शिकार होती हैं, पर मैं उसे लिख नहीं पाई। क्योंकि यह वह समय था, जब उसे मेरी सहानुभूति की सचमुच जरूरत थी। मन में कहीं यह भी था कि दो टूटे तारों की तरह अब शायद फिर वह वापस मेरी ओर मुड़ जाए और हम जुड़ जाएँ।

ऐसा हो सकता था। हमारी जिन्दगी फिर पहले जैसी बन सकती थी, यदि मानसी यह समझ पाती कि जीने का आधार सर्वदा ही प्रेम नहीं होता, जीने का आनन्द ही—जीने का आधार होता है। और यह भी कि कई बार सम्बन्धों की खूबसूरती सिर्फ उनकी संभावनाओं में होती है।

ऐसा हो सकता था यदि वह इस घटना को मात्र ऐसी दुर्घटना समझकर भूल जाती जो किसी सड़े हुए 'छिलके पर अज्ञानतावश पाँव पड़ जाने से घट जाती है। लेकिन धोखे के इस हलाहल पर इस कदर काबू पाना उसने सीखा नहीं था। इस कारण उसकी हालत उस जच्चा की तरह थी जिसका नवजात बच्चा मर चुका होता है, पर वह किसी

भी सूरत में यह विश्वास नहीं कर पाती और उसके शव को ही अपने कलेजे से चिपकाए रहती है।

मानसी ने भी वर्षों तक सम्बन्धों के उस शव को अपने से चिपकाए रखा इस उम्मीद में कि शायद उसका डूबा चाँद फिर उभर आएँ। मेरे तमाम पत्र अनुत्तरित रहे, फोन अनसुने रहे। हेमिंग्वे ने कहीं लिखा है कि औरत और मर्द जब मिलते हैं तो दुनिया हिल जाती है। यदि मानसी को देख लिया होता हेमिंग्वे ने तो वह कहता कि जब उनमें से कोई एक धोखा खा जाता है तो दुनिया हिल जाती है।

दो वर्ष बाद मैंने उसे अपनी शादी का निमन्त्रण कार्ड भेजा, तो भी वह नहीं आई। कभी की हँसोड़ उस मानसी का मानसिक तापमान तब भी असामान्य था। सरबजीत ने मानसी को ही नहीं, मुझे भी उजाड़ दिया था, ईश्वर की सबसे कीमती नियामत मेरी अन्तरंग सखि को मुझसे छीनकर।

मेरे आमन्त्रण कार्ड के जवाब में उसने मुझे न तो बधाई कार्ड भेजा और न ही कोई उपहार, अलबत्ता फिराक गोरखपुरी की दो पंक्तियाँ जरूर लिखकर मेरे मैके के पते पर ही भेजी थीं।

"किसे खबर कि मेरी रूह के दरिया में।
गमे हयात के कितने चिराग जलते हैं।"

और उसके बाद...

उसके बाद मेरी जिन्दगी कायदे से उसी प्रकार चली जिस प्रकार उसे चलनी थी। मानसी जब तब किसी कर्महीन अवकाश के क्षणों में झाँक जाती। बीच में उसके भाई श्रीकान्त से मुलाकात हुई। पता लगा, उसने दो वर्ष बाद एम.बी.बी.एस. किया और फिर उसे गाइनोकालॉजी में चान्स मिल गया था। फिर करीब नौ वर्षों बाद मिली उसकी बड़ी बहन। मैंने कुरेदना चाहा था, उसकी बहन को।

'कोई अच्छी खबर... मानसी की।'

समझ गई थी वह, किस अच्छी खबर की प्रतीक्षा थी मुझे। आँखों में अकस्मात उभर आई तरलता को सोख गीले-गीले शब्दों में कहने लगी थी वह 'सब समझा-समझा कर हार गए हैं, जाने कैसी जड़ी सुँघाई है उस लम्पट ने कि आज तक वह अपने उसी खोए प्रेम की खोज में है। कहती कुछ नहीं, दिन भर अपने को काम में झोंके रखती है, गाइनोकालॉजी में चान्स मिल गया था, लेकिन जब मन ही एकाग्र नहीं तो क्या करती, उसे भी अधूरा छोड़ दिया। सिर्फ साधारण सी एम.बी.बी.एस. होकर किसी टी गार्डन में पड़ी हुई है। मैं जानती हूँ, वह आज भी उसके भारत लौट आने का इन्तजार कर रही है।

उसके बाद यह पत्र...एक जमाने बाद और जिसमें भी परोक्ष रूप से उसने सरबजीत की वकालत ही की है।

सोच रही हूँ, क्या जवाब लिखूँ ? सालों बाद जुड़ी सम्बन्धों की यह मरियल डोर क्या ढो पाएगी मेरी खरी बातों का बोझ ?

आखिर जी कड़ा कर लिख देती हूँ उसे कि प्रकृति का यह कैसा 'सेंस ऑफ ह्यूमर' है कि जिसने तुम्हें भुलाने में पन्द्रह मिनट भी नहीं लगाए उसे तुम आज पन्द्रह वर्षों बाद भी नहीं भुला पाई हो।...कि तुम एक रुकी हुई स्त्री हो, अपने सोच में आज भी उतनी ही अवैज्ञानिक, तर्क एवं बुद्धि से परे, उतनी ही अपरिपक्व एक भावुक गधी हो...और जो गधे होते हैं वे उस परम सौन्दर्य का अन्वेषण कर ही नहीं सकते, जिसका कभी स्वप्न पाला था तुमने।

चूहे को चूहा ही रहने दो

यदि 'जिन्दगी का मकसद जिन्दगी के भेदों तक पहुँचना है' तो यह कथा आपको कई भेद देगी, पर खुदा न खास्ता यदि आपकी सोच और दृष्टि की रेंज थोड़ी देर के लिए गड़बड़ा जाए और कथा महज एक ऐन्द्रिक कथा बनकर रह जाए तो बहुत सम्भव है वह भेद किसी बालू के ढूह की तरह ही भरभरा कर ढह जाए।

बहरहाल...उम्मीद पर कहानी की दुनिया कायम। तो...किस्सा कोताह यह कि कहानी की शुरुआत में एक नायिका है। जो हिमालय के सम्पूर्ण वैभव को पहली बार देख मचल उठी है। आज से पहले उसने इतना वैभव कभी नहीं देखा था। आसमान को छूती पर्वत शृंखलाएँ। पाताल तक जाती घटाएँ। चट्टानें। शिलाएँ। नजरों की छोर तक किसी जादुई हरी चादर से ढँकी सारी प्रकृति, नीचे कल-कल बहती तिस्ता नदी। बीच-बीच में दूधिया बादलों को चीर कर निकली उसकी जीप। उत्तेजना, आश्चर्य और खुशी के अतिरेक में वह चीख उठती...''ओह, कितना अद्‌भुत ! कितना स्वप्निल ! पूर्णम इदम् ! (यही पूर्ण है।)

उसने चाहा--हिमालय को सलामी देना। कभी अपने स्कूली दिनों में उसने हिमालय पर कुछेक कविताएँ पढ़ी थीं। उसने उन्हें गुनगुनाने की चेष्टा की...''मेरे नगपति। मेरे विशाल।''

पर इसके आगे स्मृतियों ने उसका साथ नहीं दिया। अतीत के नेगेटिव पॉजिटिव में नहीं बदल सके।

अपनी अधूरी सलामी पर उसे खीज आई।

फिर कुछ पंक्तियाँ दिमाग की फुनगी पर फुदकी...

हिमालय के आँगन में उसे प्रथम किरणों का दे उपहार
उषा ने हँस अभिनन्दन किया और पहनाया हीरक हार।

अपनी स्मृति के इस अंश के पुनर्जीवित होने पर वह मुस्करा पड़ी। दिमाग पर अब और जोर देने की बजाय उसने स्वयं को पूरी तरह हिमालय के हवाले कर दिया। अपने भीतर उसे पहली बार किसी खुदा का सा अहसास हुआ...जिसके प्रभाव से जैसे उसका पुराना चोला फट रहा था और अब वह नए सिरे से निर्मित होकर निकल रही थी—मुक्त और निर्भीक—और तभी उसकी तल्लीनता टूटी। पुत्र ने उसे झंझोड़ डाला।

''ममा, हम सी लेबल से कितनी ऊँचाई पर हैं ?''

"क्या ?" वह गड़बड़ाई। भीतर से बाहर लौटी। इन महान ज्ञणों में तो वह जैसे सम्बन्धों के भी पार चली गई थी, भूल ही बैठी थी कि उसके साथ उसका नौ वर्षीय पुत्र भी है और बतौर बॉडीगॉर्ड—उसके पति के ऑफिस का एक कर्मचारी भी।

"बेटे हम सी लेबल से 5700 फीट ऊँचाई पर हैं। हम अभी गैंगटाक से महज 100 किलोमीटर की दूरी पर हैं।"

किसने जवाब दिया, इस प्रकार आँकड़ों सहित ?

उसने मुड़कर देखा—वह एक सैलानी था, जिसकी झील-सी गहरी खूबसूरत आँखें उसे देख मुस्करा पड़ी थीं।

"आपका बेटा है ?"

"हूँ।"

"बहुत जिज्ञासु है।"

"हूँ।"

उसे टरका कर वह फिर आकाश और हिमालय की रहस्यमयता और विराटता में खो गई। पहाड़ों को काट-काटकर बनाए गए थे घुमावदार रास्ते। यह ऊँचाई ! यह गहराई ! इतनी विशालता...कब से ? सृष्टि के आरम्भ से ? ये चट्टानें ...किन्हीं भीमकाय जानवरों की हड्डियाँ जो कभी जीते-जागते थे। उन्हीं की मांस, हड्डियों की परतें जो जमते-जमते चट्टानें बन गईं।

ऐसी ही क्या कई चट्टानें उसके भीतर नहीं ? बेहतर है कुछ भी भीतर नहीं जमने दिया जाए।

पहली बार उसने महसूसा—वह किसी भी आन्तरिक भय से मुक्त थी और उन्हीं भय मुक्ति के क्षणों में उसने अपने साथ आए कर्मचारी से निर्णायक स्वरों में कहा—"आप गैंगटाक टैक्सी स्टैंड से ही वापस कलकत्ता लौट जाएँ...आगे की यात्रा में स्वयं कर लूँगी।"

"पर मालिक का आदेश..."

"मैं समझा दूँगी, उन्हें।"

गैंगटाक आते-आते फिर परिदृश्य बदलने लगा था। ज्यों-ज्यों जीप ऊँचाई पर बढ़ती जा रही थी, धुंध बढ़ती जा रही थी। युवती ने आश्चर्य से देखा ऊपर की ओर, आसमान का टटका नीलापन किसी ने चुरा लिया था।आसमान सफेद था। एकदम शुभ्र। धवल दूधिया बादलों से ढँका हुआ। उसने नीचे घाटियों की ओर देखा—आश्चर्य ! वहाँ भी कुछ नहीं था—सिर्फ दूधिया बादल। पूरा परिदृश्य पत्ता-पत्ता बादलमय था।

यहाँ ऊँचाई पर धरती आकाश नहीं, पहाड़ और आकाश मिलते हैं। बादल मिलवाता है उन्हें। युवती पुलकित थी—चित्रकार की उस अद्भुत कलाकृति ने उसकी समस्त इन्द्रियों में सौन्दर्य-ही-सौन्दर्य भर दिया था।

उसके भीतर अद्भुत विचार भरने लगे—यदि कोई हत्यारा देख ले, आत्मा के कलुष

को धो डालनेवाले इस अलौकिक सौन्दर्य को, हिमालय के सम्पूर्ण वैभव के साथ तो क्या फिर कर पाएगा वह किसी की हत्या ? उसके अवचेतन में अमेरिका और ओसामा बिन लादेन झाँक गए। युद्ध, दंगे, महामारी, बम, भुखमरी, छीनाझपटी, चोरी चकारी, हारी-बिमारी के माहौल में ही पनपते हैं हत्या जैसे विचार। काश, इस सौन्दर्य का कुछ भी अंश अपने साथ ले जा पाती वह !

विचारों का सैलाब उसे अपने भीतर लौकिक से पारलौकिक बनाने लगा था कि पुत्र ने फिर लंगी मारी।

''ममा, आज की शाम हम कहाँ चल रहे हैं ? अंकल ने बताया है कि बस पन्द्रह मिनट में ही आनेवाला है गैंगटाक।'' पुत्र का उतावलापन।

''आज की शाम तो आप सिर्फ लोकल साईड सीन ही देख पाएँगे जनाब ! झाँगू लेक तो कल ही जा पाएँगे आप।'' पास ही बैठे सैलानी ने फिर उसका उद्धार किया।

इस बार गर्दन को एक विशेष कोण पर मोड़कर उसने अपनी बड़ी-बड़ी बादामी आँखें उस पर टिका दी—करीब 30-32 की उम्र का एक चमकता चेहरा लम्बा कद। बौद्धिक आँखें। खिलाड़ियों का इकहरा बदन। लेकिन मार्का दाढ़ी—सब मिलाकर भारतीय और तिब्बतीय संस्कृति का मिला-जुला, आले दर्जे का रूप।

''यह बार-बार मेरी 'प्राक्सी' क्यों दे रहा है ?'' युवती ने मन-ही-मन सोचा।

''यह युवती इस समय इतनी गहराई से क्या सोच रही है कि पुत्र तक से बेखबर है।'' युवक ने मन-ही-मन सोचा।

पर प्रकट में दोनों चुप रहे। युवती ने अपने बिखरेबालों की एक लट जो उसके सामने आ गई थी, उसे पीछे की ओर धकेला।

युवक ने अपने पैंट की जेब से नीला रूमाल निकालकर उसे अपने चेहरे पर घुमाया।

दोनों फिर हल्के से मुस्करा पड़े।

जीप की रफ्तार अब रफ्ता-रफ्ता धीमी हो रही थी। ठौर-ठौर पर धूपी, क्रिसमस के पेड़ और सुन्दर-सुन्दर छोटे-छोटे होटल। कहीं-कहीं अपनी परम्परागत पोशाक में सिक्कमी युवतियाँ।

युवती का पुत्र उमंग उमंगित हो चहचहाया—''ममा, अब हम गैंगटाक में आ गए हैं न!''

युवती ने ड्राइवर से अनुरोध किया—''आप हमें होटल फोर सीजन तक छोड़ दें।''

''जी वह तो रास्ते में नहीं पड़ेगा...एकस्ट्रा चॉर्ज पड़ेगा।''

''ठीक है।''

''तो मैडम होटल फोर सीजन में ठहरी हैं।'' युवक ने मन-ही-मन सोचा। तभी उमंग बोल पड़ा—''आप किस होटल में ठहरेंगे अंकल ?''

''मैंने तो अभी तक कहीं बुक ही नहीं करवाया है--देखें, जहाँ जगह मिल जाए'' युवक ने होंठों को गोल करते हुए जवाब दिया।

"आप भी हमी लोगों के होटल में आ जाइए न...शायद वहाँ जगह मिल जाए।"
युवती ने भी सहमति में सुर मिलाया।
"हाँ, उमंग को भी आपकी कम्पनी मिल जाएगी..."

होटल फोर सजीन। सैलानी को वहीं एक कमरा मिल गया था। उमंग खुश। पौ बारह ! ममा से तो कहीं अच्छे श्रोता उसके ये अंकल ही हैं। सुपर अंकल !

अपने कमरे को देखकर उमंग फिर अपने अंकल की ओर चल दिया–"देखें आपका कमरा कैसा है ? बालकनी वाला है।"

"आपने देखा अंकल, यहाँ कहीं भी आपको पंखे नहीं दिखेंगे, और हाँ अंकल, मैंने अभी तक यहाँ कोई भी काला कौवा, कबूतर, चिड़िया और तितली नहीं देखी...ऊँचाई की वजह से न !"

"अंकल, बस आधे घंटे में निकल चलते हैं, साढ़े चार बजे तक निकलें तो भी इधर-उधर के साईड सीन्स तो देख ही लेंगे। चलिए, किसी जीपवाले से बात कर लेते हैं... ।"

उमंग का उत्साह और उतावलापन सैलानी को भी संक्रमित करने लगा था।

"तुमने अपनी ममा से पूछ लिया है"–पहली बार इस इकतरफा संवाद में उसने हिस्सा लिया।

"हाँ अंकल, ममा से पूछ आया हूँ।"

होटल मैनेजर के सहयोग से उमंग और सैलानी एक साझी जीप कर लेते हैं।

शाम।

पहाड़ी इलाके, जहाँ साँझ के पूर्व साँझ घिर आती है। जीवन के सारे चिह्न, सारे स्पन्दन--आठ साढ़े आठ बजे तक सिमट जाते हैं। जीप ड्राइवर आगाह कर देता है, छह बजे के बाद यहाँ सारे व्यू प्वाइंट बन्द हो जाते हैं मैडम। बारिश, दुर्गम सँकरे घुमावदार रास्ते और अँधेरा...आवाजाही बन्द हो जाती है।

युवती फिर तल्लीन। सभी दबावों से मुक्त अपने भीतर की उन तरंगों को पकड़ने में आत्मलीन–जो ऐसे अवसरों पर उसके भीतर तरंगित हो उठती थी, कि तभी ड्राइवर की आवाज से तन्द्रा भंग हुई उसकी।

"उतरिए, एसेम्बली हाउस आ गया है।"

"... ... ..."

"ये देखिए, ये है गैंगटाक का सबसे ऊँचा व्यू प्वाइंट, इसे स्यूसाईड प्वाइंट भी कहते हैं–जिन्हें मरना होता है यहीं से छलाँग लगाते हैं वे। अरे, सच बता रहा हूँ, कई लोगों ने छलाँग लगाई है–तभी न इसका नाम पड़ा है–स्यूसाईड प्वाइंट।"

"क्या ?" युवती जैसे बिखर गई। इतने सर्वोत्तम सौन्दर्य और जीवन आग्रही प्रकृति के बीच भी क्या कोई मरने की सोच सकता है ? यहाँ तो मुर्दे भी जी उठें।

न गर्द, न गन्दगी, न भूख, न भिखारी। न दंगा फसाद, न महामारी। और न ही कलकत्ते की तरह सड़कों पर ही रिसती-पिसती, जीवन की हिचकियाँ लेती अधमरी, अपाहिज मानवता। हे भगवान, ऐसी जगह भी स्यूसाईड ?

जाहिर था युवती इतने भव्य सौन्दर्य और स्यूसाईड के बीच संगति नहीं बैठा पा रही थी।

'स्यूसाईड' शब्द सुन युवक भी रोमांचित और विचारशील हो गया था। किसी दार्शनिक की तरह उसने कहा, "कोई जरूरी नहीं कि इतना सौन्दर्य जीवन के प्रति राग ही पैदा करे, वह विराग भी तो पैदा कर सकता है। एक बार दो मित्रों ने एक साथ किसी अति भव्य रमणीय स्थल को देखा, पहला उसे देख पगला गया...सहन नहीं कर पाया इतने भव्य सौन्दर्य को। उसने वहीं से छलाँग लगा ली, मुझे मेरा प्राप्य मिल गया। अब इस दुनिया में मेरे लिए देखने लायक कुछ भी नहीं बचा। जबकि दूसरे मित्र ने उसी समय संकल्प लिया—हम अपने देश को भी इतना ही सुन्दर बनाएँगे और उसके लिए मर-मरकर जन्म लेंगे। तो मैडम यह तो अपना-अपना सोच और नजरिया है, चीजों को देखने का...।

युवक सन्तुष्ट था, पहली बार उसने युवती से कुछ प्रभावशाली वार्ता की थी।

जीप फिर आगे बढ़ने लगी। लेकिन अब युवती आत्मलीन नहीं थी। बीच-बीच में कई दूसरे व्यू प्वाइंट भी देखा उन्होंने। पर युवती के मन में विखंडन की शुरुआत जो हुई वह थमी नहीं। वह लगातार जीवन-मृत्यु और अमरत्व जैसे प्रश्नों पर विचारों की जुगाली करती रही और तभी उसके खयालों में कौंधा कि अभी कुछ ही दिन पहले उसने किसी स्थानीय खबर में पढ़ा था कि एक कलकत्तावासी ने सिर्फ इस कारण आत्महत्या कर ली थी कि उसे उसकी भतीजी की शादी में जाने का आमन्त्रण नहीं मिला था।

"क्या यह जीवन का अपमान नहीं...?" उसने स्वयं से पूछा—"जैसे जिन्दगी नहीं कोई सिगरेट हो कि मन माफिक नहीं मिला तो बुझा दी..." फिर स्वयं ही जैसे जवाब मिल गया उसे...पर रहस्यमय मन...कौन पा सका है इसकी थाह !

करीब आता होटल और उमंग की उतावली, "ममा, इसी जीपवाले से झाँगू लेक के लिए बात कर लो। जानती हो ममा, वहाँ एक दिन में सौ से अधिक जीपों के जाने की परमिशन नहीं है।"

जीपवाला हँस पड़ता है। एक खुरदुरी हँसी।

"नम्बर की चिन्ता नहीं है मुन्ना। फिकर की बात तो यही है कि कल भी आज की तरह गहरा कुहासा मिला तो रास्तों को बन्द भी किया जा सकता है, मिलिट्री की परमिशन नहीं भी मिल सकती ? झाँगू लेक का सारा इलाका डाइरेक्ट मिलिट्री के कंट्रोल में है।

"क्या ? परमिशन नहीं भी मिल सकती है ? ओह नो, भगवान ऐसा न करे। बड़ी मुद्दतों बाद तो बना यह प्रोग्राम, जो भी आते-आते कैंसिल ही हो जाता यदि उमंग भूख हड़ताल ही नहीं कर बैठता। ठीक अन्तिम दिन—दिल्ली से कोई बड़ी पार्टी आ

गई थी। उमंग के पिता ने तो प्रोग्राम कैंसिल ही कर दिया था, यह तो उमंग अड़ गया तो हारकर उन्होंने अपने स्टाफ को साथ भेजा, अब तो शायद जिन्दगी-भर नहीं आना हो गैंगटाक...''

युवती एकदम मायूस हो उठी थी।

युवक उसे आश्वस्त करता है, ''देखिए, सब ठीक हो जाएगा...''

''लेट्स होप फार दि बेस्ट।''

उम्मीद ! उम्मीद !!

अलबेली सुबह। टापुर-टुपुर बारिश और मीठी खबर।

''मिलिट्री से सिग्नल मिल गया है, अब जा सकती हैं आप झाँगू लेक। चियर अप।'' शब्द-शब्द से झड़ता उत्साह।

''सच !'' वह झूम उठी, ''सारी रात उठकर देखती रही थी बारिश को। चलिए, इसी खुशी में इकट्ठे चाय पीते हैं—आइए, अन्दर आ जाइए।''

''क्या...'' युवक का समीकरण पहली बार गड़बड़ाया—कहीं यह 'वह' तो नहीं ? साहसिक सौन्दर्य के आवरण में लिपटी गन्दी तृष्णा...। उड़ते-उड़ते बादलों की तरह आकर खबर दे देना एक बात है...पर इस प्रकार भोर के सन्नाटे में निपट पहाड़ी एकान्त में, अकेली महिला के साथ बन्द कमरे में...बिना किसी वजह।

यौवन के स्वप्न जगाती युवती और मध्यवर्गीय संस्कार। युवक आसमान की ओर ताकने लगा, जैसे वहीं से मिलेगा कोई सिग्नल।

युवती हँस दी। गुड़ की भेली-सी मीठी हँसी—''भीतर आ जाइए, उमंग को भी उठा देती हूँ।''

''उमंग उठो, देखो अंकल आए हैं...कितनी अच्छी खबर लाए हैं...झाँगू लेक के लिए परमिशन मिल गया है।''

उमंग कुनमुनाया—मिल गया परमिशन ?

युवक थोड़ा सहज हुआ—जैसे उमंग नहीं, दोनों के बीच कोई सेफ्टी बल्ब जल उठा हो।

आधे घंटे के भीतर ही जब तीनों तैयार होकर इकट्ठे होटल के बाहर निकले तो जाने क्यों रिसेप्शन पर कमरे की चाबी जमा करते वक्त युवक को लगा जैसे वहाँ होटल का स्टाफ नहीं आँखें-ही-आँखें हों चहुँओर।

बढ़ती जीप...झाँगू लेक की ओर।

निरन्तर ऊँचाई पर होते जाने के अहसास से पुलकित रोमांचित और उत्तेजित युवती। दोनों पर्वत-शृंखलाओं और काँटा-काँटा रास्ते के बीच दौड़ती जीप—और बीच-बीच में ऊपर से गिरते पहाड़ी झरने—युवती ने ऐसे चित्र अभी तक सिर्फ कैलेंडर

में ही देखे थे...आज इन्हें साक्षात् देख वह विस्मित थी, ओफ, जिसने प्रकृति का वैभव नहीं देखा, वह सबसे दरिद्र। लेकिन उससे विपरीत मनःस्थिति उमंग की—ड्राइवर और रास्तों की तरफ देखते ही वह किसी जानवर की तरह भयभीत हो जाता, इतना कुहासा...इंच-भर भी जीप इधर-उधर हुई नहीं कि सीधा खाई में।

युवक ने उसे भयमुक्त करना चाहा—ये ड्राइवर काफी ट्रेंड होते हैं, ये आँखें मूँदकर भी चलाएँ तो ठीक पहुँचा देंगे। इनकी चिन्ता छोड़ो और जस्ट इंज्वाय।

"यदि जीवित बचूँगा...तभी न इंज्वाय करूँगा..." उमंग किसी भी प्रकार सामान्य नहीं हो पा रहा था।

हँस दिया युवक—बाप रे...धरती से उगा नहीं और पहाड़ जैसी चिन्ता !

युवक ने युवती की ओर देखा...वह उड़ते बादलों और बहते झरनों की दुनिया में थी। जैसे इन झरनों ने उसकी जिन्दगी के सबसे हसीन ख्वाब को अन्जाम दे दिया हो।

युवक ने आखिरकार क्षण-क्षण दुर्घटना का गणित साधते उमंग का ध्यान उन आकर्षक चेतावनियों की ओर खींचा जो जगह-जगह पर ड्राइवरों को आगाह करने के लिए लिख दी गई थीं।

"नजर हटी कि दुर्घटना घटी।"

"वी मिस्टर लेट, देन लेट मिस्टर।"

"ड्रिंक एंड ड्राइव एंड यू वोंट सरवाईव।"

"थ्री वेज टू एचीव गाड,"

"लिकर, स्पीड एंड ऑवर लॉड।"

तरह-तरह की काव्यात्मक चेतावनियों को पढ़ते मजा आने लगा था उमंग को...और इन चेतावनियों को पढ़ते-पढ़ते ही जाने कब वे झाँगू लेक पहुँच गए थे।

झाँगू लेक सभी सैलानी अपने कैमरे निकाल आसपास के सौन्दर्य को उसमें कैद करने में मशगूल हो रहे थे पर उमंग फिर बिफर पड़ा था।

"ममा, आपने तो कहा था कि यहाँ सब कुछ बर्फ से ढँका मिलेगा, पर यहाँ तो सब हरा है...बर्फ इक्की-दुक्की जगह है।"

"बर्फ देखनी हो तो आप फरवरी मार्च के आसपास आइए मुन्ना बाबू, इस जून के महीने में सारी बर्फ गल जाती है, फिर भी ऊपर बाबा के मन्दिर के आसपास जरूर बर्फ मिल जाएगी।" ड्राइवर ने उसे मायूसी से बचाना चाहा।

"तो क्या अभी और ऊपर चलना है...?" उमंग फिर चहक पड़ा।

"हाँ, ऊपर बाबा का मन्दिर है।"

"बाबा का मन्दिर ? वह क्या ?" युवती ने पास सही खड़े आर्मी जवान से पूछा।

आर्मी जवान—"हाँ बाबा का मन्दिर दरअसल स्वर्गीय आर्मी मेजर हरभजन सिंह की स्मृति में बना मन्दिर है। एक बार वे अपनी बटालियन को लीड कर रहे थे कि बर्फ में उनका पाँव फिसल गया था और वे वहीं दब गए थे। उनकी डेड बॉडी भी

नहीं मिल पाई थी। बाद में कई बार वे अपने कलिग के स्वप्न में दिखाई दिए। स्वप्न में ही उन्होंने उससे कहा—मैं इन्हीं बर्फों में दबा पड़ा हूँ...तुम मेरा एक काम करो, मेरी स्मृति में एक छोटा सा देवघर बनवा दो नहीं तो मुझे चैन नहीं पड़ेगा। बाद में उनके लिए—वहीं पर एक देवालय बनवा दिया गया, जहाँ उनकी तस्वीर और सामान स्मृति स्वरूप सजा दिया गया। उसके बाद फिर वे अपने कलिग को कभी भी दिखाई नहीं पड़े। जी, हमारा तो विश्वास है कि बाबा यहीं, हमारे आसपास ही हैं। आज भी इंफेंट्री के दिन उनकी स्मृति में एक आयोजन होता है। जाते वक्त जब जीप में आर्मी अफसर बैठते हैं तो स्टीयरिंगवाली सीट अपने आप हिलने लगती है। बाबा अदृश्य रूप से तब उपस्थित रहते हैं हमारे बीच।'' शब्द-शब्द भक्ति भाव और आस्था में तरबतर था फौजी जवान का।

युवती रोमांचित हो उठती है यह कथा सुनकर। युवक से कहती है, ''क्या आपको लगता है, हरिभजन बाबा की आत्मा सचमुच इन पहाड़ों पर है ?''

''जो भी कहिए, तमाम वैज्ञानिक और एटमिक उपलब्धियों के बावजूद भारत की सच्ची तस्वीर यही है—सहज विश्वास—आत्माओं में, पुनर्जन्म में, स्वप्न में, किंवदन्तियों में, अन्धविश्वासों में, चमत्कारों में, धार्मिक आस्थाओं में—देख नहीं रही हैं। आप इतनी ऊँचाई पर भी बुद्धिस्ट लोगों की इन पताकाओं को...जरूर अपनी किन्हीं मुरादों के लिए ही फहराई गई होंगी—ये पताकाएँ...''

जवाब सुनकर युवती प्रभावित। उमंग और युवक कैमरा लिये चतुर्दिक बिखरी सुन्दरता को कैमरे में कैद करने में लगे रहे और युवती घूम-घूमकर बाबा के मन्दिर की लोक आस्थाओं का जायजा लेती रही।

बाद में उतरते वक्त देखा था युवती ने, प्रायः हरेक जीपवाले ने अपनी जीप में हरभजन सिंह बाबा की छोटी-सी माला पहनाई तस्वीर अपने सामने लगा रखी थी।

ईश्वर...प्रकृति, मनुष्य देह...आत्मा के पारस्परिक सम्बन्धों पर सोचते हुए युवती फिर दार्शनिक की तरह किसी परम तत्त्व के अन्वेषण में खो जाती है कि उमंग झंझोड़ता है...''देखो ममा ! कितने सारे फौजी जवान !''

''हाँ बेटा...ये बर्फीली तूफानों को झेलते हैं, जिससे हम चैन की नींद सो सकें, इनका अभिवादन करो।''

उमंग चाव से हाथ हिला-हिलाकर सबका अभिवादन करता है।

जवान भी तत्परता से हाथ हिलाते हैं। मुस्कुराते हैं।

युवती रोमांचित हो उठती है—एक ही देश, एक ही धरती, एक ही योनि में जन्म लेने का रिश्ता कितना गाढ़ा होता है...! तुम धीरे-धीरे समझोगे उमंग। और तुम भी सैलानी।

यात्रा समाप्त। होटल।

जीप से उतर कर युवक ज्यों ही अपने कमरे की दिशा की ओर अग्रसर हुआ, युवती ने उसे रोक दिया। आँखों में अपूर्व अनुराग और आमन्त्रण—हमारे साथ ही

चलिए, इकट्ठे डिनर ले लेंगे, दो थालियाँ मँगवा लेंगे...तीनों का हो जाएगा।

शब्द-शब्द चासनी में तर।

युवक फिर चौंका। यह दूसरी बार था कि एकान्त होते ही युवती ने फिर उसके करीब आना चाहा। हल्की-हल्की विचार तरंगें मन पर थपेड़े लगाने लगीं—गाम्भीर्य, अभिजात और बौद्धिकता का लबादा ओढ़े यह कहीं निम्फोमैनिक तो नहीं ? बदचलन तो नहीं ? बत्तीस वर्ष का उसका अनुभव ? अभी तक कोई इस कदर इतने अल्पकाल में उस पर आसक्त नहीं हुई ? फिर यह विवाहित ! माँ ! नहीं, वे बेख्वाब मन में ख्वाब जगाता यह आमन्त्रण साधारण नहीं—यह तो प्रलय पूर्व नक्षत्रों द्वारा अपनी-अपनी परिधियों का सीमा अतिक्रमण हुआ।...

असमंजस में उड़ते कुछ लम्हे...

सौन्दर्य और संस्कार, यौवन की पुकार और नैतिकता के बीच पाँखुरी-पाँखुरी बिखरा मन, कि तभी युवती ने निर्द्वन्द्व होकर, बिल्कुल सहजता से कहा, ''आज की शाम को अविस्मरणीय बना देते हैं—शेर, शायरी और कविताएँ तो आपको आती ही होंगी।''

''हाँ, कॉलेज के दिनों में कभी-कभार गा लिया करते थे।''

तो आज की शाम शायरियों के नाम।

युवक वहीं जम गया, जैसे किसी अदृश्य रिमोट ने विचार शून्य कर फ्रीज कर दिया हो उसे।

दूरदर्शन। विश्वकप। फुटबॉल।

पूरी तरह मशगूल उमंग। कालबेल। बैरा।

बैरे को देखकर युवक फिर सिटपिटा गया। भीतर फड़फड़ाहट हुई।

''क्या पसन्द है आपको ?''

''कु...कुछ...भी, सब चलेगा...जो पसन्द हो उमंग को, मँगवा लीजिए।

''अंकल, आपने नोट किया, यहाँ खुली चाय के ऊपर भी पपड़ी नहीं जमती...अंकल यहाँ की विशेष डिश मोमो खाई आपने ?''

उमंग और युवक ही बतियाते रहे। युवती लगभग खामोश रही और खाने के बाद बिना किसी बातचीत के बाहर बालकनी में चली गई।

थोड़ी देर अखरा युवक को युवती का यह विचित्रता भरा व्यवहार। अनुग्रहपूर्वक बुलाना और फिर 'आई केयर डैम' वाला एटीट्यूड।

थोड़ी देर वह अन्यमनस्क-सा बैठा रहा...और फिर अपने सिकुड़े हुए आत्मविश्वास के साथ वह भी बालकनी में खड़ा हो गया।

युवती दत्तचित्त होकर रेलिंग से कुहनी टिकाए निचली तराइयों में बसे जीवन को, छोटे-छोटे लकड़ी के घरों को, रात के निविड़ अन्धकार में तारों-सी झिलमिलाती रोशनी की झालर को हिरणी-सी चकित होकर अपलक देख रही थी...जैसे वह रोशनी की झालर नहीं, जीवन का उजाला हो।

युवक को युवती थोड़ी रहस्यमयी लगी।

"आप सचमुच प्रकृति की दीवानी हैं ?" खामोशी की बर्फ तोड़ी उसने... आखिरकार।

"क्या आप नहीं ?"

"मैं...मैं हर उस चीज का दीवाना हूँ जो खूबसूरत है।"

"सच !" अपनी खूबसूरत बादामी आँखों को युवक पर गड़ाती वह उसके करीब आई।

और देखते-ही-देखते उन विशाल पनीली आँखों में गुलाबी डोरे खिंच गए, जिन्हें देख युवक को लगा, अब वह युवती किसी खतरनाक 'जोन' में बदल चुकी है। और जाने किस आदिम और अपराजेय शक्ति से वशीभूत होकर उसने युवती के कन्धों का हल्का-सा स्पर्श किया।

जाने उसके हाथों के स्पर्श में क्या था कि युवती की आँखों का रंग देखते-देखते ही बदल गया...अब वहाँ गुलाबी रंग नहीं, वेदना की कोई गहरी झील झिलमिला रही थी। युवक फिर आश्वस्त हो गया था—नहीं, इन आँखों में वैसी कोई भूख नहीं। तो फिर कैसी याचना है इन आँखों में ? उसने फिर ताका युवती की ओर...क्षण-भर के लिए दो छवियाँ...दोनों के भीतर उतरी। कुछ भाव सम्प्रेषण हुआ कि तभी उन क्षणों का वह महाभाव एकाएक किसी सूखी टहनी-सा तड़क गया।

उमंग ने उसी समय ढेर सारी उल्टी कर दी।

भयंकर दुर्गन्धवाली बदहजमी की उल्टी।

पहली उल्टी...दस मिनट बाद ही फिर दूसरी उल्टी।

क्षणांश में ही युवती का कायान्तरण किसी चुस्त-दुरुस्त नर्स के रूप में हो गया। उसने वह सब कुछ किया जो उन क्षणों में जरूरी था—बेटे को सहलाना...पोंछना, कपड़े बदलना, बाथरूम साफ करना। अपने पास के मेडिकल बैग से उसने कुछ दवाई ढूँढ़ी...पर वहाँ भी दवाई नहीं मिली।

इसी बीच उमंग ने फिर की एक उल्टी।

घबड़ाकर उसने कालबेल बजाकर बैरे को बुलाया।

"इसे जबर्दस्त उल्टियाँ हो रही हैं, आप जैसे भी हो मुझे 'डामस्टल' टेबलेट ला दीजिए।

"घबड़ाने की कोई बात नहीं है, इसने जरूर झाँगू लेक को जूठा किया होगा...झाँगू लेक को जो भी जूठा करेगा...पहाड़ की देवी उसे इसी प्रकार सजा देती है..." भरपूर पहाड़ी विश्वास और आस्था के साथ जवाब दिया उसने।

उमंग उत्तेजित हो उठा।

"नहीं, मैंने झाँगू को जूठा नहीं किया—मैं तो करीब तक भी नहीं गया...बस दूर-दूर से ही देखता रहा उसे।"

उमंग को शान्त कर युवती फिर बैरे से दवाई लाने का आग्रह करती है।

"दवाई तो अब नीचे ही मिलेगी...यहाँ तो आठ बजे तक सबकुछ बन्द हो जाता है...पर इतनी बारिश, यदि पुलिस ने नीचे जाने से रोक दिया तो ? पर आप चिन्ता नहीं करें झाँगू लेक को दोष पहुँचा है...इसलिए ऐसा हो रहा है। मैं उसे चाय और नमक का घोल बनाकर देता हूँ...उल्टी रुक जाएगी।"

बैरे के जाते ही युवती का शहरी मन फिर आशंकित हो उठा। अजनबी पहाड़ियाँ...दुर्गम बन्द रास्ते...बारिश...रात यदि उल्टियाँ नहीं रुकीं तो इसके पिता तो चीर ही देंगे...ऑफिस के स्टाफ को भी मैंने विदा...। मन-ही-मन सारे देवी-देवताओं को गुहारते हुए उमंग को थोड़ा-सा इलेक्ट्राल पाउडर दिया और दम साधे घड़ी की टिक-टिक की ओर देखती रही। छह मिनट...सात मिनट...दस मिनट...अन्तिम उल्टी दस बजकर तेरह मिनट पर हुई थी।

क्षण-क्षण गणित साधती वह कि फिर गणित गड़बड़ा गया उसका। उमंग ने फिर दो बार उल्टी की, पर इस बार अन्न नहीं...खालिस पानी।

हे भगवान इतना पानी निकल गया...कहीं डिहाइड्रेशन नहीं हो जाए...।"

उमंग के सिरहाने बैठकर वह उसके माथे पर यूँ हाथ फेरने लगी जैसे अपनी सारी शक्ति उसके भीतर उँड़ेल देना चाहती हो।

रह-रहकर बैरे की आवाज कान में गूँजने लगी—सारे रास्ते बन्द हैं।

युवक भी ,जो इस बीच आसपास डॉक्टर की खोज में निकल पड़ा था वापस आ गया—पुलिस ने नीचे आने से रोक दिया...रास्ते बन्द हैं।

इस बीच बैरे ने आकर उसे 'डामस्टल' टेबलेट पकड़ाई—दूसरे होटल के किसी टूरिस्ट के पास से लाया हूँ।

"मिल गई टेबलेट ?"

उस छोटी-सी टेबलेट को देखकर युवती यूँ खुश हुई जैसे उन क्षणों कोई देवता मिल गया हो—मानवीय पीड़ा से मुक्ति का देवता।

"उमंग दवाई लो...अब चिन्ता की बात नहीं है—अब दवाई अपना काम करेगी।"

दवाई देकर थोड़ी आश्वस्त हुई और उन ढीले पड़ते तनावपूर्ण क्षणों में हठात युवती की विस्मृत दृष्टि चेतना में कौंधा—इतने फौजी जवान देखे उसने, कैसे माएँ भेजती होंगी उन्हें मोर्चे पर...कहाँ से लाती होंगी वह जिगरा। भीतर कुछ पिघला और उसने सोए हुए उमंग के सिर पर हाथ फेरा।

युवती की एक निगाह घड़ी पर, एक उमंग पर।

हिलता सीना उमंग का। बत्ती बुझा दी उसने। नाईट लैम्प जला दिया। दस मिनट...बीस मिनट...पचीस...तीस मिनट।

क्षण-क्षण एक युग जैसे बीता...।

अब आश्वस्त है युवती...नींद की नदी में धीरे-धीरे हिचकोले खा रहा है उमंग।

कृतज्ञता में फिर हाथ जुड़ गए। राहत की साँस ली उसने—जैसे किसी गहरी दमघोंटू सुरंग से बाहर निकली हो।

युवक भी मुस्कराया। धीरे से फुसफुसाया—अब चिन्ता की कोई बात नहीं है, नींद आ गई है। अब सुबह ही उठेगा।

सघन सन्नाटा...घड़ी की टिक-टिक।

पाँच-छह मिनट निस्तब्ध...खामोश बैठकर अब युवक उठ खड़ा हुआ—अब आप बेफिक्र रहिए...आराम कीजिए...मैं भी अब चलूँ।

दिलों से दूर न जाओ बहुत उदा सहे रात।

... ...

सितारों सामने आओ बहुत उदास है रात !!

उमंग की बदहजमी से जो प्रेमकथा अल्पकाल के लिए नेपथ्य में चली गई थी, झमाझम बरसती रात में वह अब फिर दृश्य पटल पर उभरने लगी थी। खड़े होते युवक को देख युवती का दिमागी चैनल तत्परता से बदला। वह क़रीब आई। उस जादू भरे धुँधलके में अपने जनाना जादू का भरपूर इस्तेमाल करते हुए युवक की आँखों में झाँका उसने—रुक जाइए...पता नहीं फिर कब आपकी दरकार पड़ जाए—शब्द-शब्द सोमरस से पगा हुआ।

'दरकार...' युवक की सतही चेतना ने उसे सावधान करना चाहा, पर उन्हीं क्षणों भीतर की गहरी अर्न्तधारा से जैसे एक और आवाज निकली—बह जाने दो अपने को—यौवन, प्रेम और जीवन के इस आदिम राग में।

छोटी खामोशी।

सोच की धूप-छाँव।

उसने पलटकर फिर देखा युवती को जैसे औरत के भीतर औरत खोजने की आखिरी चेष्टा कर रहा हो, पर उन आँखों में उसे कामुकता नहीं वरन् पूरा ब्रह्मांड ही समाया हुआ दिखा।

क्या व्यक्ति वही विश्वास करता है जो वह विश्वास करना चाहता है ? युवक फिर ठिठक गया, जैसे किसी मन्त्र की शक्ति ने उसे वहीं जमा दिया हो। और यौवन की उस धारा में बह जाने को प्रेरित कर रहा हो।

... ...

... ...

युवती अब बाथरूम में।

दस मिनट की अधीर प्रतीक्षा।

आदिम राग-सा बजता युवक के भीतर।

और जब वह निकली बाथरूम से तो युवक को लगा, जैसे उस जादुई लाल-गुलाबी से धुँधलके में वह किसी आदिम युग में पहुँच गया हो...और उसके सामने अजन्ता की गुफा से कोई अप्सरा निकल रही हो...देह की भाषा बोलती हुई, मादकता की दीपशिखा-सी लहराती, मन्थर-मन्थर गति से आगे बढ़ती हुई।

मौसम अब बदल गया था। वासना-प्रेम, सत्य-असत्य—सब घुल-मिल गए थे। खुशबू

और ताजगी के झोंकों के साथ स्वप्न और यथार्थ की तरह एक छाया उसके करीब आई और उसके कन्धों पर झुक गई।

युवक के विचार पलटे—देह ही जीवन का सबसे ठोस सत्य, पहला यथार्थ। सम्मोहित होकर उसने युवती का चेहरा धीरे-धीरे ऊपर उठाया, साथ ही भीतर की गहराई से एक क्षीण सोच भी ऊपर उठा—कौन विश्वास करेगा किसी पहाड़ी रात में किसी खूसबूरत युवती ने इस प्रकार उसे आमन्त्रित किया था। मैंने तो अभी तक यही जाना था कि महान परम्परा और इतिहासवाले इस प्राचीन देश की हिन्दुस्तानी औरतें सेक्स के मामले में पति तक को आगे बढ़कर आमन्त्रित नहीं करतीं...गैर उन्हें छू तक नहीं सकते। क्या हिन्दुस्तानी औरत 'प्रगति' पर है या यह विजय मेरे पुरुषार्थ की है ?

बहरहाल...विचारों की उन छोटी-छोटी तरंगों को जल-कणों सा झाड़ते हुए उसने शुरुआती झिझक के बाद काम की उस साकार प्रतिमा को आहिस्ता-आहिस्ता छुआ फिर धीरे-धीरे चूमना शुरू कर दिया। दुनिया की सारी प्रेमकथाएँ, लोककथाएँ, परीकथाएँ, जातककथाएँ इस रहस्य रोमांच कथा के सामने फीकी थीं।

आवेग, मादकता, उजास, उम्मीद, स्वप्न और यौवन की उच्छृंखलता के सौ-सौ सूर्य वहाँ जगमगा रहे थे।

पी लो, पी लो मधु का प्याला।
इसके कण-कण में है ज्वाला ?

कामनाओं के पुण्य बाण फेंकती युवती और अपने मध्यवर्गीय जड़ संस्कार की केंचुल को एक-एक कर उखाड़ फेंकता युवक। दोनों अब मधु चन्द्रिका की उस मिलन यामिनी में 'मधुमती' की भूमिका में थे।

जिन्दगी के विरल और दिव्य मधु को चषक-चषक पीता युवक। बीच-बीच में जब-जब युवती को किसी गन्दे चिथड़े की तरह पति का खयाल आता, वह युवक को कसकर अपने आगोश में ले लेती, पर क्षणों में उसकी आँखें विशेष रूप से चमकने लगतीं।

युवक दर्प से मुस्करा उठता—आई केम। आई सा। आई कांकर्ड।

एक खूबसूरत जिस्म ही नहीं, खूबसूरत दिमाग भी उसके आगोश में था।

जिन्दगी उन लम्हों में पूरी उदारता से यौवन, उन्माद और राग की चाँदनी बिखेर रही थी। युवती के शरीर और सम्मोहन की अतल गहराइयों में डूबता जा रहा था युवक।

बेख़ुदी...तल्लीनता और तन्मयता के खामोश क्षण।

स्वप्न और यथार्थ के समागम के क्षण।

और ठीक जब युवक चरमोत्कर्ष की ओर अग्रसर होता हुआ स्वयं को संसार का सबसे सुखी और वैभवशाली व्यक्ति समझ रहा था, तभी एक झटके से युवती ने उस ऐन्द्रिक जाल से स्वयं को मुक्त किया। सेज को छोड़कर वह उठ खड़ी हुई थी जैसे अब वह सेज नहीं कोई शर शैय्या हो।

दो खूबसूरत जिस्मों का कोई पुल बनते-बनते टूट गया।

युवक स्तब्ध। भौंचक्क। प्रवंचित।

यह उसका साफ रिजेक्शन था। एक गुलाबी प्रेमकहानी के असमय अवसान पर वह अचम्भित था। अपमानित भी। अपनी गर्माती और बेकाबू देह पर वीरतापूर्वक काबू पाते हुए उसने हैरत और आग्नेय दृष्टि से युवती की ओर ताका। बोलते-बोलते उसकी आवाज कँपकँपा गई, "यह क्या ? क्या वासना की लहर, देह का ताप और मन की मौज ने यहीं तक साथ दिया तुम्हारा ? तुम्हारी इस लीला पर तो स्वयं ईश्वर भी चकित रह जाए। मैं तुम्हें आमन्त्रण देने नहीं गया था...फिर तुमने क्यों किया ऐसा ? बताओ ?"

युवती चुप !

युवक ने फिर झकझोरा उसे। कुछ समय पूर्व का प्रेमी अब एक बिफरे हुए साँड़ में तब्दील हो चुका था। चेहरे पर अधबरसे बादलों का घटाटोप छा गया था।

"बताओ, हम पहले गलत थे या अब गलत हैं ? यदि हम पहले गलत थे तो तुम आगे क्यों बढ़ी ? और यदि हम पहले गलत नहीं थे तो अब गलत कैसे हो गए ? इस पूरे प्रकरण की तुम्हीं सब कुछ थी—निर्देशिका। सूत्रधार।"

युवती चुप। एकदम जड़।

युवक ने फिर झंझोड़ा उसे।

"मैं शरीफ हूँ। नारी की इज्जत भी करता हूँ। इसलिए मैंने तुम्हारी इच्छा के विरुद्ध कुछ भी नहीं किया...लेकिन अपने इस प्रश्न का जवाब लिये बगैर हिलूँगा भी नहीं यहाँ से। क्योंकि यह मेरे जीवन का सबसे हैरतअंगेज प्रश्न है।"

जवाब आया। शब्द-शब्द हिम खंड। रेशा-रेशा तटस्थ और वस्तुपरक।

"हम न पहले गलत थे, न अब गलत हैं। बस...इससे बढ़ना मेरे एजेंडा में नहीं था।"

"क्या...?" युवक ने जैसे नंगा तार छू लिया था। या खुदा...इस दुनिया में भी फिक्सिंग !

"हाँ...आज की यह रात अकस्मात नहीं थी, इसके मेघखंड मेरे अवचेतन में जाने कितने वर्षों से खंड-खंड एकत्रित हो रहे थे। आज की रात मेरे प्रतिरोध की रात थी...।"

"प्रतिशोध ? यह कैसा प्रतिशोध ? किससे प्रतिशोध ? अपनी ही काया के कुम्भ में दूसरों को नहलाकर, अपने को गिराकर...यह कैसा प्रतिशोध लिया तुमने ?"

"घबड़ाओ नहीं, यह प्रतिशोध मैंने तुमसे नहीं अपने पति से लिया है। और यह प्रतिशोध तो इसी प्रकार लिया जा सकता था। जिस प्रकार बिना जल में कूदे तैरा नहीं जा सकता है...उसी प्रकार बिना देह से गुजरे यह प्रतिशोध भी लिया ही नहीं जा सकता था। रही बात अपने को गिराकर लेने की...सो मैं नहीं मानती कि मैंने स्वयं को गिराया है। क्योंकि वह मेरी वासना नहीं, प्रतिशोध की अग्नि थी, जिसकी ज्वाला में मैं धधक रही थी। नैतिकता, सच्चरित्रता और पवित्रता...ये सारे सत्य मुक्तात्मा पर लागू होते

हैं—जीवन की स्वाभाविक माँग, इस माँग को ठुकराकर कोई भी सत्य हासिल नहीं किया जा सकता है। और पवित्रता...?" वह हँस पड़ी—"पवित्रता जेसे संदिग्ध पदार्थ के लिए क्या प्रतिशोध जैसी शक्तिशाली भावना की आहुति दी जा सकती है ? इस प्रतिशोध में भी जीवन के कुछ मूल्य और नारी बोध जुड़ा हुआ था...पर तुम उसे नहीं समझ सकोगे।"

"क्या मतलब ?" युवक कुछ समझ न पाया। वह थोड़ा कच्चा पड़ा।

"भगवान के लिए मुझे साफ-साफा बताओ, पहेलियाँ मत बुझाओ—तुमने क्यों किया ऐसा ?"

टेबल पर रखे शाल से स्वयं को अच्छी तरह ढाँपकर जमीन की ओर देखते हुए धीमे-धीमे स्वरों में कहने लगी वह, "मैं अपनी जिन्दगी के विस्तृत ब्योरे में नहीं आना चाहती, पर एक घटना-भर सुना सकती हूँ, तुम खुद समझ जाओगे कि मैंने ऐसा प्रतिशोध क्यों लिया। मेरे पति ने मेरी देह की जमीन पर ऐसी हदबन्दी कर दी थी, ऐसे कँटीले बाड़े डाल रखे थे कि मैं किसी हमउम्र इंसान से बात करने तक तरस जाती थी। इंसान ! ओह कितना जानदार और शानदार शब्द है। मेरा वश चले तो मैं संसार के सारे सुन्दर इंसानों से घुल मिलूँ, उनके विचार जानूँ, पर मेरी जिन्दगी में इस शब्द की कोई अहमियत नहीं थी। मैं हर मौसम में बन्दिनी थी। रोम के गुलामों से भी बदतर। एक बार मैंने अपने छोटे भाई के मित्र से पति के सामने हिम्मत करके हाथ मिला लिया, तो पति ने उसके जाने के बाद दीवार पर मेरे हाथों को रगड़ दिया—जिससे उसका स्पर्श मिट जाए...आज स्वयं को एक सीमा तक किसी गैर मर्द के हवाले करके मैंने अपने उसी अपमान का बदला ले लिया है। मुझे सन्तोष है कि मैं अब वह नहीं रही—उसकी परम पाकीजा, जो वह समझता है कि मैं हूँ। जानते हो, बहुत पहले मैंने एक विदेशी कहानी पढ़ी थी, जिसमें एक पत्नी पति की मृत्यु के पश्चात उसकी आँखों को विज्ञान की सहायता से किसी कृत्रिम मस्तिष्क से जुड़वाकर अपनी टेबल पर रखवाती है और एक-एक करके वह वे सब काम करती है जिसके लिए उसके जीवनकाल में उसका पति उसे रोकता था और जिसके लिए उसने अपनी पत्नी को हिदायत दे रखी थी कि उन आदेशों का वह उसकी मृत्योपरान्त भी पालन करे। मृत पति की लाचार आँखें बस देखती रहती थीं। जिन दिनों मैंने यह कहानी पढ़ी थी, मुझे यह फंतासी भर लगी थी, पर आज समझ गई हूँ—ये कहानियाँ नहीं हाड़-मांस की जिन्दगियों के जीवित दस्तावेज हैं—जो कालान्तर में कहानियाँ बन जाते हैं ठीक वैसे ही जैसे जीवित जानवरों की हड्डियाँ और मांस कालान्तर में चट्टान बन गए।" शब्द-शब्द आक्रोश से तर-बतर था युवती का।

युवक को लगा, युवती के व्यक्तित्व का आखिरी और अदृश्य घूँघट अब उलट गया है। उसे समझ नहीं आ रहा था कि इस रात की घटना पर वह स्वयं को प्रवंचित महसूसे या शर्मिन्दा...। पर उसने साफ महसूसा...उसकी संवेदना के कुछ तार अनायास ही युवती से जुड़ गए थे।

अब उसे चला जाना था क्योंकि युवती का उद्देश्य पूर्ण हो चुका था और अपनी सारी रोमांटिक जीवन्तता का जाल उसने पूरी तरह समेट लिया था। पर युवक था कि जाने की मानसिकता बना नहीं पा रहा था....किसी-न-किसी बहाने टूटे हुए तिलिस्म में वह थोड़ी देर और गुजार लेना चाहता था। उस चेहरे को जिन्दगी-भर के लिए वह अपनी आँखों में भर लेना चाहता था। जाने का उपक्रम करते-करते फिर पूछा उसने—"बस अन्तिम प्रश्न, क्या तुम अपने पति को अपने इस प्रतिशोध के बारे में बताओगी ?"

युवती विद्रूपता से हँस पड़ी, "शायद हाँ, शायद नहीं...पर यदि नहीं भी बताया तो क्या हर्ज...लेट माऊस बी ए माऊस ! (चूहे को चूहा ही रहने दो।)"

सुबह युवती होटल छोड़कर जा चुकी थी। युवक भी निकलने की तैयारी कर रहा था। एक मनोरम यात्रा का बेचैन और अधूरा अन्त होने जा रहा था। युवक की चेतना में पूरी तरह युवती और उदासी की धुंध-सी छाई हुई थी...एकाएक उसके दिमाग में आया--जीप में और भी एक दो युवक थे, फिर युवती ने अपने प्रतिशोध के लिए उसे ही क्यों इस्तेमाल किया, क्या उसके चेहरे पर ऐसा कुछ था ? वह तुरन्त बालकनी की ओर लपका कि युवती दिख जाए तो यह आखिरी सवाल भी उससे पूछ ही डाले...उसका विश्वास था कि युवती अवश्य ही उसे जवाब देगी...पर तब तक युवती की जीप रवाना हो चुकी थी।

अन्वेषण

सबसे पहले उनकी आत्मा में कुछ हलचल उठी।

फिर जिन्दगी पर उनकी राय बदली।

और अब उनके स्वप्नों ने भी पलटा खाया, जिसका परिणाम यह था कि उनका पिछला सब कुछ स्थगित होने लगा था। नई-नई प्रवृत्तियाँ उनके व्यक्तित्व में जन्म ले रही थीं। और हैरान से वे अपने ही व्यक्तित्व के इस नए आविर्भाव को देख रहे थे।

"आवर फादर हू इज इन हैवन, हॉली वी दाई नेम..." प्रार्थना के बोल यन्त्रवत उनके मुँह से निकलते जा रहे थे, और मन था कि बादलों की तरह उड़ा-उड़ा जा रहा था...भाई थोड़ा काबू...मन को अड़ियल घोड़े की तरह कान उमेठकर वापस प्रार्थना पर लाया तो भी एक-दो मिनट बीतते न बीते कि फिर वही घोड़ा वही मैदान।

लाचार हो उन्होंने खिड़की से दिखते टुकड़े-टुकड़े आसमान की ओर देखा, वहाँ भी वही चेहरा, नज़रें फिसलती हुई धरती पर कतार में लगे दरख़्तों और गमलों पर पड़ी, लगा डाल-डाल पर वही इबारत लिखी थी, पत्तों-पत्तों से झाँक रहा था वही चेहरा, नूरानी।

घबड़ाकर उन्होंने आँखें मूँद लीं।

वे महानगर की एक नामी-गिरामी मिशनरी स्कूल के वाईस प्रिंसिपल थे।

करीब बारह वर्ष की उम्र से ही जबसे उनके बाल-मन में यह सपना अँखुआया था कि वे सफेद चोंगा पहननेवाले पादरी बनेंगे, सुबह की छह बजे से सात बजे की एकान्त प्रार्थना उन्होंने हर दिन आस्थार्वूक, अखंडित एवं एकाग्र मन से की थी। गुज़रे हुए इस सुदीर्घ समय के पंजों के निशान उनकी देह, आत्मा और व्यक्तित्व के रेशे-रेशे पर अंकित थे।

पर पिछले कई दिनों से वे महसूस कर रहे थे कि उनका मन चित्तशुद्धि, मनन, मेडिटेशन, प्रार्थना आदि में समरस नहीं हो पा रहा था। आँखें मूँदते ही उनके अन्तर्चक्षु सक्रिय हो उठते, और जो छवि बाहर की भीड़-भाड़ में धुँधली-सी नजर आती थी, भीतर के एकान्त में वह जगमगा उठती और जिससे बचने के लिए उन्होंने आँखें मूँदी थी। वह और भी शिद्दत से अपने होने का अहसास जगाने लगती।

आज भी जितना वे उस मकड़जाल से निकलने की चेष्टा करते, उतना ही उलझते जाते और समुद्र की लहरों की तरह पछाड़ खाते। मन को सम पर लाने के लिए वे

अपने निजी कक्ष से नीचे उतरकर अपने ऑफिस में चले आए। बड़ी देर तक वे अपनी कुर्सी पर बैठे सामने टँगी ईशु की तस्वीर को निहारते रहे। ज्यादा नहीं तो, उस ऑफिस में क्राइस्ट की पाँच-छह तस्वीरें थीं। कहीं सलीब पर चढ़े क्राइस्ट तो कहीं मदर मेरी के साथ तो कहीं रोशनी पुँजों के बीच। इतने वर्षों तक इन्हीं तस्वीरों ने, सलीब ने उन्हें अपने पादरीत्व के साथ बांध रखा था...इन्हीं को देखते-देखते उन्होंने जिन्दगी गुजार दी थी पर आज वे सब नकली दवाई की तरह बेअसर साबित हो रहे थे।

अनमने से वे उठे और पीछे किताबों की आलमारी से एक किताब निकाली और पन्ने पलटने लगे। पूरी आलमारी क्रिश्चियएनिटी के इतिहास से भरी हुई। कुछेक पादरी डॉनवास्कों पर भी। किताब में मन नहीं रमा तो वे फिर अपने कमरे का जायजा लेने लगे। उनके बाईं ओर अलग से टेबल पर रखा एक कम्प्यूटर, दाईं ओर फूलदान, उसमें से झाँकते कई तरह के फूल...गुलाब, जवा, सूर्यमुखी, बाईं ओर एक पेन होल्डर, एक स्टेप्लर। सामने रखी गोदरेज आलमारी जो कि भरी हुई थी ट्राफियों से। आलमारी के ऊपर बनी शैल्फ थी भरी हुई ट्रॉफियों से तीन ट्रॉफियाँ अलग से दमकती हुईं—टेलिग्रॉफ अवार्ड फॉर एक्सीलेंस। मन एक गौरवपूर्ण अहसास से भर गया। ये सारी ट्रॉफियाँ इसी स्कूल ने जीती हैं जिसके कारण यह स्कूल महानगर का नम्बर वन स्कूल कहलाता है और उसी के वाईस प्रिंसिपल वे।

एकाएक सैलुलर फोन बज उठा। हूँ हाँ में जवाब दिया पादरी ने। फिर जाने कैसी हूक-सी उठी कि फिर ड्राअर से निकालकर पढ़ने लगे उस पत्र को जिसने रातों की नींद, दिन का सुकून, सुख-चैन, सन्तुलन सभी कुछ गड़बड़ाकर रख दिया था उनका। पर पढ़ते-पढ़ते भी जी धुकधुक करने लगा। पादरी के हाथों प्रेम-पत्र ! जी की इस धुकधुकी में कई बार अक्षर भी दो-दो दिखने लगते। फिर भी पत्र को पढ़े बिना नहीं रहा गया—"तुम्हारे अन्दर प्रेम-तत्त्व भरा हुआ है पादरी। तुम स्वयं को झुठला नहीं सकते। याद रखो, तुम्हारे ईशु ने कभी नहीं कहा था कि—सुख भोगना पाप है। सच हमेशा खूबसूरत होता है और सच्चाई का सामना करके ही यू कैन परफेक्ट दि इमेज ऑफ द गॉड। क्रिश्चिएनिटी इज दि एक्सेप्टेंस ऑफ दि लॉ ऑफ लव..." पढ़ते-पढ़ते गाल और कान की लवें तपने लगीं उनकी...तभी वे आत्मसजग हुए—वे निजी कक्ष में नहीं, स्कूल के वाईस प्रिंसिपल के ऑफिस में बैठे हैं।

तत्परता से पत्र को उन्होंने वापस समेट लिया। और अपनी व्यवस्थित एवं साफ-सुथरी टेबल को फिर व्यवस्थित करने लगे। टेबल पर मोटे पारदर्शी शीशे के नीचे से फिर झाँकने लगी क्राइस्ट की तस्वीर। तस्वीर के नीचे लिखे उद्धरणों को रोज़ की तरह फिर आस्थापूर्वक पढ़ा उन्होंने, "ईच डे इन दि गोड्स क्रिएशन...ए गिफ्ट दैट रिएफर्म्स हिज एवरलास्टिंग-प्रेजेंस (हर आनेवाला दिन ईश्वर की सृष्टि का एक उपहार है जो विश्वास दिलाता है कि वह है।)

या ईशु, मेरा आज का दिन भी बट्टे खाते ! माथे पर हाथ धरे बहुत देर तक आँखें मूँदे बैठे रहे वे। थोड़ी देर बाद सचेत हुए और जब करने को कुछ नहीं सूझा

तो, कोने में पड़े गिलास को मुँह से लगाया...कुछ घूँट भरे और अनमने से टेबल के बीचोंबीच रखी डायरियों के ढेर में से एक-एक डायरी निकालकर उन पर हस्ताक्षर करने लगे।

दस-बारह डायरियों को सलटाते-सलटाते ही मन फिर अनमना हो आया तो फिर ऊपर अपने निजी कक्ष में जाकर पत्र को उसी गोपनीय जगह में रख आए।

समय-सुबह आठ बजकर बीस मिनट। स्कूल की प्रार्थना का समय। आज की प्रार्थना रेक्टर लेनेवाले थे। याद कर राहत की साँस ली उन्होंने।

प्रार्थना के बाद रोज की तरह उन्होंने आज न तो स्कूल का राउंड ही लिया और न ही छात्रों के चुहुलबाजी ही की। जबकि पहले इन्हीं लड़कों में प्राण बसते थे उनके। जब तक इनसे जुहुलबाजी न कर लेते, कि इनको छेड़ नहीं देते, हँस-हँसा नहीं लेते, चैन ही नहीं पड़ता था उनको। इसीलिए तो कलकत्ते की सेलेसियन प्रोविंस की काउंसिल के समक्ष उन्होंने यह इच्छा रखी थी कि उन्हें किशोरों के बीच काम करने का मौका दिया जाए जिसमें वे आनेवाली पीढ़ी को एक बेहतर एवं मानवीय गुणों से भरपूर पीढ़ी बना सकें। जब-जब वे इतने ढेर सारे सुन्दर, स्वस्थ, चहकते, जीवन में आगे बढ़ते किशोरों को देखते उनका दिल हरियाला हो जाता, मन-मयूर झूम उठता और ऐसे में उन्हें अपने अमेरिकी पादरी मित्र एलबर्ट की याद आने लगती जिसने कुछ दिन पूर्व ही उन्हें लिखा था—''तुम खुशनसीब हो मैथ्यू कि तुम्हारा स्कूल लड़कों से इतना खचाखच भरा रहता है। देखो मेरा स्कूल बन्द होने जा रहा है। यहाँ की खुली संस्कृति और बर्थ कंट्रोल के चलते बच्चे दिनोंदिन कम होते जा रहे हैं, हमें बच्चे ही नहीं मिल रहे हैं स्कूल को चलाने के लिए जानते हो कितने ही निस्सन्तान अमेरिकी दम्पति बच्चे गोद लेने के लिए इंडिया की तरफ ताक रहे हैं।''

और क्या नहीं सहा था उन्होंने इन किशोरों की खुशहाली के लिए। स्कूल के रेक्टर और एसीस्टेंट प्रिंसिपल उन पर खुला आरोप लगाते थे कि वे लड़कों के बीच अनुशासनहीनता को बढ़ावा दे रहे हैं। जबकि वे बच्चों के मनोविज्ञान के अनुसार चलते थे। उनके आने के पूर्व तक जब भी कोई लड़का अंग्रेजी छोड़कर अपनी मातृभाषा में गपियाता पाया जाता तो रेक्टर उसे दंडित करते या सस्पैंड कर देते थे, पर पादरी मैथ्यू इन सब प्रतिबन्धों में विश्वास नहीं करते थे। आज तक उन्होंने किसी भी लड़के को दंडित करना तो दूर, टोका भी नहीं जबकि रेक्टर पूरे टिफिन चिल्लाता घूमता था ''डोंट टॉक इन वर्नाकुलर, डोंट टॉक इन वर्नाकुलर'' (मातृभाषा में मत बोलो, मातृभाषा में मत बोलो।)

मैथ्यू का विश्वास था कि छोटी-छोटी बातों में नहीं वरन् छात्रों में समग्रता में अनुशासन होना चाहिए। वे कैरियर की बजाय चरित्र निर्माण पर विशेष बल देते थे। पर पिछले कई दिनों से स्कूल के रूटिन कार्यों के अलावा वे किसी कार्य में अपने मन को रमा नहीं पा रहे थे। छात्रों में व्यक्तिगत दिलचस्पी भी दिनोंदिन कम होती जा रही

थी उनकी।

पहले जीवन में अकस्मात् चले आए इस तूफान से निपट लिया जाए, बकी सब इसके बाद...

मन-ही-मन सोचा उन्होंने, और आगे कदम बढ़ाए। मन फिर पत्र में उलझने लगा तो मन को जबर्दश्ती पत्र से घुमाकर स्कूल की घटना पर केन्द्रित किया। अभी पिछले ही सप्ताह कक्षा ग्यारह का एक छात्र सिक-रूम में सिगरेट पीते पकड़ा गया था। मैथ्यू ने जब उससे कहा कि वह अगले दिन अपने पिता को लेकर आए अन्यथा उसे क्लास में बैठने नहीं दिया जाएगा तो उस रईसजादे ने अपने ड्राइवर को ही पिता बनाकर पादरी के समक्ष प्रस्तुत कर दिया था। बाद में किसी दूसरे छात्र की रिपोर्ट पर मैथ्यू ने उसे सस्पैंड किया।

मैथ्यू जानते थे कि प्रतिभा और दुस्साहस साथ-साथ चलते हैं फिर भी उक्त घटना को बहुत गम्भीरता से लिया था उन्होंने।

कई बार राउंड लगाते-लगाते वे छात्रों के मुँह से उड़ते हुए जुमले सुनते और मन-ही-मन हँस पड़ते।

"अरे भंडी, कहाँ जा रहा है।"

"इडली-बड़ा साँभर के पास, टेस्ट पेपर लेने।"

मैथ्यू समझ जाते शरारती लड़कों ने अपने टीचर आई.वी. सक्सेना (आई.वी.एस.) को इडली-बड़ा-साँभर का नाम दे रखा है।

ऐसी सभी घटनाओं पर हँसकर आगे बढ़ जाते थे वे। लेकिन पिछले साल-भर से स्कूल जहाँ स्पोर्ट्स, डिबेट और एकेडेमिक में नाम कमा रहा था, वहीं ऐसी अनुशासनहीनता भी दिनोंदिन बढ़ती जा रही थी। पिछले साल उन्हीं के स्कूल में कक्षा बारहवीं का एक लड़का ड्रग लेते पकड़ा गया था। और इन्हीं सब कारणों से स्कूल में वे सदैव अपने खिलाफ कुछ षड्यन्त्र-सा महसूस करते। विशेषकर रेक्टर और एसिस्टेंट प्रिंसिपल की आँखों में उन्हें सदैव अपने खिलाफ विरोध और भर्त्सना की अदृश्य किरणें-सी फूटती नजर आती मानो अपने ईसाई विश्वासों के आधार पर वे हर पल उन्हें आगाह कर रहे हों, "देअर विल नॉट बी एनी कॉल फार यू फ्राम गॉड" (ईश्वर से तुम्हारे लिए कभी कोई पुकार नहीं आएगी।)

और ऐसी खंडित और विस्थापित मनःस्थिति में मिला उन्हें वह पत्र।

पादरी मैथ्यू स्कूल के ऑडिटोरियम से अपने ऑफिस तक का भी चक्कर पूरा नहीं लगा पाए थे कि मन इस बीच कई ब्रह्मांडों का चक्कर काट चुका था। दिसम्बर महीने की सुबह की नरम और गुनगुनी धूप का आज रोज की तरह चाहकर भी वे आनन्द नहीं उठा पा रहे थे। वे सूर्य की तरफ देख रहे थे। देखते जा रहे थे कि अचानक पत्र फिर भीतर से बोलने लगा "हर जीवन सूर्योदय की तरह पवित्र और सुन्दर होता है, मैथ्यू। तुमने कभी साहस करके यह कैसा (पादरियों का सफेद चोगा) पहना था, स्वयं को

मानवता के नाम पर समर्पित करते हुए...तो आज साहसपूर्वक उसी मानवता के नाम पर मेरा प्रेम भी स्वीकार करो...प्रेम, ईश्वर की मानव को सबसे अमूल्य भेंट है। क्या तुम्हें पथ-भ्रष्ट कर सकता है ? जानते हो, जब तुम धूप का अनुभव करते हो तो धूप का नहीं सूर्य का अनुभव करते हो, ठीक वैसे ही जब तुम प्रेम का अनुभव करते हो तो तुम प्रेम का नहीं साक्षात् भगवान का ही अनुभव करते हो...''

''हे ईशु...क्या होता जा रहा है मुझे।'' लम्बे-लम्बे डग भरते वे वापस अपने ऑफिस की ओर कदम बढ़ाते हैं कि बीच में ही कई लड़के रोक लेते हैं उन्हें।

''गुड मार्निंग फादर।''

''गुड मार्निंग।''

''फादर, फ्राइडे को एक्जाम खत्म हो रहे हैं, पर शनिवार को छुट्टी भी नहीं मिल रही है, यह ठीक नहीं है फादर।''

''छुट्टी नहीं मिल रही है तो क्या, शनिवार को तुम लोगों को सिनेमा भी तो दिखलाया जा रहा है...''

''क्या सिनेमा ? वाह फादर, थैंक यू !''

मन-ही-मन सोचते हैं वे, बस कुछ ही दिनों का है यह सम्मान। उमड़ते-घुमड़ते मन पर नारी फिर अपनी सम्पूर्णता एवं मोहकता के साथ छा जाती है। एकाएक याद पड़ता है, एक सुपीरियर पादरी ने कहा था उनसे, ''नारी अपने प्रथम दर्शन में मोरनी की तरह मोहिनी होती है पर अन्तिम दर्शन में वही नारी बाघिन बन जाती है।''

लेकिन पादरी को तो वह नारी अपने प्रथम दर्शन में न मोरनी लगी थी और न ही मोहिनी, वह तो उन्हें प्रगल्भा लगी, बस एक जबर्दस्त प्रगल्भा। मन फिर घूम जाता है, थोड़ा पीछे।

''फादर, क्या मैं आपके कुछ समय ले सकती हूँ।''

''कहिए...'' मैथ्यू ने सोचा था कि शायद किसी के दाखिले के सिलसिले में मिलना चाहती होगी, इसलिए वहीं खड़े-खड़े ही टरकाने की गरज से कहा और साथ ही साथ आगे बढ़ने की उतावली भी दिखाने लगे।

''फादर, मैं किसी के दाखिले के लिए गुजारिश करने नहीं आई हूँ, मुझे आपसे कुछ नॉन एकेडेमिक बातें करनी हैं। आप इजाजत दें कि मैं कुछ देर के लिए आपके ऑफिस में बैठकर विचार-विमर्श कर सकूँ।''

मैथ्यू विस्मित थे, उसके ढीठापन पर।

उस बला को टालने की गरज से कहा, ''देखिए अभी तो स्कूल के पीक आवर्स चल रहे हैं। आप स्कूल आवर्स के बाद, नहीं। आप शाम के समय आइएगा...''

''शाम किस समय ?''

''शाम पाँच से छह के बीच।''

शाम को नियत समय पर जब वह पहुँची तो मैथ्यू बाहर निकले हुए थे। दरबान ने भी उसे हतोत्साहित करना चाहा पर वह ढीठ की तरह इन्तज़ार करती रही कि जब

समय दिया है तो अवश्य ही आएँगे।

और सच ही थोड़ी देर बाद मन से अपराध-बोध लिये लम्बे-लम्बे डग भरते मैथ्यू आ रहे थे।

"सॉरी दिमाग से एकदम उड़ गया था, आप बैठिए मैं दस मिनट में अन्दर आता हूँ।"

उस समय मैथ्यू बिना कैसॉक के थे। उन क्षणों में उसे लगा जैसे वह पादरी नहीं, किसी दूसरे व्यक्ति से बतिया रही थी। वेशभूषा भी आदमी को किस कदर बदल देती है।

दस मिनट बाद जब वे वापस आए तो अपने परम्परागत देश में थे—लम्बे झक-झक सफेद चोगे में वे किसी दिव्यात्मा से इंच-भर ही नीचे नजर आ रहे थे।

"कहिए..."

"फादर, आप भी सोच रहे होंगे कि मैं आपसे बातें करने को क्यूँ मरी जा रही हूँ। दरअसल फादर, मुझे आप जैसे लोग, आई मीन पादरी, डाकू, सैनिक, आतंकवादी, खूनी, साधु आदि लोग बहुत सम्मोहित करते हैं, बहुत रहस्यमय लगते हैं मुझे ऐसे लीक से हटकर चलनेवाले लोग।"

"क्या ?" पादरी अवाक् थे। अभी तक सभी सांसारिक लोगों की गर्दन उसने अपने सम्मुख, कटी मुर्गी की तरह झुकी हुई ही देखी थी, यह पहली सांसारिक महिला मिली थी उन्हें जिसने उन्हें, डाकू और खूनी को एक ही तराजू पर तौल दिया था।

होंठों पर हलका-सा स्मित फैल गया था उनके।

वह आवश्स्त हुई थी। शुरुआत बुरी नहीं हुई थी।

पादरी इन्तजार करते रहे थे, उसके अगले प्रश्न का।

"पादरी, कुछ वर्ष हुए, मेरी सगी बहन को आप लोगों ने धर्मान्तरण करके ईसाई बना डाला था। खैर, आप कहीं मुझे विश्व हिन्दू परिषद का एजेंट नहीं समझ लें, इस कारण मैं स्पष्ट कर दूँ कि मैं आपके पास उनकी कोई शिकायत लेकर नहीं आई हूँ क्योंकि मैं मानती हूँ कि धर्म व्यक्तिगत विश्वास की चीज है और जीवन चेतना सर्वोपरि है। पर उसकी जिस बात से मैं पीड़ित हुई वह यह थी कि—वह एम.एस.सी. है। फिर भी वह विश्वास करती है कि ईशु का जन्म कुँवारी माँ के गर्भ से हुआ था। अब आप ही बताएँ। बिना पुरुष सम्पर्क के यह कैसे सम्भव है ?

शायद आप लोग सोचते हैं कि ईशु का जन्म यदि सामान्य शिशु के रूप में बताया जाए तो उनकी महिमा घट जाएगी..."

पहली बार पादरी ने जवाब देने में उतावलापन दिखाया। चेहरे पर आस्था और विश्वास की एक गाढ़ी परत।

"ईशु एक सामान्य बच्चे नहीं थे। वे स्वयं ईश्वर के पुत्र थे और इस धरती पर वे हमें रोशनी दिखाने आए थे। ईश्वर के लिए कुछ भी असम्भव नहीं। उस ईशु-पुत्र ने किसी कुँवारी कन्या के गर्भ से जन्म लेने का निश्चय किया" कुछ देर रुककर वे

फिर निर्णायात्मक एवं दृढ़ स्वरों में कहने लगे, "देखिए, कुछ बातें सिर्फ विश्वास की होती हैं, विज्ञान के पास उनका जवाब नहीं होता। आईंस्टीन तक ने सभ्यता के चरम सत्य के रूप में ईश्वर और धर्म की सत्ता स्वीकार की थी। और तो और, आप लोगों के वेदों तक में किसी सिद्ध आत्मा के अवतरण का यानी क्राइस्ट के जन्म का उल्लेख है। एक वेदों के विद्वान ने जब वेदों में क्राइस्ट के जन्म की भविष्यवाणी का चमत्कारिक उल्लेख पढ़ा तो खुद भी ईसाई बन गया।"

मैथ्यू आश्वस्त थे। अपनी बात वे ठीक से रख पाए थे।

वह भी धीरे-धीरे मुखरित होती जा रही थी। और खुलकर बोलने लगी थी।

"हाँ तो फादर, मैं जानना चाहती हूँ आपके उस रहस्य को जिसके चलते आप अपने मिशन में लगातार काभयाब होते जा रहे हैं। अब यही देखिए न, हमारा जैन धर्म कहीं बाहर नहीं फैल पाया और आपने पूरे यूरोप और अमेरिका को नाप लिया और अब एशिया की ओर कदम बढ़ा रहे हैं।"

पादरी हँस दिए थे—एक कामयाब हँसी।

"बात बहुत सिम्पल है मैडम, हम मनुष्य को प्यार करते हैं, उन्हें चेतना-सम्पन्न करते हैं और बड़ी रोशनी में लाते हैं। अब यही देख लीजिए, इंडिया में क्रिश्चिएनिटी सबसे पहले केरल में आई और इसी की बदौलत केरल आज पूर्ण शिक्षित है। हमारा विश्वास है कि ईशु सबसे बड़ी रोशनी है, और इसलिए अधिकतम लोगों को बड़ी रोशनी में लाने के लिए हम जहाँ जाते हैं वहाँ की परम्परा और संस्कृति को पहले समझते हैं। धीरे-धीरे आत्मसात् करते हैं। और उसी सामाजिक और सांस्कृतिक चौखट में धर्म को डाल देते हैं। अब आप यही देखिए कि मैं जब किसी मूल ईसाई जोड़े की शादी करवाने जाता हूँ तो उनसे रिंग बदलवाता हूँ पर जब किसी धर्मान्तरित जोड़े की शादी करवाता हूँ, जैसे कि अपने पैतृक प्रदेश केरल में तो मैं दूल्हे को मंगलसूत्र पहनाने को कहता हूँ क्योंकि यही उनकी संस्कृति है। बेशक मंगलसूत्र के पेडेंट के पीछे हमारी धर्मसत्ता का प्रतीक सलीब बना रहता है।

"यानी आप संस्कृति और परम्परा के घोल में धर्म की पुड़िया घोल देते हैं।"

पादरी चौंक पड़ते हैं। कहीं यह बजरंग दल की तो नहीं, जैसी भाषा वह बोल रही थी।

पादरी कुछ बोलें कि उसके पहले वह फिर बोल पड़ती है, "घबराइए नहीं पादरी, ईशु की मैं भी उतनी ही भक्त हूँ जितने कि आप। पर बिहार के लोहरदगा और गुमला जैसे आदिवासी इलाकों में मैंने अपनी आँखों से देखा है। भयंकर विपत्ति और दारुण अभावों के जंगल में जीवनयापन करते आदिवासियों को क्रोसिन की एक टेबलेट के प्रतिदान में ईसाइयत को अंगीकार करते...मैं नहीं सोचती कि उनका यह धर्मपरिवर्तन किसी आत्मिक उत्कर्ष, तत्त्व ज्ञान आपके टेन कमांडमेंट्स या बड़ी रोशनी में आने के फलस्वरूप हुआ होगा...या तो साफ कृतज्ञतावश या किन्हीं भौतिक सुविधाओं, मसलन निःशुल्क शिक्षा या रोजगार की आकांक्षाओं से अपनाया हुआ धर्मान्तरण था।"

पादरी पहली बार प्रभावित हुए। युवती न सिर्फ प्रबुद्ध थी वरन् हालातों पर पैनी नजर भी रखी हुई थी।

''हाँ, यह भी सच है, पर मैं इस प्रकार प्रलोभन देकर करानेवाले धर्मान्तरण के सख्त विरुद्ध हूँ...''

पादरी की स्वीकारोक्ति से नरम पड़ गई थी युवती।

तरल-तरल शब्दों में वह फिर कहने लगी।

''दरअसल पादरी, मैंने विश्वहिन्दू परिषद के एक नेता से भी पूछा था कि धर्म जबकि व्यक्तिगत विश्वास की चीज है तब आप किसी के भी धर्मान्तरण को लेकर इतनी हाय-तोबा क्यों मचाते हैं...कोई हिन्दू रहे या ईसाई क्या फर्क पड़ता है। वह रहेगा तो भारतीय ही न ? जानते हैं। उन्होंने क्या जवाब दिया, उन्होंने कहा कि—आप नहीं समझेंगी, धर्मान्तरण अपने में देशान्तरण की सम्भावना रखता है। जैसे ही व्यक्ति ईसाई बन जाता है उसकी आस्था पोप पॉल द्वितीय के प्रति हो जाती है। उसने मुझे कहा, अरे यह तो यूरोप की स्ट्रैटेजी है। जैसे हमारे यहाँ जल-थल-नभ तीन सेनाएँ हैं वैसे ही वहाँ इन तीनों के अतिरिक्त एक और सेना है और वह है चर्च। मैं उनकी बातों से सहमत नहीं हूँ, फिर भी मुझे इसमें उनके सोच के कई सूत्र अवश्य मिल गए। अब आप ही बताइए। आपकी भक्ति किसके प्रति अधिक है। देश के प्रधानमन्त्री के प्रति या जॉन पॉल द्वितीय के प्रति।''

पादरी हैरान थे। युवती उनके अनुमान के विपरीत उनमें अपने प्रति दिलचस्पी जगा रही थी। आज की तरह सुदीर्घ एवं जीवन्त वार्ता उन्होंने पहले किसी युवती के साथ नहीं की थी।

वे अब कुछ-कुछ सँभलकर बोलने लगे थे।

''देखिए, जहाँ तक मेरी धार्मिक आस्थाओं का सवाल है, मैं जॉन पॉल द्वितीय की बात मानूँगा, पर जहाँ मेरी राष्ट्रभक्ति का सवाल आएगा मैं अटल बिहारी वाजपेयी की बात मानूँगा।''

युवती हँस पड़ी थी। पादरी उसे बहुत ही सुलझे विचारों के नजर आ रहे थे।

बात करते-करते पादरी इतना डूब गए थे कि उन्हें यह भी ध्यान नहीं रहा था कि शाम सात बजे की ग्रुप प्रेयर का समय हो गया था। जैसे ही घड़ी पर नजर पड़ी। वे सिर पर पाँव रखकर भागे थे। बाद में भी ऐसा कई बार हुआ था और हर बार उस युवती गुंजन ने ही उन्हें याद दिलाया था—घड़ी देखिए, आपकी प्रेयर का समय हो चुका है। दरअसल जब-जब वे उस युवती से सुदीर्घ संवाद करते उन्हें अद्भुत और असाधारण अनुभवों की प्रतीति होती। आज अकेले में भी, अपने उस प्रकार से अटपटाए से भागने को, याद कर हँस पड़े थे वे।

और इन्हीं कुछेक शामों में हुए संवादों के दौरान गुंजन किसी असावधान क्षणों में लट्ठे से रेशम-रेशम बन पादरी के भीतर उतर गई थी।

शाम। बदलों-सा बिखरा-बिखरा मन पादरी का।

सात बजे की ग्रुप प्रेयर के दौरान भी वे आँखें मूँदे आत्ममन्थन करते रहे, अपने को रेशा-रेशा जाँचते रहे। "ओह माई गॉड, टीच मी टू लव यू विद ऑल माई हार्ट। स्ट्रैंथ माई वीकनेस..." इधर ग्रुप प्रेयर चल रही थी। उधर पादरी का अपना चिन्तन और अन्वेषण जारी था, "ये प्रार्थनाएँ, ये चर्च, विश्व शान्ति की बातें कर सकते हैं, दुनिया को बदलने का स्वप्न भी देख सकते हैं, पर अकेले व्यक्ति के भीतर क्या घटित हो रहा है, उसे नहीं समझ सकते। मोक्ष की राह चाहे ये बता दें, संन्यास को चाहे भरपूर धार दे दें, पर जिन्दगी का कोई हल नहीं है इनके पास, और इसीलिए आज ये मुझ पर बेअसर साबित हो रही है।"

मन-ही-मन उनकी जबर्दश्त तलब उठी। किसी से बतियाने की। अपना राजदार बनाने की। आँखों के आगे कई सूरतें घूम गईं। पादरी जोसेफ (रेक्टर) ? नहीं...वे तो पहले से उनके खिलाफ हैं, पादरी पॉयस ? नहीं, मैथ्यू की लोकप्रियता उन्हें फूटी आँखों नहीं सुहाती। ले देकर एक नया बचा, पॉल मंगलम्। हाँ वे ठीक हैं। काफी दिनों का साथ है, गम्भीर व्यक्ति हैं। शायद वे ही कोई रास्ता सुझा दें। इस मानवीय समस्या का।

जैसे ही ग्रुप प्रेयर खत्म हुई। मैथ्यू ने चैपल के बाहर ही रोक लिया मंगलम् को—"सुनो, मुझे तुमसे कुछ जरूरी बातें करनी हैं, क्या तुम थोड़ी देर के लिए आ जाओगे मेरे कमरे में ?"

और कमरे में घुसते ही मैथ्यू ने बिना किसी भूमिका के अपना हृदय यूँ खोलकर रख दिया—पॉल मंगलम् के समक्ष जैसे कभी शिष्य आनन्द ने बुद्ध के समक्ष रखा था, "सुनो, एक युवती ने मुझे एक गहरा प्रेम पत्र लिखा है। जिसने मेरी आन्तरिक सत्ता को हिलाकर रख दिया है। मुझे अशान्ति, अतृप्ति और प्यास के पहाड़ों पर लिटा दिया है—नहीं अब ये प्रार्थनाएँ, मेडिटेशन, चर्च की धरती और आकाश मुझे प्रेरणा, शान्ति, सुकून और स्फूर्ति नहीं देते। मुझे वैरागी और वीतरागी बनने में सहायता नहीं देते... पत्र की एक-एक पंक्ति ने डायनामाइट की तरह मेरे आत्मसंयम के सशक्त दुर्ग को मलबे में बदल डाला है। तुम्हीं बताओ, अपनी इन नवजात कामनाओं का मैं क्या करूँ ?"

कुछ पल स्तब्धता...इतनी बड़ी बात को पचाने में वक्त लगा मंगलम् कों

लगा जैसे पास से ही बिजली उन्हें छूते हुए निकल गई है। मानों का सहसा विश्वास नहीं हुआ मैथ्यू जैसे तपः पूत पादरी भी इस भाषा में बात कर सकते हैं।

कनखियों से कुछ देर तक ताकते रहे वे मैथ्यू को...शायद चेहरे पर उस क्रिया-प्रतिक्रिया की कुछ आहट मिल जाए जो उनके अन्तर में घटित हो रही थी। पर वह चेहरा स्थिर था और अपनी साँवली रंगत में दमक रहा था। क्योंकि अपनी बात कहकर मैथ्यू तूफान के बाद की क्षणिक शान्ति को प्राप्त कर अपनी स्वाभाविक लय, ताल और गति में लौट आए थे। इन क्षणों में उन पर न प्रेम का तनाव था और न ही भावनाओं का दबाव।

एकाएक दोनों की आँखें मिलीं।

मैथ्यू मुस्करा दिए...मंगलम् ने देखा वह मुस्कराहट जाते-जाते उदासी में परिणत हो गई थी।

मैथ्यू की भीतरी पीड़ा की टोह लेते हुए, उनसे सहानुभूति रखते हुए उनके कन्धे पर अपना हाथ रखकर वे कहने लगे, ''देखो मैथ्यू, एक इंसान के नाते तुम्हारा इस कदर विचलित होना, भावुक होना, आकांक्षी होना बहुत स्वाभाविक है और इसमें अनुचित भी कुछ नहीं, पर तुम सोचो कि तुमने कौन-सा जीवन चुना है। हमारे इस पादरी जीवन में इस प्रकार की भावनाओं का कोई भी स्थान नहीं है। प्रेम की इन लहरों को मानव-सेवा के विशाल समुद्र में डुबो दो। अपनी इस चेतना और यातना को जन-जन से जोड़ दो...यही मुक्ति दिलाएगी तुम्हें याद है, कभी तुम्हीं ने मुझे कहा था, गॉड हैज डाइड फॉर मी, बट अनटिल आई ऐंड माई सफरिंग—टू हिज सालवेशन—माई सालवेशन इज नाट कम्पलीट (ईशु मेरे लिए मृत्यु को प्राप्त हुआ और जब तक मैं अपनी यातनाओं को उसकी यातनाओं से नहीं जोड़ दूँ, मेरे लिए मुक्ति के द्वार सम्भव नहीं है।) मेरी एक बात याद रखना, यातनाओं के रास्ते गुजरकर ही तुम्हें मुक्ति मिलेगी।''

पादरी मंगलम् चले गए थे। और मैथ्यू अपने विचारों में फिर अस्त-व्यस्त हो गए थे।

इस बीच रात के खाने का समय हो गया था। मैथ्यू ने ईश्वर को धन्यवाद देकर खाना खाना शुरू कर दिया था। पूरे खाने के दौरान मैथ्यू एकदम शान्त और मौन रहे थे। जब-जब मंगलम् से उनकी आँखें मिल जातीं वे नजरें झुका लेते थे।

रात दस बजे, दस मिनट की ग्रुप प्रार्थना थी। हर दिन वह प्रार्थना कोई भी सुपीरियर आकर ले लेता था। इस प्रार्थना को व्यक्तित्व के विकास के लिए महत्त्वपूर्ण माना जाता था। उस दिन जैकब ने कोई प्रेरणादायक प्रसंग सुनाया था...पर उस पूरी प्रार्थना के दौरान मैथ्यू के अन्तर में फिर वही पाती फड़फड़ाने लगी थी। वही चेहरा झाँकने लगा था।

तुमने मुझे ईसाई कन्फेसन की महत्ता और गोपनीयता के बारे में इतना कुछ बताया है कि मैं आश्वस्त हूँ, तुमने कहा था कि जब कोई व्यक्ति तुम्हारे पास आकर कान्फेस करता है तो उस समय तुम तुम नहीं रहते, तुम ईश्वर के एजेंट बन जाते हो और वह व्यक्ति उस ईश्वर के एजेंट के सम्मुख कान्फेस करता है, इस कारण यदि वह अपने कन्फ्रेसन में तुम्हारी माँ का हत्यारा भी निकल आए तो भी तुम उसको कोई भेद नहीं उजागर करोगे। तो पादरी, मैं उसी एजेंट ऑफ द लॉर्ड के सामने कान्फेस करती हूँ कि आई लव मैथ्यू।

''ओह नो'' मैथ्यू ने मन-ही-मन खुद को सँभाला। जैकब की प्रार्थना का एक शब्द भी उसकी चेतना को ग्रहण नहीं किया। जबकि वे अपनी प्रार्थना और प्रेरक प्रसंग खत्म कर चुके थे। मंगलम् ने फिर सहानुभूति और अपनेपन के साथ मैथ्यू की ओर देखा। आँखों-ही-आँखों में कहा, गॉड ब्लेस यू !

जोगन-जोगन रात और रेशमी यादें ! अपने बिस्तर पर करवटें बदल रहे हैं मैथ्यू और यादों को चकरी घुमने लगी है उनके भीतर। व्यक्ति जब भी अपनी जिन्दगी में कोई क्रान्तिकारी निर्णय लेने की मानसिकता बनाता है तभी उसका पूरा विगत उसके सामने चलचित्र की तरह घूमने लगता है...कहाँ से चलकर वह कहाँ तक पहुँचा, कितने इस जीवन यात्रा में आए, कितने छूट गए जो जीवन आज वह जी रहा है, क्या उससे बेहतर भी कुछ हो सकता था ?

सोच रहे हैं मैथ्यू। दृष्टि घूम जाती है पीछे की ओर। यादों के पक्षी उड़ रहे हैं चारों ओर। कुछेक पकड़ में आते हैं। कुछ हाथ आते-आते छूट जाते हैं।

मन भावनाओं में भीग जाता है।

केरल का पैश्यामोटम गाँव और पिता एक साधारण किसान, तीन बहन और चार भाइयों का धार्मिक आदर्श परिवार। पहला बिम्ब जो कौंधता है, उसमें एक छह-सात वर्षीय बालक है। उसका सामने का दाँत टूटा हुआ है। एक बार उसके बड़े भाई किसी इटेलियन पादरी को अपने घर लाते हैं। वे इस बालक को अपनी गोद में बैठाते हैं और उसके रिक्त स्थान पर अपनी अँगुली लगाकर पूछते हैं--दाँत क्या हुआ। बालक को बहुत अच्छा लगता है पादरी का स्पर्श। घरवालों की आँखों में अपार श्रद्धा है उस पादरी के प्रति।

शायद कच्ची किसलिय उम्र के उन्हीं क्षणों उनके मन में आकांक्षा जागी होगी पादरी बनने की।

पिता से ही सुना था मैथ्यू ने उनका परिवार तीन पीढ़ी पूर्व एक ब्राह्मण परिवार था और वे ब्राह्मण से ही ईसाई बने थे। ईसाइयों में भी निम्न जाति से जो ईसाई बनते थे वे दलित ईसाई कहलाते हैं

आँखों में दूसरा दृश्य कौंधता है। रोजाना करीब साढ़े तीन किलोमीटर पैदल चलकर उन्हें अपने स्कूल जाना पड़ता था। उनका गाँव--खूब हरियाला था...ऊँचे-ऊँचे रबड़, मिर्च और नारियल के दरख्तों से भरापूरा प्रकृति जैसे अपने पूर्ण वैभव के साथ हर साँझ और सवेरे उस गाँव में उतर आती थी और मैथ्यू की जैविक अनुभूतियों को सींचती जाती थी। प्रकृति के साथ इसी अन्तरंगता ने उसके हृदय में प्रकृति और ईश्वर की अमिट छाप छोड़ी थी।

थोड़ा बड़ा होने पर उन्हें पता चला कि उनके पिता और दादा भी पादरी बनना चाहते थे। पर सांसारिक जिम्मेदारियों के चलते नहीं बन पाए थे। इसलिए जब पिता के सम्मुख उन्होंने इच्छा रखी, पादरी बनने की तो पिता ने नहीं रोका। मेरे और भी दो पुत्र हैं, वे सँभाल लेंगे, परिवार की जिम्मेदारी...तुम जाओ, ईशु ने तुम्हें जिस काम के लिए भेजा है इस धरती पर।

यादों की चकरी फिर उल्टी घूमने लगती है।

माँ बताती थी कि बचपन में वे बहुत पेटू थे। माँ जब अपनी थाली में भात डालती थी तब थाली में यदि थोड़ी-सी जगह बच जाती थी, तो वे परेशान कर डालते थे अपनी

माँ को—माँ देखो यह जगह खाली पड़ी है, इसे भी भर दो।

बारह वर्ष की अवस्था में ही रोमन कैथोलिक सेलेसियन सोसायटी के निर्णय पर उन्हें बैंडेल (प. बंगाल) भेज दिया गया था। पहला वर्ष बहुत कष्ट में बीता। रह-रहकर माँ की, घर की, यार-दोस्तों की याद आती। उस समय के नियम के अनुसार वे महीने में सिर्फ एक ही पत्र अपने घर लिख सकते थे। बड़ी बेताबी से वे नए महीने की प्रतीक्षा करते।

अठारह वर्ष की उम्र में पादरीत्व का पहला बाऊ (संकल्प) लिया—तीन वर्ष के लिए। तीन वर्ष के सफलतापूर्वक बीत जाने के बाद फिर अगले तीन वर्ष के लिए दूसरा संकल्प।

फिर छह वर्ष के लिए लिया गया अन्तिम संकल्प। इन सारे वर्षों के दौरान उन्हें कठिन परीक्षण और कड़ी निगरानी में रखा गया। हर बार ठकठका कर देखा गया कि भीतर कहीं सांसारिक दुर्बलताओं की खोखल तो नहीं रह गई है ऐसे में प्रायः आशंकित रहता मन मैथ्यू का कि कहीं उन्हें पादरीत्व के लिए अयोग्य न घोषित कर दिया जाए। वापस न भेज दिया जाए। क्योंकि सत्तावन लड़के निकले थे। उनके साथ पादरी बनने में संकल्प को लेकर। पर बन पाए महज आठ।

स्वयं उन्हें भी चार वर्षों तक अतिरिक्त प्रतीक्षा करनी पड़ी थी पादरी बनने के लिए प्रिस्टहुड के नियमानुसार पादरी बनने की न्यूनतम उम्र थी पच्चीस वर्ष, पर उन्हें यह सौभाग्य मिला उन्तीस वर्ष में। बाईस दिसम्बर तिरासी का वह स्मरणीय दिन जब बारह वर्ष की अवस्था का देखा हुआ स्वप्न पूर्ण हुआ था उनका। जब पादरी बनाकर कैसॉक पहनाया गया था उन्हें। और जिसे पहनकर उन्हें लगा था जैसे वे ईशु से जुड़ गए है। ईश्वरीय अंश हो गए हैं।

कट-कट ! स्मृतियों की डोर झटका खाकर टूट गई, अकस्मात् कल्पना में, सोच में, स्वप्न में, फिर झूल गई गुंजन अपनी बाँहों का सहारा दिए हुए।

हिश...काश गुंजन और कैसॉक दोनों साथ-साथ चल सकते। सोचने के साथ ही मन फिर उदास हो गया उनका।

आँखें भर आईं। यह कैसी परीक्षा ?

एक तरफ कैसॉक—उनकी उच्चतम आध्यात्मिक महत्त्वाकांक्षा का प्रतीक। उनकी जीवन-भर की साधना।

दूसरी तरफ वह चिट्ठी पाँच पन्ने की—जीवन को पुकारती। जीने और भोगने का आमन्त्रण देती। जीवन-स्वप्न जगाती। कौन सत्य ? शायद दोनों ही आंशिक सत्य।

क्या यौवन के उद्दाम आवेग को झेल पाएगा उनका यह कैसॉक ?

उन्मत्त की तरह चीख पड़े वे—कौन कहता है कि मैंने नारी को जीत लिया है। नहीं मेरा पादरीत्व झूठा है। मैंने नारी को जीता नहीं था। बस उसे परे धकेल दिया था, इसलिए मैं आज उसके सम्मुख हार गया हूँ। सत्य और ईश्वर को पाने की मेरी आज तक की यात्रा महज एक छलावा थी, क्योंकि वह जीवन से होकर नहीं, जीवन से हटकर

थी। आज मैं समझा हूँ कि जीवन के सभी अनुभवों से गुजरे बिना जीवन के अर्थ पूरी तरह नहीं खुल सकते। एक वृहत्तर सत्य उनके भीतर उतर रहा था।

चिन्तन और जीवन-अन्वेषण की प्रखर धाराएँ उन्हें सोने नहीं दे रही थी और दिन-भर की दौड़-धूप से उपजी थकान उन्हें जागने नहीं दे रही थी।

उनींदे से वे फिर अतीत की वादियों में खो गए।

पादरी बन जाने पर एक बार पिता से पूछा था उन्होंने, ''चाचा बता रहे थे कि आपको शहर में बैंक की नौकरी मिली थी, सुविधा वाली, पर आपने वह नौकरी नहीं करके गाँव में रहना ही पसन्द क्यों किया ?''

पिता हँस पड़े थे–''शायद इसीलिए कि तुम्हें पादरी बनना था, शहर आ जाता तो यहाँ की भौतिक चमचमाहट, प्रलोभन तुम्हें घेर लेते तब शायद तुम सादगी और त्याग का वह रास्ता चुनने का संकल्प नहीं लेते...''

आज भी जब-जब वे साल-भर में एक बार जाते हैं अपने गाँव, गाँव के सभी पास-पड़ोसी आशीर्वाद लेने आते हैं उनसे।

अब यदि वे उस युवती के साथ विवाह बन्धन में बँध जाते हैं तो क्या प्रतिष्ठा रह जाएगी उनके पिता की ? क्या सामना कर पाएँगे वे अपने माँ-बाप का ? याद आया पिता ने बताया था उन्हें एवीलार्ड सन्त के बारे में जिन्होंने अपने सन्त जीवन की मर्यादा को बचाए रखने के लिए अपने जननेन्द्रियों को काट डाला था।

अन्तरात्मा फिर लहूलुहान हो गई मैथ्यू की। लगा कोई चाकू गहरे तक अन्दर धँसा पड़ा है। जिसे न निकालते बन रहा है, न अटकाते।

अस्त-व्यस्त विचारों की भूल-भुलैया में चक्कर काटते कब आँख लग गई पता नहीं चला।

सुबह जब आँख खुली, चौकीदार ने कहा, ''फादर रात शायद आप बहुत देर तक प्रार्थना करते रहे थे। मैंने बाहर सोते हुए सुना आप नींद में चिल्ला रहे थे, आई लव मैरी, आई लव मैरी।''

झेंप गए मैथ्यू। अन्दर का चोर सतर्क हो गया। प्रत्यक्षतः कुछ नहीं कहा, बस मुस्कराकर रह गए। पर समझ गए नींद में आई लव मैरी नहीं, आई लव गिलहरी बोला होगा। उस पत्र वाली युवती का नाम यद्यपि गुंजन था, पर उसकी चंचलता और चपलता को देखकर वे उसे गिलहरी बुलाने लगे थे।

सुबह !

उठते ही फिर तलब उठी, एकान्त प्रार्थना के नहीं, वरन् एक बार फिर उस पत्र से गुजर जाने के लिए।

प्रायः हर दिन दो-तीन बार वे उस पत्र को पढ़ डालते।

खोलते ही बोलने लगी चिट्ठी। ''जानते हो मैथ्यू, जीवन को गहराई से महसूसने

के लिए प्यार बहुत जरूरी है, बिना इससे गुजरे आदमी का श्रेष्ठ कभी नहीं उभर पाता है। इसके अभाव में व्यक्तित्व को अनेक कुंठाएँ और असंगतियाँ घेर लेती हैं। तुमने कहा था, तुम सौन्दर्य का साक्षात्कार करना चाहते हो, पर बिना प्रेम से गुजरे उस परम सौन्दर्य का अन्वेषण करना क्या सम्भव है ? जवाब दो, तुम !''

पत्र को पढ़कर इन पंक्तियों को रेखांकित किया उन्होंने, ''बिना प्रेम से गुजरे व्यक्तित्व को अनेक कुंठाएँ और असंगतियाँ घेर लेती हैं।''

सोचने लगे मैथ्यू, सच ही तो लिखा है गुंजन ने हर दिन की यह दो-दो तीन-तीन बार, अढ़ाई-अढ़ाई, तीन-तीन घंटे तक की प्रार्थना क्या दर्शाती है ? क्या इसी प्रकार प्रार्थनाओं और मेडीटेशन का एंटीबायोटिक दे देकर सेहत को नहीं सँभाला जा रहा है। मन को भटकाने से नहीं रोका जा रहा है ? काम को जबरन नहीं दबाया जा रहा है ?

बारह वर्ष की उम्र में लिया गया प्रातःकालीन प्रार्थना का वह नियम आज छत्तीस वर्ष की उम्र में आकर पूरी तरह टूट गया मैथ्यू का।

पूरी सुबह वे सोचते रहे। पत्र को उलटते-पलटते रहे और जिन्दगी पर अपनी राय बदलते रहे। पहली बार महसूसा उन्होंने कि वे किसी नियम से बँधे, साँचे में ढले पादरी नहीं, वरन् पहाड़ी झरने की तरह एक मुक्त आत्मा हैं, जिसकी अपनी स्वायत्त सत्ता है।

ठीक आठ बजे दरबान उन्हें एक बन्द लिफाफा दे गया। खोला तो देखा, मंगलम् ने उन्हें तीन-चार पंक्तियों की एक उद्धरण लिख भेजी थी। शायद मैथ्यू की बदलती मानसिकता और हाव-भाव को पहचानने में उनकी दोस्ताना आँखों ने कोई भी भूल नहीं की थी, इस कारण उन्होंने अपनी अन्तिम चेष्टा स्वरूप यह चिट्ठी भेजी थी।

प्रिय मैथ्यू,

लग रहा है कि एक बड़ी रोशनी से तुम वापस अपनी सीमित रोशनी की दुनिया में लौटने का मन बना चुके हो। मानव मन सचमुच अद्भुत, जटिल और रहस्यमय है...खैर निर्णय लेने को तुम स्वतन्त्र हो। फिर भी मैं तुम्हें टर्ट्युलिशन का यह उद्धरण अन्तिम भेंट स्वरूप भेज रहा हूँ, ''जहाँ शैतान सीधा आक्रमण करने में हिचकता है, वहाँ वह औरत का सहारा लेकर पुरुष को मिट्टी में मिला देता है।''

गॉड ब्लेस यू।

तुम्हारा
मंगलम्

बड़ी देर तक पत्र को उलटते-पुलटते रहे मैथ्यू। फिर किंचित भारी मन में जवाब दिया चिट्ठी का।

''मैं तुम्हारी नजर में भले ही एक कमजोर इंसान हो सकता हूँ, पर मैंने हर जीवन का पूरा सत्यता और ईमानदारी के साथ जिया है, मैंने महसूसा है कि कोई भी सत्य सार्वकालिक नहीं होता, जो कल मेरे लिए सत्य था, वह आज नहीं है, मैं यदि आज

संसार में लौटना चाहता हूँ तो इसीलिए कि आज संसार मेरे लिए सत्य है। क्योंकि मैं मानता हूँ कि ज़िन्दगी का हल खुद जिन्दगी है और प्यार का जवाब खुद प्यार है । और कोई विकल्प नहीं है मेरे दोस्त ! तुमने सही लिखा है कि मैं बड़ी रोशनी की दुनिया से छोटी रोशनी की दुनिया में लौट रहा हूँ...पर यह भी सत्य है कि सागर की विशालता की अपनी सीमा है, वहाँ कभी प्रेम के कमल नहीं खिलते।

गॉड ब्लेस यू।

तुम्हारा मैथ्यू

सुबह !

मैथ्यू निश्चित भाव के साथ पॉल मंगलम् के कमरे की तरफ बढ़ रहे हैं। मंगलम् अपनी प्रार्थना समाप्त कर उठे ही हैं।

मैथ्यू को देखकर चौंक जाते हैं वे।

"आज इतनी सुबह ?"

"हाँ, आज पादरी जीवन की अन्तिम मुलाक़ात करने आया हूँ। कल से मेरी लाईफ लाईन बदल जाएगी। अपना कैसॉक उतारकर मैं भी एक ले-मैन (साधारण आदमी) बन जाऊँगा। मैंने लाईसेजेशन (पादरीत्व से त्याग-पत्र देने की ईसाई औपचारिकता) के लिए सारे पेपर्स तैयार कर लिए हैं। मैंने रोमन कैथोलिक चर्च के हैड को वजह बता दी है। आज ही मैं सारे पेपर्स जॉन पॉल द्वितीय को भेज रहा हूँ।

"पर तुमने अभी तक लाईसेजेशन पर हस्ताक्षर नहीं किए हैं, और जब तक तुम उन पर हस्ताक्षर नहीं कर देते, मेरे लिए पादरी ही हो, और कौन जाने उस वक्त तक तुम्हारा मन फिर बदल जाए..."

मैथ्यू मुस्करा पड़े, उदासी में लिपटी एक क्षीण मुस्कुराहट—उनके मित्र ने अब भी आशा नहीं छोड़ी है, उन्हें 'पथ-भ्रष्ट' होने से बचा रखने की।

कुछ जवाब नहीं दिया उन्होंने, बस मंगलम् के हाथों को अपने हाथों में लिये खड़े रहे कुछ देर तक...

खामोशी बतियाती रही...कुछ पलों तक।

फिर धीरे से, मन्थर गति से आगे बढ़ गए मैथ्यू।

पॉल मंगलम् जाते हुए देखते रहे उन्हें, जैसे कोई डूबते हुए जहाज को देखता है। उनके भीतर प्रार्थना थी।

●●●